MW01106945

¿Quién mató a Escipión Emiliano?

1. El CAMINO DE ORIÓN

Milagros Rosas Tirado

Imagen de portada: Mosaico romano (*opus tessellatum*) que muestra a un hombre cazando un jabalí (entre el 326 y 400 a. C.) procedente de una villa romana en Dehesa de las Tiendas (Badajoz, Extremadura, España). Ubicación actual: Museo Nacional de Arte Romano (http://museoarteromano.mcu.es/). Código de acceso del catálogo: CE27922
Fuente/fotógrafo: Flickr (http://www.flickr.com/): Man Kills Mosaic Boar (http://www.flickr.com/photos/pikaluk/1249502931/). Author: Helen Rickard (http://www.flickr.com/photos/pikaluk/), 7 August 2007.
Permiso: This file is licensed under the Creative Commons Attribution 2.0 Generic (https://creativecommons.org/licenses/by/2.0/deed.en) license. Atribution: Helen Rickard.
Extraída el 6oct15 de:
https://commons.wikimedia.org/w/index.php?title=File:Mosaico_de_Las_Tiendas_(MNAR_Mérida)_01.jpg&oldid=146626910

A mi madre, por ayudarme a saber quién soy

A mi padre, por su apoyo

Índice

Capítulo I

Era como una melopea cantada en un recinto sin la menor acústica —solado de piedras, fábrica de adobes y vigas de encina—, con voz clara y dicción precisa para ser recogida por un hábil escriba: melopea de cuentas.

—Doscientos cuarenta... doscientos veintiséis... doscientos setenta y cinco, óptimo... doscientos cincuenta y uno... doscientos veinticuatro... ciento noventa y dos, bajo... ciento treinta y cuatro, el mínimo... doscientos doce, aquí nos fue mejor... dos...

—Espera, Marco, espera. Ni yo puedo copiar tan aprisa. Ciento treinta y cuatro, ¿qué sigue?

—Doscientos doce.

—Dos... doce —repitió Zósimo dibujando los trazos en la tableta.

—Continúo. Doscientos cincuenta... ciento cuarenta y cinco... ciento noventa y ocho —fue recitando Marco hasta que, tres números más adelante, observó sin mirarle, concentrado tal vez en sus cantidades—. Ahora no escribes, ¿por qué?

En lugar de contestar, Zósimo comentó:

—Tu oído finísimo ha tardado en darse cuenta.

—Mi oído finísimo ha quedado aturdido. Tanto hincas el estilo que no parece que escribes sino que vas roturando la cera.

El escriba sonrió por la chanza, tan extraña a los usos

1

del factor. —Satisfago tus demandas: tanto hinco tanto lees. Una inquietud me impide seguir escribiendo —respondió al fin.

—Imagino cuál es —replicó Marco, mientras Zósimo se levantaba de su asiento, daba un rodeo a su pequeño escritorio de patas de león, que Vibio Paquio le había obsequiado cuando le dio la libertad, su posesión más preciada, y estiraba el brazo hacia el mesón donde, entre rimeros de tabletas vacías reposaba un ábaco de bronce—. No pienses Marco, que no me fío de tu memoria, pero hemos pasado toda la tarde haciendo cuentas, y nunca te había oído recitar tantos números. Permite que haga una prueba: segundo *nundinum* de Mayo, doscientos veinticuatro —dijo, y con la placa en su regazo, morosamente, bisbiseando, deslizó algunos cálculos. Perdió la cuenta a mitad de camino y quiso volver al principio; Marco meneó la cabeza.

—Déjame ver eso —dijo el factor, la palma derecha hacia arriba en demanda del bronce, cuyas ranuras, una vez lo tuvo en sus manos, procedió a limpiar antes de deslizar el primer disco tentativamente. Bajó entonces su cabeza, arropado por la penumbra del rincón donde solía sentarse a dictar sus números, antes de proceder, con una notable rapidez digital, a cambiar las cotas de décimas y centenas, operación de la que daba cuenta el apagado roce de los metales. Al concluir, devolvió el ábaco al liberto sin decir palabra.

Zósimo leyó el resultado y luego de cotejarlo con el asiento, hizo un gesto expresivo. —Doscientos veinticuatro. Después de dos años todavía no comprendo cómo lo haces.

El factor se pasó la mano por la nuca, estiró sus músculos entumidos e inclinó su torso hacia adelante, de tal forma que solo los ángulos de su nariz y mentón asomaban en los límites de la penumbra.

—Escucha, Zósimo: sé cuánta importancia tiene esto para ti. Cuando Vibio llegue haré lo que esté en mi mano para convencerle, lo prometo. Entiendo tu preocupación y convengo contigo en que el asunto de las ánforas ha abatido las últimas cifras, pero confío en que lo veremos resuelto antes de su arribo. ¿Continuamos?

Golpes a la puerta impidieron la respuesta del escriba. —Ábrele a tu mujer, Zósimo —consintió Marco. Era Eunomia, en efecto, quien, con sus maneras gentiles, tanto venía a traerles un refrigerio como a preguntar cuándo pensaban

2

terminar la jornada.

—Lleváis horas en esto —dijo ella con un acento difícil de precisar, casi imperceptible, mientras le servía a cada uno un vaso de hidromiel—. Deberíais tomar un descanso.

—No lo sé, todavía tenemos mucho que hacer —acotó el escriba.

—No, Zósimo, bien pensado. Puede que tenga razón —dijo Marco, luego de paladear unos sorbos—. Vamos a dejarlo hasta aquí. Continuaremos mañana. Tengo pendiente ir a hablar con Cilpes e indagar cómo va la obra.

—¿Quieres que me encargue de guardar las ceras? —preguntó el liberto.

—No, deja. Marchaos vosotros. Todavía tengo que hacer.

Con el sonido de la puerta al cerrarse, Marco tomó la última de las tabletas y procedió a recorrerla desde el borde superior con la punta de una caña —más fina que la de un estilo—, haciéndola rotar con delicadeza en los surcos para detectar cambios de dirección en los trazos. Así, con tan singular método fue revisando trabajosamente cada número hasta que, mucho antes del cabo inferior, halló la superficie lisa por vacía. Deslizó entonces su mano por el tope de la mesa hasta dar con un estilo, y poco a poco, guiado por la caña puesta en horizontal, fue trazando la cuenta olvidada por su escriba. Colectó luego algunos dípticos, los colgó en el armario que servía de archivo, dejó el trabajo pendiente sobre el escritorio, y cayado en mano, sin solución de continuidad, como que nunca parecía dar fin a sus faenas, salió a recibir el golpe de resolana en el rostro de facciones regulares, caminando la treintena, con cabellos oscuros que enmarcaban en breves ondas la frente surcada de líneas; cejas a juego, pobladas; nariz recta de anchas ventanas; boca generosa; barba incipiente sobre los carrillos hundidos y ojos negros, fijos de ordinario en un horizonte que solo existía para él.

Giró a su derecha para seguir de memoria el camino de arena pisada que llevaba a la factoría de salazones. A poco de echar a andar se detuvo. Sintió su cercanía antes de haber escuchado su voz. A sus espaldas retozaban el escriba y su mujer. Al frente, sonidos más débiles venían del otro extremo de la playa: el *vicus* de pescadores en medio del trabajo con las barcas y las redes. Mucho más próximo, traído por la brisa, avanzaba el persistente olor a pescado de las piletas. Hacia allá reanudó sus pasos Marco Favonio, decidido en vano a ignorar aquella presencia, que finalmente le pidió detenerse, a lo que se avino de mala gana, el cayado en amago defensivo, el desagrado en el semblante.

—¿Qué quieres? —le preguntó áspero.

—Bien lo sabes.

—Quedó dicho que mañana veríamos eso. ¿Qué te preocupa, si eres tú quien custodia las pesas?

Angionis, que así se llamaba el joven, hizo un esfuerzo por controlarse. —No podemos esperar más.

—Pues yo tampoco puedo hacer más —atajó Marco—. No es mi culpa que la inspección no haya podido hacerse hoy porque el metrónomo tuvo que atender una disputa en el mercado. Mañana iré a hablar de nuevo con él.

—No nos sirve. ¿Qué haremos mañana con el pescado que saquemos? —insistió Angionis.

—Pesarlo —dijo el factor, y retomó la marcha negándose a escuchar otra réplica de tal mozo.

El pescador no hizo otra cosa que mirar cómo Marco salvaba una duna y se alejaba de él con rapidez. Tampoco a él le agradaba el ciego. "Esperaré, pero no por mucho". Se inclinó, tomó un guijarro, le dio vuelta entre sus dedos. Advirtió entonces las risas de Zósimo y Eunomia y respiró profundamente: ahora sí que necesitaba controlarse. Apretó los labios mientras contemplaba a la mujer y daba vueltas a la guija con ánimo de triturarla.

—Dímelo de nuevo.

—Marco prometió hablar con Vibio; lo del alfar es seguro. Te lo digo, amor, el negocio está en la bolsa —dijo Zósimo con un guiño de contento de los ojos pardos, inquietos, en el rostro cuadrado; tenía el cabello lacio del color del trigo, la barba bien recortada, porque en general cuidaba su aspecto, las manos primero, luego sus ropas. Siendo alto y ancho de espaldas pasaba por robusto, pero era algo torpe al caminar, y más inútil aún para las tareas viles, lo que no importaba mucho en sus faenas de escritorio.

—Y tú crees que Vibio...

—Es algo seguro —la interrumpió él besándola.

Iba a replicar Eunomia con una suave sonrisa a los

4

ímpetus de su marido, pero en ese instante descubrió a Angionis y su ánimo se turbó a tal punto que ya no pensó en negocios.

—¿Qué te pasa, mujer? De repente has palidecido.

—No... no es nada. El sol que nos abrasa. Ven, vayamos a la casa —dijo e hizo, halando a Zósimo sin más explicaciones.

Angionis lanzó con fuerza la piedra en dirección al agua y rehízo su propio camino hacia la aldea.

La factoría de Vibio Paquio se hallaba situada muy cerca del agua, en un punto de la playa desde donde se divisaba el lado oeste del peñón de Calpe. A pesar de las reformas conservaba, como casi todas las construcciones del estrecho, la mano púnica, para unos groseramente material, para otros eficaz, sin tacha, de sus antiguos dueños. Sin ser un edificio imponente, tenía una fábrica sólida y espacios adecuados para la transformación de la pesca. Dividido en tres partes, cada una disponía de accesos desde la calle bajo umbrales de piedra, por uno de los cuales, que conducía a la sala de preparación, ingresó el factor. Como era ya costumbre, pues de ordinario hacía visitas a esa hora, los esclavos —baldeando los largos mesones donde se limpiaba y troceaba la carne—, admiraron que pudiese salvar el piso húmedo sin resbalar, cuando ellos con sus ojos muy abiertos pisaban con mayor cautela el suelo a medio cepillar.

Marco Favonio apenas gastó tiempo en saludarles. Dejando el olor indeleble de detritos marinos a sus espaldas, pasó al sector de las piletas: de las ocho que juntas rondaban las trescientas ánforas, una, habiendo mostrado señales de filtración, había sido vaciada hacía varios días para renovar la superficie. El factor se paró junto a la media caña de la pileta en reparación e indagó a los operarios que hacían la mezcla de cal, arena y cerámica. ¿Terminarían el trabajo al día siguiente? Harían lo posible, apenas comenzaban a echar el último revestimiento. Marco asintió y pareció quedarse a observar en el vacío, pero no por mucho. Advirtiendo que los operarios se habían detenido, les exhortó a continuar, mientras él a su vez rodeaba un pilar y salía de la estancia, adivinando los trozos en salmuera de las otras piletas, junto a una de las cuales, un grupo de cuatro esclavos se encargaba de llenar y transportar las ánforas.

Llegó al almacén y golpeó suavemente con su cayado varias ánforas. Cada toque le devolvió un sonido hueco.

—Pronto acabaremos, pero ¿qué pasará después de mañana? Esas ánforas debieron haber llegado hoy —comentó Cilpes, prefecto de la factoría y nativo del estrecho, bajo de estatura, de risa difícil, la barba ceniza y los ojos prietos; era un hombre en la medianía de los años, habiendo laborado en la factoría desde la época de los antiguos señores.

Marco se inclinó a recoger un pedazo de cerámica que acababa de pisar y luego se apoyó en su cayado. —Odacis nos advirtió que tenía mercancía prometida a otros clientes, por lo que habría algún retardo. Zósimo irá mañana al alfar y hará lo necesario para traer esas ánforas.

—Si los dioses lo permiten.

—Lo permitirán y Odacis cumplirá en tanto aspire a cerrar otros negocios con Vibio Paquio.

El prefecto dio indicaciones a los esclavos y luego, llevándose aparte a Marco murmuró:

—No resuelve eso el problema. Si continúan destruyendo los barros... Primero fue el asalto al carro donde las traían, las perdimos todas; compramos de nuevo, llegan al almacén y en la noche alguien suelta dos perros atados por la cola. Ya te he dicho de quién sospecho.

El factor asintió.

—Lo he pensado, pero no tengo pruebas que comprometan a Angionis, más allá de sus necios reclamos.

—Hará falta interrogarlo. Una *quaestio*. Tú sabes de eso, ¿no es así? —insinuó Cilpes.

Marco replicó secamente. —Tú ordena que limpien este lugar. Han pasado tres días y sigo encontrando pedazos de ánfora —dijo, sin soltar la ostraca que había recogido—. Y cuando llegue esa mercancía pondrás todo tu celo en preservarla.

Había anochecido en la bahía y Eunomia, haciendo a un lado su labor de hilado, se asomó al ventanuco de la casita mientras escuchaba el monólogo apresurado de Zósimo.

—Convengo en que no es mucho lo que gano en la factoría, pero lo que he ido ahorrando, sumado al peculio que Vibio Paquio me permitió conservar, alcanza para hacer parte de la sociedad que formaremos con el alfar de Odacis. Todavía tendría con Vibio el compromiso de cederle la tercera parte de mis ganancias, como ahora sucede con mi sueldo, pero confío en que el dinero será más abundante y no echaremos en falta esas disminuciones —decía con los ojos brillantes—. Una vez que la sociedad eche a andar, yo de factor, el negocio en auge, proveyendo no solo ánforas sino también tégulas y adobes para las nuevas construcciones de la ciudad, y el dinero entrando, saldremos adelante. ¡Bienvenida riqueza que ya te palpo! —de pronto se fijó en su mujer— ¿No dices nada? —preguntó con voz mimosa.

Eunomia, sin apartarse del vano, dirigió una mirada significativa hacia su marido.

—Dime —insistió él.

—Tengo miedo.

—¿Miedo? ¿Por qué?

—Nada bueno proviene del lucro.

—¿Y tú qué sabes de eso? —sonrió aliviado el escriba, meneando la cabeza como quien habla con un niño.

—A veces pienso que estaríamos mejor en Gades, o en Onuba. Nosotros dos. Nada de alfares ni factorías. Tú de escriba igual que aquí. Tendríamos que vivir con parsimonia, es cierto, pero lejos muy lejos, mi querido Zósimo.

El liberto, desconcertado por el discurso de su mujer, repuso:

—¿A qué viene eso? Escriba yo, en otro lugar, sin la protección de Vibio, dudo que podamos prosperar. Más cierto estoy de que padeceríamos hambre.

La mujer suspiró y volteó de nuevo hacia la ventana, desconcertando aún más a Zósimo. Éste a veces sentía que no la comprendía. No quería admitir que en realidad no la conocía. Al entonar viejas melodías, que era lo que en principio le había atraído de ella, Eunomia solía adoptar un aire melancólico que daba realce a sus ojos color de miel. Tenía el rostro ovalado, la tez clara, el cabello castaño y ondulado, la nariz perfilada, la boca pequeña, y la cicatriz de una quemadura en la espalda que como un pespunte la cruzaba en diagonal, pero de la que nunca había querido hablar desde la primera vez que estuvieron juntos hacía más de un año.

—No te comprendo. ¿Qué te inquieta? —preguntó, incorporándose.

—Creo que deberíamos irnos de aquí. Buscar algo para nosotros dos, que no dependa del parecer de Vibio ni del de Marco —respondió Eunomia, mientras por el vano oteaba la playa rociada por el sereno. Más allá, muy cerca de la orilla, había una figura sedente con el cayado en actitud de vela—. Temo que te hayas vuelto como Marco. Le estimo, pero sus días le pertenecen al negocio. Marco es Marco, en su mundo, en sus números, en sus cuentas, pero tú, tú no tienes que ser como él.

Zósimo rió sin fuerza y dio una palmada sobre la mesa.

—¿Marco? Dioses, qué cosas dices. Marco es persona sin apego a la ganancia, lo sabes bien. Si trabaja tanto es en interés de Vibio, nada más. Él no es como los demás. Y no trato de ser como él. No soy como él, solo intento conseguir algo para nosotros —dijo, luego se aproximó a Eunomia y rodeándola con sus brazos por detrás tocó su vientre—, y para nuestro hijo. Los dioses no pueden estar en contra de eso. No pueden ser contrarios a que algún día, dueño de una fortuna ofrezca una decuma, dedique un edificio, procure una elevada posición para mi hijo, erija *domus*, fundo, ara y un sepulcro con su huerto, porque entiendo que no hay hombre de bien que no posea, ni ofrezca, ni engendre, ni legue —declaró Zósimo.

—Ni ame —respondió Eunomia, posando su mano sobre la diestra de su marido. Si tan solo pudiese aplacar sus visiones febriles de riqueza—. Está bien, se hará como pregonas —concedió ella—, pero prométeme que una vez que logres hacer ese negocio nos iremos a vivir cerca del alfar.

El liberto asintió.

—Lo prometo. Cuando hable con Vibio y Odacis todo se andará, pero ahora ven acá.

Eunomia dejó de mirar a Marco, y dándose vuelta para abrazar a Zósimo se apartó de la ventana.

Las olas rompían a los pies del factor, que en el quiebre más o menos largo de la llegada, en la variable languidez del retorno, tiempos de flujo y reflujo, contaba sílabas de dáctilos y troqueos. Ritmo solo ritmo. Contaba para no pensar. Espondeos intercalados. Contaba para no recordar, contaba hexámetros, hilando pausadamente propias y variadas tesis, descifrando los ecos de una caracola, sin recitar cosa alguna, solo contar.

Cansado de sus juegos marinos, levantó la cabeza, y orientándose de memoria hizo como si mirase hacia la parte del cielo donde estaría el cazador Orión, pero apenas fueron unos instantes. Bajó la cabeza en actitud de pena, y esta vez dejó tranquilas a las olas, sobre las que desde hacía rato se imponía la obstinada algarabía proveniente de la aldea de pescadores, celebrando la temporada de atunes. Con el paso esforzado de los ciegos se fue a dormir. Para no pensar.

Más allá, en la aldea, a la luz de la fogata, la figura de Angionis destacaba en medio del grupo de pescadores. La gresca de reflejos con sus cabellos ensortijados, el sobredorado de sus hombros y sus brazos, el color apagado de sus ojos en su rostro atezado, añadía atractivos a sus gestos enfáticos y su acento africano. Había llegado al *vicus* al comenzar la temporada, aportando a la corporación dos barcas con sus aparejos. Afirmaba venir de Onuba donde había ejercido el oficio, pero nada más se sabía de él, excepto que su nombre no iba con su acento. A pesar de la antipatía mutua de origen que existía entre él y Marco, el factor le había aceptado, porque también había dado muestras de ser un formidable avistador, recomendación suficiente para las almadrabas de una factoría que había perdido el suyo en una reyerta gaditana el verano anterior.

Pero Angionis hacía algo más que ubicar los bancos y dar la señal. Tenía sus ideas. En poco tiempo se había hecho con la voz del *vicus*, aunque no todos se dejaran llevar por sus cursos de agitación. Un muchacho avivó la fogata y la mirada del corro, evitando la del púnico, siguió el salto de las chispas.

—Quieto, Isasus —ordenó Angionis—. ¿Qué decís

ahora?

Los hombres se mostraban evasivos, no querían líos. Alguien sirvió más vino, la música de flautas y siringas hizo tiempo y el calor de las bebidas abrió camino a una tibia opinión.

—No lo sé, Angionis, aun suponiendo que Granio nos engaña, eso que propones...

—Marco nos ha pedido que aguardemos —añadió otro.

—Veo que no estáis conmigo —concluyó el púnico, su trago intacto.

—Te equivocas —terció Tangino, viejo lusitano que con tanto ascendiente como antigüedad en la factoría, de ordinario hacía de freno a los impulsos de Angionis. Era de hecho, sin ostentar el título, capitán de almadraba y como tal ajustaba el precio—. Los hombres hablan con prudencia y aguardarán porque eso fue lo acordado. Marco Favonio siempre ha andado derecho con todos nosotros.

—Si por derecho le tomáis —replicó Angionis—, ¿cómo explicar las largas que le ha dado a un reclamo que es justo? Os digo que trama algo para continuar con el fraude.

—Maniobras, las creo de parte de Granio, pero con respecto a Marco no tenemos la misma certeza —insistió Tangino—, y si así fuese, siempre habrá otras vías para resolver esto. Lo que quieras decir cuando hablas de hacerles confesar no me da confianza ni a mí ni a mis hombres.

El púnico bebió, se limpió los labios con el dorso de la diestra, y asintió por unos instantes como si consultase consigo mismo; entonces dijo, bajando aún más la voz:

—Sea, viejo Tangino. No es lo que yo quiera sino lo que podamos hacer entre todos. Esperaremos. Te digo algo, si mañana cuando regresemos de la faena no hay respuesta, ni factor, ni metrónomo, algo habrá que hacer.

—Ábrenos tu pensamiento, Angionis.

El joven miró de reojo al prefecto Cilpes, que desde el otro extremo del *vicus* no ocultaba su desagrado por aquel concilio. —Tenéis que estar conmigo.

—No iremos a herir a nadie —asomó un melindroso.

—Que no es herir, que no es revuelta, que es justicia —tronó por lo bajo Angionis—. Nada habrá de eso. Mañana yo mismo hablaré por todos, haré que ese falso de Granio reconozca sus malos manejos. Con suerte acusará como instigador a Marco.

Uno de los hombres sirvió más vino.

—¿Y después? —preguntó el pescador que había hablado en primer lugar— Probar el fraude es una cosa, pero ¿después? Será necesario ir donde los ediles.

—Para que cambien las pesas.

—Y para que paguen lo que nos deben —exclamó otro.

El viejo lusitano meneaba la cabeza. —Esperad. Supe que tú, Angionis, fuiste hoy a hablar con Marco. Algo debió haberte dicho sobre el metrónomo y las compensaciones.

El púnico tragó el resto del vino de un solo golpe. —Evadió mis reclamos.

—¿Qué te dijo?

—Nada me dijo.

—Pues por él yo he sabido otra cosa —replicó Tangino—. Es a mí a quien ha asegurado el pago de ser comprobado el fraude, eso incluye tus intereses en esta corporación. También me ha dicho que mañana irá a ver al metrónomo. Eso ha prometido.

—¿Desde cuándo un lusitano como tú, Tangino, confía en promesas de romanos? El itálico miente —exclamó Angionis.

—No digo nada a favor de nadie. Marco ha sido nuestro factor en los últimos dos años y nada tenemos que reprocharle. Tú solo has estado acá desde el comienzo de la temporada, conque esperaremos —dijo el viejo pescador y se separó del grupo.

Angionis buscó a Cilpes en el otro extremo, pero éste ya se había ido.

La música subió en intensidad e Isasus volvió a jugar con la fogata.

—No es el dinero lo que me importa —musitó Angionis, pero esta vez nadie le escuchó.

Todavía era temprano, tanto, que en el aire frío apenas se percibía la viscosidad del mar, mientras por el ventanuco de la casita del liberto, de ocres recién lavados por el rocío se escapaba un aroma a tortas de miel. Junto a la puerta entreabierta, Marco terminaba de instruir al escriba, su voz por encima de una bandada de gaviotas.

—¿Me has atendido, Zósimo? Si es necesario puedo repetirlo.

El hombre logró a duras penas ahogar un bostezo, recostado en el quicio, los brazos cruzados. —Te he escuchado, sí. Pierde cuidado, Marco, no hay quien tenga mayor interés en estos negocios que yo.

—Entonces harás bien en ponerte en marcha antes de la segunda hora, aunque el alfar no se halle lejos. La conversación puede extenderse y necesitamos esas ánforas con urgencia. Si regreso temprano continuaremos con los asientos.

—Lo tengo presente —respondió el escriba. Momentos antes había visto como Eunomia entregaba Marco Favonio el atado: tortas hechas con aceite y flor de harina.

—¿Vas al templo? —le preguntó.

Marco bajó la cabeza y se apoyó en el cayado tal como solía hacer cuando no quería hablar de determinados asuntos, que no eran pocos, en especial, que había servido en el ejército y que un percance le había dejado ciego hacía un trienio. En verdad, era un hombre muy reservado, oriundo de Tarracina al igual que Vibio Paquio, el amigo que le había dado el empleo de factor en lo que entonces, dos años antes, era una pequeña operación de salazones que de manos púnicas había pasado a itálicas, con su valor algo menguado por causa del abandono del patrón, un africano muerto en un viaje de negocios al otro lado del estrecho.

Pero aun siendo amigo, un buen presagio debió haber obrado en favor de darle el cargo al ciego, si se piensa que en ese entonces un primo de Vibio que vivía en Gades, poco agradable de paso a los ojos del liberto, se había visto relegado. A Vibio Paquio también le había oído decir Zósimo que su amigo quería vivir en un destierro, y la verdad, parecía haberse impuesto una especie de pena al aceptar un trabajo tan poco estimado entre los de su clase. No obstante mostrarse conforme con su desgracia, Marco, de vez en cuando, en los últimos tiempos, acogía las cariñosas sugestiones de Eunomia de visitar el modesto templo heracleo de la ciudad, pero ni de eso admitía hablar, fuera de avisar a la mujer de Zósimo que le preparara las ofrendas.

—Perdona —dijo el liberto en voz baja.

—Está bien. Ve a tus asuntos —dijo Marco con un gesto benévolo. Emprendió el camino del cerro pero a poco se volteó para gritarle a Zósimo:

— ¡Antes de salir ve donde Cilpes! ¡Dile que no tardo!

Fenicios, púnicos, griegos habían pasado por el estrecho; unos habían venido para quedarse, otros para irse y no retornar; solo los peces iban y venían —en cardumen compacto— puntuales a la cita de las almadrabas: bonitos, caballas y albacoras; melvas, bacoretas, estorninos y el gordo atún bellotero, rey de escómbridos. Al desove acudían mediando la primavera, subrayando costas a su paso, en la proximidad de la superficie, delatándose en figuras sombreadas a los ojos de Angionis quien, desde su puesto de veedor ubicado en un promontorio al este de la bahía, aguardaba con paciencia el último banco de la jornada con el sol de la cuarta hora. El púnico batió la banderola y a su señal cuatro barcas, seis remos por banda, se adentraron media milla en las aguas, llevando recogida la red, repartido su peso entre las embarcaciones, con la relinga a modo de guía, y Tangino de capitán al centro, presto a corregir el curso según lo indicasen las señales de Angionis, para después, ubicado el cardumen, mandar calar las redes con lastres de plomos y piedras a modo de cerco. Elevaban entonces las tripulaciones súplicas a Tanit porque todavía restaba lo más difícil de la faena. "¡Que las redes se colmen, que la pesca sea opima, que abunde en grandes y grasos túnidos, que no falten las caballas! ¡Oh, Tanit!"

Las barcas de los extremos bogaban en dirección a la playa, llevando los cabos de halar de la relinga colorada, y ésta, mantenida a flote a fuer de corchos y trozos de calabaza iba dibujando, mirado desde el promontorio, un círculo sin cerrar sobre el hervidero de palas furiosas y escómbridos desesperados por escapar del lazo, en cuyo interior las aguas rielaban como el ojo de un cíclope insomne. A la voz del capitán de la almadraba, "¡Oh, Tanit, no nos abandones, senos propicia, refuerza nuestras redes y cabos, que el peso de tanta abundancia no se pierda de nuevo en la mar!", los remeros tensaban músculos, apretaban dientes y entre bufidos tiraban a una hacia la costa, con la carga cada vez más pesada hasta que, ya cerca de la playa, tiros de bueyes halaban los cabos de cáñamo. Los peces en la arena recibían por fin la merced del garrotazo a manos de una cuadrilla de mozos. La operación, tercera en fila, había durado una hora larga y la pesca era igual de buena —"¡Oh, Tanit, eres grande y te damos gracias!"—, desde que Angionis era avistador, pero éste, ajeno a las alegrías de la faena no miraba los resultados de tales maniobras sino la costa que se dibujaba detrás del peñón y aguardaba.

Marco iba a ver al metrónomo. Cosa de Eunomia era esta vez la ofrenda, para más obligarle a ir al templo, aprovechando la rara visita a la ciudad. Iba pues por precepto, aunque otra cosa hubiera dicho Eunomia: que le había adivinado la intención apenas la noche anterior, cuando simulaba mirar las estrellas. Él nunca lo hubiera admitido, no pasaba por piadoso, solo creía en sus números.

Entre pespuntes de mazas sobre la muralla púnica ascendía Marco Favonio por la loma que conducía a Carteia, la colonia libertina que desde su mediana elevación de roca y arena miraba hacia el estrecho. Gama de toques sobre la piedra: a su diestra golpe alicaído, casi femenino; otro por acá de tamboril. Sordo a siniestra, recio el lejano, un quinto diligente, otro poco más tolondro. Eran seis los mazos trabajando en su derribo, eran seis los hombres, dedujo el factor sin mayor interés. Con una lesión en el codo el más próximo por el levante, en años cuarenta pasados, al igual que el resto cubriéndose de tierra amarilla como las antiguas casamatas que cercaban la muralla, delatado por la exhalación de dolor al soltar el golpe, la dilación al levantar la herramienta, simple conjetura en cambio la edad.

Solo creía en lo que podía contar, pero luego de cruzar los torreones de la entrada monumental y antes de ir a ver al metrónomo, fue hasta el templo ubicado en el foro, todavía púnico en apariencia, en medio de tanta obra que haría de la ciudad, empezando por los lienzos murarios un lugar más latino. Atravesó el bullicio de la hora de mercado, pasó de largo junto a los negocios, la mercancía ofrecida a voz en cuello, las frases de regateo e ingresó al pequeño edificio semita de paredes desnudas, suelo reseco de arcilla violada, aires de unción. A excepción del sacerdote de servicio, el templo estaba vacío. Marco entregó las tortas y un jarro de aceite. El sacerdote musitó una fórmula y se retiró, dejando al factor solo frente al altar que, zigurático y sencillo, debía serlo de alguna religión que, por primitiva, estaría a la misma vera de la divinidad.

"Haz que halle al cazador", dijo delante del fuego sagrado, pensando a falta de imágenes en la figura musculada de la maza y la clava, dios de comercio y pesquerías, deidad tutelar de Carteia. "Haz que lo encuentre", repitió y nada más. Si Hércules le era propicio no necesitaba de más palabras. Cumplía el trámite por Eunomia, agradeciendo su esfuerzo por confeccionar la ofrenda, pero nada más. Había levantado sus ojos hacia Orión la noche anterior como hacía de cuando en cuando desde el oráculo. "Pero ya no creo", se dijo, y salió, aún tenía que ver al metrónomo. Hacía tanto tiempo que no creía.

El escriba bebió su vaso de *enogarum* y paladeando un resto de vino examinaba el papiro que mostraba los nuevos hornos del alfar, dispuestos en planta casi circular, un pilar en el centro, doble cámara, parrillas, largo corredor de acceso y pensaba: "Mira bien lo que vas a decir".

—Ocurre que Vibio Paquio no vendrá antes de las próximas calendas, entonces resolverá. Marco Favonio opina que el negocio no dejará de interesarle, y algo le ha adelantado por escrito. En su momento habrá de venir hasta acá y verá toda la operación por sí mismo. Yo por mi parte, tengo por seguro que hallará el negocio muy lucrativo y terminará aprobándolo.

—Bien —contestó Odacis, luego calló por unos instantes que a Zósimo se le hicieron largos. El dueño del alfar, un turdetano asentado en Carteia desde chico, había heredado el negocio de su padre, que a su vez lo había recibido de su abuelo, un antiguo siervo de la Torre Lascutana. Era un hombre de rostro más bien vulgar, juvenil y escasamente barbado, que cuando pensaba tenía el curioso hábito de frotarse las yemas de los dedos callosos como si trabajase con ellos un blando pellizco de arcilla—. El problema es que no puedo esperar tanto, existen otras propuestas —se le ocurrió decir, disimulando su satisfacción con el ofrecimiento de un plato de aceitunas.

El liberto contempló el platito de cerámica barnizado de negro: aunque podía aseverar que tales ofertas no existían, pensó en el color que podría tomar su negocio en ciernes si Vibio se demoraba demasiado. Tomó una de las aceitunas, le dio vuelta y un débil destello apareció en sus ojos.

—Con mi peculio podríamos hacer la sociedad ahora mismo, luego Vibio Paquio se uniría.

Odacis mostró indiferencia. —¿Tu peculio? No será gran cosa.

Zósimo escupió el hueso en respuesta. Algo tenía, y por otra parte, ¿qué tanto podía costar la construcción de unos hornos? Era solo adobe y piedra ostionera.

—Bastante más que los cuatro ases que tendrás enterrados por allí —escupió Odacis a su vez.

—Tengo suficiente para empezar —replicó el liberto con altivez.

Odacis vació su vaso y eructó con satisfacción. —Siempre será muy poco, mi querido Zósimo, pero lo pensaré.

Tampoco el escriba quería aguardar demasiado por una respuesta. Bien mirado, a lo largo de la costa entre Carteia y Gades abundaban los alfares de mediana producción.

—¿Como cuáles?

—Está el de Murrano, por ejemplo, o Sisbe, o hasta el de Ocobilos; todos hacen lo mismo que tú.

—Lo mismo. ¿Qué es esto, Zósimo, insultos en mi casa? Al mínimo peculio cualquier negocio le parece magnífico. Murrano no es competencia. Sisbe solo produce porquería y Ocobilos es un recién llegado de Tingis, no sabe nada aparte de hacer platitos negros.

Zósimo iba a decir algo pero fue interrumpido por un esclavo.

—Señor —dijo éste a Odacis—, las ánforas estarán listas para la tarde.

—Bien, llevadlas mañana temprano a la factoría de Vibio Paquio.

—¿Habrá forma de que me puedan llevar algunas hoy? —preguntó Zósimo.

El dueño del alfar meneó la cabeza.

—Las necesitamos con urgencia. Diez al menos.

Odacis se mesó la barbilla. —Que sean doce, dos a mi cuenta. Tómalas del depósito —dijo, dirigiéndose al esclavo, y cuando éste se hubo ido añadió: —Murrano no habría tenido un gesto tan espléndido.

Zósimo rió. —Dos ánforas a tu cuenta; si a eso le sumas no traerlas tan tarde como la otra vez, y volver a descargarlas vosotros mismos, estaré abrumado por tanta liberalidad, pero es lo menos que puedes hacer, hemos perdido muchos envases este mes.

—¿Puedo saber qué clase de culpa me adjudicas en esa pérdida, querido Zósimo?

—Que tal vez tus envases no sean tan resistentes como afirmas, defectos de cocción quizás.

Odacis rió abiertamente y mostró su mayor atractivo: como buen turdetano tenía los dientes completos y bien alineados. Llamó a un esclavo. Al rato trajeron dos ánforas y un madero.

El patrón del alfar se incorporó y ofreció el madero a Zósimo. —En apariencia iguales, ¿no es cierto?

El liberto observó los dos cilindros con base rematada en punta, de matiz terroso, las pequeñas asas redondeadas.

—Lo son, excepto por la boca —dijo.

—Y por las marcas. Observa. Ésta lleva la de Sisbe, roseta de ocho pétalos. ¿La reconoces? Pagué por ella antes de que la desecharan. Que no te engañe la forma, la factura es mediocre. Tócala. ¿Lo ves? Demasiado porosa. Ahora la mía, compacta, suave al tacto. Brilla por sí sola. Ahora volviendo a Sisbe. Dale un pequeño toque con el madero.

El liberto escuchó el sonido hueco de la panza.

—Horrible. Ahora sí, pégale, no muy fuerte.

El ánfora se quebró.

—Debo reconocer que Marco sabe más de estas cosas

17

que yo —acertó a decir el escriba.

—Oh, Zósimo, cierto es que hasta un ciego se percataría de que lo que Sisbe fabrica no sirve. Tengo mejores pastas, pero ya que no te sientes capaz de apreciarlas, las reservo para cuando vengas con Marco y Vibio.

El liberto levantó el madero y buscó la otra ánfora.

—¡Detente, Zósimo! ¡Respeta mis atunes! —dijo el alfarero en alusión a su marca y rió— Debo enviar este envase a tu factoría.

Vibio Paquio se apoyó en la baranda de la embarcación y contempló el tiempo bonancible, la navegación tranquila, la derrota sin novedades y el negocio que tenía entre manos, excelente. Solo le hacía falta una cosa: hacer un pequeño favor.

—Un favor, ¿cuál? —preguntó el hombre de rostro ancho, cabello escaso en las sienes, nariz roma y ojos dormilones muy claros, boca pequeña, generosa, barbilla bien rasurada.

—Hablaremos de eso luego. Por ahora necesito saber si mi ofrecimiento es agradable a tus ojos —contestó el viejo consular, mientras bebía una segunda copa del afamado vino lauronense que Vibio había traído a modo de regalo.

Algo de eso había anticipado, qué otra motivación podría tener un personaje de condición tan procerosa para ayudar a un modesto propietario de la Campania como él. La primera vez que se habían entrevistado, dos noches después de los últimos idus, en una pequeña villa de Túsculo, el consular solo se había permitido unos pocos rodeos de cortesía alabando el caldo lauronense y otro vino de Tarraco, el layetano, tan apreciados ambos en los convites de Roma. Conocía algunos de esos fundos y a sus dueños —*homines novi*, itálicos todos—, porque hacía un tiempo había hecho un recorrido por Barcino, Tarraco y Emporiae. Curioso que nunca se hubiese acercado en cambio a Carteia, la colonia latina, campo de batalla de su padre, de quien alguna vez había oído cómo en tiempos del Africano, habíale tocado estar en esa parte del estrecho, en duro combate naval con los púnicos, victoria para Roma claro está. Pero sin duda, mucho interés había despertado Hispania en los *patres*. La *magna mercatura*. Los grandes negocios: metales, salsas, vino, aceite, el transporte sobre todo. —He de suponer que tu factoría no será menos que esas propiedades.

Aunque de ordinario se esforzaba por adoptar el aire de un hombre de negocios, estar en presencia de un interlocutor como éste era otra cosa; pero ni su anillo áureo, ni la fina túnica, ni el suave aroma del aceite con el que el consular había sido ungido, habían pesado tanto sobre su cerviz de pequeño cliente, como la severidad condescendiente de aquella mirada que le había llevado a declarar, en el colmo de la candidez:

—Aún es pequeña, noble Cayo, pero produce mil ánforas al mes, poco más poco menos.

Su anfitrión asintió. En verdad, él era de quienes pensaba que mejor estaban los senadores para defender a los caballeros que ponían su dinero y su empeño en tales empresas. Veía pues con ojos favorables todo negocio honesto, siempre y cuando las ganancias fuesen invertidas en la tierra; solo de ella venía la *dignitas*, y solo con ella podían cultivarse las altas virtudes de un *vir bonus*, de buenos hombres que tanta falta empezaban a hacer en estos tiempos.

Vibio escuchó la obligada defensa de costumbres y virtudes, haciéndose variadas preguntas sobre la entrevista. Ignoraba que el viejo aristócrata simpatizaba con su invitado. "Un joven", se decía éste, "tan sobrado de ambiciones como falto de experiencia". Por lo que sabía y había confirmado el mismo Vibio Paquio, el hombre había procurado en vano que alguien le prestase para entrar a una sociedad, pero todos los usureros con quienes había hablado pretendían cobrarle intereses por el sistema griego y él, como es de suponer, no estaba dispuesto a endeudarse en aquellas condiciones. ¿Valdría la pena ayudarle o estaría mejor dejarle tal como estaba y evitarle un casi seguro fracaso?, pensaba; había prometido, sin embargo, hacer lo necesario, así que sonrió y dijo:

—Pues yo, mi querido Vibio te ofrezco el dinero con un interés mínimo —la mitad de un dozavo—, tu factoría en garantía y un año de plazo para pagar.

Mejor imposible. Al día siguiente suscribieron el mutuo

y la fiducia, con una condición, una sola, que una vez cumplida abriría la mano del patricio. La estipulación de los intereses la dejaban para ese momento. Mientras más pronto, mejor.

Cuando Marco regresó de la ciudad, Eunomia le estaba esperando en la puerta de su despacho.

—¿Cómo te fue? —preguntó la mujer.

—Pude hacer mi ofrenda sin ser molestado y tengo para mí que si fue bien acogida por la deidad mucho mérito tuvieron en ello tus tortas.

—De buen grado las haré, cuantas veces las procures. Deberías ir más a menudo.

—Ya sabes lo que pienso —contestó en tono suave Marco—. Es tan largo además el camino, y hay tantas cosas que hacer por aquí. Aguardó entonces paciente que Eunomia se despidiera hasta comprender, en medio de un incómodo paréntesis, que la mujer de Zósimo había alargado lo que de ordinario hubiesen sido unas pocas palabras de cortesía, porque quería hablarle de algo más.

—Zósimo podría acompañarte.

—Gracias, pero no es necesario, Eunomia. Hablaremos después. Si me permites, debo entrar ahora al tabulario a dejar dispuestas las cosas antes que Zósimo retorne de las tareas que le encomendé —replicó el factor, abriendo la puerta.

—Marco, aguarda, necesito hablar contigo. Es sumamente necesario. Yo... —iba a decirle algo más cuando el muchacho Isasus llegó corriendo hasta Marco para anunciar acezante:

—¡Angionis va a destruir la balanza!

El factor dejó sus cosas en la entrada y salió a paso largo hacia el *vicus* del brazo de Eunomia, seguidos ambos por Isasus.

—¡Granio, no pretendas ahora que no tienes parte en este hurto, tú mismo te has descubierto! —gritó Angionis en el instante en que Cilpes, al frente de los suyos, llegaba en carrera desde la factoría hasta la zona despejada entre la playa y el *vicus* donde se efectuaba la operación de pesada. Al centro del corro de almadraberos se alzaba el objeto de la discordia: una balanza de dos brazos con garfios en sus extremos, y algo que se echaba en falta. Por esa omisión gritaban los pescadores, observaban los mozos con la boca abierta, braceaba el capitán de la almadraba para apaciguarlos, y amagaba el avistador con un garrote de buen tamaño.

El grueso y torpe Granio, a cargo de la balanza, congestionado, asustado por los arrebatos de Angionis, no acertaba a decir nada cociéndose en su propio sudor.

—¡Oye tú, africano! —exclamó el prefecto— Estamos al cabo de tus broncas. Ponle mano a esa balanza y te entenderás con mi amigo.

Angionis escupió mirando de reojo al amigo de Cilpes, una larga vara de hierro. —Ningún miedo te tengo. Sois unos ladrones. Lleváis semanas robándonos la paga que nos corresponde. Aseguraron que iríamos a ver al metrónomo ayer, pero fue un engaño como el resto de vuestras promesas. Agotada está la paciencia y por lo que a mí respecta, acabaré con esta farsa —respondió, el garrote preparado.

—¡Detente, Angionis! —ordenó Marco abriéndose paso, el cayado extendido—. Vengo de hablar con el metrónomo y mañana se hará la inspección. Te prohíbo que destruyas esas pesas y esa balanza, te lo advierto.

Eunomia, confundiéndose con el grupo miraba con expresión de angustia al púnico. Angionis reía con fuerza. Se adelantó hasta el pie de la balanza, tomó un pequeño lienzo espolvoreado con migas, y lo puso con brusquedad en manos del factor. Ningún peso podían tener sobre él las advertencias de un ciego porque las pesas habían desaparecido.

La sombra del desconcierto cruzó el rostro de Marco Favonio. —¿Qué es esto Granio, qué cosa dice Angionis, qué es lo que ha pasado?

El pobre hombre tartajeaba. Por los dioses que no lo sabía. Alguien debió llevárselos muy temprano en la mañana, luego que los pescadores salieron a faenar.

Tangino se adelantó, había guardado silencio sin oponerse a los reclamos de Angionis, esperando la llegada del factor.

—Marco Favonio, muchas cosas habrá que explicar este día, pero entre tantas cuentas primero está la pesca. Tenemos que pesarla y queremos una paga.

Las miradas se posaron en el rostro delgado del factor, el ceño marcado, la boca ligeramente abierta, la respiración tensa y la abstracción en sus ojos apagados mientras pensaba en una solución. El calor que apretaba y corrompía, su credibilidad en boca de Angionis, puesta en salmuera, los peces que no aguardaban. ¿Qué podía hacer?

—Se los dije —bramó Angionis—, nos ha estado engañando desde hace rato, suprimió las pesas para evadir el ojo del metrónomo. Bonita jugada, pero mal acaba como todo lo romano.

—En ese momento nadie sabía qué hacer pero Marco Favonio mostró su ingenio —refirió Cilpes a Zósimo cuando éste llegó por la tarde a informar de su gestión en el alfar. Sin atender a matices exagerados provenientes ora de la conocida afición del prefecto a la comedia, ora de su antipatía hacia el avistador, ni al trajín de esclavos en el depósito, más pendientes del relato que de descargar las ánforas, Zósimo preguntó:

—¿Cómo? ¿Qué fue lo que resolvió?

Marco Favonio alzó los brazos, calmó la algarabía con gestos enérgicos. Les proponía algo, había otra forma de pesar el pescado; que Tangino, Angionis, que la corporación toda decidiera si les parecía justa, y si así fuese solo pedía la satisfacción de responder a las acusaciones del avistador.

—Entonces me pidió que fuera a la factoría con un grupo de pescadores por testigos y buscáramos un ánfora de las pocas que quedaban en el almacén. Que comprobáramos si estaba en buenas condiciones y la trajéramos. Eso hicimos.

—¿Para qué quería el ánfora?

Marco Favonio ordenó llenar el ánfora con agua, luego hizo pasar una cuerda por las asas y la colgó de uno de los brazos de la balanza; en el otro colocaron parte de la pesca hasta alcanzar el equilibrio.

—Granio.

—Di, Marco Favonio.

—Toma nota, el ánfora llena pesa ochenta y un ases. Mañana ajustaremos su peso exacto y pagaremos toda diferencia que favorezca a la corporación. Entretanto suma tantas ánforas como veces tengas que hacer la pesada hasta acabar el pescado.

— ¿Y si resta una fracción?

—Se la daremos por entera. Si estáis de acuerdo el ánfora nos servirá de ahora en adelante como una medida alterna.

Cuando concluyó la operación, Tangino habló por todos, los ánimos más sosegados.

—Estamos conformes.

—Pero yo no —repuso Angionis, que hasta ese momento había permanecido sentado con expresión de fastidio. El avistador se adelantó. —Fue él quien hizo desaparecer las pesas para que el metrónomo no notase el fraude. Qué importa que ahora astuto, nos de la fracción por entera si bastante más nos ha robado.

Cilpes terció. ¿No habría sido él mismo, Angionis, quien sustrajo las pesas para sostener sus falsedades?

—Callad y escuchad mis razones —pidió el factor. De haber habido temor por la inspección las pesas habrían sido sustraídas antes de anoche. Nadie podía prever que el metrónomo iba a tener que atender ayer ese asunto en el mercado. Por otra parte, las pesas han estado bajo vuestra custodia, por solicitud de Angionis bueno es recordarlo. Entonces, ¿por qué acusar en primer lugar a Granio? ¿Acaso alguien ha preguntado a los custodios?

Con las acusaciones revirtiéndose sobre el avistador, éste repitió torpemente lo que dijo antes de la llegada del factor, que a los custodios debieron de haberles dado un bebedizo, y por ello no oyeron ni vieron nada.

—Lo mismo le ocurrió a los esclavos del depósito de las ánforas cuando fueron destruidas —comentó el escriba— ¿Crees que haya una relación? Es decir, suponiendo que ese alborotador haya dicho la verdad.

El factor al menos había considerado la posibilidad. Porque nada temía de la inspección, él, Marco, había aceptado de buena fe que la corporación custodiara las pesas. —Pero ahora por la salud de la factoría y del *vicus*, te pido Tangino, os suplico que deliberéis sobre la permanencia de Angionis en este *vicus*. La factoría no puede continuar así. Tangino, esperaré en el tabulario, ven a verme cuando hayáis tomado una decisión.

Zósimo quedó asombrado. Esa sí que era una novedad. A él tampoco le gustaba el avistador y era tiempo de hacerle frente. No tenían evidencias en su contra, pero, ¿hacían falta? Internamente creía necesario el alejamiento de Angionis por muy bueno que fuese en su oficio, estando él, Zósimo, a las puertas de una sociedad con Odacis.

—¿Sabes qué decidieron?

Cilpes se encogió de hombros. —Lo dejaron para la noche. Tuve que irme a la factoría a atender la refacción de la pileta, pero te aseguro que el avistador quedó en una posición incierta. No tenía nada que argumentar. En buena hora nos libraremos de él.

Zósimo asintió. En buena hora.

En la playa nadie vio a Eunomia alejarse del grupo.

La mujer pasaba de los cuarenta, tenía la figura menuda y las facciones aristocráticas de su origen: la tez aceitunada de su madre, los ojos verdemar de su padre, las cejas finas pero bien dibujadas, nariz recta, y boca sonrosada; aunque la edad empezaba a dejar huellas en su rostro y algo de plata en su cabello castaño, su expresión otrora inocente había ganado gravedad, mas no dureza. Había en su continente la costumbre de mando de las mujeres solas puesto que muy joven había enviudado. Dedicada con fortuna desde hacía años a la cría de corzos y jabalíes en los alrededores de Túsculo, por esos días había cedido los espacios de su pequeña villa para que el viejo consular llevara adelante ese nuevo negocio en el que ambos tenían un interés especial. El patricio había acordado viajar al día siguiente a atender una reunión en casa de Décimo Bruto para volver después de nonas y permanecer allí, junto a ella, a la espera del cumplimiento de la condición necesaria para cerrar la *stipulatio*. Sobre tal cumplimiento Cayo le había dado todas las seguridades, y en ella habían depositado una esperanza, la última quizás.

—Entonces, está hecho —dijo ella, una vez concluida la visita de Vibio Paquio.

—Así lo creo. Ese joven realmente quiere el dinero.

—Que no demore demasiado. Hemos perdido tanto tiempo.

Aunque tardase, replicó el hombre, la espera valdría la pena porque como ya le había dicho ésa y no otra era la ayuda que precisaban para hallar la verdad. La chica, ¿lo había pensado mejor?

—Ha comprendido que en su situación es necesario tener paciencia.

Cayo asintió. —Vibio cumplirá en el término de la distancia. La ayuda estará aquí antes de los próximos *idus*.

Detrás de la factoría había un viejo cobertizo de techo degradado por la intemperie y la incuria que, desde los comienzos de la gestión de Marco, había sido relegado por otro, tanto más amplio como cercano a la factoría. Nadie se había ocupado de él como no fuese para pensar en cascotes para relleno, suponiendo que los nuevos edificios propuestos por el factor llegasen a ser aprobados por Vibio Paquio en su próxima visita. Su demolición se daba por hecho aunque no tuviese fecha cierta. Entretanto, en su interior, Angionis aguardaba.

—¿Por qué tardaste tanto? —preguntó.

Trabajaban aún en el almacén, le había costado pasar sin ser vista, contestó Eunomia. —¿Hasta cuándo Angionis? ¿Hasta cuándo? Ya no lo resisto —le espetó en voz baja—. Dime, ¿por qué tuviste que hacer eso?

—¿Hacer qué?

—Sabes a lo que me refiero, las pesas.

Angionis chasqueó su lengua.

Por qué tenía que provocar a Marco Favonio, desde que llegó al *vicus*, nada había tenido sentido. Al menos no para ella. ¿Había alcanzado algo con esas violencias? Ahora de seguro le echarían y qué había conseguido, nada, y ella estaba tan cansada, no dormía ni tenía paz, pensando en él, viendo por él. —Ya no lo resisto —dijo.

El hombre iba a decir algo en su defensa pero sacudió la cabeza, y en su lugar, murmuró: —Siempre con lo mismo... vamos, ahora no te eches a llorar —se acercó a ella y tomándola por los hombros y acariciándole el mentón le dijo:

—Me marcho pero tú te quedas, muy a mi pesar.

—¿Adónde irás? Que estés fuera del *vicus* es un alivio para mí, lo confieso, pero me preocupas. Yo también te necesito —dijo la mujer—, sabes que te quiero.

—Pues no lo parece —contestó el hombre con ironía—. Tú en cambio te has establecido muy bien aquí.

—¡Por Astarté, Angionis!

—¿Amas a ese liberto?

Eunomia desvió la mirada. —¿Importa eso?

—Me importas tú —dijo el avistador. La contempló largamente, se aproximó, quiso besarla pero tuvo miedo de su rechazo, sacudió la cabeza—. Mi permanencia en el *vicus* no ha sido en vano.

—¿Adónde piensas ir? —preguntó ella en la premura de la turbación.

—A Tingentera —musitó él con lentitud sin apartar su mirada.

—De nuevo.

—Sí.

—Ten cuidado.

—Lo tendré. Volveré por ti.

Ella asintió mecánicamente. No se atrevió a decirle que esperaba un hijo de Zósimo.

Tres días después, por la tarde, llegó el *dominus*.

—Salve, Vibio Paquio. Espero que tu viaje haya sido tranquilo. De haber sabido que venías habría dispuesto tu alojamiento —dijo Marco, quien, informado del arribo de la nave, había interrumpido sus labores en el despacho para venir a recibirle. Mientras se abrazaban e intercambiaban salutaciones se preguntaba qué podía haber traído al *dominus* sin aviso y con tanta premura un mes antes de lo convenido.

—Salve, Marco Favonio —respondió Vibio Paquio en medio del pequeño revuelo del *vicus* que se aproximaba tanto a presentar sus respetos como a merodear junto a la nave, ya para escrutar al pasaje ya para descargar su contenido—. El viaje ha sido satisfactorio. De mi alojamiento no te cuides. He venido hasta acá solo para hablar contigo. Debes saber que después de estudiar varias opciones de negocios me he decidido por la sociedad.

La sociedad. Zósimo, que les seguía de cerca, había brincado en su fuero interno al oír aquello. La sociedad. Oh, dioses, estaba hecho, ahora nada más haría falta que Marco intercediera por él. La oportunidad estaba cerca. La sociedad. Con eso en mente trabajaría el escriba el resto de la jornada mientras completaban los asientos, porque como le había manifestado Marco al *dominus* las cuentas que había pedido no estaban listas.

—Lo celebro, querido Vibio. Confieso que esperaba tal resolución desde hace algún tiempo y no hay ni que decir que la acompaño. Ocurre, sin embargo, que aún no hemos concluido los asientos que de seguro necesitarás en tus gestiones.

Pero el *dominus* apenas le había escuchado. Desfilaba por el muelle con pasos apresurados, respondiendo brevemente a los saludos de los habitantes del *vicus*. Puso su mano en el hombro de Marco y dijo:

—Casi no podía esperar para llegar. Quiero ver esto resuelto... y hay tan poco tiempo —había urgencia en sus palabras—. Me han prometido un dinero, querido Marco. Las cuentas, ¿qué fue lo que me dijiste?

—Pues... que puedo mostrarte lo que Zósimo y yo hemos adelantado para que te hagas una idea. Son buenas las cifras, así que la sociedad...

Acompañaba a Vibio una breve comitiva de la que hacía parte un hombre de mediana estatura, calvo y el paso izquierdo claudicante. De continente tranquilo, descolló enseguida al acercarse a Vibio Paquio y hablarle con voz imperceptible.

—Sí, sí —respondió el *dominus*—, iremos a ver la factoría ahora mismo.

Marco propuso que el escriba les guiase en la inspección y añadió con la intención de favorecerle:

—Zósimo está al tanto como yo de las operaciones y bien puede sustituirme en esta visita.

Vibio atajó la sugerencia con un gesto. —No, vosotros dos volved al despacho a haceros cargo de las cuentas. Es cierto, las necesito pero las examinaré cuando estén completas.

Siendo así que venía con tanta prisa ambos harían todo lo que estuviese a su alcance para terminarlas al día siguiente a más tardar, declaró entonces el factor.

—No esperaba menos celo de tu parte, Marco, conque id vosotros de una vez a concluir esas cuentas que entretanto yo me entenderé con Cilpes.

Zósimo presenció estos cruces de palabras con una expresión adusta. Mientras musitaba una despedida, Marco percibió la interrogante del escriba —¿quién era el acompañante de Vibio?—, pero nada podía hacer para contestarla, tan a oscuras estaba como él. Lo que vino a continuación inquietó aún más al escriba: antes de encaminarse hacia la factoría, Vibio se inclinó hacia Marco y le dijo en voz baja: —En la noche hay algo importante que quiero discutir contigo —el factor preguntó si Zósimo iría también. Vibio Paquio meneó la cabeza—. No, ven tú nada más, lo que tengo que decirte es confidencial.

—No. ¿Te das cuenta? Eso dijo —se lamentaba el escriba más tarde—. No. No quiso que le acompañase en su visita a la factoría. No aceptó que fuese a la reunión de la noche y ese extraño seguramente irá —había algo que no estaba bien. Se aferraba a su esperanza pero no podía dejar de cavilar en el misterio de Vibio y su desconocido invitado, de quien nada había podido averiguar excepto el nombre. Varias veces perdió el hilo del dictado, tan inquieto estaba—. Ni siquiera contestó mi saludo —añadió. Marco replicaba no es cierto, qué cosas dices y paciente repetía las cifras, hasta que avanzada la tarde, sin convencer a Zósimo de que nada tenía que temer de las decisiones del *dominus* y convencido él mismo de que no alcanzarían a terminar en esa misma jornada, interrumpió la labor.

—Continuaremos mañana temprano. Ve amigo, ve a descansar.

Marchó entonces a Carteia, al alojamiento de Vibio. La mesa del triclinio que el *dominus* había reservado estaba servida, pero luego de las libaciones lo que menos se tocó fue la comida.

—Marco, qué puedo decir, has hecho un buen trabajo, como siempre.

—Me honra escuchar eso, querido Vibio. Sin embargo, aún está pendiente el asunto de las ánforas.

—Trataremos eso después —observó el *dominus.*

Marco Favonio comprendió entonces que la conversación estaba por tomar giros más profundos, que cualquier cosa que tuviese que decir en nombre y a favor del liberto, debía hacerlo en ese instante.

—Vibio.

—Di.

—Te ruego que me concedas la gracia de hablar en primer lugar de otro asunto, que confío redundará en apreciables beneficios para ti.

—Concedida aunque no la necesites, sabes que siempre te escucho —respondió el *dominus.*

Relató entonces el factor las gestiones que Zósimo había llevado a cabo hasta seleccionar el alfar de Odacis, los planes de éste para los nuevos hornos y los prospectos de una posible asociación, en los términos que él, Vibio Paquio, había fijado en su última visita. Aunque faltaran detalles como las cuentas del último *nundinum*, había llegado en un momento oportuno para revisar los alcances de la sociedad y acordar su parte con Odacis. —Zósimo aspira a entrar en esta sociedad con su peculio. Yo lo respaldo porque avalo el talento y la actividad que le califican para estar al frente de esta sociedad una vez te ausentes —concluyó.

—¿Por encima de ti, Marco? ¿Permitirías eso? —preguntó el *dominus* entre incrédulo y divertido.

—Así es, me basta la factoría, como a Odacis el alfar, pero Zósimo tiene el talento para coordinar ambas operaciones.

—Le tienes confianza.

"Tanta como tiene él en mí", pensó Marco Favonio. Al liberto le había asegurado una vez más antes de marcharse que todo iría bien.

Pero Zósimo no hacía más que rumiar, mientras alineaba estilos y apilaba tabletas. —No sé, Marco, hay algo. Cilpes no averiguó más que tú o que yo, apenas que el hombre se llama Ticio y que hizo muchas preguntas sobre las operaciones. ¿Será que Vibio le ha invitado a formar parte de la sociedad?, porque es la única explicación que hallo. Otro socio. Eso no estaba en mis planes.

—Mi querido Zósimo —sonrió Marco, ¿cuál era el problema? Él mismo lo había escuchado de labios de Vibio. Lo importante era que había venido por la sociedad. Además, si algo había que aprender en los negocios es que no solo se planeaban, también se acechaban, se atrapaban. ¿Quería ser un negociante? Que aprendiera entonces a jugar.

Zósimo preguntó a su vez, ¿por qué no jugaba él si sabía tanto?

No estaba interesado, respondió el factor, golpeando con su cayado en el piso.

—Le tengo tanta confianza, querido Vibio como tú la tienes en mí —respondió al fin.

El *dominus* tosió y se aclaró la garganta.

—Marco... la verdad es que la sociedad no será con el alfar, con ningún alfar. Es cierto que habíamos convenido en buscar esa clase de socios, pero ya no habrá nada de eso —hizo una pausa y observó la expresión atenta del ciego—. He conseguido una oportunidad con unos *navicularii*. ¿Comprendes lo que eso significa? No ha sido fácil encontrar quien me financie, pero lo he logrado. Sin embargo, todavía debo cumplir con una condición —el *dominus* sorbió un poco de vino antes de continuar—. La condición eres tú, Marco.

—¿Qué quieres decir?

—Hay alguien que está dispuesto a prestarme ese dinero, si tú marchas a Italia a realizar un trabajo para él.

Marco parpadeó, se quedó de piedra, tartajeó al fin con voz ronca:

—Jamás, jamás, no lo haré, olvídalo.

—Sabía que dirías eso —respondió el *dominus* con tranquilidad.

El factor se puso en pie y prosiguió desbocado, furioso. Por eso había dado tantos rodeos. Por eso el secreto, la premura, el desasosiego, pero Vibio había perdido su viaje. No iría. Nunca. —Eres como mi hermano. ¿Cómo te atreves a pedirme la única cosa que sabías de antemano que no puedo darte? Me conoces Vibio, tú más que nadie sabes mis razones.

—Tú mismo lo has dicho, soy más que un hermano para ti. Dime, ¿quién más te hubiera dado este trabajo? Te ayudé como hermano, sin esperar nada a cambio, pero en este momento me hallo en tus manos. Te lo ruego.

Marco se dejó caer en el asiento. Sacó unos cálculos de una bolsita que llevaba al cinto, los echó sobre la mesa y se puso a jugar con ellos nerviosamente, como una excusa para bajar la cabeza y ocultar su rostro. Así estuvo un largo rato marcando su silencio con el toque de los pedruscos, una suerte de territorio en el que su patrón, lo sabía por experiencia, debía abstenerse de irrumpir. Al cabo dijo el factor en voz baja:

—La sociedad con el alfar es un buen negocio, y tienes lo suficiente para eso.

—Oh, dioses —replicó Vibio—. Antes de esta propuesta sí, pero ahora... —como sacarle agua a una piedra pómez serían las ganancias que podría obtener de asociarse con el alfar, comparadas con las de este negocio de transporte marítimo. Con el dinero lo aceptarían, sería uno de ellos.

Marco meneó la cabeza.

—Estoy en tus manos —insistió el *dominus*—, sé lo que esto supone para ti, pero tienes que ayudarme. Nunca te he pedido nada, lo sabes. ¿Qué dices?

El hombre continuó alineando y contando sus cálculos, mientras algo se removía dentro de él. Entonces levantó el rostro. —Haré unas preguntas y quiero respuestas.

—Bien.

—¿Quién es él?

Vibio respiró hondo y jugó con su copa. —No puedo decirlo en este recinto. Temo que alguien más pueda enterarse.

—¿Lo conocías de antes?

—Sí... es decir, no. Le conocía de vista. Recibí una invitación, acudí y me propuso el negocio.

—¿Te dijo para qué me quiere?

—Dijo que para un trabajo, nada más.

—¿Por cuánto tiempo?

—No lo sé.

—Si me marcho, Zósimo se quedará al frente de la factoría.

—No.

—No estaba preguntando.

Ése era el otro asunto, replicó Vibio. Ya que la *fiducia* suponía darle la factoría al acreedor a título de precario, y dado que de las ganancias de la misma dependería una parte del pago de la suma adeudada, habría daño si separaba al factor en funciones de manera repentina, sin tener a la mano un reemplazo con la misma capacidad. Así que habían llegado a un acuerdo. Ticio, hombre de confianza del acreedor, velaría por los intereses de su patrón, y garantizaría que la factoría mantuviese sus cotas de producción hasta el regreso de Marco o se cumpliese el plazo para cancelar la deuda, lo que ocurriese primero.

—¿Cómo crees que tomará esto Zósimo? Esperaba tanto de tu visita. Él es quien debería ser mi sustituto —no hubo respuesta—. Entiende, la sociedad significaba mucho para él, como los *navicularii* para ti. Más razones para que yo me niegue.

Quien no parecía entender era él, replicó el *dominus*. Ese acuerdo entre otras cosas le daba la debida importancia a la posición que él, Marco Favonio, ocupaba en la factoría. —¿Irás entonces? —preguntó esperanzado.

—Hay algo que no has contemplado en ese trato.

—¿Qué cosa?

—Las ánforas. Puede haber dolo si no mencionamos a la otra parte lo que ha estado sucediendo.

—Cilpes me dijo que ya estaba descubierto el culpable, y que se ha ido.

—No estoy tan seguro, puede haber problemas.

—Pues yo lo doy por resuelto —Vibio replicó con impaciencia. Nada se diría entonces. El problema se había solucionado antes de cumplir con la condición para la *stipulatio*, de modo que no había dolo. No quería oír hablar más de las ánforas—. Ahora soy yo quien te pregunto a ti, Marco Favonio: ¿irás?

El ciego masculló de nuevo, negó, volvió a meter la cabeza y siguió contando sus cálculos.

Desde el alba habían venido cubriendo la vía, en un carro conducido por un esclavo así de callado que griego no podía ser; y ellos, liberto y factor como únicos pasajeros, pues para ambos había sido agenciado semejante transporte. Los remezones del vehículo sobre el balasto habían vencido a Marco Favonio, que ahora dormía, su primer sueño tranquilo después de varios días.

Zósimo le miró una vez más tan aliviado como sorprendido de verle por fin rendido y volvió a pasear sus ojos por la inmensidad de un paisaje desconocido para él, manchas de verde, oro, azul, tan claras que entre ellas no hubiera sido difícil divisar a lo lejos figuras de caminantes, padre e hijo quizás, salidos de un rincón umbrío, como cazadores que retornan a la ciudad extenuados, silenciosos, agradecidos a los dioses, satisfechos ambos; uno, por haber sabido enseñar, el otro, por haber podido aprender, a todo lo cual, sin embargo, era nula la atención que hubiese dispensado el liberto, ocupado como estaba, entre el canto ocasional de los tordos y el repiqueteo de los ejes del carro, en meditar sobre una situación, la propia, en la que hasta ese momento poco había podido reparar que no fuese a ramalazos, por las naturales incidencias del viaje por mar, la expectativa de llegar al puerto y la misma confusión de su ánimo.

El liberto extrajo de su bolsa un trozo de plomo un poco más grande que la palma de su mano. Aunque le hubiese prometido a Marco Favonio lo contrario, no pensaba renunciar a la oscura satisfacción de devolverle al *dominus* algo, así fuese en especie, del daño pecuniario que le había prodigado con su última decisión. Le dio vueltas al fragmento y lo miró como si leyera en la superficie un texto aún no escrito. Bastaría añadir en este insólito viaje otro revés, otra postergación, otra frustración, otra marginación para que grabase en el metal lo que su estómago había estado acumulando contra su patrón, desde aquella mañana de hacía varios días cuando un Marco Favonio apenado le dio la mala noticia.

—Lo siento, Zósimo. Lo siento.

No a la sociedad, no a nombrarle factor mientras durase la ausencia de Marco, no, no, no.

—¡Lo sabía! —exclamó el escriba.

—Esto no me gusta más que a ti —replicó el ciego, pero no tuvo tiempo de añadir nada más. El liberto se había levantado y alcanzado en dos zancadas furiosas el fondo de la habitación, para desde allí traerse un cajón de madera que vació parcialmente en el escritorio: pedazos no demasiado pequeños de las ánforas que habían sido quebradas en almacén, junto a un buen número de tabletas desgastadas. Revolvió el montón sin conseguir lo que buscaba. Las dejó allí, esparcidas, y frenético retornó al rincón, mientras un Marco Favonio desconcertado, a tientas volvía a echar ceras y ostraca en la caja.

—¡Por los dioses, Zósimo! ¿Qué es esto? ¿Por qué has hecho esto? —le preguntó.

—Busco un pedazo de plomo.

—¿Qué vas a anotar? —inquirió el factor con aprensión, sabiendo de antemano la respuesta.

Todo lo que la ira le dictase en perjuicio de Vibio Paquio, tal cual, eso copiaría en la lámina azulada, desde el fracaso en los negocios hasta de lo que se iba a morir; luego lo tiraría en el pozo.

—¡No, Zósimo, no, no lo hagas! —reaccionó Marco y haciendo un gesto con la mano— Escúchame, te lo ruego.

¿Qué le iba a decir? ¿Que debía tragarse su ira? ¿Que así son los negocios?

En efecto, eso le iba a decir, que se trataba de un negocio. Ya que él, Marco Favonio, no había podido negarse a emprender este viaje, ya que iba solo por complacer a Vibio —forzando su gusto, que era permanecer en la factoría—, el escriba iría con él hasta Italia; al menos eso había podido sacarle al *dominus*. Ignoraba lo que les aguardaba por allá; desconocía igualmente qué clase de servicio se requería de él, pero qué más daba si cierto estaba que no aceptaría. —Piénsalo, Zósimo, piénsalo. Nada más perderás si me acompañas. Yo no aceptaré ese trabajo —reiteró el factor con firmeza. No habría préstamo, Vibio Paquio entraría en razón y finalmente se avendría a conformar lo que ya se le había propuesto: una sociedad con el alfar de Odacis, si todavía quisiera hacer algún negocio.

—Pase lo que pase, mi querido Zósimo —concluyó el factor—, haré que ganes buen dinero.

El escriba, lejos de declararse convencido por lo que le parecían argumentos débiles e inciertos, continuó manoseando el plomo; dándole vueltas con expresión de contrariedad. Marco a su vez, apercibido por su silencio, insistió entre la exhortación y la súplica.

—Déjalo, Zósimo, por favor, confía en mí, hombre. Recuerda lo que te he dicho: los negocios, así son.

El liberto, muy a su pesar, se resolvió por fin a guardar la lámina. Puede que no tuviese que utilizarla después de todo. Bastaba poner harto empeño en asegurarse de que Marco Favonio no aceptase la propuesta, cualquiera que ésta fuese. Vista además su extraña conducta de los últimos días, no iba a ser difícil influir en su ánimo.

Aquello había comenzado desde la salida de Carteia: Marco Favonio se había reducido al mutismo, hosco cuando no reconcentrado en sus juegos de cálculos que se repartían entre hacerse de un ábaco con las piedrecillas; disponer con ellas figuras geométricas de las más variadas formas, o conjugar lo que parecían señales, que solo él estaba en el secreto de descifrarlas.

A bordo de la misma nave que había traído al *dominus* y que les llevaba a la península en navegación expresa, una cosa habían sido los días, con Marco Favonio indiferente a las vicisitudes del mar, la anticipación del puerto, la actividad de Ostia, el recorrido por la Vía Labicana, y otra había sido el tiempo de la nocturnidad. En las primeras noches fue el sueño inquieto, las palabras incomprensibles; el cuerpo agitado, las pesadillas, el despertar con la frente brillante, y la mirada de angustia, como si algo terrible sus ojos ciegos hubiesen visto.

Durmió entonces poco el liberto en las noches que siguieron, por hacerle compañía en cubierta hasta que el factor conciliaba un breve sueño antes del amanecer. En esas horas oscuras, Marco Favonio ora despertaba a la conversación, ora jugaba a los dados con los tripulantes a quienes tenía asombrados, menos por ganarles una que otra mano, o llevar la cuenta al dedillo de sus lances, que por haber detectado al oído en su noche de estreno unos dados cargados. Cuando no jugaba imaginaba contemplar el firmamento, haciéndose nombrar cada constelación hasta llegar a la de Orión.

—¡El cazador! —decía invariablemente.

Debía de faltar poco para llegar, advirtió Zósimo por las maniobras del conductor, que salió de la vía para tomar un camino secundario que cortaba en dos una amplia dehesa; ésta a su vez limitaba a lo lejos con un bosquecillo que no alcanzaba a ocultar un fondo de suaves colinas. Por fin, al cabo de otra media hora se reveló, por detrás de un soto de hayas, una pequeña villa de obra limpia, lienzos de adobe y tejas de arcilla. Al verla, el liberto hizo una mueca: ¿Era ésta la posesión rural de un patrono? Fuera de la alameda de árboles espigados, el cielo claro, los macizos de flores, el bien dibujado camino de tierra por donde rodaban, las montañas azuladas, los colores de la tierra trasladados al barro cocido y la piedra, nada había allí de prestancia, nada de lujos, nada de riqueza a ojos del liberto. "Parsimonioso", pensó del protector de Vibio Paquio, "o de los que lo son a la fuerza porque nada tienen, o de los que lo son a voluntad porque en vez de gastar acumulan. Éste debe de ser de los segundos". Valdría la pena conocerle, negocios aparte. El suyo al menos ya estaba andando, y esa perspectiva, más que cualquier promesa de Marco Favonio era lo que a fin de cuentas le había ayudado a sobrellevar el tropiezo. La mañana anterior a su salida de Carteia, se había excusado, con la venia del factor, de sus deberes como escriba, pretextando un pago que debía hacer en la ciudad, a más de unos encargos de Eunomia, pero en lugar de ello se había encaminado hacia el alfar. Cerró el trato con Odacis, colocó su peculio y estableció la sociedad para empezar a construir el nuevo horno, el resto lo pondría Odacis con un porcentaje de sus ganancias. "Fortuna, seme propicia", musitó el liberto y estremeció con suavidad a Marco para hacerle despertar.

Hasta la noche no fue recibido el factor.

—Sé bienvenido a mi casa, Marco Favonio. Mi nombre es Emilia Tercia. Espero que el alojamiento que he dispuesto te haya permitido descansar, aunque sea un poco, de las fatigas de un viaje hecho con tanta precipitación.

El hombre asintió mientras se orientaba. La voz de Emilia le ayudaba a conocer las dimensiones de la estancia, la escasez de muebles, la proximidad de su anfitriona y la presencia de otra persona. La corriente de aire a su espalda avivaba tanto el sencillo aroma del aceite de oliva en las lucernas como el crepitar casi apagado de las llamas, una en el techo, dos tal vez en el fondo. La dueña de casa, desprovista de joyas pues no se oía ningún tintineo, caminaba de manera pausada y elegante sobre el rústico pavimento.

—Sí, gracias —contestó al fin, mientras con la ayuda de un esclavo era conducido a tomar asiento en un cómodo solio.

Habló entonces la otra persona:

—Marco Favonio, sé que has permanecido mucho tiempo fuera de Italia. Yo también te doy la bienvenida aunque, al igual que tú, soy un invitado en esta casa.

El hombre compartía el mismo acento aristocrático del Lacio de la anfitriona. Su voz, por otra parte, era quizás la de una persona en su sexta década de vida. Le era además aquella voz muy familiar a Marco Favonio, pero por más esfuerzos que hizo por ubicarla ningún nombre vino a su mente.

—Dime, Marco, ¿es Vibio Paquio tu amigo?

—Lo es.

—¿Desde hace mucho?

—Desde que estuvimos en el ejército.

El hombre hizo un gesto de aprobación, y dirigiéndose a la mujer contó lo que le había referido Publio Rupilio, cónsul en Sicilia durante la revuelta de esclavos. Era entonces Marco Favonio auxiliar del cuestor, y aunque en ese cargo se había venido desempeñando con celo e integridad, más merecimientos ganó por su actuación en un caso difícil de resolver: hurto y homicidio en el *castrum*. Una tarde, otro auxiliar apareció muerto sobre su espada; a su lado, una nota de suicidio escrita en una tableta y con ella, una bolsa de monedas, parte pequeña según se presumió de un faltante descubierto ese misma jornada, y que el cuestor, como es de suponer, había estado buscando afanosamente desde la mañana. Marco fue el único que puso en duda el suicidio. Había notado algo que otros pasaron por alto: que la mano con la que el difunto se había dado muerte no era la misma que usaba en los combates. En la indagatoria que siguió, sospecharon de un esclavo del cuestor, porque le habían visto salir de la tienda poco antes de la muerte del auxiliar, y era hasta donde se sabía la última persona en verle con vida. El infeliz, sometido a un interrogatorio, nada confesaba. Entretanto, Marco Favonio, pareciéndole que la grafía de la tableta provenía del escritorio del cuestor, pidió licencia, sin revelar el propósito, para obtener muestras de escritura de la terna de escribas. Sabiendo que además cada cual usaba su propio juego de estilos, también el tipo de huella producida por los instrumentos comparó. Así, con sagacidad, dio con el verdadero culpable y recuperó el dinero a la mañana siguiente.

Mientras duró el relato, el factor había permanecido con la cabeza gacha entre asombrado e incómodo, casi violento. No sabía aquel hombre cómo sus palabras lisonjeras le sonaban a ultraje. Hizo un esfuerzo por contenerse, la mano apretando el cayado, la otra en la bolsa de piedrecillas, el rostro tenso, la respiración forzada. De ese pasado nada quería.

—Desde hace algún tiempo —prosiguió el patricio—, hemos buscado en vano alguien que pudiese ayudarnos. Entonces, cuando ya habíamos perdido las esperanzas, recordé esta historia. Marco, tus antecedentes nos dan la certeza de que eres la persona que necesitamos. No fue fácil encontrarte, pero ahora que te tenemos aquí, Emilia y yo nos congratulamos por ello, porque veo que los dioses quieren favorecernos y creen en la justicia de nuestros motivos —el hombre hizo una pausa—. Mi nombre es Lelio, augur, hijo de Cayo, y hay quien me llama el Sabio, pero yo que me conozco, lo creo menos que nadie, porque a la verdad son muchas las cosas que ignoro, y por eso te necesitamos, para que nos ayudes a averiguarlas. En suma, te hemos hecho traer hasta aquí para que encuentres a alguien que ha desaparecido.

En un impulso que no pudo evitar, Marco alzó la cabeza.

—¿Qué? —alcanzó a preguntar con la voz ronca.

Era el combate. De nuevo. Con lamentos, rugidos, gritos de batalla, hombres que corrían a su alrededor, él no menos que el resto, todos en plan de desbandada, harto miedo aguijándole los pies. Tras ellos el enemigo, tropel de muerte que se les venía encima.

Corría siguiendo a los demás, como marcha de ciegos, que nadie parecía saber adónde iba, que nadie parecía conocer la salida, que seguían porque más daba correr que detenerse. Volteó a su diestra y el rostro de... ¿para qué nombrarlo?

congestionado por el calor y el esfuerzo le devolvió una mirada en la que leyó su propio desvalimiento.

Corrían, ya estaban cerca del bosque, ya burlaban a la persecución, pero de súbito los que iban muy por delante se devolvieron y toparon con los que venían detrás: horror de saberse copados. Sintió él un dolor en el costado y cayó como un muñeco que se vaciaba de fuerzas y se iba colmando de voces desesperadas.

Abrió los ojos; el sol en lo alto, él en el suelo, los ojos abiertos, siempre abiertos, mirando al esclavo buscar entre los cuerpos, rematar a los vivos, para luego avanzar hasta él y escrutarle su propia mirada vacía, anclada más allá, en el borde del bosque donde aquél —no, no quería nombrarlo— se hallaba implorando clemencia. El esclavo, la hoja en la diestra y la duda en los ojos, y él con la mirada fija en aquél, sus alaridos, la oscuridad, la oscuridad.

Marco Favonio se agitó y revolvió en la cama hasta zafarse de aquel mal sueño, siempre el mismo, y ya no volvió a dormir. Al menos, magro consuelo, disponía de nuevo de un cubículo para él solo; le libraba de tener que ofrecer a Zósimo las medias explicaciones de los últimos días. Ya no volvió a dormir, sin embargo, por lo que, contando y descontando cifras de la factoría le llegó el amanecer, cuando no tanto por seguir sus costumbres tempraneras de Carteia como por hallar agobiante la cama y el recinto, se levantó con un malestar en proceso, la cabeza pesada y una idea fija: se iría ese mismo día. Lo sentía por Vibio pero no había manera de que aceptase un trabajo como ése. Servirles como prefecto, factor, escriba, tabernario incluso, sea, pero esto... nunca, no. Antes bien, tenía que irse de allí. En cuanto Zósimo despertara, empacarían de nuevo y se marcharían.

Hizo pues sus abluciones, se vistió y salió del cubículo, para aventurarse más allá del peristilo, tanteando el suelo de losas, en busca del postigo que conocía del día anterior, guiándose con el aura que traía olor de tierra húmeda por el rocío.

Con pasos cautelosos alcanzó el pórtico que para él era gorjeo de pájaros, rumor de labores a lo lejos, el sol que salía, la casa que poco a poco despertaba. Hacía tiempo que no veía eso. Al salir por el postigo, avanzó por el sendero de tierra y a su encuentro vino otra fragancia que le orientó hacia el sembradío de espliego. Extrañamente cerró los ojos y aspiró con agrado, intentando en vano despejar la migraña que le estaba obligando a detenerse y frotarse las sienes, sin advertir en su malestar que unos pasos menudos se habían interrumpido muy cerca de él.

—¿Te sientes bien?

Marco Favonio volteó hacia la voz, vagamente sorprendido. —No... yo... —empezó a responder en un tono a medio camino entre la explicación y la disculpa— No importa. Solo me duele la cabeza —notó su acento griego y pensó en una esclava.

—Ven conmigo —dijo ella—. Te daré algo para aliviar ese dolor —sin esperar respuesta lo agarró del brazo. Su mano era suave pero voluntariosa. Él se dejó conducir de vuelta a la casa, en dirección a la amplia cocina donde, luego de sortear los saludos y miradas de los esclavos de servicio, encontraron un rincón desierto junto a la despensa. La chica le hizo sentarse a la mesa, la de los frutos del día, que todavía estaba vacía, para después hacerse de una redoma, triturar materias vegetales, cocerlas en agua, pasarlas por un cedazo y servirlas en un vaso de vino que colocó en manos de Marco Favonio.

—Bébelo todo.

El hombre lo olió e hizo una mueca. —Si esta cosa es sauce blanco no servirá —protestó.

—Es más que sauce blanco, es mi mezcla, le he puesto otra cosa.

—¿Qué?

—Un poco de espliego. Colecté las espigas antes de la floración y las puse a secar. Tómalo antes de que se enfríe.

¿Espliego? El hombre continuó escéptico. —No servirá —porfió, antes de obedecer. El sabor no era desagradable. Una oleada de bienestar llegó a su estómago pero la cabeza continuaba doliéndole.

—¿Y bien? —preguntó la chica.

—Me duele.

—Paciencia. Quedémonos aquí un rato —Marco sintió de nuevo su intensa mirada como si le examinara. Iba a decir algo, murmurar gracias, levantarse e irse, para evadir una conversación que le obligase a dar explicaciones, pero ella se le adelantó.

—Te llamas Marco Favonio.

Guardó silencio pero ella repitió con un tono de apremio que no admitía silencios:

—Te llamas Marco Favonio, viniste de lejos porque se requerían tus servicios, pero tú... te has negado. Dime, ¿es que el precio fue muy bajo?

El hombre frunció el ceño, le correspondía ofenderse, pero detrás del atrevimiento de la misteriosa muchacha, porque la voz no podía ser sino la de una muchacha, había una emoción que no podía identificar. "Es solo una chica", pensó. No podía tragarlo, sin embargo. —Para mí —replicó—, no hay precio que pague por mis servicios si yo no quiero prestarlos, niña —y enfatizó la última palabra.

La chica hizo caso omiso. —¿Por qué lo rechazaste? Quiero saberlo —insistió.

Marco estaba asombrado con la indiscreción de esta muchacha. Nadie le censuraría si se levantaba y la dejaba sin respuesta, pero la verdad, el bebedizo no le había caído mal. Contó sus dedos, respiró y dijo, lo más educado que pudo:

—Está a la vista.

—¿Qué cosa? Yo no veo nada.

—Que estoy ciego.

—Ah, eso... —respondió ella—, pero la fama que precedía a Marco Favonio no era porque veía sino porque pensaba.

El dolor estaba empezando a ceder, pero ahora estaba desconcertado. ¿Tanto había sonado su nombre en esta casa? —Para un ciego —repuso—, es más difícil descubrir la verdad. No podría. Y tú, ¿quién...

Pero ello no lo dejó acabar. —No pienso lo mismo. A Tiresias su ceguera no le impidió saber la verdad desde el principio.

—Yo no soy Tiresias.

—Veo que no. Tiresias fue reticente para revelar la verdad pero no para buscarla —se levantó sacudiendo la silla—. Tu dolor debe irse antes de la media hora. Adiós, no puedo perder más tiempo.

—Espera, ¿cómo te llamas? —suplicó Marco, pero ella ya se había ido. ¿Quién era esta chica?

41

La balanza había sido seriamente dañada. En la noche, a alguien le habían bastado unos recios y limpios golpes de hacha para hendir uno de los brazos y luego escabullirse sin dejar rastro. Como de costumbre, nadie había visto nada, y el sospechoso habitual de Cilpes se había largado, dejando a la cofradía tanto los aperos y las embarcaciones que había aportado como el dirimir qué parte de la ganancia le tocaría al finalizar la temporada.

—Ya te he dicho que nadie sabe adónde se fue —declaró Tangino mientras se rascaba la nuca, para después huir la vista del malogrado aparato, y con los brazos en jarra seguir las actividades del *vicus*, y en particular, las maniobras de descarga de la almadraba que, apenas empezadas, parecían tener mayor interés para él que la verborrea de invectivas contra Angionis. Solo después de un rato largo, aprovechando un respiro del prefecto, masculló al fin con su voz paciente y sufrida, casi para sí mismo, qué importaba ahora quién lo había hecho, importaba más bien ver qué harían con la pesca, porque si no había donde pesarla no habría paga, sin paga habría tumulto, y el tumulto traería problemas con o sin Angionis.

Cilpes se acercó a la balanza y con una delicadeza impensable para su cuerpo de toro, remeció y verificó la precariedad del aparejo: no soportaría ni una pesada.

—¿Qué te dijo Vibio? —insistió Tangino— ¿Vendrá él a hablar con los hombres o tendré que hacerlo yo? —miró hacia la playa. Algo había que decirles.

Cilpes volteó brevemente hacia el jefe de la almadraba e hizo una mueca. —Dijo que lo resolviéramos nosotros, porque bastante trabajo tenía él viendo cómo le explicaba este nuevo percance al tal Ticio.

¿Se daba cuenta ahora? Se lo preguntaba de nuevo. ¿Importaba adonde se había ido Angionis?

—Bien pudo haber sido uno de los tuyos —replicó el prefecto con una mirada significativa.

Tangino se aproximó hasta encararse con Cilpes. —Si buscas gente de malas mañas, indaga primero entre tus hombres y luego hablamos de los míos —dijo el pescador, el tono lento y apacible.

Cilpes le miró fijamente. De antaño sabía que no

convenía pelearse con Tangino. Celoso de su cofradía, de sus hombres, si había tumulto solo él podría aplacarles. Sonrió con ironía e hizo una mueca graciosa; dejemos eso, le dijo, que cargara Vibio con la tarea de encontrar al culpable. Arregló su túnica y limpió sus manos en ella. Llegaron entonces el carpintero y sus ayudantes, portando varios listones de madera. Sin muchas palabras de por medio y con el tiempo agotado para nada elaborado, procedieron a reponer malamente el brazo, de cara a las operaciones de pesada que ya se les venían encima. Luego, ese mismo día o el siguiente a más tardar, habría chance de reemplazar toda la pieza, palabra de artesano. Cilpes y Tangino, pues, impartieron órdenes a dos voces, uno para meter prisa, el otro para pedir paciencia. Aquél, sin embargo, y a pesar de sus palabras, mientras asistía a los trajines de clavos y martillos continuó pensando en Angionis.

Marco Favonio tomó asiento en la misma estancia donde había tenido lugar su entrevista de la noche anterior, pero esta vez solo el augur Lelio se encontraba frente a él, en silencio. El escrutinio que adivinaba en la mirada del consular se le antojaba análogo al de aquella chica. Si bien, sin quererlo, había pasado la mañana haciendo conjeturas, y aunque sus palabras le habían intrigado, esos y otros posibles argumentos no iban a hacerle mudar de opinión: se marcharía ese mismo día.

Esperó, sin embargo, por cortesía, que el consular iniciase la conversación, pero éste continuó escrutándole; de pronto declaró:

—Voy a contarte una historia, Marco Favonio. Escucha.

El factor apretó su cayado.

—Hace un par de meses un hombre fue hallado muerto en su lecho. La familia llamó a dos médicos; el pretor llamó a un tercero. Los dos primeros declararon muerte natural, el tercero en cambio, no estaba de acuerdo, así que pidió tiempo al pretor para hacer una prueba antes de entregar su informe. El pretor aceptó. Al día siguiente, fue a la basílica a entregar su informe escrito en una tableta. Según he sabido, el pretor, antes que leerla la rompió, preguntando al médico si aquélla era la única copia. Esa mañana, a esa hora y en ese sitio, fue la última vez que vieron al médico en Roma. Practicaba también en Ostia, pero nada se ha sabido de él desde aquel día. Mis hombres le han buscado en vano.

El factor asintió. Se hacía cargo del interés personal, de las súplicas del consular Lelio, pero no podía ayudarle. Había, sin embargo, en el relato algo más, algo notable, algo que a pesar de todo no podía dejar de preguntar.

—¿Quién es el difunto?

—Mi hermano Publio Cornelio —sorprendió la voz de Emilia Tercia, ingresando a sus espaldas— Escipión Emiliano Africano Numantino, y no necesito pruebas para saber que fue asesinado.

Marco guardó silencio y pensó. ¡Escipión! El hombre más poderoso de Roma, dos veces cónsul, destructor de ciudades, y muerto repentinamente un día antes de, así corrió el rumor, ser nombrado Dictador. Había oído algo acerca del suceso, pero en la factoría no prestaban atención a esos asuntos.

Lelio insistió. —No te pedimos que descubras al asesino de Escipión, sino que consigas al médico. Necesitamos conocer el contenido del informe, ahí debe estar la prueba de que Escipión fue asesinado.

Emilia repuso:

—Tengo en mi casa una persona que podría ayudarte en tus pesquisas. Acepta, Marco Favonio. Te lo suplicamos.

Una tercera y muy educada voz intervino:

—No insistáis con él, noble Emilia, noble Lelio. Yo, Diotima, hallaré a Artemidoro de Cos, médico y padre mío, yo misma lo haré —luego añadió, dirigiéndose al factor—. ¿Desapareció tu dolor de cabeza, querido Marco?

El factor, asombrado, abrió la boca pero no acertó a responder, y aunque Lelio y Emilia arreciaron con sus peticiones, él no llegó a escucharles. No quiso debatir consigo mismo entre aceptar y no aceptar, entre Zósimo y Vibio, entre sus capacidades y limitaciones, entre sus reticencias y el velado desafío de una chica griega. Simplemente echó la cabeza hacia atrás y golpeó varias veces el suelo con su cayado para llamar la atención de sus solicitantes.

—Debo hacer unas preguntas. ¿Vives con tu padre?

Diotima contestó al punto. —No, yo estaba en Alejandría estudiando medicina. Cuando llegué a Roma, encontré que su casa había sido registrada. No sabía qué hacer, nadie sabía nada en la *insula*.

—¿Cómo es que conoces a Lelio y Emilia?

El augur intervino. —Yo responderé eso. Luego de tener noticia de la conducta del pretor, envié a uno de mis esclavos a ese edificio a concertar en mi nombre una cita con Artemidoro. Mi esclavo advirtió la presencia de Diotima a más del desorden y me avisó. Sabía que muchos estaban interesados en cancelar la investigación. Busqué entonces a Diotima y la convencí de que se trasladara a un sitio seguro.

Marco reflexionó por unos instantes; sacó su bolsa de piedrecillas y empezó a jugar con ellas; pidió una mesa y le fue traída. Hecho esto, fue colocando las piedrecillas a medida que disertaba. —Prestad atención. Estas son las opciones: muerto, secuestrado, oculto por su propia voluntad. Si está secuestrado, lo que buscan, que no es dinero, no lo han hallado. Artemidoro no les ha dicho o dado lo que quieren. También es posible que él esté muerto, consiguieron lo que querían y está muerto, nada que hacer. Descartemos entonces el secuestro que a estas alturas se habría resuelto con muerte o liberación, en ninguna de las cuales me necesitáis. Supongamos entonces que se ha ocultado, no en Roma, donde hay demasiados espías, demasiada gente, demasiado miedo, demasiado peligro. Pero, ¿por qué abandonar a su hija?, ¿por qué no le avisó?

—Es que... él no sabía que yo venía.

Marco pensó por unos instantes.

—¿No le escribiste?

—No... —dijo ella, esta vez hubo vacilación al contestar.

Marco movió sus cálculos nuevamente como si de un ábaco se tratara. Finalmente declaró:

—Hay que empezar por Ostia. La gente del puerto le agradece sus servicios, por tanto le protege y puede escapar por mar, menos peligroso que por tierra. Hacia dónde se habrá ido después es lo que hay que averiguar.

—¿Aceptas entonces? —preguntó Lelio.

—Prometo que iré a Ostia. Si no consigo nada me

dejaréis ir —contestó antes de recoger los cálculos en cuatro movimientos dirigidos hacia el centro y meterlos en la bolsa.

Los hombres partieron al día siguiente, factor y liberto en busca de Artemidoro de Cos; el augur a una reunión de su colegio. Más tarde, andando la mañana, Emilia hizo llamar a Diotima. Acudió la chica a poner por primera vez los pies en el *tablinum* y ver, desde el vano de entrada, una habitación de regular tamaño ubicada muy cerca de la exedra, tanto, que además de los beneficios de la ventilación y la luz natural, desde cualquier rincón podía vislumbrarse y oírse el chorro de agua de la fuente; a ello parecían reducirse sus ventajas pues apenas estaba amueblada: mesa, sillas, caja de rollos, un atril; en el rincón izquierdo, hacia el fondo, un pequeño archivo de bronce con cerradura y recostado de la pared opuesta, junto a la mesa, un arcón de madera de roble, con la superficie harto trajinada y cerradura de bronce, que por robusto parecía mal avenido con el menaje delicado y femenino de la estancia, desde donde la dueña de casa despachaba sus negocios y veía por la buena marcha de su posesión.
    —Entra, Diotima. Sé lo mucho que hubieses querido ir con ellos a buscar a tu padre, pero creímos que sería mejor para ti permanecer conmigo; hay bastante que hacer, sin embargo, y muy necesario en mi opinión. Acércate, hay algo que quiero mostrarte —dijo Emilia, de pie junto al arcón. Introdujo una llave, dio vuelta a la cerradura y alzó la tapa en la que estaba reproducida la lucha entre centauros y lapitas. Su interior, revestido de púrpura, albergaba un tesoro de documentos entre rollos, tabletas y pergaminos de disposición varia—. Éstos son los papeles de mi hermano —declaró la mujer—. Cartas, escritos, cuentas, testamento, su vida. He tratado de ponerlos en orden, pensando que pudiera haber aquí alguna pista que nos lleve a quien le mató, pero debo admitir que la labor me sobrepasa —Emilia señaló alternativamente—. Una parte agrupada, rollos... tabletas... pergaminos... ésta en cambio es un completo desorden. Se me ha ocurrido que lo más perentorio es establecer un orden temporal. Diotima, ¿podrías ayudarme?

La chica, que se había mantenido a una distancia de respeto, ligeramente detrás de Emilia, se aproximó; con un ademán pidió licencia a la dueña y tomó un rollo al azar. Al abrirlo encontró que estaba escrito en latín: *"Querida madre: no porque te saludo hoy dejo de pensarte el resto de los días"*.

—A la madre de mi hermano no la conocí mucho, fue la primera esposa de mi padre. Se llamaba Papiria, hija del cónsul Papirio Masón —comentó Emilia.

Diotima asintió y comenzó a enrollar el papiro, pero la mujer la detuvo. —No lo guardes, anda, lee para mí.

La muchacha la miró brevemente y la obedeció con voz dulce y pronunciación correcta.

"Querida madre, no porque te saludo hoy dejo de pensarte el resto de los días. Ahora mismo veo tus ojos color de miel, beso tus mejillas sonrosadas, te abrazo, me abrazas, me reclino en tu regazo, blando, cálido, mamá.

"Poder imaginarte a través de estas líneas y darte cuenta de todos mis asuntos es lo que me ha resuelto a escribirte a menudo, al menos mientras me encuentro aquí, pues ya está decidido que permanezca en este palacio hasta finales del verano. Ahora es casi de noche y acá me hallo, preparando un catálogo de todos estos libros que por mis súplicas, los argumentos de Quinto y la benevolencia de mi padre han pasado a ser míos y de mi hermano.

"De la biblioteca, oh, madre, te digo una cosa: si así es Pella como será Alejandría, tantos libros nunca los había visto en mi vida. Mi padre me ha ordenado que disponga su transporte hasta Roma, conque la preparación del catálogo es pertinente y ocupa buena parte de mis horas. El trabajo es enorme; me asisten los escribas pero hay cosas que prefiero hacer yo mismo, como buscar, mirar, desenrollar, leer alguna cosa y volver a guardar. En ese diario ejercicio del azar encontré esta mañana un libro que hablaba sobre Alejandro y su madre Olimpia. Dirás que es la nostalgia la que me ha estado trabajando, pero no lo creo, porque acá me encuentro muy a gusto, sin embargo, al leer el libro he pensado en nuestra casita en lo alto de la colina. Ahora mismo siento la brisa vesperal peinando el sendero que va al Aventino, flanqueado por viejas piedras y aislados piñoneros, pongo mi pie en él, doy unos pasos y con ánimo de aventura corro un trecho por la solitaria

ruta y me devuelvo requerido por los gritos de Nemesio. Camino hacia la casa, y te veo detrás del celoso ayo, junto a la casita de toba, exhortándome también a la obediencia con una actitud tranquila y silenciosa. Contemplo hacia mi diestra los terrenos pantanosos del Lacio, a mi izquierda la colina con cresta de berilo, a mis pies la urbe como un mundo aparte del nuestro, la aislada casita de toba en lo alto del Palatino, pequeña, limpia y frugal, como quizás la querrían los cínicos, pero que en la distancia veo más bien dulce y sencilla como las horas, los días, los años que pasamos en el hortus, jardín donde aprendí a jugar; jardín de letras que sonríen, que así me parecían, figuras de letras hechas de marfil, algo gastadas, no en vano habían pasado por las manos de mis hermanos. Te veo cuidando las flores y yo contemplando las aves, siguiendo primero su vuelo de rama en rama, luego de un extremo al otro del mar sin principio ni fin, donde todas las edades, todos los pueblos, todos los hombres, bárbaros incluso, vivían en un mismo tiempo y en un mismo punto, que así creía yo que era el mundo. Menos sencillo en cambio me ha parecido el de estos días. Me hago preguntas y he aquí la biblioteca de un rey que me ofrece la ciencia de hombres, pueblos, edades, pero pienso entonces que ni siquiera habría preguntas si no hubiese aprendido contigo antes, más y mejor.

"Hay otras cosas que quisiera contarte pero las dejo para otra ocasión; no te preocupes demasiado por mí, porque aquí todos están para servirme y cuidarme, así lo dispuso mi padre. Él y Quinto han prometido venir pronto. A Emilia, dale mis saludos, dile que la recuerdo mucho y que Tuberón está bien. Adiós, madre, tu hijo que te ama, Lucio".

—¿Lucio? —Diotima levantó la vista— Pensé que se llamaba Publio.

—Al nacer fue llamado Lucio —contestó Emilia—, como nuestro padre, el augur Lucio Emilio Paulo. Pero enseguida vino el divorcio. Lucio era el menor de cuatro hijos, dos hermanas muy mayores, una que falleció soltera —Emilia Paula—; otra, Emilia la Menor, que casó pronto con Elio Tuberón; y otro hermano, Cneo. Sucedió que habiendo cumplido Lucio los tres años, mi padre y Octavia, mi madre, tuvieron un primer hijo varón; como mi padre no disponía de suficiente hacienda para ver por todos, dio en adopción a los chicos mayores a dos excelentes y virtuosas familias; Lucio pasó a llamarse Publio Cornelio Escipión Emiliano; Cneo tomó a su vez el nombre de Quinto Fabio Máximo Emiliano. Mi madre y mi padre tuvieron entonces otro Lucio, otro Cneo, y otra Emilia, Tercia, la tercera y última —concluyó sonriendo.

Diotima asintió y devolvió el manuscrito al arcón. — Lucio parece haber sido muy feliz viviendo junto a su madre.

—Mientras duró, supongo que sí —fue la réplica de Emilia—. Sus hermanos dejaron la casa temprano, y el pequeño aun habiendo sido adoptado quedó con Papiria, su madre. Mi padre le visitaba cada vez que podía, excepto cuando tuvo que ir a una campaña en la Liguria. A los siete años, sin embargo, Emiliano debió dejar la casa de Papiria porque mi padre había convenido con los Escipiones hacerse responsable de su educación hasta que alcanzase la edad viril. Eso es lo que sé —Emilia colocó entonces el manuscrito en el arcón y lentamente cerró la tapa.

Las dos mujeres pasaron las siguientes jornadas desplegando el arca de Emiliano, y con no poco trabajo a pesar de la guía que suponía la memoria de Emilia Tercia comenzó Diotima a imponer poco a poco, con alguna certidumbre pero de manera tentativa, un orden temporal al primitivo caos de soportes y escrituras.

Por lo pronto ninguna se molestaba en leer la integridad de los contenidos, ya habría tiempo. Bastaban las primeras líneas. *"Soñé que estaba en el bosque y que cinco ciervos pasaban delante de mi..."*

—¿Qué es esto? —preguntó Diotima.

La otra mujer tomó el papiro y sin dudarlo lo colocó en el extremo del tapizado de textos en que habían convertido el escritorio.

—Un sueño —y añadió con expresión ausente—. Él me dijo que volvería.

—¿Quién?

—Mi padre. Me dijo que pasara lo que pasara, Emiliano siempre volvería —hizo una pausa y suspiró antes de proseguir—. Lucio y Cneo, mis otros hermanos, acababan de irse y Emiliano tenía que partir a reunirse con su familia adoptiva. La casa había quedado tan vacía. Ese día, lo recuerdo bien, fue difícil, muy difícil. Emiliano y mi padre tuvieron una fuerte discusión. Después de eso, mi padre estuvo fuera hasta la caída de la tarde. Cuando llegó me vio triste, así que me sentó en sus piernas —yo tenía seis—, y me contó una historia.

—¿Qué historia te contó, noble Emilia?

—Mi pequeña, no llores —dijo el augur—. Emiliano no se ha ido del todo, en unos días vendrá a visitarnos; además, él siempre vuelve. Cuando tenía tu edad y acababa de venir a vivir conmigo, tu madre y tus hermanos en esta misma casa...

El niño miró al ayo que se iba para adentro a buscar a Lucio y Cneo, quienes estaban a su cuidado, y volteó hacia el vestíbulo. Si lo hacía, si se atrevía, si se iba para su casa. Avanzó dos pasos, y si se iba, no quería ni respirar mientras discurría. Voló de súbito a su cubículo, salió a paso raudo apretando fuertemente en la mano un pedacito de gis y la figurilla de plomo de Postumio, su gladiador admirado en actitud de combate.

A hurtadillas escudriñó ambos lados de la calle. Faltarían dos horas largas antes del véspero. Tiempo suficiente para llegar a su casa en menos de cien pasos, según le había oído decir a su padre el día que le trajo.

Emprendió entonces el sendero colina arriba, el corazón vuelto un batán en su pecho, la nuca erizada, sudando un rojo de gis en su mano, esperando en vano las voces del ayo o las carreras del portero, sin terminar de creer en tanta fortuna, pisando ligero hacia la casa de Papiria.

Ella le entendería y le volvería a acoger, aunque su padre... Su madre entendería y haría entender, eso era lo importante, aparte de llegar, abandonarse a una sucesión de mimos, cuidados y rituales a los que Papiria le había acostumbrado antes de dormir.

Mas de momento tuvo que retroceder con el susto de su vida en la boca, acertando a ocultarse detrás de una edícula, porque ¡en todo el medio del camino estaba allí, su padre Lucio Emilio, el augur, conversando tranquilamente con un senador! Casi podía ver la entrada de la casa de su madre, tras el último recodo de la subida. Tan cerca estaba que valdría la pena esperar y así lo hizo por unos instantes para desesperar en el siguiente porque nada indicaba que los hombres fueran a concluir su conversación en breve.

Se resignó a rehacer el camino cabizbajo. Con un poco de suerte el ayo no habría notado nada, con menos, aún podría declarar que se había refugiado en algún sitio de la casa para estar solo. Con todo, se detuvo vacilante frente a la casa de su padre, mientras oprimía con una mano la *bulla* de oro que tenía colgada del cuello a modo de protección divina, y con la otra la tosca figura de Postumio y preguntaba: "¿Qué dices, oh, Postumio, lo hacemos? Podemos sí", respondió ansioso. "Buscaré el otro camino. Creo que me acuerdo. Puedo hacerlo, tiempo hay, yo puedo, sí". Apretó a Postumio con mayor fuerza si cabe, respiró hondo en medio de la tarde que languidecía y corrió colina abajo ante la atenta mirada de un chico algo mayor que él, quien venía en dirección contraria y con el que casi choca en su prisa por alejarse de la casa paterna. Extrañamente, el chico no le gritó ni le zarandeó como hubiera correspondido hacer con un mocoso atolondrado, limitándose a componer su túnica y continuar su camino. "Un esclavo", se dijo Emiliano a modo de explicación.

A medida que descendía por las curvas palatinas, un movimiento iba adueñándose de la vía: esclavos, libertos, clientes, senadores. Emiliano pasó por entre ellos sin que apenas le notasen, era apenas un niño. Al llegar a la Puerta Romana, torció sin pensarlo a la derecha al abrigo de la mayor riada de gente y caminó y caminó siguiendo a los peatones, sumergido en la barahúnda, pero cada vez menos seguro de llevar la dirección correcta, hasta hallarse de pronto en medio de la pestilencia de pescado y hortalizas en descomposición de un rincón del Velabro, desierto a esa hora vespertina, pero aguardando que al caer de la noche las barcazas que remontaban el Tíber trajeran la carga que iba a ser desembarcada para un nuevo día de mercado.

Ni un poco le gustó a Emiliano la extraña catadura de los habitantes del Velabro, envueltos en sus capotes desastrados y en sus prendas abigarradas de malvivientes, siniestra caterva a ojos del chico. En la disyuntiva entre avanzar y retroceder sintió la opresión de esas miradas. De uno de los grupos rieron y murmuraron entre sí observándole atentamente. Cuando uno de ellos, con rostro de rufián, le hizo señas, recordó haber escuchado no hacía tanto: "niño cae en el Tíber cerca del Velabro". Así como la imagen vino a su memoria, así salió en carrera de pánico, dispuesto ora a cruzar el viejo puente de madera, ora a tirarse al río como en las historias antiguas, rumbo a calles que por desconocidas le parecían más seguras que aquel lugar del vicio, pero alguien lo pilló por el costado y a pesar de los pataleos le arrastró hasta una bocacalle cercana.

—¿Qué haces aquí, niño?

Emiliano vio a su interlocutor: era un joven esclavo más bien adolescente. No era muy alto, pero debía de estar acostumbrado a duras tareas porque suplía en fuerza lo que le faltaba en estatura, como acababa de comprobar Emiliano. Aunque de piel cetrina, sus ojos eran claros. El chico escrutó su mirada, parecía una buena persona pero no respondió a su pregunta.

—Dime tu nombre —demandó el niño en su lugar.

El esclavo titubeó, luego, lanzando un suspiro contestó:

—Onésimo, y me he fugado de la casa de mi dueño.

—Pues yo soy Lucio, y me he fugado de la casa de mi padre.

El esclavo hizo un gesto de censura. —Ignoro donde vivas, Lucio, pero debes regresar. Fuiste muy afortunado de que yo estuviese cerca. Ven conmigo. No es bueno que permanezcamos aquí. Te conduciría hasta tu casa, pero...

—Yo no quiero volver a casa de mi padre —replicó Emiliano vivamente—. Lo que yo quiero es ir a casa de mi madre.

—¿Dónde vive ella?

—En lo más alto del Palatino.

—Bueno —dijo Onésimo haciendo una mueca—, yo voy al Aventino. Si quieres, puedes venir conmigo —a ello se plegó el chico de buena gana, conque dejando atrás la edícula dedicada a la divinidad protectora de puertos, y atravesando la ancha explanada del Foro Boario sin que nadie les estorbase, anduvieron en silencio un buen trecho hasta rebasar la fachada del templo de Juno Regina. Onésimo entonces rompió a hablar.

—Escucha, Lucio, no puedo regresar a casa de mi amo.

Me mataría a palos. ¿Entiendes? No puedo. Voy al templo de Diana a buscar refugio, solo hasta allí puedo acompañarte.

El niño cambió de mano la figurilla de Postumio. Creía haber pasado el gran susto, que su voluntad le llevaba con bien, que no habría problema en pasar de una colina a la otra, que entraría de nuevo en casa de su madre y nadie lo sacaría de allí, porque cuando su padre viera lo determinado que había sido, lo que había caminado, de lo que había sido capaz, lo dejaría estar y así iba a ser, doblemente aferrado a su deseo como a Postumio; pero ahora, sin la compañía del esclavo... tocaba hacer lo propio ante extraños: ocultó su desazón adoptando una mayor rigidez.

—Bien está lo que has hecho por mí, Onésimo y ya sabré yo como favorecerte. Tu amo no te matará.

Onésimo sonrió ante la declaración extravagante por venir de un niño tan pequeño, pero que en realidad era hija de otras del mismo tenor que Emiliano había escuchado decir a Paulo su padre.

—Pues a menudo afirma que valgo lo que peso, que no es mucho, pero algo significará en denarios. A pesar de ello mi amo es muy capaz de matarme, eso sí que lo creo. Existe, sin embargo, una posibilidad.

—¿Cuál?

El esclavo no respondió —en su lugar puso mayor cuidado en evadir las miradas de quienes acababan de dejar sus ofrendas—, hasta arribar al templo de Diana, maderamen sobre alto podio como casi todos los edificios religiosos.

—¡Ah, ahí está! —exclamó Onésimo con expresión de alivio.

Emiliano reconoció al chico con el que se había cruzado en el Palatino: muy delgado y de piel tostada, parado junto a un costado del frontón del templo en las escalinatas.

—Vamos, Lucio —dijo, corriendo hacia donde estaba el muchacho.

—Tengo lista la suasoria —dijo éste a modo de saludo—. ¿Quieres que la lea?

—Hazlo, Afer —concedió el esclavo—. Toma asiento, Lucio.

El muchacho abrió su tableta.

—Oh, noble Marco, la engañosa alegría con que tu

esclavo Onésimo puso un pie fuera de tu casa poco le ha durado. ..

—Un día, dioses, por un solo día en fuga, yo, Onésimo, estoy perdido.

—Sabe que ha obrado mal...

—Cuando no se tiene adonde ir.

—Su contrición solo es superada por tu sentido de la justicia...

—Tan mínimo es lo primero como lo segundo.

—Él continuará siéndote útil a la medida de tu clemencia.

Onésimo nada añadió a la última frase.

—¿No te ha gustado? Cierto que no está terminado, pero...

El esclavo se encogió de hombros. —Me preguntaba si servirá de algo con ese viejo.

—Podría llevarla de todos modos y quizás algo se alcance —asomó con timidez el muchacho—. Nada se pierde — añadió, y se enfrascaron en un rápido intercambio de palabras.

Emiliano se aburría; además, se estaba haciendo tarde. Se incorporó entonces, dispuesto a irse.

—Tengo una idea —dijo el joven esclavo—. ¿Adónde vas? —preguntó a Emiliano.

—A mi casa, se hace tarde.

—He cambiado de opinión —repuso a Afer, luego a Emiliano—. Yo te llevaré, aguarda un poco —comenzó a cavilar—. Podría decir que estaba tratando de impedir que mi nuevo amigo huyera de su casa. ¡Eso es, lo devolveré a su padre!

—¡No voy a casa de mi padre! —exclamó el niño.

—De tu madre, de tu padre, la cosa es que te devuelva. Así habrá clemencia para mí.

Emiliano protestó, bella oportunidad, el esclavo salvado, él en cambio, perdido, haciendo de niño malcriado.

—¿Es realmente tu amo de tal genio, que tienes que componer este enredo? —preguntó.

—Me sacará la carne a pedazos con un cuero que carga siempre en la mano.

—Pues a mí, por lo que veo, mi padre me dará una

primera paliza —replicó Emiliano—. No quiero ir.

—¿Qué dices? Acaso, ¿no te fugabas de tu casa?

—Te compraré.

Onésimo rió a carcajadas y miró a Afer, ¿qué nombre le iban a poner a esta comedia? Luego se volvió hacia el pequeño.

—¿Tú? ¿Con qué dinero, niño?

—Con el de mi padre adoptivo, bastante tiene —replicó el niño, para luego levantarse muy erguido, subir las escalinatas del templo y plantarles cara desde lo alto. Otros eran los esclavos, no él. Había otra forma de que Onésimo le fuera útil a Paulo, su padre y a él. Nadie le daría palizas a nadie. Haría lo que correspondía, lo compraría. —Dejadme hacer a mí. Onésimo, tú me acompañarás a casa de mi madre. Y tú, Afer, ¿perteneces a la misma casa?

—No, yo vivo en la del senador Terencio Lucano.

—Afer, irás entonces donde mi padre, Lucio Emilio Paulo, el augur, y le dirás que me he ido con el esclavo Onésimo a casa de mi madre, y que no saldremos de allí hasta que compre a este esclavo.

—Por Júpiter, creo que ahora sí que te darán una paliza, niño —replicó el esclavo incrédulo.

Pero el niño ahora lo quería a lo difícil, lo difícil haría impresión. Lo fácil para los niños, lo difícil para los hombres, por eso haría lo que correspondía a un hombre, comprar un esclavo.

—Si tu amo es cruel, volverás a fugarte. Si yo te compro, estarás a salvo conmigo. Por cierto, Onésimo, tu dueño quién es.

El esclavo no respondió pero su rostro fue muy elocuente.

—Estuvo con su madre por unos días, luego retornó conmigo —dijo Paulo a la pequeña Emilia con una breve sonrisa.

—Castigar no iba con mi padre, reprenderle es muy probable que lo haya hecho —observó Emilia Tercia—. Lo cierto es que sostuvieron una larga conversación. Mi hermano le dijo entonces que aquella misma noche, en casa de su madre, había tenido un sueño. Debió hacer alguna impresión en mi padre porque le pidió que lo escribiera —dijo Emilia señalando el papiro.

Paulo guardó los trazos infantiles de su hijo en el archivo, y luego, mientras le miraba jugar en el jardín, pensaba: "contrataré preceptores y gramáticos que al igual que a Quinto le formen en lógica y retórica, que junto con las letras griegas le enseñen las latinas, que aprenda a grabarlas bien en la cera, y que destrabe además la lengua con las palabras difíciles, hasta que a la larga las diga con claridad; entonces, dejando atrás esos rudimentos, que también alcance a declamar con propiedad. Que haciendo listas de magistrados, desenvuelva el ingenio y ejercite la memoria, sepa saludar a los suyos y a impartir órdenes a los esclavos, pero que también conozca a los poetas y varones eminentes, y copiando los versos de unos y las máximas de otros, aprenda la ortografía. Aun careciendo de la afición a los instrumentos, que entienda de metros y ritmos, y todo ello lo haga con tanta ventaja que no sean necesarios los azotes con él. En la palestra aprenda a tener apostura y a moverse con destreza, que por lo que hace a la romana milicia, quede a mi cargo enseñarle a cazar con tanto celo, como habré de iniciarle en su día en la etrusca disciplina. Que sepa de astronomía y otro tanto de geometría, que tanto aprecie los mármoles griegos y encaustos alejandrinos como las armas y los caballos. Que sea un orador virtuoso. Un hombre en suma, elocuente, justo y leal", se dijo el augur y continuó mirando hacia el jardín.

Emiliano, entretanto, solo atendía a su peonza. Llevaba rato en eso. En enrollar y halar la tira, ver bailar el trompo sobre la losa de una banca, atrapar el final de la carrera, volver a empezar, escuchar fascinado el murmurio de la punta del madero al rozar la superficie, y atajar la caída al vuelo en el borde mismo del asiento. Su padre, Paulo, se lo había dado la tarde anterior, una bella peonza pulida de madera de boj con una larga tira de cuero, para distraerlo quizás de su dilema de turno. "Es que pensé que solo se trataba de comprar un esclavo, ¿qué debo hacer? Dime padre, ¿debo aceptar el trato?" El augur sonrió sin conceder nada a favor de las condiciones estipuladas: "La solución está en ti". No sería la última vez que oiría tal cosa de labios de su padre, pero de momento pasó un largo rato de la tarde enseñándole a tirar con habilidad la peonza, revelándole trucos y hablándole de sus hazañas en los atrios. "La mía era la más corredora".

Emiliano se cansó de lanzar a medias en la corta superficie de piedra, y se fue al otro extremo del jardín, trozo rectangular de tierra agostada que todavía aguardaba los nuevos cultivos que el augur tenía en mente. Quería ver qué tanto más podía durar el movimiento del juguete; conque entre pensando y haciendo halló que la peonza dibujaba sobre la tierra líneas, y que no eran círculos como había creído en principio sino espiras. Repitió varias veces el lance y tantas otras vio al juguete describir los mismos trazos, más definidos cuanto más largo el viaje y mejor el impulso dado por su mano, y de ello le vinieron mil consideraciones, que no pudo atender con mayor gravedad, por estar su ánimo volcado a sopesar las consecuencias de su última aventura.

—Así que tú eres el hijo de Lucio Emilio Paulo.

"Así que este es el dueño de Onésimo", pensó aterrado el niño. El augur le había traído muy temprano a este encuentro, luego de haberlo concertado.

—Hijo mío, a este varón le conozco desde hace mucho y puedo afirmar que nos tenemos un mutuo aprecio. Le he explicado la situación, pero ante todo desea conocerte. Hablarán a solas. Nada temas, que yo estaré aquí cerca aguardando el término de vuestro coloquio.

Clavado como una estela en el mismo punto donde le había dejado su padre, el niño escrutó a su anfitrión: era un viejo flaco de estatura mediana, ojos grises hundidos bajo dos rotundas cejas, la mirada entre severa y rapaz, el cabello más que escaso entrecano, nariz de ancho puente y punta graciosamente roma, boca generosa, cutis sonrosado por saludable, el rostro triangular, rasurado, campesino en suma, manos en cambio, singularmente delicadas. Vestía en ese momento una túnica muy remendada y sandalias igualmente gastadas, acordes con sus labores en el huerto. El tétrico viejo con el cuero en la mano del que Onésimo le había hablado no estaba ante su vista.

—Ven, acompáñame —le dijo. Había interrumpido el trabajo para saludar al augur, y sin esperar al pequeño había vuelto al límite de la huerta, de cara a una exedra que, como lo poco que había visto Emiliano en esa casa, más que sencilla era pobre y desnuda de ornatos.

—Ven, acércate, niño, que voy a mostrarte algo, ¿te

atrae el cultivo? —repitió con voz áspera, tanto capaz de llenar espacios como de infundir temor a una columna de guerreros ya amigos ya enemigos. "Así debe de ser la voz de Polifemo", pensó Emiliano, y avanzó con cautela hacia la senil figura, negando con la cabeza. Le pasó por la mente el celaje de su madre Papiria, viendo ella en su jardín por las flores, y él por los pájaros y abejas, pero se guardó muy bien de compartir esa memoria, ganado a dos manos por la timidez y el examen de su interlocutor.

El viejo dijo entonces: —Tengo que preparar este terreno para sembrar y debo hacerlo hoy, conque mientras conversamos tú me ayudarás un poco. Si no sabes cómo hacerlo, yo te enseñaré. ¿Estás de acuerdo?

—Sí.

El viejo entregó a Emiliano un saquito con semillas para que allí mismo, parado en el borde, las tuviera a recaudo mientras él tomaba un legón y abría surcos poco profundos, con regular tesón y movimientos tan enérgicos como medidos, sobre la tierra que había desmalezado, aireado y desmenuzado en previas jornadas, hablando con aquella voz terrible, sin que le fallase por falta de aliento.

—Niño, lo que has hecho es gravísimo. Varias cosas me han llevado a suspender cualquier juicio que tenga a bien hacer: una, la estima que le tengo a tu padre, el augur Paulo; dos, que eres un infante y te falta criterio; tres, que no sé qué te habrá dicho ese holgazán de Onésimo. ¿Cuántos años tienes?

—Siete.

—Lo dicho, eres un infante. Comprar no puedes.

—Puedo, porque puedo hablar —largó al fin el pequeño.

—Eso bien lo veo —respondió el viejo, que no había parado en sus afanes y le daba la espalda a Emiliano—. Dime, ¿para qué quieres comprar a ese taimado?

Emiliano jugaba con puñados de semillas que revolvía de un lado al otro del saquito. No necesitó cavilar para responder, lo había pensado muy bien antes de venir:

—Porque el esclavo Onésimo es mi cliente.

El viejo anfitrión, en la mitad del terreno, se detuvo, volteó, con esa mirada tan suya que cada quien, íntimo o rival, interpretaba de manera dispar: colérica, fulminante, irónica, censorina. Para Emiliano resultó entre risueña y burlesca, como que sus palabras no podían ser tomadas en serio, y en efecto el viejo, legón en mano, rompió a reír sin gracia pero con ganas, ¿desde cuándo los esclavos pueden ser clientes?

Como abogaba por otro, el niño no se reservó nada y respondió sin titubeos:

—Onésimo me dijo que aquí se celebran juicios donde los esclavos pueden defenderse de sus acusaciones. En ese tribunal, él es mi cliente.

El viejo dejó la labor y se sentó en una banca. Era cierto, daba esa oportunidad a sus siervos antes de aplicarles cualquier castigo que sus compañeros decidieran, siempre le había parecido justo.

Tal parece, Publio Cornelio —dijo, riendo aún y dándole por fin su nombre— que las abejas te han acompañado desde la cuna —el niño sonrió a su vez levemente, aquel hombre parecía saber bastante más sobre él—. Puedes llamarme Prisco. Ahora, pon cuidado a esta pregunta que te voy a hacer.

El niño dejó de jugar, puso el saquito en el suelo, y aguardó más en confianza pero estrujándose el pulgar de la mano derecha.

—A un cliente no se le compra, se le defiende, ¿qué tienes que decir al respecto?

—Tu esclavo es mi cliente, pero no sé si me permitas defenderle. Si regresa, ¿le azotarás?

—Llámame Prisco.

—Dime, Prisco, si Onésimo regresa, ¿le azotarás?

—Por cierto que sí —contestó al punto el viejo, que tenía curiosidad por escuchar otras razones del menor—. A menos que me convenzas de lo contrario aquí y ahora.

—Él lo pensó mejor e iba a regresar enseguida, pero cuando vio que unos rufianes del Velabro me estaban molestando, fue y me sacó de allí.

Ante la petición de más detalles, Emiliano contó su historia, ocultando aquello que pudiese ir en contra de la causa de Onésimo, como que sus esfuerzos por restituirle a él, Emiliano, a la casa de su padre, no habían sido desinteresados. Se abstuvo igualmente de referir la complicidad de Afer, y así, entre claros y oscuros creyó haber favorecido la figura del joven esclavo. Prisco le escuchó con franca atención y rió no poco. Cuando el niño hubo finalizado, masculló:

—Le daré los azotes.

Emiliano insistió:

—Te lo compro.

—No, muchacho, no has comprendido, aunque pudieras no te lo vendo; se lo acabo de comprar a uno de mis libertos —repuso el viejo—. Aun sospechando que hay omisiones en el relato, tus palabras fueron esforzadas, mas no alcanzaron a convencerme. Algún día las dirás con mayor fortuna. Afirmas que tienes un cliente. Bueno pues, escucha esto: a los clientes no les debes solo palabras, mucho menos astucias retóricas. Hay que decir pero también hay que hacer. Propongo esto, aplicaré a Onésimo la pena mínima de esta casa.

—¿Cuánto es eso? —preguntó Emiliano.

El viejo levantó dos dedos.

—Si no lo hago cundirá el mal ejemplo entre mi servidumbre. Quizás te lo venda, pero no ahora. Si Onésimo es tu cliente o estás interesado en comprarlo, tendrás que demostrarlo, entender lo que significa ser responsable por un cliente. Responsable. En realidad, no te pediré mucho: ven de vez en cuando a charlar conmigo, aquí o en el foro; ven, con tu padre o con tu hermano. Te enseñaré algunas cosas. Cuando cambies la *praetexta*, te diré si te vendo a mi esclavo Onésimo. Entretanto, yo, Marco Porcio Catón, prometo no venderlo a otro antes de que llegue ese momento.

Emiliano iba a decir algo, pero el hombre le atajó con un gesto. —No, no me digas nada. Piénsalo, reflexiona primero, luego actúa. Solo los torpes se precipitan. Ya me dirás, ahora llama a tu padre que voy a conversar con él. Antes, echa unas simientes en ese surco.

El muchacho obedeció, tomó un puñado del saquito y lo aventó hacia la línea.

—Muy bien —sonrió Prisco—, ya veremos qué planta brota aquí.

Emiliano miró al viejo y ya no pensó en Polifemo sino en Laertes.

"Se le parece bastante", musitó, mientras observaba las figuras en espiral de su peonza.

Al llegar a la reunión de los augures y saludar a sus colegas, Lelio pensó en lo que le había dicho a Emilia: buen presagio era haber conseguido la ayuda de Marco Favonio al filo de aquella cita, porque como le había contado a ella, justo en unos auspicios conoció a Escipión, ambos niños aún. Detalles, nunca antes los había dado, ni siquiera cuando a petición de sus yernos Fannio y Escévola —no hacía mucho de eso—, hubo lugar para evocar al amigo recién fallecido.

—Tu hermano era un chico de siete años y unos seis palmos de estatura, menudo y transparente, los ojos tornasoles entre el azul y el verde, cabello rubio tostado, la cabeza gacha, el ceño fruncido y el semblante taciturno por cambio de dientes. De mí solo digo que le antecedía en dos años y un palmo más, sentado junto a él, algo retirados del sitio escogido para tomar los auspicios aquella tarde en el Campo de Marte. Bien sabes, Emilia, lo que dicta la tradición: que los hijos acompañen a sus padres en las ceremonias religiosas y en las diligencias civiles, para que andando el tiempo alcancen a penetrar la importancia de nuestras costumbres y los compromisos que suponen, aunque en mi caso, lejos estaba yo de sentir como imposición el ser llevado por mi padre, Cayo Lelio, augur, a su cita del colegio: antes bien lo miraba con gusto. No así, Emiliano, al menos no aquella tarde y a pesar de vuestro padre, eminentísimo miembro del augurato, que con lo que voy a decir no pongo en zaga al mío, porque su larga amistad con el Africano bastante habla de sus virtudes, pero de cuanto pudiera afirmarse de Lucio Emilio Paulo Macedónico, augur, dos veces cónsul y censor hasta su muerte, las gentes de Roma, Italia, Grecia, la Liguria, Macedonia y la Hispania Ulterior convendrían conmigo en poner por delante su clemencia y piedad. A menudo estuve presente cuando tomaba los auspicios. Entonces ponía el mayor escrúpulo, la mayor dedicación, el mayor esmero, para que cada elemento de la sacra consulta, fuese objeto, gesto o palabra quedara colocado en su justo momento y lugar, pero muy chico estaba Emiliano para apreciar estas solemnidades. Yo mismo he olvidado a qué consulta obedecían los auspicios de aquel día, los comicios me parece. Los nueve augures se hallaban presentes, pero ni Paulo ni mi padre presidían la ceremonia. Me recuerdo en cambio muy atento a todos los detalles, que en buena medida me eran familiares como espectador de las prácticas privadas de mi padre, a quien ya le había manifestado mi interés por la ciencia augural. Convengo en que a tan corta edad no alcanzaba la significación que podían tener las respuestas dadas por Jove a través de sus mensajeros alados, mucho menos podía ponderar —todavía con la leche en los labios—, la carga de una dignidad que se lleva de por vida, pero era pura mi determinación, impulso de imitar a su padre de quien no se esperaba sino que fuese un niño. En cuanto a Emiliano, el de ese día bien niño que era. Se había traído sin la aquiescencia de Paulo dos pequeños juguetes en el regazo: una figurilla de plomo y en la siniestra una peonza, y ahí estaba juega que te juega, enrollando y desenrollando la tira de cuero alrededor de la pieza, sin lanzarla.

—Como dije, estábamos sentados hacia la parte de atrás. Nadie más compartía con nosotros la última fila. Yo en un extremo, Emiliano a mi diestra, y aunque delante de nosotros había magistrados menores y cargos religiosos, bien pasábamos desapercibidos para los adultos. En ese momento no sabía yo que él era hijo del augur Paulo, pensé que lo era de algún otro magistrado, en cuanto a los juguetes, nunca creí que los hubiese traído por incordiar. Él seguía con la peonza arrolla, desarrolla; cierto que como he dicho no se atrevía a lanzarla, pero conforme persistía en su monotonía yo me volvía menos indulgente de lo que sería un adulto ante una distracción que se me hacía falta gravísima en la misma medida en que yo no me hubiera atrevido a emularla. Otra cosa me hubiera dicho mi posterior experiencia como augur: que arrollar y desenrollar una peonza con la mirada reconcentrada, por parte de un niño de siete años, no vale como irregularidad siempre y cuando el asunto quede allí. Ocurrió, sin embargo, que en una de esas, no sé cómo, la peonza resbaló; bien hubiera ido a parar a los pies del colegio si mi mano no la hubiera atajado. Tu hermano levantó entonces la cabeza, volteó hacia mí y por primera vez me vio, con una expresión que pasó del susto al escrutinio, asomó agradecimiento por instante, se cubrió de recelo en el siguiente —nada amistoso le lucí, eso es seguro—, y del recelo pasó al reclamo, todo ello sin decir palabra al verme apretar la peonza en mi mano, decidido ya en ese momento a retenerla hasta el final de los auspicios. Así conocí a Emiliano, miradas furiosas, patadas las de él, codazos los míos, en tanto escrutaban el cielo, sigilo de ambos, más para que no nos sintieran, que por observar el debido silencio. Así soporté sus embates, seguro que ni Hércules me hubiese arrancado el juguete, tanto que llegando las aves, él claudicó y yo alcé la vista hacia la bandada de cuervos que, presagio favorable, venían por el poniente. Entorné los ojos contra el candil de la tarde; fascinado seguí el vuelo, y de las negras aves pasé a los nueve purpurados, el báculo augural en la diestra, reunidos en el tabernáculo, aguardando a que el designado aquella tarde para ejercer los auspicios se pronunciase. En tal distracción me pilló un nuevo intento por arrebatarme el juguete, y en medio del forcejeo que siguió casi a punto de caer al suelo, advertí con terror, tal que me hizo ceder sin más la peonza, enderezarme y arreglar mi túnica, que tu padre miraba hacia nosotros. No sé si nos vio, no sé qué vio, pero la toma de los auspicios no llegó a completarse. Paulo se acercó al oficiante para notificar que una irregularidad había sido suscitada, y por tanto roto quedaba el sagrado silencio. Hombre harto escrupuloso dentro y fuera del colegio, el criterio de Paulo era acatado sin dilación ni preguntas. Si había vicio nada se podía hacer, y así el augur después de una larga pausa, pronunció la fórmula *ale die*, otro día. Todavía hoy, no sé si la irregularidad fuimos nosotros, pero ya casi disuelta la reunión vi aproximarse a un ser gigantesco ataviado de púrpura, la mirada relampagueante, el augur Paulo. Primero me miró a mí. Iba a hacerme una pregunta, lo supe por su expresión y yo, angustiado, pensaba, lo sabe, nos ha visto, que nos peleamos, que arruinamos los auspicios, pero entonces vio la peonza. Dijo entonces con voz imperiosa, helada de puro furor: "Escipión, a casa", porque en público siempre le llamaba así, Escipión. El chico, habiendo dejado la figurilla a un lado cuando recobró la peonza, no acertaba a levantarla sin que se percatase el padre, y como la figurilla, que resultó ser la de un gladiador quedó muy cerca de mí, la tapé yo con el faldón de mi túnica, quedando a mi discreto cuidado. Sin poder reclamar lo que era suyo, Emiliano se fue con su padre casi a rastras, pero a la distancia volteó. Entonces me vio agitar el muñeco, entonces me lanzó otra mirada, breve, que me midió de pies a cabeza.

—Yo, por mi parte, censurándome a mí mismo por lo que había pasado, de regreso en casa descargué mis escrúpulos, se lo conté a mi padre, sin mencionar que fuimos causa de irregularidad, que no me constaba. Él, después de reconvenirme, pues quién era yo para retener las cosas de otro, arregló que fuésemos a casa de su colega a devolver la figurilla. Dicho y hecho, la tarde siguiente fuimos donde tu padre. El augur, perfecto anfitrión, me mostró sin mayores dilaciones el camino de la huerta. Le hallé solo a Emiliano, sentado en el suelo, delante de una banca, leyendo en voz baja, en griego vacilante, el episodio del cíclope. Al hacer mi entrada ni siquiera levantó la cabeza. Saqué entonces el muñeco y dije pacífico: "Salve, mi nombre es Cayo, hijo de Cayo Lelio, el augur, y vengo a restituirte lo que es tuyo y de lo que malamente te despojé". Él, con la mirada fija en el papiro, me habló por primera vez, en griego: "¿Conocer quieres mi nombre? Ya mismo te lo digo, pero tú me darás el regalo que has ofrecido. Mi nombre es Nadie. Nadie me llama mi padre. Nadie mi madre y Nadie los demás compañeros". Entonces levantó la vista y me sonrió, mostrando un rostro afable que desdecía de su fiereza del día anterior. Vi yo en esto aquella cualidad por la que siempre le distinguí: que no había espacio en su memoria para ofensas ni rencores, y repuse igualmente en griego, ofreciéndole la figurilla de plomo para que la tomara: "Este es mi regalo, que a Nadie comeré al cabo, después de sus compañeros". Reímos, lo demás fue pasar la tarde leyendo el papiro a dos voces; descubrir que ambos conocíamos al traductor de aquellos pasajes, Afer, el chico del senador Terencio; convidarle a mi casa y enseñarle a lanzar la peonza. Así conocí a Escipión Emiliano, mi único amigo de toda la vida.

Capítulo II

Difícil le resultaba a Marco Favonio responder por qué había aceptado. Aparte de deberle un favor a Vibio el amigo, poco podía añadir, pero camino del puerto —de Túsculo a Roma, pernocta en un alojamiento del Velabro y al alba, por la ribera, Tíber abajo hasta la boca del río—, con el adelanto de una paga sustanciosa que desde ya cedía al escriba, y dispuesto asimismo a emprender la búsqueda de Artemidoro de Cos, disuadió a Zósimo una vez más de usar su pequeño trozo de plomo.

Forzoso además era, en una vuelta a Carteia, pasar por Ostia, la ciudad en cuya proximidad se encontraron al cabo del camino de arena, ya pasando el mediodía. Tierras bajas, de horizonte amplio y vegetación de pradera, sobre las que flotaba el aire pegajoso, recuerdo de antiguas salinas. El sol entibiando la corriente amarilla del río, hecha burbujas, y a bordo de las naves de carga, por encima de los crujidos de la tablazón, las voces de maniobra enfrentadas al rumor de estibadores, capataces y funcionarios. "Dos, tres días cuando más", pensaba Zósimo contemplando en un breve receso para los pies la llegada de un lanchón vacío y la salida de los que iban cargados. Palpaba la bolsa de monedas oculta entre sus ropas en tanto repetía el argumento de Marco Favonio: dos, tres días indagando en una *caupona* ubicada justo detrás del mercado, en una vía que por lucro y al servicio

65

de los viajeros abundaba en negocios del mismo jaez: termopolios, garitos, hospicios y algún lupanar, aunque no por ello iban los dos hombres a echar en falta señas más precisas para ubicar el que buscaban, pues las mismas le habían sido dadas a Marco: a media calle frente al hospicio del gallo, en la fachada la pinta de tres vasos rojos junto a los malos trazos parietales de un reciario de perfil. De modo que después de desembarcar —sin más pérdida de tiempo que el lento paso marcado por el factor, abriéndose camino a través del tráfico a pie y de tracción—, lograron dar, con más rapidez de la que habían supuesto, con la entrada del negocio donde quizás habían visto por última vez a Artemidoro de Cos.

A pesar del ir y venir de los transeúntes, horas muertas eran las de la mañana para la *caupona* de Félix, que así se llamaba el dueño del sitio: apenas dos clientes, arrieros de aspecto, por el lado del mostrador que daba a la calle; nadie más hasta donde alcanzaba la vista del atrio en semipenumbra, convertido en un comedor rodeado de lo que serían habitáculos, mayormente vacíos quizás. En cuanto a la dependienta, era una chica de tez morena, origen incierto y semblante adusto, que tintineaba sus anillos y pulseras en tanto se afanaba en darle lustre a un jarro de bronce. A ella habló Zósimo arrimándose al mostrador:

—Mujer, que Mercurio multiplique las ganancias de este negocio si con honestidad y diligencia atiendes a estos dos viajeros. Danos primero algo de beber —dijo.

Ella, sin decir palabra, interrumpió su inútil faena, miróles de reojo antes de meterse en la trastienda con sus sonidos de vajilla y apagados aromas de fogón, para salir al rato con una tosca bandeja de madera ennegrecida por el uso, trayendo una jarra y dos vasos en los que sirvió un brebaje caliente de tono oscuro, sacado de una de las grandes tinajas figulinas del mostrador.

Era un caldo de muy mediana calidad que Marco, condescendiente, paladeó sin desagrado, para luego preguntar con un tono de dulce ruego:

—¿Habrá algo que puedas ofrecernos para comer?

—Un poco de pan y de queso —respondió ella con un acento que en nada contribuyó a suavizar la severidad de su rostro.

—Eso bastará.

Cuando volvió, tras ella un zagal con dos platillos, anunció cortante el monto a pagar. Protestó el escriba como un eco escandalizado de la cifra, pero solo consiguió atraerse la curiosidad de los arrieros, la censura de la mujer y la mirada divertida del joven sirviente; muy pronto su cicatería se apaciguó, sin embargo, entre las razones en voz baja de Marco, la misión que tenían pendiente y la vista de la comida: rebanadas de pan con queso de cabra, apio y un punto de cilantro, todo bañado en aceite, conque en suma más pudo el hambre que la necesidad de regatear. Volvió él, sin embargo, a su tema a mitad de condumio.

—Creo, Marco Favonio, que contrario a tu parecer es necesario llevar una cuenta de gastos. De continuar así, tirando el dinero, ¿cuál será la ganancia que nos espere? —miró con disgusto el establecimiento que no se avenía con sus muy atildadas ropas. Si así nos cobran pan y vino, ¿cuánto será por el lecho?

El factor palmeó al liberto y nada respondió, porque en efecto era su plan alojarse allí mismo si algo de sustancia querían averiguar. Así, al concluir, pidieron posada, y como Marco anticipó, el mozo que les había servido fue el encargado de conducirles.

—Oye, muchacho —se animó a hablarle el factor una vez que llegaron al habitáculo ubicado en una galería que corría detrás del atrio—. Estoy ciego, ya lo habrás notado; pues bien, he venido a Ostia buscando una cura para el mal de mis ojos. Me ha traído hasta acá la fama de un médico griego. Artemidoro de Cos es su nombre. No tengo sus señas, pero he sabido que suele visitar esta ciudad y que se aloja aquí, ¿le conoces?

—Ah, sí —dijo el chico sin dudarlo—, el viejo Artemidoro. Es cierto, a menudo aparece por aquí y se queda con nosotros, pero tiempo hace que no viene.

Menos por su alegre voz que por su extremada juventud, había ya deducido el factor la buena disposición del mozo para responder preguntas, de modo que aventuró una segunda.

—¿Sabes dónde podemos hallarle?

—Sé que vive en Roma —meneó la cabeza—, nada más.

—¿Y la chica que nos atendió? ¿Crees que pudiera ella darnos noticias?

El muchacho rió por lo bajo. —¿Arsinoe? Ni aunque lo supiera —relató a continuación una apretada historia de celos más o menos justificados entre la esclava devenida en esposa y el patrón del negocio.

—Hablaré entonces con Félix.

—No ahora. Tuvo que salir a arreglar un asunto, creo imaginar dónde —sonrió el mozo con picardía—. No quería pasar el día aquí, eso es seguro. Hará un año que un perro y un lobo pelearon en esta calle antes de caer fulminados por un rayo, pero eso no hubiese espantado tanto a los clientes como la riña que mis patrones tuvieron anoche. No es la primera vez que sucede, quizás aparezca en la tarde. Como de costumbre, con algún regalo —volvió a reír.

Marco sonrió. —Bien, has sido muy útil, ¿cuál es tu nombre?

—Andrónico.

—Bueno, Andrónico, esto es para ti —dijo, dándole un par de monedas.

—¡Oh, gracias, señor! —exclamó, luego bajó la voz— Si necesitáis alguna otra cosa, podéis contar conmigo.

El factor le despidió y en cuanto estuvieron solos, le dijo a Zósimo: —Descansa y luego te vas al puerto como quedamos.

El escriba asintió. —Y tú, ¿qué harás?

Marco tanteó con el cayado el escaso menaje del habitáculo, para luego sentarse en el lecho. —Yo me quedaré aquí, aguardando al tal Félix, si acaso llega temprano. Puede que duerma un poco.

—En verdad lo necesitas, amigo.

Pero Marco no le escuchó. En cuanto puso la cabeza en la almohada se rindió y así permaneció durante algunas horas. Cuando despertó, la tarde tocaba a su fin, y Zósimo sentado a la mesa hacía cuentas como había prometido.

—¿Dormiste bien?

Marco se desperezó con languidez de su sueño profundo; retenía el haberse visto hablando ante el cuestor ostiense sobre asuntos de guerra, evocación de otros tiempos. Por unos instantes no pudo recordar en cambio, dónde estaba, pero pronto estuvo alerta. Nada más bostezar preguntó con sorna:

—¿Qué tan elevadas son tus pérdidas?

La verdad es que en lugar de registrar sus gastos el liberto había preferido deleitarse con el sonido real de las monedas. —Mucho menos de lo que pensé —contestó.

Marco replicó socarrón. —Me contenta oír eso. Quiere decir que podré adelantar las indagaciones sin tener que atender tus lloriqueos. ¿Estuviste en el puerto?

—Estuve, hablé con varios y aunque no cerré trato con nadie, llegado el momento siempre habrá quien nos transporte de vuelta, habiendo tantos buques de la Turdetania —el escriba hizo una pausa para guardar las monedas—. Pasé un rato viendo cómo transbordaban la mercancía de los buques a los lanchones, y más convencido quedé de lo bueno que es este negocio de las ánforas. ¡Sellos de Gades he visto aquí mismo en esta taberna, atunes y rosetas incluso! Oh, dioses, Marco, me pediste que no contratara pasaje pero, ¿seguro que solo serán dos días? —había ansiedad en su voz.

—Oh, Zósimo, ten paciencia.

El escriba suspiró, Marco tomó su cayado y luego, más que añadir iba a preguntar, pero tocaron a la puerta. Era Andrónico que, diligente, venía a avisar que su amo Félix acababa de llegar.

A esa hora del final del día empezaba a subir la animación de la *caupona*, y con ella, voces, risas y demás estridencias, amén de la música. A pesar de ello, tuvo el sirviente buen cuidado de hacerles sitio en un rincón alejado del atrio, adonde, luego de un rápido aseo fueron a esperar que Félix viniera a hablar con ellos, lo que no tardó mucho en suceder.

El dueño de la *caupona* de los tres vasos había vivido toda su vida en Ostia y regentado la taberna desde hacía unos diez años cuando la compró con un préstamo de su antiguo amo, que todavía estaba pagando. De mediana edad, algo calvo, robusto aunque bajo de estatura, eran de ordinario sus maneras diligentes y desenvueltas, fruto del trato diario con la clientela, a más de una voz fuerte y clara. Aquella tarde, sin embargo, su tono estaba tan apagado como su ánimo. De modo que tomó asiento y sin presentación ni saludo dijo:

—Andrónico me ha dicho que estáis buscando al médico

69

Artemidoro. En vano habéis venido hasta acá.

—¿Tienes alguna idea de adonde pudo haberse ido? —preguntó el factor.

—No —dijo, sin interrumpir los rayones sobre la mesa que hacía de forma distraída con un pequeño objeto del que Zósimo no apartaba la vista—, os repito que...

—¿Un anillo?

El hombre se detuvo y miró desconcertado a Marco Favonio, si era ciego como decía, ¿cómo había podido saberlo?

El factor meneó la cabeza. —Era eso o una moneda, de plata además —dijo, para luego explicar—. Solo he pensado un poco. En ese juego con la mesa, el plomo suena distinto; en cuanto al oro y el hierro ni uno ni otro se muestran así delante de extraños, uno porque luce mucho y el otro porque es muy pobre —hizo una pausa penetrando en realidad los afanes de Félix—, la plata es más discreta, y a ella le gustará.

Félix en su agobio no se sorprendió esta vez con la última frase, en lugar de ello suspiró y se franqueó con ambos desconocidos. —Intenté darle el anillo, le gustan tanto, pero ni por eso me dejó explicarle. La última vez pasó tres días sin hablarme.

Marco sonrió comprensivo. —¿Podemos verlo?

El dueño de la *caupona* se lo entregó y el ciego lo tomó entre sus manos: era una banda delgada y lisa sobre la se había soldado el engaste, en el que a su vez el orfebre había puesto un cabujón ovalado. Se la pasó a Zósimo, quien luego de admirar el ágata y darle dos vueltas lo regresó.

—Creo, Félix, que puedo ayudarte a que Arsinoe acepte tu regalo —dijo Marco.

—¿Cómo?

—Haz que Andrónico nos traiga un vino, y cuando venga a servirlo tú sigue mis palabras, ya entenderás.

Mientras esperaban por el vino, Félix se pasó la mano por la cabeza y dijo de repente: —Bueno, tal vez haya algo que pueda ayudaros a descubrir el paradero del médico Artemidoro. En su última visita se fue con mucha prisa y dejó un saco. Yo se lo he guardado porque es cliente habitual. En realidad no tiene mucha importancia. Incluso cuando vinieron a preguntar por él hace unas semanas, ni siquiera mencioné que lo tenía.

"Los hombres de Lelio", pensó el factor.

Félix hizo una pausa y añadió: —Dices que me vas a ayudar, pues bien si esta noche logro entenderme con mi mujer, el saco es tuyo.

—Hecho —contestó Marco sonriendo. Cuando llegó el chico improvisó un regateo por el anillo ponderando las virtudes del mismo ante la negativa obstinada de Félix, quien rápido en captar de qué iba la farsa acompañaba sus réplicas con alabanzas hacia su mujer, Arsinoe.

—¿Y ahora? —preguntó Félix al verlo irse.

—¿Acaso no conoces a tu sirviente? Irá corriendo a contárselo a Arsinoe; entonces irás tú.

Al rato se incorporó Félix. —Si sale bien, hablaremos mañana.

Zósimo le vio irse y preguntó:

—¿Qué fue todo esto, Marco?

—Un negocio. Lo que contenga el bolso quizás tenga valor o quizás no tenga ninguno. ¿Cómo fijarle precio a algo que no ha sido visto? En cuanto a lo que él quiere, no tiene valor para mí y sí mucho para él, y mi trama puede que resulte o puede que no. Así que, sin que medie el dinero hemos hecho un intercambio.

—¿Y si no resulta lo de Arsinoe?

—Entonces habrá regateo —dijo el factor.

Aquello no le gustó a Zósimo. Mas no fue necesario recurrir al regateo, porque a la mañana siguiente un dueño muy satisfecho y agradecido les hizo entrega de un saco de cuero que no tardaron en revisar en la habitación.

En su interior había prendas de vestir; papiros en griego que al ser leídos por Zósimo se referían a recetas y tratamientos; y un estuche de madera que debía servir para guardar el instrumental quirúrgico, vacío, a excepción de un escalpelo y una pinza. Mientras Zósimo palpaba el bolso en busca de bolsillos secretos, Marco revisó cuidadosamente el estuche con sus dedos. Sospechando un doble fondo, con ayuda del escalpelo lo levantó. Tenía razón, debajo había un grupo de monedas, distintas entre sí, con caracteres libios, según la apreciación del escriba. ¿Sería eso una pista?

—Hay que volver a Túsculo —comentó Marco.

Angionis permaneció en Tingentera menos tiempo del que había previsto. Hubiera querido, entre otras cosas, continuar bien enterado de lo que ocurría en Carteia, vistas las últimas mudanzas en la factoría, pero había sido llamado. Pensaba sobre todo en Eunomia ahora que se había quedado sola y en ir ahora mismo por ella, pero la de Gades era una cita que no podía postergar. De modo que se puso en camino y llegó lo más rápido que pudo, de noche, sin ser visto, a una casa situada hacia el poniente de la isla Erythia, en el sector residencial más privilegiado de la ciudad.

Era una construcción de piedra, de doble planta, con muros porticados, atrio y dos amplios patios interiores, en torno a los cuales se articulaban las alas de habitaciones y servicios. Una graciosa fuente circular rematada con la figura de un niño con un delfín decoraba el centro del atrio, alrededor del cual se desplegaban pinturas parietales con escenas de deidades marinas y maniobras navales. El primer patio estaba dedicado al *viridarium* y agrupaba delicadas muestras botánicas de jardines ibéricos, africanos y orientales, además de hermas bifrontes de divinidades púnicas, y murales con representaciones estilizadas de palmeras, así como también, un bajorrelieve de caliza pintada mostrando la caza del león. El segundo patio, mayor en longitud que el anterior, era la huerta de la casa. Casi cada estancia mostraba pisos cubiertos con elaborados diseños musivos de colores brillantes hechos de pasta vítrea, como el del triclinio adyacente al *viridarium*: todo un muestrario de los frutos del mar que ofrecían las aguas del estrecho. Había además, una galería subterránea que alojaba una bodega de ánforas vinarias con los más finos contenidos procedentes de Hispania, Italia y el Oriente.

La planta alta a su vez, se dividía en dos alas, una dedicada al gineceo, influencia helénica, la otra a los aposentos, incluyendo el despacho del dueño de casa, ornado este último con imágenes parietales y musivas de tema heraclida. Delante de ambas alas corría un ambulatorio en forma de herradura que conducía a una gran terraza con piso de taracea de mármol, desde donde, a más de la vista privilegiada del santuario, se dominaba la bahía.

Por doquier abundaban los objetos de oro, bronce y marfil, al igual que plata cincelada y magníficos muebles de ébano con incrustaciones. Al lado de las adquisiciones recientes se exhibían objetos de vieja data, herencia familiar, verdaderas reliquias, procedentes de Tiro, Sidón, Ugarit, Biblos, Cartago y Egipto. Algunas de estas piezas habían encontrado alojamiento permanente en el despacho del dueño, como una placa de marfil con incrustaciones de lapislázuli que representaba a una leona atacando a un joven cazador, un antiquísimo bronce de Tanit, y una estatuilla dedicada a Ptah, dios de los artesanos y la metalurgia. Quienquiera que vivía allí era sin duda persona de gran fortuna y enormes recursos.

Cuando Angionis ingresó a la propiedad se encontró con esclavos que, a diferencia de quienes servían en otras casas, se distinguían por su buen aspecto tanto en vestido como en alimentación. Todos, sin excepción, le saludaron respetuosamente como si fuera parte de aquel lugar y ocupase una posición eminente. Protegido, en efecto, era Angionis del dueño de casa, de Balbo, pero nadie, fuera de un muy reducido grupo, sabía de las condiciones y alcances de tal protección, en particular el origen.

Había venido pues, a requerimiento de Balbo. No se vieron esa noche, sin embargo, por encontrarse ausente el anfitrión, pero en la tarde del siguiente día sostuvo por fin una entrevista con él. Estaban en la terraza, donde un delicado aroma emanaba de dos quemadores de perfume. La luz del crepúsculo entre rosada y violeta, se derramaba por todo el paisaje, mientras Balbo y Angionis tomaban en copas de plata un buen vino producido en una de las numerosas propiedades del primero.

—Te habrás preguntado para qué te llamé tan intempestivamente —observó el anfitrión.

—Otras cosas me rondan.

—Lo sé, no pudiste convencerla.

Angionis negó con la cabeza.

—Todavía no comprendo por qué lo hizo.

—Vosotros nunca debisteis ir hasta allá.

—¡Ella no debió haberse ido con ese griego! —replicó Angionis. Luego, recordando a quien se dirigía, controló sus palabras— Es cierto que no conseguí lo que buscaba, pero averigüé algunas cosas que pudieran servirme más adelante.

—¿Cuándo aprenderás, querido Angionis, que ese no es

el camino?

El joven no respondió, nunca le convencerían ni Balbo, ni Eunomia, ni nadie. Era natural que un personaje como Balbo viera las cosas de esa manera. ¿Acaso debía esperarse algo distinto de quien era el hombre de negocios más importante de Gades, del gestor de los capitales depositados en el templo de Melqart, incluyendo herencias y legados a favor del santuario, que prestaba y colocaba con comisiones a cuenta; del administrador del mercado del Heraklion gaditano, que controlaba tanto el negocio de las imágenes como el de la prostitución sagrada; del dueño de rebaños y esclavos, que poseía además intereses personales en algunas minas del sur de la Beturia; del principal benefactor de la comunidad púnica y el lazo más importante con los odiados funcionarios romanos, a quienes en un puño mantenía a fuerza de regalos; que era en fin, y a pesar de todo, un hombre de gran discreción a pesar de su opulencia? Por todas esas razones y a pesar de sus desacuerdos Angionis le era muy leal, tenían muchas cosas que agradecerle, la vida incluso, él y Eunomia.

Angionis contempló a lo lejos el santuario de Herakles Melkart, separado de donde estaban por un brazo de mar; la isla menor pertenecía a la ciudad, la mayor a Melkart, pero ambas se daban el frente. A Balbo el dinero le era consustancial, había nacido en medio de la riqueza. Tanto la variedad de los negocios de Balbo como su posición influyente en el santuario, eran fruto de una tradición familiar que había sobrevivido a varios percances, incluyendo la destrucción de una ciudad, gracias a una sabia combinación de astucia, discreción y sutileza. Antes de él, tres generaciones de Balbos habían sido primero servidores, luego protectores de Melkart, antaño en Cartago, ahora en Gades, y por tal, su nombre era pronunciado con respeto. Aunque el dinero no existiera para adornarle, Balbo poseía además una presencia aristocrática que se imponía: alto, delgado, vestido finamente sin estridencias, el rostro algo cetrino, nariz recta, cutis y manos bien cuidados. Era además, amigo de sus amigos y sumamente generoso con todos los que buscaban su ayuda.

—¿Cómo siguen tus actividades? —preguntó Angionis.

—Bien, se desenvuelven y multiplican según lo previsto.

—Si vas a pedirme que trabaje contigo mi respuesta

continúa siendo no.

Balbo sonrió. —Lo lamento en verdad. Sin embargo, no era eso lo que iba a preguntarte. ¿Estarías dispuesto a ayudarme?

—En lo que sea.

—Nunca selles una tablilla en blanco.

Angionis sonrió a su vez. —Te ayudaré. No me importa lo que sea.

Sus actividades lo tenían preso en la ciudad, confesó el negociante. No se quejaba, pero a veces había cosas que no podía atender por más que quisiera.

—Puedes decírmelo, Balbo. Te escucho.

—Antes debo advertirte que nada de lo que se diga aquí, debe salir de esta terraza.

—Cuenta con mi silencio.

Se trataba de un trabajo pequeño.

Angionis asintió.

Necesitaba que fuese de inmediato a recoger a un amigo. Había recibido su mensaje hacía unos días, corría peligro en estos momentos. —Tengo una de mis naves dispuesta, la más veloz; si aceptas, te daré las indicaciones.

El joven aceptó sin titubear, era mucho lo que les debían a los Balbos, él y Eunomia, desde que tenían uso de razón.

El hombre prosiguió. —Sé que no te muestras de acuerdo con mis negocios, Angionis, que piensas que desdigo de mi raíz púnica, que soy muy blando con los romanos, que me he puesto en sus manos, que me he rendido. Siento que me tienes en menos por ello.

—Nunca, noble Balbo. Te ruego que alejes de ti tal pensamiento. Ciertamente no pertenece a mi proceder y a mi manera de ver las cosas casi nada de lo que haces, pero por encima de ello está tu puesto en el santuario de Melkart, eso impone unos deberes que ni yo mismo me atrevería a cuestionar.

—Acepta mi consejo, entonces.

—Ya sabes lo que pienso al respecto.

Era siempre la misma conversación, los métodos de Angionis contra los métodos de Balbo.

Balbo había prometido a su padre que cuidaría a

Angionis y había cumplido a cabalidad, pero no resultaba ya fácil lograr que frenase sus atolondrados esquemas. Estaba imbuido por la idea de que los romanos podían ser expulsados de Hispania, si alguien se comprometiese a levantar a los indígenas. Obviamente Angionis se adjudicaba ese rol y fantaseaba con él. Balbo en cambio pertenecía a una familia que había trabajado y conocido el lado práctico de las cosas. Cuando la resistencia dejó de tener sentido, o quizás antes, el padre de Balbo sacó sus capitales de Cartago y los puso a salvo en Gades. No desdecían de su origen púnico, como le acusaba veladamente Angionis, solo le habían buscado utilidad a su nueva situación. ¡Oh, si al menos Angionis en su extremada juventud, hiciera un esfuerzo por comprender!, pero era tan terco. Si al menos entendiera que con los romanos existían vías más sutiles y efectivas. Algún día, más temprano que tarde se lo demostraría.

Entre los días pasados en casa de su madre, las visitas a Catón, el ocio con los amigos, y la convivencia con su segunda familia, en particular con sus hermanitos, sobre quienes ejercía los privilegios de hijo mayor, con más cariño que displicencia, el muchacho bajó por fin la cabeza ante su padre, y dócil se contrajo a los estudios. Así, en el curso de un lustro mostróse aprovechado en todo y en toda ciencia, pero aficionado a una sola disciplina, en tal medida, que no le iba en zaga a las respectivas prácticas de Lelio y Afer, aunque estos se hallasen más adelantados en sus cursos declamatorios mientras él todavía se las veía con los rudimentos de la *hermeneumata*, listando dioses, enumerando ciudades, cotejando sintagmas, elaborando epítomes, perífrasis, metáfrasis, y con la oportuna orientación del poeta Ennio cada vez que se acercaba a la casa, traduciendo por gusto que no con destreza algún fragmento homérico. En tales labores, sin excepción, desgastó y emborronó la cera de muchas tablillas, no tanto por espontánea aplicación como por enmendar las mínimas faltas, ya de ornamento, ya de elocución, ya de grafía, que casi a diario le apuntaba su padre. No podía ser de otra forma: le había tocado una especie de *praefectus perfectorum* opinó Ennio divertido un día en presencia de un Paulo indulgente.

Un prefecto de la perfección. Ciertamente eso era su padre. ¿Y él? ¿Qué era? A veces se lo preguntaba, pero no lo sabía. Su madre y sus hermanas de ordinario le llamaban Lucio, su padre en ocasiones Publio Cornelio, para unos había dejado de ser Paulo, para otros aún no era Escipión, porque de serlo no viviría en esta casa, sino en aquélla. No era ni una cosa ni la otra, o tal vez debería ser ambas. Había optado por llamarse a sí mismo Emiliano, aunque de momento casi nadie más lo hiciera. Compartía ese sobrenombre de adoptado con su hermano Quinto, pero Emiliano era él, *Aemilianus*. Ése era él, solo él. Vendrían en el decurso nuevas máscaras pero siempre sería él; aparecerían otros motes pero ninguno tendría que ver con la perfección, si se piensa que contadas eran las ocasiones en las que a un visto bueno de Glycón, el gramático, Demetrio, su preceptor de lógica, Pílades, maestro de música, y Lisístrato, artífice de efigies y encaustos, no siguiera alguna observación discrepante del augur, basada en su muy particular sistema de calificación de tres grados: en el primero, suspendía su juicio para pronunciar en su lugar exhortaciones del tipo "observa esto y esto, mira acá ¿ves?: enmiéndalo, corrígelo, expúrgalo, conviene que lo rehagas hasta que quede perfecto, lo demás está bien, pero debes poner más atención, cuidar los detalles, ¿entiendes?" El segundo escalón, *bonus*, solo podía ser entonces fruto del ejercicio de la repetición, siendo raras las veces en que había tal calificación al primer intento. *Optimus*, finalmente, parecía de momento un grado inalcanzable, y andando el tiempo el resultado de una disciplina, que según las ideas de Paulo no era más que la práctica de la constancia.

"Tu padre te ama en verdad", observó Ennio un día que le encontró afanado en repetir una composición. Emiliano interrumpió su tarea y le dirigió una mirada interrogativa, a lo que el poeta respondió: "Es claro que te exige tanto como se exige a sí mismo cuando quiere aprender algo y hacerlo cada vez mejor, mejor y mejor. Te quiere". Emiliano hubiese querido preguntar, forzando su timidez, pues no veía a quién más podía hacerle tal consulta: por qué a diferencia de otros estudios había de repetir tantísimas veces los trabajos de retórica, ¿por qué? pero no fue capaz. Del viejo Ennio decían que era el griego más romano, pero lo propio habían afirmado en su tiempo de otros poetas, de Andrónico y de Nevio; en su caso no tanto porque fuese hombre del sur como aquéllos, calabrés para más señas, sino porque según su decir, pensaba en griego, sentía en osco y hablaba en latín; la fortuna que había juntado gracias a su arte no se contaba en monedas, de ordinario escasas, sino por los amigos a los que había dedicado sus libros. Tenía, no la risa fácil de un fatuo, sino tal contentura, tal afabilidad pintada en el rostro que denotaba que a pesar de la pobreza y mucho antes de la vejez había hecho las paces con la vida. A su círculo más íntimo pertenecía el augur Paulo, a quien visitaba con frecuencia. Al igual que en otras ocasiones, revisaba en ese momento una de las traducciones hechas por Emiliano y hacía un apunte al costado con el estilo, entonces sonrió: "Seguramente te preguntas si tienes ingenio. Muchacho, tú sabes esa respuesta mejor que yo". Emiliano, ruborizado hasta la raíz de sus cabellos, enterró su vista en la tableta.

Así, leyendo, observando, escribiendo y componiendo, de la *hermeneumata* llegó a la declamación, de la escritura a la oralidad. Un día contempló la tarea que tenía por delante: hacer y pronunciar una suasoria, la primera. No tuvo que buscar el tema: pensó en Cannas, la batalla, en el cónsul Paulo, su abuelo, y recordando sentencias escuchadas al vuelo en el foro, tanto de tribunos y pretores, como de dialécticos y mercaderes, locuciones que de alguna manera por la vía de impresión se habían quedado en su memoria, y que le parecían lo suficientemente atractivas para hacerlas suyas en ésta su primera práctica, con ellas hizo y rehízo su composición hasta que, dándose por satisfecho quiso fijar su pequeño logro en un digno soporte, cambió la cera por el papiro, y mojando el cálamo en la tinta, esto fue lo que escribió:

"Oh, Paulo, recuerda la esperanza que el Senado de Roma ha depositado en tu corazón; con éste has hablado a los soldados, no de otra forma podrían inflamarse los corazones de los soldados al decirles, que al estar obligados con sus mujeres y sus hijos están obligados con la Patria. Escucha ahora, oh, noble Paulo, lo que tu corazón te está diciendo, toma el mando de las legiones que en el arrebato de la impaciencia, comidas

por la incertidumbre, van desbocadas a la trampa de Aníbal. Anda y toma el mando que a tu colega Varrón solo le sirve para empecinarse en su propia torpeza. Que el deber hacia Roma en esta hora aciaga te releve de la observancia de una norma absurda".

—¿Qué es eso?

Emiliano se turbó. Sin estar del todo satisfecho, había leído su escrito con cierto orgullo, amparado por la soledad de su cubículo, sin percatarse de que su padre le había escuchado desde la puerta.

—Es mi suasoria.

Paulo se acercó hasta el escritorio y leyó de nuevo el papiro, mientras su hijo, el cálamo entre los dientes y la respiración contenida aguardaba el veredicto paterno.

—... te releva de la observancia de una norma absurda —concluyó el augur y asintió en silencio—. Sácate eso de la boca.

—Es que había que tomar el mando, el abuelo era el más capaz; él hubiera evitado el desastre —se justificó el muchacho, la voz ahogada sin que le pidieran explicaciones.

Paulo regresó el papiro a la mesa. —El recurso del encomio no hubiera movido a tu abuelo. Ni el vituperio dirigido a su colega. Los errores de Varrón no pueden ser ocultados pero tampoco deben ser expuestos para elevar a otro y moverle a hacer algo. No digo que no haya ocasiones para el encomio, como las hay para el vituperio pero ésta no es una de ésas. ¿Te imaginas qué efecto tendría en las legiones el que uno de sus cónsules sea escarnecido? —añadió entonces con suavidad— No te aflijas, tu trabajo no está perdido, algún provecho sacaremos de él, tenlo por seguro. Dime, ¿en qué pensabas cuando lo escribiste?

Emiliano, que había hecho de su esfuerzo retórico un rollo muy apretado por la vergüenza, lo desplegó, lo leyó para sí con voz imperceptible, caviló un rato y terminó diciendo:

—Pensé en la Patria; pensé que era lo único importante, también pensé en la esperanza puesta en una sola persona, y que esa persona, por la Patria debía hacer lo que fuera, pero veo que no es así.

—Nadie ha dicho eso —replicó vivamente Paulo. La idea es correcta pero debemos pensar un poco más.

El problema no era Varrón, explicó entonces el augur, sino que la esperanza de Roma estaba sofocada por el miedo. —Yo, que tenía tu edad poco más o menos, me despedí de mi padre; la urbe en cambio, bien lo has dicho, lo hizo de su mayor esperanza. Una vez que el cónsul partió dejó una ciudad en vilo. Por esos días hubo tantos prodigios como habitantes: serpientes bicéfalas, resplandores sobre el Palatino, turbiones de piedra, negras bandadas, remolinos de arena en el Viminal. A cada conmoción sucedía un rito; a cada alarma una súplica; a cada rumor una procesión; al terror se oponía la plegaria, y al desastre, cuando finalmente se conoció, el sacrificio extraordinario de enterrar en vida griegos, galos y vestales.

—Y a la muerte de mi abuelo, ¿qué siguió?

—El silencio —respondió su padre e hizo una larga pausa. Su mirada se oscureció por instantes, luego sacudió su cabeza. —La cosa es que ese miedo tenía un nombre, Aníbal, pero, ¿qué pasaría si no lo tuviese, si no se conociese su fuente y su naturaleza? Sería la máxima incertidumbre. Escucha lo que voy a contarte, piensa un poco en ello y escribe una nueva suasoria. Toma el tiempo que necesites pero sopesa muy bien tu argumento.

El muchacho asintió.

—Te diré solo lo esencial. Se trata de Publio Cornelio y su hermano Cneo Escipión.

—El padre y el tío del Africano.

—Correcto. El escenario es Hispania. Durante años han impedido que Asdrúbal parta hacia Italia a auxiliar a su hermano Aníbal. Como es de suponer, la misión de los dos valientes Escipíadas, tu familia, es vital para la supervivencia de Roma y hasta el momento lo han hecho muy bien. Un día deciden que ha llegado el tiempo propicio para destruir a Asdrúbal y sus aliados. Como la idea es batirlos a todos y que no escape ninguno, los dos hermanos, que han acampado en un sitio llamado Amtorgis, dividen sus fuerzas a la vista de Asdrúbal, de quien apenas les separa un río. Publio Cornelio marcha en busca de los aliados del púnico y Cneo Escipión queda al mando de un tercio del ejército, que a los pocos días se reduce aún más por el abandono de los auxiliares celtíberos, comprados astutamente por Asdrúbal. ¿Has entendido hasta ahora?

—Sí —contestó Emiliano; alguna vez le habían referido esa historia, pero no recordaba los detalles, excepto que terminaba en desastre.

Paulo tomó una cera. A medida que se explicaba, el placer de enseñar le había animado el rostro, enarcaba las cejas para enfatizar y el destello en sus ojos verdes parecía seguir el curso de sus aladas razones.

—Como debes de saber, Publio Cornelio fue derrotado y muerto por los aliados de Asdrúbal. Éstos logran unir sus fuerzas con las del púnico, y así, un mes después, en un punto muy cercano al sitio de Ilorci, alcanzan y baten los restos del ejército romano, matando a Cneo Escipión en plena fuga, todavía ignorante de lo ocurrido a su hermano.

—¿Cómo murió Publio Cornelio?

—Una jabalina lo atravesó.

—¿Y Cneo Escipión?

—Se refugió con los pocos soldados que le quedaban en una torre a la que los enemigos le prendieron fuego. Ahora, presta atención, porque de esto depende tu suasoria.

El augur hablaba a la par que hacía los trazos en la cera.

—Este es el lugar donde ocurrieron los hechos —dijo, al tiempo que en el medio, partiendo desde el borde inferior, dibujaba una línea sinuosa pero vertical que hacia el centro de la tableta se curvó decididamente hacia la izquierda—. Es el Betis, aquí torna el río hacia el poniente. Hay dos bosques de montaña, uno a cada margen del curso de agua. A la izquierda, el *saltus tugiensis*; a la derecha, siguiendo el septentrión, el *saltus tadertinus*. Por encima de la curva del río, como parte del *tadertinus* se halla Amtorgis, donde acampan los hermanos. Aquí —señaló con una marca un punto entre Amtorgis y la curva—, murió Cneo Escipión. Bien, tu suasoria estará dirigida a Cneo Escipión, en el momento en que es abandonado por los celtíberos. Es casi un mes entre la muerte de uno y otro hermano; piensa en la incertidumbre de Cneo, no sabe nada de Publio Cornelio, ¿debe ir en busca de su hermano para unir fuerzas? Recuerda esto, Cneo no sabe nada de la muerte de Publio Cornelio.

El muchacho intentó hacer otras preguntas. ¿Cuándo ordenó Cneo la retirada? ¿Sabía dónde acampaba su hermano? Si hubo sobrevivientes, ¿adónde fueron? pero su padre no quiso responder. Se trataba de escribir una suasoria con lo que le había dicho, no necesitaba conocer otros detalles.

—Déjalo para después. Vamos a comer.

Vaya tarea la que le había impuesto su padre. Pensó en las palabras de Ennio. La dificultad era del tamaño de su cariño. Si Paulo le exigía tanto como a sí mismo era porque le creía igual de capaz. Sintió la chispa de una elevación y al rato la vio apagarse al confrontarse con la tablilla: no se le ocurría nada para convencer al legado imperatorio consular del ejército de tierra en Hispania. Ya le había advertido su padre que se trataba de la máxima incertidumbre. Una y otra vez recorrió las marcas, el río que giraba, Amtorgis, los dos bosques, Ilorci y la pira de Cneo. En una de esas vueltas, apuntó en la cera varias palabras como si se tratara de uno de esos ejercicios de enumeración a los que estaba acostumbrado: *Roma, frater, tempus, pavor*. Las contempló ya tarde en la noche y con ellas se durmió.

Al despertar a la mañana siguiente, fue volando a escribir.

"Oh, Cneo, el tiempo se fuga delante de ti y tú continúas a unos pasos del púnico. Aunque ya estás en marcha no basta el esfuerzo de poner distancia y encontrar a tu hermano. Fulmina sin más dilación los propósitos del enemigo: adéntrate en el bosque del Tader. ¿Te inquieta la suerte de Publio Cornelio y de sus hombres? Loable es tu piedad, pero ésta es una ínfima parte de la que sientes por la Patria, conque más debe inquietarte la suerte de Roma si tu ejército es batido. Conduciéndole al bosque allanas el camino para salvar a tu hermano, para salvar a tus hombres, para salvar a Roma".

Bonus. Tan bueno le pareció a Paulo, que soslayó algunos defectos de escritura que sonaban más a premura que a descuido y arregló que Emiliano leyera su suasoria en casa de los Escipiones, su familia de adopción.

Del cedazo de roca volcánica manaba el agua limpia haciendo turbiones al desembocar en el canal, susurrando fábulas de ninfas, repitiendo rumores de cañizal, haciendo

82

chisguetes y llenando el aire de una lluvia fina que mojaba el rostro de los tres muchachos, sentados bajo un chopo, muy cerca de la orilla, mientras uno de ellos, púber de tez clara, ojos negros, cabello oscuro, alto y tan delgado que era como el fuste de un pino albar, leía una tablilla encerada con voz que se elevaba por encima del ruido de las aguas, dicción perfecta y actitud reflexiva al ponderar la bondad del texto a medida que avanzaba. Finalmente, Afer levantó la cabeza y miró a Emiliano, sentado sobre el manto, las piernas cruzadas, la espalda encorvada, una mano en la barbilla, la otra desgranando una espiga de hierba.

—No lo comprendo—dijo el primero—. ¿A qué viene declarar que esta suasoria es un desastre?

El interpelado se encogió de hombros sin alzar la cabeza.

Lelio, mozo ya cercano a la edad viril, remeció el hombro del chico y rió con suavidad. —¿Qué pasa, Emiliano? Anda, cuéntanos.

El muchacho todavía tardó unos instantes, después, lentamente, la vista fija en la tierra, tragando saliva, arrancando pellizcos de hierba, fue sacándose las palabras a golpe de murmullos, tan quedos que sus amigos tuvieron que inclinarse para extremar su atención.

Pasó en casa de los Escipiones, esa gente. La culpa no había sido de su padre, no, fue muy enfático en ello. Sucedió que aquéllos se empeñaron en conocer sus progresos, y su padre no pudo negarse. Podía haberse contraído a leer la suasoria, pero convino con su padre en que haría mayor impresión decirla de memoria. Así que practicó harto. Se la sabía, hubiera podido decirla, incluso ahora, en este lugar, pero en aquel momento, y con aquéllos... reunidos en el triclinio —aun ahora no podía decir qué le pasó—, porque la verdad, por un lado no eran muchos, y por el otro, bien dispuestos estaban hacia él. Emilia primero, a la que siempre vacilaba entre llamarla abuela o llamarla tía; luego Publio Cornelio, a quien todavía le costaba harto decirle padre, que a despecho de pretor era el único bueno ahí, no por nada le llamaban pan de higo; estaba por supuesto su padre junto con su mujer, Octavia. Ennio, asimismo, casi de la familia. Lucio Cornelio, en cambio, no había venido.

El muchacho volteó hacia la parte alta del chopo.

—Y entonces, ¿qué pasó? Todavía no nos dices —demandó Lelio.

El esposo de Cornelia, la mayor de los hermanos, de Lucio y de Publio. Él, sin decir palabra, con su fama de riguroso, bastó para turbarle, ése fue su mal: Nasica. Apenas pasó del apóstrofe. Lo intentó tres veces, sin atreverse a mirarles. Optó entonces por leer la tableta pero solo consiguió leerla de la peor manera: las manos frías, el zumbido en sus oídos, una losa en el estómago, el silencio que siguió, y el bueno de Publio Cornelio con sus palabras amables. Un desastre.

Volteó de nuevo hacia arriba, se puso en pie, y con la vergüenza en las mejillas, antes de verse impedido por las protestas de sus compañeros que le adivinaron la intención, Cayo Lelio el primero, con fastidio, oh, no, Emiliano, hoy no era día de subir árboles, nadar en canales, meterse en cuevas, no, habían venido a leer a Plauto. Leer, decía siempre Lelio, prudente manera entre amigos de referirse a los juegos de actor que allá en la urbe pasaban por infames. Pero Emiliano solo farfulló, tanteó el palo, colocó un pie en la corteza del chopo, y se impulsó hacia arriba mientras pensaba en la verdadera culpable, la única persona que no había querido mencionar: tenía sus mismos años, y de ella se decía que había heredado la elocuencia del Africano, su padre. Cornelia la menor.

Afer, sin moverse de su sitio ni alzar la voz, le dijo a su vez: —Emiliano, de cualquier percance que te suceda, yo tendré que responder ante el augur Paulo —pero el muchacho no se hallaba en disposición de encajar tales palabras, afanado en poner el pie en el arranque de la copa, antes de perder el impulso y deslizarse hacia abajo por falta de fuerzas, para luego, continuar trepando con seguridad y rapidez, distribuyendo su peso entre una rama y otra, cada vez menos enterado de la altura que estaba alcanzando.

—¡Helo aquí! —exclamó al descubrir el nido de pájaro moscón que había estado buscando; tenía forma de bolsa y se balanceaba de una delgada rama. Percibió el piar apagado de los pichones, ocultos a la vista por la boca cerrada del nido. Estiró su mano, pero por más que lo intentaba no podía alcanzarlo; intentó el ascenso, pero las ramas se cimbraban peligrosamente bajo su peso.

Desde abajo continuaban observándole. La fronda le ocultaba parcialmente, de tal manera que a ratos solo adivinaban sus movimientos por las sacudidas del follaje. Lelio voceó una vez más, pero Emiliano era ajeno en ese momento a toda precaución.

Afer entornó los ojos para protegerse de la intensa luz; advirtiendo el riesgo cada vez mayor, abiertamente preocupado, sin más contemplaciones le exhortó con voz firme que no admitía negativas, coreado por Lelio:

—¡Emiliano, baja ahora mismo, que no ves que ahí donde estás te puedes caer! ¡Baja!

El muchacho allá arriba se echó a reír en respuesta. ¡No! ¿Por qué? Tanto penar por nada. ¡Quería ver! Puso un pie en otra rama y para impulsarse buscó con la mano otro apoyo, de tal manera que el nido quedara junto a él. ¡Ya casi llegaba!, gritó a los de abajo, pero en ese mismo instante, por prisa o temeridad, lo que parecía corona se trocó en caída; para su fortuna no en el suelo sino en la fuente.

Afer y Lelio corrieron hasta la orilla y sacaron en un momento al muchacho, que tras el esfuerzo de salir a flote, braceaba con dificultad debido al lastre de la túnica.

—¡Por Hércules, Emiliano! ¿Estás bien? —preguntó Lelio.

El chico, boca arriba sobre el pasto, respiró con dificultad, tosió, luego se incorporó a medias. "Sí, sí, estoy bien", dijo, antes de luchar por quitarse la ropa.

Afer le miró con fijeza. —¿Por qué lo hiciste?

Emiliano no respondió enseguida. Había sido impulso, necesidad, evasión, desfogue. Quería demostrar que en lugar de hablar, había otras cosas que podía hacer muy bien. Quizás era eso, que estaba ansioso, porque le había dejado algo escrito a su padre. —Quería ver ese nido —dijo simplemente con una sonrisa tonta.

Afer recibió la túnica mojada para ponerla a secar, y le alcanzó un manto para que se frotara. Luego, mientras Lelio y Emiliano comparaban impresiones risueñas sobre chopo, nido, fuente y caída, Afer observó a este último en silencio un buen rato, como hacía con todo el mundo, sin emitir juicios previos ni hacerse eco de opiniones ajenas, solo observando. "Emiliano", dijo más luego, rompiendo el hilo de la conversación, "Lelio y yo te vamos a ayudar. Sentémonos acá", y señaló un sitio lejos de la orilla.

—Quizás sea hora de que compartamos la comida —añadió, refiriéndose a un cuenco de higos, una pieza de pan y un trozo de queso, que fue sacando de un zurrón y disponiendo equitativamente. Los chicos obedecieron a aquel joven que podía ser esclavo, pero que siempre les inspiraba un respeto fraterno.

Mientras comían, saciaban su sed con agua de la fuente; ya casi terminaban cuando Afer comentó, con la habitual actitud reflexiva que le hacía parecer más maduro que sus amigos:

—Al senador Terencio le oí comentar el otro día allá en la casa que el viejo Marco Porcio vive alabando las conversaciones que sostienes con él, y que apartando a su propio hijo Marco, a nadie más prometedor ve para hacer vida en el foro. ¿Cómo es que le inspiras tales expresiones al hombre más severo de la ciudad, y en cambio, no puedes con una pequeña suasoria? —sonrió entonces mostrando dos hileras de dientes pequeños, pero bien alineados.

Emiliano se revolvió confuso en su manto. —Yo qué voy a saber —dijo, haciendo bolitas con sus restos de pan—. Esas son cosas de Prisco, lo que es conversar, conversa él, yo solo escucho al igual que Marco o Quinto, las veces que están presentes.

—¿Y de qué conversan? —preguntó Lelio con curiosidad.

—De muchas cosas, de árboles, de abejas, de cosechas.

—Pues no todo estará perdido si Catón ha visto algo en ti. Ni mi padre ha dicho eso de mí —sonrió Lelio a su vez divertido con los rubores de Emiliano.

—Volvamos a tu suasoria, tu texto bien escrito está, pero... —el joven Afer se detuvo al ver el rostro de Emiliano— No te desanimes. Di, ¿quién es Cneo?

—Pues...

—Un *imperator* —acotó el joven sin esperar respuesta—. ¿Cómo debes hablar, entonces? Como un soldado —hizo una pausa—. Sé breve y simple —concluyó—. Recuerda siempre esto, Emiliano: solo hay dos preguntas, ¿quién soy? ¿a quién hablo?

El muchacho lo repitió como un eco en voz baja, "¿quién soy? ¿a quién hablo? ¿quién soy? ¿a quién hablo? ¿quién soy?", luego comenzó a decir: "Oh, Cneo..."

Lelio y Afer intercambiaron miradas.

—Eso es —dijo el segundo—, ¿quieres intentarlo?

El muchacho sacudió la cabeza. —En realidad no.

Afer lo contempló con atención, luego anunció:

—Vayamos entonces a lo que vinimos, leamos a Plauto.

—¡Bien, estoy de acuerdo! —exclamó Lelio— Quedamos en que Afer será Palestrión. Yo seré Pergopolínices, y tu Emiliano, ¿querrás ser Arlotrogo?

—Quiero —contestó el muchacho, y volvió a auscultarse. ¿Quién soy? ¿A quién hablo?

Ennio concluyó la lectura de un texto atiborrado de astucias, lotófagos, historias, pretendientes, algún sueño y mucho de regreso, y sin decir palabra, levantó la vista hacia su anfitrión el augur, a lo que éste, sentado muy cerca en el amplio espacio del *tablinum*, respondió en confidencia:

—Tu mirada me confirma lo que ya tengo por sabido, que Publio Cornelio conjuga felizmente las palabras, mas no parece capaz de decir las oraciones con soltura, ni tan siquiera las que son de su progenie. Buen testigo has sido el otro día de su tropiezo, que no es el primero —el augur suspiró y miró brevemente al jardín donde, en otros tiempos, el hijo solía gastar las horas de ocio y era ahora el campo de juegos de Lucio y Cneo, quienes con sus retozos, en ese momento, invadían el diálogo de los adultos—. Mi querido Ennio, es por ello que, lejos de procurar que mi cariño minimice sus defectos, seré franco contigo: enumerándolos aspiro a que puedas ayudarme a encontrar algún remedio —el augur hizo una pausa como si quisiese ordenar sus ideas—. Su voz no diré que sea trémula pero es vacilante, lo que desdice de su actitud, siempre animosa; en un momento se eleva hasta la estridencia y en el siguiente se abate hasta parecer inaudible, sin que atienda a las exigencias del discurso. En pronunciación es igual a un bárbaro, casi nada se le entiende.

Come sílabas, ignora pausas e inflexiones, corre desbocado hacia el final con tal de salir del trance. Si de ademanes se trata, aunque su voz fuese intachable, sus gestos dirían otra cosa. Entonces es más patente cómo todo lo aprendido es olvidado: se encoge, baja la cabeza, clava los ojos en el piso. Con los miembros pasa lo que con la voz: movimiento y oración van a destiempo. Brazos en el aire sin garbo, quieta en cambio la mano crispada sobre la túnica cuando sí habría lugar para el gesto elegante, mientras en su rostro las pausas va marcando a capricho frunciendo el ceño o mordiendo sus labios. Otros dirán que es de muchachos tales torpezas, y que primero la práctica, luego la edad, le irán desbastando. En ello estaría yo de acuerdo si no fuera por el hecho de que nada de esto sucede cuando lo dice en privado, al contrario, impecable es su ejecución y dócil acoge mis observaciones, que incorpora a su bagaje sin que tengan que ser reiteradas en demasía, pero en público toda imperfección es convocada, entonces sí que es otra cosa —el augur prosiguió—. Con Quinto no tuve este problema. Yo mismo a su edad, tampoco o quizás... —Paulo sacudió su cabeza— No, lo que en otro chico solo serían vicios normales de oratoria, en mi hijo resulta un agobio. Por ello me pregunto: si es patente que tiene talento y apostura para ser un buen orador, ¿seré yo, oh dioses, quien ha estado fallando? —el augur dejó caer sus brazos con un gesto de desaliento.

El viejo Ennio, que se había mostrado paciente y atento mientras su amigo se descargaba, dijo:

—Paciencia, Lucio, que el asunto no es tan grave; malo sería que el muchacho no tuviese ingenio, que lo tiene, lo que le hace falta es disciplina... como a mí —dibujó una fina sonrisa en su viejo rostro. Como artista, a diferencia de los aristócratas de Roma, había cosas que podía tomar con calma.

—Le falta disciplina —repitió el augur como si escuchara la frase por primera vez.

—No es tu culpa, Lucio —remató el poeta.

—Te conozco, Ennio —replicó Paulo con una mueca—. Me has dicho eso para que me sienta bien, pero lo cierto es que el muchacho me ha culpado.

—Te culpó.

—Sí, cuando pudimos hablar me dijo que nunca hubiese querido ir, pero que nada había objetado por deberme obediencia.

—Dijo bien.

Por primera vez, Paulo se agitó en su solio. —Mi querido Ennio, responde. ¿Crees que me hubiese comprometido de haber pensado que él no estaba preparado? Tú también opinas que hice mal —concluyó con el rostro grave.

—Lucio, deja ya de culparte que no va contigo.

El augur le miró de reojo. —Pues tú deja ya de afirmar que te falta disciplina.

El viejo sonrió, tomó el rollo de nuevo y lo recorrió con satisfacción una vez más. No se podía negar que el muchacho había alcanzado cierto conocimiento de Homero. Había que darle tiempo, ése era su consejo.

El augur se limitó a asentir, no esperaba otra respuesta de su amigo. Pero no se trataba de la formación de un poeta, se trataba de un orador. La impresión que había hecho en los Escipiones no había sido buena, y pronto, más allá de las suasorias, debía empezar con las declamaciones, que en modo alguno admitirían el recurso de leerlas en una tableta. Que tenía ingenio, ya lo sabía, pero qué era el ingenio sin práctica ni aplicación. Nada. Tenía razón Ennio. Solo la disciplina ofrecía todas las garantías para darle vuelco a este marasmo; pero, por dónde, oh dioses, por dónde empezar. ¿No era suficiente disciplina lo hecho hasta ahora?

—Ennio, Ennio, el muchacho tiene las cualidades necesarias para descollar; sé lo que tengo, es mi hijo. Hay otra cosa, sin embargo —se levantó—. Su actitud. Convengo en que su edad le disculpa, pero más allá de los ejercicios no parece comprender lo que significa ser un orador, mucho menos lo importante que es para su futuro, su carrera. Dime, Ennio, ¿cabe que alguien posea el talento pero no la inclinación, o que tenga la inclinación y se encuentre dormida? ¿Qué cosa se precisa para despertarla? —señaló el rollo— Si pudo escribir esto es porque hace tiempo que en su memoria se ha asentado el poema. Nada malo en ello, pero es inquietante comprobar que las letras le atraigan en grado sumo, a tal punto que amenacen el desenvolvimiento de su futura carrera. No objeto su amistad con el muchacho Afer, pero le está llevando de cabeza a la comedia. Una cosa es leer a Plauto y otra lo que piensan los viejos romanos al respecto, que porque quiero darle a mis hijos una educación helenizante, en lugar de hombres viriles acabarán convertidos en una especie de pequeños griegos. Yo solo quiero que aprendan, que conozcan, que por un lado sepan apreciar lo que hay en otros rincones de nuestros mares, que sepan de arte, de belleza, de cultura, pero que por otro lado, aunque Roma no es todo lo que hay, que Roma sea primero y ellos resulten romanos cabales, conque no busco que se zambullan de cabeza sino que apenas se mojen los pies en el Egeo, nada más. No estoy criando a un griego, estoy formando a un ciudadano romano, consciente de sus deberes y de lo que se espera de él. ¿Qué hacer?

Ennio tosió antes de responder y se reacomodó en su asiento. —Tal vez debes ser su ejemplo.

—¿Yo, su ejemplo? Bueno, él me ha visto cuando le he llevado conmigo al foro, a la curia, al tribunal, a los augurios.

—Te contaré algo —dijo el viejo poeta riendo—. El otro día estaba con él respondiendo sus preguntas sobre *koiné*, y de pronto hizo la siguiente: si yo tuviera que equipararte con algún personaje de la Odisea, ¿quién podría ser?

—¿De qué te ríes ahora?

—Me río de lo que él dijo porque le devolví la pregunta.

—¿Quién se supone que soy?

El poeta hizo un esfuerzo por no soltar la risa y musitó:

—Atenea.

—¿Qué dijiste?

—Atenea.

—¿Atenea? —repitió el augur— Qué cosas se le ocurren a este hijo mío —suspiró, luego pareció reflexionar en voz alta—. Veamos. El orador debe tener concentración, atención a los detalles, aplomo, seguridad, capacidad para diluirse en su representado, y dices que yo debería ser su ejemplo. Pues bien, mi querido Ennio, a mí se me acaba de ocurrir algo que podría ayudar.

El grupo se detuvo cerca de un arroyo después de varias horas a través de la espesura. Cuatro hacían parte del mismo: el augur Paulo, su hijo Emiliano y dos esclavos de su confianza, Nicias y Aristarco, hombres acostumbrados a las incursiones venatorias en las estribaciones de los *Collis Albani*, los Montes Albanos. Nicias, que había sido criado en casa de Paulo, era un joven menudo de mirada vivaz, pronto a atender las órdenes del augur, incluso antes de que éste las hubiese impartido, tanto le conocía. Aristarco, coetáneo del augur, magro y silencioso, había practicado la cacería desde niño y por necesidad; sobre él corrían historias, incluyendo aquélla sin detalles ni confirmación posible de que había llegado a matar un jabalí con sus propias manos. A ambos les ordenó Paulo que armaran el campamento, mientras él y su hijo se encargaban de encender el fuego.

Aunque el muchacho había llevado su propia impedimenta, no estaba cansado, porque el camino, muy transitado por rústicos y cazadores lo habían hecho a un paso que un chico de doce años pudiese soportar. Por un momento, permaneció en medio sin desembarazarse de la carga ni soltar la vara que tenía en la mano.

—Emiliano... —le llamó su padre.

El muchacho se adelantó.

—Deja tus cosas allí, y ven que vamos a hacer el fuego.

Emiliano obedeció y dejó el pequeño saco de cuero, conservando en su diestra la vara de fresno que su padre le había confiado. El augur observó el detalle con mirada aprobadora. El chico estaba ataviado al igual que los demás con ropas de montería: túnica de tela recia de color apagado, cáligas reforzadas con piel de ciervo, grebas de cuero a juego con el cinturón, del que pendía un cuchillo con pomo de marfil, en la cabeza un píleo, el sayo en tanto venía doblado en el saco. El augur sonrió como si viera una miniatura de sí mismo y con un gesto le pidió que se acercase.

—Escucha con atención. Toma tu tiempo, quiero que cerca de las tiendas que levantan Nicias y Aristarco ubiques un rincón al abrigo del viento.

El muchacho miró en derredor, caminó unos pasos, titubeó, retrocedió, fue hasta otro sitio. Volteó hacia su padre en busca de pistas, pero éste solo le animaba. Finalmente señaló un rincón bajo las ramas de un haya.

—¿Aquí? —preguntó con el tono dubitativo.

El augur se aproximó hasta el punto indicado y lo examinó en silencio; quedaba más separado de las tiendas que los otros dos lugares que hubieran podido servir, pero estaba bien. —Ahora ve y haz un acopio de musgo, corteza y ramitas de este tamaño —dijo, separando un poco sus manos—. Mira bien que estén secos, yo entretanto me haré de leña. Observa el lecho del bosque, míralo con atención, sé cuidadoso y no te alejes. Hazlo con calma pero no tardes.

El muchacho asintió dispuesto a obedecer al pie de la letra, sobre todo la advertencia de no alejarse, bastante ominosa se le hacía la idea de adentrarse por algún oscuro pasaje.

Hizo pues como le dijeron y con la vista fija en la tierra, colectó la yesca con tiento —desechando casi todo en principio, luego con menos vacilaciones—, entre hojas secas, los restos de un nido, raíces, corteza y ramitas de hayas y encinas. El augur colocó la yesca, separó la leña verde de la seca, dispuso parte de esta última alrededor de la yesca y sacó de su bolsa un pedernal.

—Observa —dijo, y lo golpeó varias veces contra una piedra, haciendo saltar chispas, hasta que una alcanzó a prender la yesca. Paulo sopló con suavidad, entonces ardió y tomó forma la fogata. Luego se aseguró de mantenerla viva—. Ahora, pon atención, mira bien lo que vas a hacer ahora. Cuando veas que el fuego se está debilitando, arrójale un poco de este resto de leña. Alterna la verde con la seca; procura hacerlo con mesura y delicadeza.

—Así lo haré, padre.

—Bien, iré un momento a ver qué están haciendo aquellos.

El muchacho quedó vigilando atentamente el fuego sin soltar la vara, pensando que su padre le había prometido que iban a una cacería, aunque todavía, a falta de cobros, no podía decir que hubiera estado en una. Cuando hacía unos días se lo había anunciado, se estremeció de contento. Irían a los Montes Albanos y pasarían después unos días en casa del viejo Catón. Entonces se sintió importante y crecido a ojos de su padre. Iban a enseñarle a cazar. Su padre había visto que ya era digno de ser enseñado a cazar. Hasta ese momento los secretos del arte venatorio habían sido reservados para su hermano mayor, para Quinto Fabio; para éste habían sido las invitaciones y el tiempo pasado en el bosque. Ahora le tocaba a él, a Emiliano, pero como nunca había caminado por el interior de una selva, sus ideas de esta excursión eran vagas y fantasiosas.

Pero aún más confuso le parecía que tras el desastre en casa de los Escipiones su padre no hubiese insistido en examinar sus problemas con la oratoria, y en cambio se hubiese deshecho en encomios hacia su texto de contenido homérico. Lo que en principio había sido un alivio, que su padre no le obligase a declamar en público, ahora lo veía de otra manera. "Renunció porque ahora sabe que no tengo remedio", pensó. En verdad, él mismo no se sentía capaz de hacer algo y de muy poco le había servido el consejo de Afer: "¿Quién soy? No sé. ¿A quién hablo? A nadie".

Pronto Nicias y Aristarco se hicieron cargo de las provisiones y las cocinaron en una olla de bronce. Al finalizar la comida, el augur le pidió la vara de madera de fresno, de color claro, flexible, ligera de peso, no demasiado larga. Había sido desbastada y al tacto era perfectamente lisa.

—Antes de convertirte en cazador debes procurarte un arma —le dijo mientras revisaba la vara para después devolvérsela, y con ella instrucciones para endurecerla al fuego y hacer de ella un venablo. El muchacho la recibió y así, con lentitud y paciencia la fue secando. De tanto en tanto su padre le corregía y evitaba que quemara la madera por acercarla demasiado a la llama, cuyas lenguas entre chasquidos tendían a enroscarse en la vara.

—Bien, Emiliano, ¿qué te parece el bosque?

—Me gusta —contestó el hijo sin apartar la mirada del venablo.

—¿En verdad?

—Sí, me gusta. Se está muy bien aquí.

—¿Por qué crees que vinimos al bosque?

Emiliano se encogió de hombros. —Vinimos a cazar.

Paulo le miró atentamente, su rostro resplandecía en la lumbre. —Y, ¿qué es cazar para ti?

—Pues, buscar, acosar, lanzar el venablo, disparar los dardos, cobrar las piezas.

Su padre meneó la cabeza. —Manejar el venablo, el arco o la jabalina bien lo aprendes en la palestra, pero antes de cobrar hay que rastrear y acechar; antes de rastrear hay que saber caminar y antes de acechar hay que aprender a observar, y ¿qué es observar? Observar es mirar con reflexión todo lo que nos rodea en la selva: aguas, cielos, sendero, hierbas, árboles, cuadrúpedos, volátiles y rastreros —el augur hizo una mueca, corrigió la postura de su hijo—. No basta mirar las cosas una sola vez, ni dos, ni tres; siempre habrá que volver a verlas con mayor atención —dijo, haciendo énfasis en las últimas palabras—. Para el que se inicia, la atención debe ser como la que he requerido de ti para ayudarme a hacer la fogata; el grado sumo, en cambio, es poner toda el alma en la contemplación de cada cosa —hizo una pausa para corregir de nuevo el ángulo con que su hijo ofrecía la vara a la llama—. Una atención reiterada, guardada en la memoria, prepara al cazador para el acecho, ¿por qué? pues porque de ella se servirá para anticipar con sagacidad y cuidado los movimientos de la presa. ¿Has comprendido?

—Sí.

El augur sonrió. —Ya entenderás, hijo mío, ya entenderás, una vez te pongas en ello, pero recuerda: lo primero es la atención, de allí se deriva todo lo demás.

—La atención... lo recordaré —prometió Emiliano.

—Trae acá —dijo el augur, tomando la vara—. Yo te ayudaré un poco —luego miró la expresión de su hijo—. Me parece que algo quieres preguntar.

—La persecución —contestó el muchacho.

—¿Qué hay con ella?

—Dicen que es lo mejor del arte venatorio, ¿es eso cierto? —sus ojos chispearon al decirlo.

—¿Quiénes lo dicen?

—No sé, lo he oído por ahí.

—Conque la persecución... y, ¿qué es la persecución para ti?

El muchacho lanzó una ramita hacia la llama y ésta crepitó en respuesta.

—Pues, correr tras la presa por la selva.

Nicias y Aristarco rieron por lo bajo. El augur Paulo preguntó:

—¿Con todo el ímpetu, quizás?

—Sí —respondió con energía.

—Falso. Nada más lejos de la verdad. Se te hace la

persecución un asunto de correrías porque vienes de la palestra y nunca has estado en el bosque. El lugar que le adjudican los cazadores solo lo merece la persecución que se hace en grupo con la ayuda de los perros; el resultado de un cuidadoso rastreo y un cerco que atiende a las señales más favorables del bosque y el terreno. Ni la imprudencia ni el ímpetu desbocado van con la *militia romana* —dijo Paulo refiriéndose a la cacería con el término que a menudo prefería emplear, por creer que era la actividad que mejor convenía a un soldado en ciernes. Luego, para no agobiar al muchacho con las arideces de una exposición de conceptos y teorías, permitió que Nicias y Aristarco les entretuvieran con sus relatos de montería: más o menos exagerados los del primero, porque se referían a las salidas del augur con Quinto Fabio, más lacónicas las de Aristarco, aun cuando hablaba de sí mismo. En sus encuentros había jabalíes, lobos, zorros, ciervos y cabras salvajes, que al muchacho a pesar de todo no le parecían inalcanzables si se le diese la oportunidad, y porque a pesar de las explicaciones no dejaba de creer en las ventajas de una persecución en solitario, aunque hasta el momento lo único que había visto se reducía a varias ardillas, un carpintero y alguna lagartija.

Su exaltación aumentó a la mañana siguiente, cuando su padre le hizo entrega de su propio venablo —la vara de fresno endurecida al fuego, con su punta de hierro—, antes de pasar a hablarle de la benevolencia de los dioses. Antes que venir a cazar había venido al bosque a aprender que hollaba los predios de una divinidad, de Diana, y que a ella en lo sucesivo debería sus proezas de montería.

Pero cazar fue lo único que no hizo Emiliano durante varios días, por algo no habían traído a los perros; se trataba más bien de aprender a caminar en silencio, el paso corto, furtivo; mirar, olfatear, escuchar, sobre todo escuchar, escuchar y aprender; ocultarse junto a los cursos de agua, permanecer inmóvil, observar, estudiar el sendero, leer en las hojas las señales del viento, y teniéndolo en contra, aproximarse sin ser visto ni oído, disimulados los propios olores; poner la trampa para la liebre y aprender a esperar que caiga la presa, siempre en silencio porque el bosque es nocturnidad, sombra, penumbra, tiniebla; observar a otros cobrar la presa, limpiarla, apartar la piel y lo mejor de ella, para luego verlas ofrecidas a la divinidad por un augur en un ara levantada por manos de esclavos; comer el resto, y al día siguiente volver a empezar. Observar asimismo que nada de eso tenía que ver con la declamación.

Capítulo III

Diotima revisó los papiros aprovechando el sol de la terraza que daba hacia la pascua. La luz que se filtraba por entre las rendijas de una pérgola, cubierta por una parra, suavizaba las sombras y refrescaba el ambiente. La chica levantó la vista.

—Reconozco sus trazos. Recetas, nada más.

—¿Para qué? —preguntó el factor, que estaba sentado en el triclinio frente a ella.

—Fiebre, contusiones, cálculos, conjuntivitis, picaduras de abeja, dolor en las encías, espasmos, cólicos.

—Suficiente —dijo, haciendo un ademán con su diestra—, tal vez me interese la que ofrece un alivio a los dientes.

La chica hizo a un lado los papiros y acercó las monedas. Las miró brevemente, luego repasó una vez más y con mayor cuidado el bolso del médico y el estuche casi vacío de instrumental quirúrgico.

—Sí, es de él, todo esto es de él —dijo ella al fin—, pero dónde está, adónde se ha ido —revisó los escritos de nuevo—. Nada —reconoció con desaliento—. Sé que está vivo, pero dónde está —preguntó de nuevo, la angustia en el semblante.

Marco Favonio puso la mano sobre el tesorillo. —Calla, Diotima, que no hay por qué desesperar. Quiero que examines con más detenimiento estas monedas.

Ella levantó la vista y le miró atentamente. —Pensé que ya no volverías, que solo habías dicho sí a Lelio y Emilia por condescendencia.

El factor alineó las monedas en tanto decía:

—No suelo comprometerme en vano. Convengo, sin embargo, en que difícilmente esperaba retornar a este sitio, pero no había otra opción. Las huellas dejadas por tu padre son tan tenues, que nadie más que tú podría ayudarnos a desentrañar algo de valor, conque anda, vuelve a mirarlas.

La chica obedeció intrigada. Eran cinco las piezas de bronce. Estateras y dracmas, todas distintas. En el anverso, ya uvas y un altar, ya espigas, una cabeza barbuda, otra con capuchón, finalmente Hércules con la clava y la piel de león. En el reverso, igualmente variado, atunes, racimos, ara.

—Tienen una leyenda —observó ella.

—Es lengua gaditana —contestó Marco—, unas rezan MKM o LKS, y luego, SMS o MBAL.

—Herakles Melkart, acuñaciones de templos dedicados a la divinidad —dijo la chica, volviendo a examinarlas.

—Cierto, Zósimo ha reconocido las procedentes de Gades y Lixus. Hay una que pudiera ser de Solus, y otra de una pequeña isla cerca del sitio de Cartago, pero no estoy seguro... de una incluso desconocemos su origen. ¿Es tu padre un devoto de Melkart?

—Nada sé de eso —respondió ella—. Como médico nunca ha faltado a sus deberes con Asclepio. Ha recorrido todos sus santuarios, Cos el primero, donde fue asclepíada. Luego, Epidauro, cuando acabó sus estudios; desde entonces casi nunca ha faltado a la festividades de la deidad salutífera, en muchos otros lugares, como el antiquísimo *Asclepeion* de Trisca, al igual que los de Delfos, Atenas, Esmirna, Pérgamo y el de Mesina.

Marco asintió. —Bien, ahora te diré lo que pienso acerca de estas monedas. Creo que son téseras de hospitalidad, señas para solicitar protección y alojamiento.

Diotima levantó una de las piezas y le dio vuelta entre sus dedos, sopesaba la idea. El factor, entretanto, sin darse cuenta, se dejó llevar por el aroma dulce de su cuerpo, como un melocotón en flor.

—Pero tenemos aquí cinco monedas y casi tantos

lugares. ¿Cómo saber a cuál de ellos ha ido?

Marco parpadeó, respiró hondo, tardó en responder. —Pienso que no ha ido a ninguno y aun así las monedas siguen siendo una pista.

La mujer le miró confundida. —¿Qué quieres decir?

De ser cierto que Artemidoro de Cos estaba siendo buscado afanosamente para hacer que callara lo que sabía sobre la muerte del consular, entonces había dos posibilidades, explicó Marco pacientemente: lo más cerca y lo más lejos, pero fuera de la península. —Artemidoro, tu padre, fue directo a Ostia porque por un lado tenía prisa por embarcarse, y por el otro, necesitaba confundirse con la multitud de viajeros que hacen las dos rutas más transitadas. Ignoro por qué dejó estas monedas, quizás las olvidó al huir. En Gades, tierra bética, hay un templo de Herakles Melkart, y hasta allá iremos de ser necesario, pero me pregunto si no habrá ido en su lugar a Cerdeña.

Había allí un santuario dedicado a Asclepio hasta donde Diotima sabía. Más tarde cuando lo volvieron a comentar, fue Emilia la que recordó los cuentos interminables de su suegro, que había sido pretor en Cerdeña. Ciertamente, el templo de Melkart, se hallaba en un sitio llamado Antas. Su suegro detestaba a los púnicos y algunas veces lo había mencionado.

Así quedó decidido el viaje a Cerdeña. Era una pista débil, casi inexistente, pero era lo único que tenían de momento. Esta vez Diotima iría con ellos; no hubo manera de convencerla de lo contrario.

Vibio Paquio ya no quiso seguir aguardando el aviso de Cayo Lelio, conque le escribiría a su mujer para darle las nuevas. No es que no albergase dudas, es que no quería tenerlas: la condición debía de haber sido cumplida y el negocio estaba andando. Aquella perspectiva, aunque lisonjera para sus intereses, le ofrecía otro rostro menos agradable en la figura de Ticio. Tenerlo allí, a cargo de la factoría, en sustitución de Marco Favonio, y velando más por los intereses del augur Lelio que por los suyos, justo en medio de aquella extraña sucesión de percances: ánforas, pesas, balanza, no abonaba nada a favor de la tranquilidad de quien ya debía de ser en ese instante acreedor de una suma de respeto. Y es que hablar cada vez con Ticio —tan correcto, eficiente y atento a los detalles— suponía someterse a un escrutinio de gestos y palabras, medidas con el rasero invisible de la honestidad de su patrón. Por fortuna, no le había dado el hombre importancia al episodio de la balanza, quizás porque entre él, Vibio, con su autoridad de *dominus*, y Cilpes, en calidad de prefecto, se las amañaron para convencerle de que el accidente se había debido a un simple desgaste por el uso.

Vibio Paquio, muy al tanto de las últimas anomalías, no quería darse el lujo de forzar más su suerte, de modo que evitaba en lo posible coincidir con Ticio —particularmente en la oficina que ambos compartían, la del factor—, tarea no demasiado difícil para un patrón, de quien no se esperaba otra cosa que no fuese ocupar algún lugar en el negocio, que le ayudase a distraer la inquietud y el aburrimiento, mientras esperaba las nuevas que Cayo Lelio había prometido enviarle a la mayor brevedad. Así, al igual que todas las tardes anteriores, con el caer de la presente, una vez que Ticio marchó a la factoría a inspeccionar el almacén y recibir del prefecto las cuentas del día, Vibio Paquio se acercó a la oficina; iba pues, a cumplir su tarea de escribir una carta.

La verdad, jamás habría entrado en la sociedad de los *navicularii* de no haber sido por Sabidia, su esposa, o más bien de su insistencia. De falto de ambiciones le había venido tratando, con palabras dulces en principio: por qué conformarse con aquella diminuta operación de salazones en la Hispania Ulterior, y un pedazo de tierra en los límites de la Campania, cuando podía lograr mucho más si se decidiera a emular ya fuese a sus propios parientes, importadores de vino y metales, bien considerados en el Adriático, y en especial por las corporaciones de mercaderes de Delos, ya a su propio cuñado, hermano de ella, que bien podía abrirle camino, haciendo las presentaciones y dando buenas referencias de él, pues gozaba de cierta influencia entre los naviculares que hacían la ruta entre Ostia y Tarraco, que luego solo haría falta conseguir el dinero, ya que de pedirlo a los parientes él nada quería saber.

Otrosí solía decir él en su defensa: qué tenía de malo

contentarse con lo que ya tenía. Mucho, según ella, que andando el tiempo sin haber convencido al esposo, con un lactante que mantener y otro en camino, había cambiado la suave incitación por el duro reclamo: esas pobres vendimias, ese vino de poca aceptación fuera de cauponas y lupanares de la Campania, tenía tanto de negocio como tratar de sacarle agua a una piedra pómez, repetía ella una y otra vez porque bastante que conocía del tema, le venía de una sangre bien posicionada en el Lacio meridional que, por haber ingresado en una sociedad de publicanos, miraba al resto del mundo por encima del hombro.

Para Vibio Paquio, los parientes de su esposa, dos hermanos, padre y madre fallecidos, no pasaban de ser unos cicateros que habían consentido el matrimonio de Sabidia, solo porque la dote ajustada era mínima, un detalle que en principio iba con ella, tan modesta y poco ganada a la avaricia. De la noche a la mañana, sin embargo, la maternidad parecía haberla cambiado. Transigir con ella no era suficiente: a muy poco le había sabido la propuesta inicial de asociarse con un alfar. "Serás navicular o no serás nada", le había dicho terminante. De modo que la había complacido con el capricho. Aquí estaba entonces: casi convertido en un navicular pero muy poco dispuesto a reconocer que permanecer en Carteia podía ser más bien una excusa para estar lejos por unos días. No hubiera dudado en afirmar en cambio, con expresión elocuente, que la seguía queriendo, así que tomó el cálamo y empezó a escribir.

"A la querida Sabidia de Vibio, su marido,

"Sin más pérdida de tiempo quiero anunciarte que la stipulatio habrá quedado suscrita por estos días, si como ya te expliqué antes la condición ha sido cumplida, lo que es muy posible. Una vez más debo abstenerme de revelar su naturaleza, el acreedor así me lo ha exigido; por la misma razón no puedo nombrarle aquí. La seguridad de que la situación, a pesar de la distancia y la falta de noticias, se haya resuelto a mi favor me la da la conversación que tuve con Marco Favonio. Quiero que sepas que él nos ha rendido un gran servicio. Sé que Marco no te agrada por tantas cosas que les has oído a tus hermanos, que se jactan de conocerle sin razón, mas lo cierto es que si hay negocio mucho le deberemos.

"Convine con mi acreedor que el dinero sería enviado directamente a la sociedad. Aceptó sin problemas dado que ya tenía yo un acuerdo con los naviculares y apenas hacía falta entregar la suma para formalizar mi entrada en la sociedad. No creas que no tengo en cuenta que esa gente no hace concesiones de tal naturaleza si no hay de por medio alguien que medie por uno: dale las gracias a tu hermano nuevamente, que yo más adelante le llevaré un presente más digno de la protección que nos ha brindado".

Paró de escribir, echó una ojeada a las últimas palabras. Las cosas que tenía que decir, las puertas que tenía que pasar. Hizo una mueca y prosiguió.

"¿Cómo está el pequeño Vibio? El muy tragón, seguro que dando quehacer con sus primeros pasos. Si me ha llamado, dile que vuelvo pronto, y dale mil besos en mi nombre. A ti te los doy directamente en esta misma carta. Consérvate buena para mí".

Próxima Nora de Ostia, breve sería la singladura del *Elpis y Urania*, que iba a recoger grano en Cerdeña. Suave el viento a favor, el vaivén soportable, los remos en descanso, la cubierta casi despejada de tripulantes. Bajo el toldo que el capitán del buque había dispuesto para sus tres y únicos pasajeros, aun en la cercanía física de los asientos sombreados, el escriba mantenía con respecto a la chica la misma silenciosa distancia que había observado desde la salida de Túsculo. La curiosidad, sin embargo, que hacía rato le hacía compañía al aburrimiento, al cabo había atraído sus ojos al minucioso inventario que Diotima había emprendido. Era una grande y lustrosa cartera de color de avellana, de cuyo interior iba extrayendo, pieza por pieza, para ser colocada sobre un lienzo de lino tendido a sus pies, lo que sin duda era un instrumental médico al completo: casi todo él de bronce entre sondas de diversos tamaños y formas curiosas, salidas éstas de un cilindro a modo de estuche, además de pinzas, estiletes, losetas para elaborar preparaciones, cucharas y un mortero, pequeño, acompañado por una mano de hueso con refuerzo de plomo.

—¿Qué hace?—preguntó ella de improviso, fijando la

vista en un punto igual de sombreado y cercano a la proa, que Marco Favonio había preferido para estar aparte.

—Nada. Lo de siempre. Cuenta sus cálculos —contestó el escriba, sorprendido de escuchar su propia voz, avaro todavía de palabras para con ella, más interesado a pesar de todo en las delicadas piezas que en lo que hacía su amigo.

—A mí me parecen ostraca —comentó ella a su vez entornando los ojos.

—Ostraca, cálculos, lo mismo da. Pidió unos fragmentos de cerámica en Ostia. Ahora los está contando.

Diotima continuó observando a Marco Favonio. No estaba contando los ostraca: en su lugar, los machacaba y pulverizaba; acercaba los fragmentos a su nariz; frotaba el resto entre sus dedos; dos grupos iba formando con ellos.

A cubierto del sol y con tal distracción a su lado, por unos momentos el escriba había dejado de condolerse de sus apuros y compromisos. Comoquiera la llegada a la isla le acercaba un poco más a su casa y su negocio. No podía verlo de otra forma: Marco Favonio estaba cumpliendo su promesa y había hecho del toque en la isla parte necesaria de un viaje de regreso. Sin mencionar ninguna, ahora incluso creía ver ventajas en la visita a Cerdeña. Lo sentía en cambio por la hija del médico: casi seguro estaba de que nada hallarían.

—Me cercioro de tener lo necesario, con las prisas no tuve tiempo de revisar —quiso explicar Diotima al abrir el estuche de la farmacia. Una barrita de cera resbaló y vino a caer muy cerca de Zósimo. Éste la recogió con presteza y leyó la inscripción grabada en ella: "Filones".

—¿Es para los ojos?

—Sí.

—Entonces, quizás pudiera servirle a Marco.

—No lo creo —dijo ella sin más, y la guardó de nuevo antes de proseguir su escrutinio de contenedores, hierbas, polvos y mezclas.

¿Por qué no? Su amigo había probado otros muy parecidos, insistió el escriba. Él, Zósimo, que los había comprado en el mercado de Carteia, harto conocía las marcas: Harpasto, Ámbar, Amatista, Turquesa. Ésta de Filones, ¿acaso no era buena?

Diotima continuaba enfrascada en su colección de

hierbas.

—Si se combina con una clara de huevo hace maravillas con la conjuntivitis, pero no es para él —reiteró igual de lacónica.

—¿Qué se pierde con probar?

Nada, ciertamente, si prometía reponerlo comprando éste o algún otro en el mercado de Nora. No quería echarlo en falta cuando de veras fuese necesario.

Zósimo vaciló. —Oh, si este ungüento no es para él, para qué otro gasto, mejor dejarlo donde está.

Diotima, adivinando la debilidad del escriba, le miró divertida. —Siempre hallaremos algo mejor en el mercado de Nora, de modo que apuntemos esa compra, ¿acaso no quieres ayudar a Marco? —la chica volvió a contemplar fugazmente al factor— ¿Él siempre es así?

El escriba revolvía de mala gana su bolsa en busca de una pizarra donde apuntar.

—Un poco, de ordinario; bastante desde que salimos de Carteia.

La mujer asintió. Fuera de Túsculo, el factor no había entablado conversación alguna.

El liberto registró con breves garabatos la diligencia que habrían de hacer en el mercado, mientras comentaba: en cuanto a curas, Marco no solo había probado aquellos ungüentos; también, haría un año de eso, había peregrinado al santuario de Astarté en Gades. "Yo le acompañé". Entonces, cumplido en la ofrenda arrojó al mar la diminuta ánfora, luego se acercó a la cueva, oyó el oráculo; celoso, sin embargo, guardó para sí la obligada interpretación de las estrellas. Volteó hacia ella y le preguntó.

—¿En verdad sabes usar todas esas cosas?

—Sí.

—Marco me ha dicho que has estudiado medicina.

—Mi padre me enseñó en primer lugar y en Alejandría he tenido buenos maestros, pero ahora pienso seguir otros estudios.

—¿Cuáles? —preguntó Marco Favonio quien, con la ayuda de un tripulante, se había acercado sin ser visto. Zósimo se levantó para hacerle lugar, y Diotima miró detenidamente aquellos ojos ciegos.

—Máquinas —contestó.

—¿Máquinas? —preguntó Zósimo con sorpresa— ¿Cómo así?

Diotima cerró la farmacia y procedió a recoger las sondas —Pues, eso mismo, máquinas, ingenios que pueden copiar o emular los trabajos de la Naturaleza.

El escriba se mostró vivamente interesado —¿Para qué querría uno un ingenio que imitase la Naturaleza?

—Porque las obras de la Naturaleza obedecen a la voluntad de los dioses, las máquinas en cambio, obedecen a nuestra voluntad.

—¿Acaso no basta acudir al templo, y hacer los sacrificios, para que los dioses nos sean propicios y consientan ellos nuestros actos? —preguntó a su vez Marco, a caballo entre el escepticismo y la credulidad, ansioso por conocer hasta dónde llegaban las razones menudas de una chica letrada.

—Dime, Marco, ¿consienten los dioses que los hombres se sirvan del agua?

—¡Qué pregunta! Oh, Diotima, por cierto que sí, ¿cómo podría un hombre vivir sin agua?

—¿Un hombre tan solo? —preguntó ella a su vez— Digamos más bien una ciudad. ¿Bastaría escuchar, sírvanse los hombres del agua sin saber el cómo?

—No, sin duda habría que pensar en la forma de hacer llegar esa agua a todos por igual, porque podría suceder que unos la tuviesen más a la mano y otros viviesen tan retirados que no pudiesen aprovechar la fuente.

—De acuerdo —replicó la chica—, tenemos entonces a nuestra disposición corrientes subterráneas, manantiales, surgentes; tomamos el agua gracias a galerías de captación; hacemos las canalizaciones para llevarla; construimos cámaras de decantación, depósitos de almacenamiento y distribución; levantamos torres de descarga y arquerías para darle vistosidad a la obra, pero no obviamos los sifones, cámaras y pozos de registro que permanecen ocultos a la vista, al igual que tubos y fístulas de plomo, sin olvidar válvulas y plumas de bronce. Vana empresa, sin embargo, resultaría si en la planeación de semejante obra no contasen los prefectos con máquinas como la dioptra o el corobates, que les ayudasen a medir con precisión niveles y pendientes. Los dioses, pues, consienten; las máquinas operan; el hombre acata y actúa. He allí la armonía.

—Bien, bien —dijo Zósimo sin darle vueltas a tales reflexiones—, pero, ¿con qué fines las estudias?

—Podría en algún momento construir una.

El escriba enmudeció estupefacto al escuchar aquella salida, luego rió. —¿Por qué? Solo eres una mujer.

—¿Por qué no? —replicó Diotima— No extrañe a nadie que una mujer se interese por las máquinas, cuando de éstas no se ocupan los filósofos y antes las tienen en menos. Los últimos recogen lo que los primeros desechan. ¿No reclamó en vano Platón al gran Arquitas de Tarento el haber empleado un artificio, un mesolabio para resolver el famoso problema de la duplicación del cubo? Dijo que con ello Arquitas había abandonado la excelencia de la geometría, que es el pensamiento abstracto, para poner su atención en objetos sensibles, y por ende, en el trabajo manual, vulgar, grosero, propio de esclavos. Pues bien, no hago sino seguir al tarentino.

—¿Qué dices a esto, Marco? —inquirió Zósimo

El factor sonrió. Diotima de nuevo le miraba atentamente. —De momento no tengo razones que puedan rebatir las suyas.

—Pues yo sí —terció el escriba—, ya que hablas de esclavos, yo sé de sitios donde cuestan tan poco y tanto abundan, que para qué máquinas, basta hacerles trabajar de firme. ¿Qué tienes que decir a eso?

—Que lo que abunda en un momento puede escasear en el siguiente, y así habrán máquinas que pueden ser útiles cuando sea difícil conseguir esclavos, entrañe peligros la tarea y el costo de perder un esclavo fuese elevado —respondió ella al punto.

Zósimo se agitó. —Bien, bien, convengo en que una, dos, varias máquinas serían útiles en algunos trabajos, pero tengo otra pregunta: ¿qué pasaría si llegasen a haber tantas máquinas que ya los esclavos no fuesen necesarios, adónde irían estos?

—Justo adonde has ido tú, Zósimo. Serían libertos —contestó Marco suavemente.

—Absurdo —replicó el escriba—, bien sabes que no todos pueden ser libertos, ni todos son dignos del favor del patrón. Además —añadió con un tono enfático—, tiene que haber esclavos, siempre ha sido así, y así siempre será. Cómo cambiar ese estado de cosas sin provocar un trastorno.

El factor meneó la cabeza. —¿Quién dice que los ingenios acabarán con la esclavitud?

—A los hombres corresponde acabar con la esclavitud, no a las máquinas —acotó rápidamente la chica.

—El asunto no es a quién corresponde, el asunto es qué pasaría si las máquinas se multiplican —aclaró Zósimo.

—Nunca habrá tantas —replicó Diotima.

—¿Cómo puedes saberlo?

La chica vaciló.

—Espera, Zósimo, espera —terció Marco Favonio—. Supón que la factoría tuviese un ingenio que permitiera llenar las ánforas con mayor rapidez. ¿Qué dirías a eso?

—Diría que necesitaríamos menos esclavos.

—Y más ánforas.

—Cierto.

—Luego, el alfar necesitaría más esclavos para producir más ánforas, quizás en el mismo número en que nosotros prescindimos de los nuestros.

—Es posible.

—Pero ahora supón que el alfar posea una máquina de tal guisa que permitiese fabricar más envases en una jornada.

—Habrá igual disminución de esclavos, es como digo.

—Pues, quizás no —continuó Marco—, necesitas más arcilla, y en la factoría más cargas de sal y más piletas, luego el mismo número de esclavos que ha dejado de trabajar en una cosa será necesitado para otra. Luego, el número de esclavos tiende a conservarse.

—Nunca había reparado en ello —comentó Diotima admirada—, pero es un razonamiento que hallo convincente.

—¿Y tú, Zósimo?

—Pienso que aplica a unas pocas máquinas, y que algo habrá que hacer para impedir que haya demasiadas.

—Diotima —terció Marco—, ¿qué máquinas son ésas que pretendes construir?

—En principio aquéllas que no implican prescindir de

esclavos —dijo ella mirando de reojo al escriba—. Figuraos la construcción de un artificio que vuele, ¿tendría el mismo algún efecto en el número de esclavos?

—¡Oh, por Hércules! —exclamó el liberto— El solo pensarlo es ocioso.

—Pero posible. Arquitas de Tarento construyó una paloma que podía volar gracias a un sistema de pesos, contrapesos y el aprovechamiento del aire.

—Tal parece que no son máquinas lo que pretendes construir sino artefactos volátiles para tu diversión —dijo Zósimo riendo de buena gana.

—¡No! No me habéis comprendido —exclamó, para luego añadir con lentitud—. Voy a construir autómatas.

Marco se quedó pensando. —¿Esos autómatas serían como aquellas estatuas de Dédalos que se movían por sí mismas?

—Algo así —dijo ella—, pero serían más como Talos, guardián de la isla de Creta. Su cuerpo era de bronce y lo hizo el mismo dios Hefestos. Primero estuvo en Cerdeña; allí mató a muchos lanzándoles rocas enormes. Luego en Creta impedía la entrada a los sardos. Al rojo vivo, por la acción del fuego abrasaba a sus víctimas hasta hacerlas morir.

—¿Has pensado en un autómata menos letal, uno que imite a un escriba, quizás? —preguntó Marco, sonriendo.

—¡Yo soy irreemplazable! —protestó el liberto.

Nadie había dicho lo contrario. En cuanto a Diotima, ¿realmente se creía capaz de construir un autómata? No parecía ser un asunto fácil, sino más propio de dioses y sabios.

—Por supuesto. Lo he venido estudiando.

—¿Y?

En esto no quiso o no pudo dar detalles. Ciertamente había que conocer la constitución corporal a emular, pero si el autómata habría de adquirir movilidad gracias al agua y al aire, tanta importancia cobraba conocer ambos elementos.

Zósimo siguió discurriendo ajeno al nuevo curso de la conversación. —No solo es que soy irreemplazable. Es que algunos han sido reducidos a la condición de esclavos para expiar sus culpas, así lo han dispuesto los dioses.

La corriente cambiaba; la nave inició maniobras y los galeotes, esclavos todos, se pusieron a bogar. Al escuchar al liberto, el factor pensó que los dioses habían dispuesto muchas otras formas para que los hombres expiaran sus culpas.

Como de costumbre, llegaban a casa del viejo Catón, al predio querido de Túsculo, de regreso de los Montes Albanos, de otra excursión de caza. Como de costumbre, allí estaba esperando el patrono, a Marco su hijo, el primero, y a los habituales de la partida: Quinto Fabio, Cayo Lelio, Emiliano, todos mozos. Dispuesta se hallaba la casa para ellos y para los viejos contertulios que él, popular anfitrión, esperaba para el día siguiente. De modo que a saludos efusivos, siguió el baño tan necesario como reparador y luego la cena, suculenta: consomé de pato pichón, lebrato al horno —especialidades catonianas— a más de tarta de frutas, hidromiel y vino de Falerno en cantidad discreta, mezclado con agua. En ese entorno, que por muy justa fama era el mejor sitio del *ager* tusculano donde el espíritu urbano podía descansar de tanto trabajo y preocupación, y a esas horas que traían presentimiento de lluvia, fue abriéndose paso la conversación por caminos y ramales, y con ella el relato de la juvenil expedición.

—¿Atravesaron la ciudad así, sin detenerse? —preguntó el viejo con expresión de fingido escándalo.

—No, padre, no —contestó Marco desde el otro lado del triclinio, estancia amplia, que por la rusticidad entre paredes de ladrillo cocido, piso y bancas de cemento, el menaje simplísimo de la vajilla de barro y el solaz que brindaba a sus invitados, era orgullo de un patrono que vivía en el foro tratando de hacer prosélitos de su parsimonia. Mayor satisfacción, sin embargo, era la que sentía al escuchar a su hijo—. Fuimos directamente al foro a realizar la ofrenda, no podíamos dejar de hacerla.

Así de magnífico había sido el cobro. La idea, de quién más, partió de Lelio, recordatorio no tanto para los demás como para sí mismo de sus futuros deberes religiosos. A sus instancias caminaron, llevando consigo el trofeo de la expedición, por la vía oblicua que daba acceso al perímetro del foro, trapecio irregular justo al pie de la acrópolis; pequeño sin duda si se le comparaba con los respectivos de Alba Fuscam, Paestum y Roma, pero de tanta fama como el de éstas y otras ciudades, gracias a las fiestas en honor a *Hércules Coactor*, centro de los desvelos comerciales de la urbe, aunque a esas horas, en lugar del bullicio tintineante de *nundinae*, la feria comercial, poco era el tráfico que mostraba.

Los cuatro muchachos de aspecto selvático por las varias jornadas, acompañados por los dos esclavos, ingresaron al foro cuya vista abarcaba el pórtico junto a la vieja cisterna; se deslizaron a lo largo del otro gran edificio porticado, la basílica forense, para detenerse junto a una construcción de carácter sacro, dimensiones mínimas y culto procero, pues estaba dedicada a *Hércules Coactor*, de las *nundinae* patrono, ante quien con fórmulas de rigor pronunciadas por Lelio sin vacilaciones ni lagunas, hicieron la ofrenda de sus cobros.

—Contadme de nuevo cómo os fue en la cacería, y cómo obtuvisteis esas piezas —solicitó Catón dirigiéndose en primer lugar a su hijo.

—Si os parece —terció el joven Marco Porcio, consultando con el gesto a sus compañeros y alzando su copa—, yo abogo porque el relato lo prosiga Quinto Fabio.

Este último sonrió. Era un mozo de veinte años, que con cuatro menos que Marco le ganaba en fuerza y estatura. No podía haber mayor contraste entre el único hijo del censor Catón, delgado y enfermizo, y el hijo mayor del augur Paulo, y sin embargo, eran en muchos aspectos notablemente parecidos, muy de acuerdo además en las resoluciones que tomaban uno u otro según la ocasión, que no eran pocas, siendo como eran muy amigos, compañeros primero de juegos y letras, y ahora de caza y de castro. Solo en una cosa aventajaba decididamente Marco a Quinto, y a muchos otros de su edad, y era que, hijo de su padre, muy bien dotado se hallaba para la actividad tribunalicia, siendo su oratoria aventajada y su conocimiento de las leyes profundo; había en él, sin embargo, tal delicadeza de sentimientos heredada de su madre Licinia, que no vacilaba en condescender ante sus amigos.

—Nos fue harto bien —comenzó por decir Quinto Fabio—. Al principio, los primeros dos días no hubo tanta fortuna, seguimos el rastro de un ciervo astado pero no llegábamos lo suficientemente cerca, simplemente se escabullía, era muy rápido.

—Íbamos a dejarlo —intervino Lelio.

—Cierto, íbamos a dejarlo. Entonces fue cuando Lelio hizo un voto. Que si lo atrapábamos iríamos directamente a Túsculo a hacer una ofrenda a Hércules.

—De modo que con la ayuda de los dioses lo atraparon —terció Catón.

—Que nadie lo dude —respondió Quinto—, mas tuvimos que intentarlo de otra forma, y no por ello lo conseguimos más fácilmente.

Y cuál había sido esa otra forma. Algo tanto más trabajosa como adecuada, al comienzo la hicieron a un lado por su natural precipitación.

—Pacientes, lo estuvimos acechando en principio —acotó Marco—, pero a los primeros amagos con la jabalina salía como saeta. Estaba muy alerta. Era un animal magnífico, un joven macho de cornamenta media y gran alzada.

—¿Por qué no lo condujeron? ¿Por qué no lo fueron llevando hasta donde querían?

Porque muy alta opinión tenía cada quien de su capacidad con el venablo. Muchos tiros fallidos hubo antes de echar mano de la ojeada.

—¿Quién lo hizo?

—Emiliano. Fue con los esclavos y rastreó al ciervo; pasó toda la mañana en ello, y lo ahuyentaron de tal forma que vino a nosotros, y pudimos matarlo, pero quién lo hubiese querido así.

Catón, por primera vez pareció distinguir a Emiliano, que hasta ese momento había permanecido en silencio, contemplando a sus compañeros de caza.

—Y tú, ¿no tienes nada que decir?

El chico les miró brevemente.

—No.

Catón lo escrutó atentamente.

—Así es él, siempre callado —comentó su hermano con tono jovial—, pero de no haber sido por él, dudo mucho que hubiésemos podido atrapar ese ciervo —y continuaron la conversación, que derivó hacia el recuento de otras jornadas cinegéticas.

A pesar del comentario, el muchacho siguió sin decir nada y bebió su vaso de agua. Hacía dos años que practicaba las artes venatorias por los Montes Albanos, a más de excursiones a Nemi, Aricia, caminatas por la Vía Appia. Siempre que podía, el augur Paulo le había acompañado en tales prácticas, transmitiéndole conocimiento y experiencias. A estos ejercicios el muchacho había sumado por su cuenta, sin rechazar las enseñanzas de su padre, los modos de Catón, tan adicto se había vuelto a la parsimonia del censor; de modo que solo bebía agua; se levantaba de madrugada; iba con regularidad a la palestra; había aprendido a nadar en los rápidos y a soportar tanto el calor como el frío. El augur Paulo había alentado unas prácticas, las suyas, y tolerante también había permitido aquellas otras porque, según su decir, todo ello favorecería el desarrollo de las cualidades que mejor sirven a un orador: atención, concentración, observación. Pero en lugar de destrabar su lengua, entre letras y palestra, se había vuelto callado en extremo y más reflexivo. Que no daría, sin embargo, por tener la alegría de Quinto Fabio, la prudencia del joven Marco Porcio, la afabilidad en el trato de Lelio. A menudo callaba porque no creía tener nada interesante que decir. En cuanto a la cacería, no le daba todavía su padre permiso de matar a la presa, no estaba listo. Así que, qué le quedaba sino lo que hacía: ojear y callar.

La lluvia comenzó a caer en cuanto acabó la cena y continuó toda la noche. Los caminos se anegaron y conforme fue avanzando la mañana siguiente, en vista de que el largo aguacero apenas había amainado, Catón se resignó a la idea de que sus amigos no vendrían.

Como tampoco le parecía que una propiedad permaneciese ociosa bajo la excusa de unas gotas de agua, hizo que los esclavos cepillasen los depósitos de vino, a otros los puso a reparar arneses, a los más que se pusiesen a remendar la ropa. El mismo censor daba el ejemplo, habiéndose levantado el primero antes del alba como cualquier otro día. No permitió tampoco que sus jóvenes invitados se aburrieran. A Marco Porcio y Quinto Fabio los envió al *tablinum* para que ordenaran los libros; a Lelio y Emiliano se los llevó consigo para que le ayudasen a hacer unas tortas, aunque prácticamente todo lo hacía Catón, empezando por la masa que extendía, recogía y volvía a extender. Lelio y Emiliano se contentaban con pellizcar el contenido de unos cuencos de frutas y nueces.

—¿Ahora sí me venderás a Onésimo? —siempre que venía a casa del censor, Emiliano hacía la pregunta. Como siempre el censor le contestaba:

—No, aún no te lo venderé.

—Tengo catorce, puedo comprar.

—Espera a vestir la túnica viril.

Siempre era lo mismo, el mismo intercambio lacónico, los mismos argumentos, las mismas respuestas. De pronto, Catón se dirigió a Lelio:

—¿Y tu padre?

—De viaje por la Campania.

—¿Y el augur Paulo? —preguntó a Emiliano.

—Ha preferido permanecer en Roma. Como sabes, Ennio está enfermo y mi padre va a visitarle casi todos los días. Le ha ofrecido hospitalidad en su casa pero se ha negado a aceptarla.

Catón asintió. —Lo sé, cuando quiere puede ser un viejo testarudo.

—Como tú.

El censor rió. —Le conozco desde que fui pretor en Cerdeña. ¿Sigue ese viejo necio tratando de convencerte de que los griegos son mejores?

Emiliano sonrió y cambió una mirada cómplice con Lelio.

—¿Qué opinas de sus Anales? ¿Los has leído todos? —insistió el anfitrión.

—Sí.

—¿Son mejores que mis *Orígenes*?

—Son distintos.

—¿Nada más me dices?

Emiliano meneó la cabeza y engulló unas pasas.

—Siempre te enseña sus escritos. ¿En que anda ahora? —volvió a preguntar el viejo más por chanza que por curiosidad.

El muchacho tragó a medias antes de responder. —Ahora escribe su epitafio. Dice que pronto va a morir.

—Todos vamos a morir algún día, tal vez debería yo escribir el mío —detuvo su faena y miró hacia la ventana del fondo como si la lluvia reclamase de improviso su atención. Sacudió su cabeza. Quería consultarles algo y oír sus opiniones.

—Con gusto te ayudaremos noble Catón —dijo Lelio, que hasta ese momento se había contentado con escuchar.

—Se trata de un proyecto de ley.

—Dinos.

—¿Qué opinan sobre las mujeres?

Lelio se encogió de hombros, concentrado en cortar en pedacitos una manzana. —¿Opinar? ¿A qué te refieres?

—Sí, ¿a qué te refieres? —preguntó a su vez Emiliano.

—Las mujeres no deben, oídlo bien, no deben manejar dinero, simplemente no tienen la capacidad.

Emiliano se comió un higo. —Yo, en cambio, las veo muy capaces —repuso, porque pensaba en su madre sosteniendo el decoro de una casa patricia con muy poco dinero.

—¡Cualquiera puede verlo! —exclamó el viejo censor— Son caprichosas, manipuladoras e indomables. Las hay de toda laya. Siempre habrá la que imprudente alegue saber de labores de campo y cría de animales. Peor aún, hombres abundan que prestan oídos a esposas que, más allá de su entendimiento, les empujan a hacer negocios imposibles — sonrió con ironía—. Ah, pero las más peligrosas son las que tienen algunos estudios. A cuenta de su erudición libresca son hábiles para repetir argumentos de oídas, de los que en el fondo nada entienden; si son audaces, dirán además estar dispuestas a debatir, y así pasar por sabias e igualarse con los hombres. Por increíble y desafortunado que parezca habrá siempre un hombre que acepte ese despropósito. ¡Qué vergüenza y qué mal ejemplo! Imaginaos si tuvieran mucho dinero, ¿qué alcances tendría su ciego proceder? No confiéis ni siquiera en la que muestra desapego por la riqueza, aunque dijera la verdad.

Los muchachos sin saber qué decir, solo atinaron a inquirir cómo podría suceder que llegasen a tener tanto dinero.

—Heredándolo —dijo el viejo con el tono confidencial de quien revela algo inaudito, mientras esparcía pasas y pedacitos de fruta en la masa.

Lelio asintió y llevado por la lengua preguntó:

—Y, ¿si son las únicas herederas?

—Peor aún.

—¿Qué tiene que ver todo esto con tu proyecto de ley? —inquirió.

—Estoy pensando proponer que se fije un límite a la cantidad de dinero que pueden recibir como legado o como herencia —les miró a ambos—, no me entienden, verdad, ahora no me entienden, pero entenderán andando el tiempo.

—¿Cuál será ese monto máximo? —preguntó entonces Lelio.

—No más de mil sextercios.

—Bien poco es —aventuró tímidamente el muchacho.

—No, es mucho más de lo que yo quisiera, pero los senadores tienen hijas y esposas, por lo que debo ser cuidadoso. Ellas son harto peligrosas cuando se enfadan, y en mí ven a su enemigo sempiterno. Nunca confiéis en ellas.

Los muchachos sonrieron. ¿Qué tenían de peligrosas las mujeres?

El de Catón no fue el único proyecto de ley que Emiliano conoció por esos días. De un tiempo a esta parte, el augur Paulo había decidido que su segundo hijo varón le acompañase en el atrio, en tanto recibía las visitas de la clientela. Quería que aprendiese la manera de conducirse en estas entrevistas: actitud digna sin ser altiva; palabra no menos serena que compasiva; junto a fórmulas a ser pronunciadas, promesas que había que hacer, gestos de adhesión a procurar. Que recordase además que los problemas de un cliente eran los problemas del patrono; que éste poniéndose en su lugar hacía suyas las preocupaciones de aquél una vez le fuesen comunicadas, y que llegado el momento hablaría por el cliente exponiendo su caso, y buscando el mejor arreglo, la solución viable, por consenso, acuerdo, negociación. Taciturno observaba el muchacho aquellas reuniones matinales.

Esa mañana en particular, era la tercera que transcurría en compañía de un grupo de extranjeros. Venían de Hispania, pero se decía en la ciudad que se trataba de una suerte de hombres nuevos, nunca antes vista. Ellos, en efecto, se tenían por tales, sin saber a ciencia cierta cómo describirse a sí mismos, puesto que no eran hispanos ni mucho menos romanos, mas eran el producto de lo uno y de lo otro, de mujeres hispanas y soldados romanos; abundante prole que se había contado en más de cuatro mil. Venía la representación a solicitar del senado que trocase la condición servil heredada de sus madres por la libre de sus padres, y que se les concediese una ciudad donde avecindarse. Pareciéndoles conveniente y ventajoso para su causa que los antiguos pretores que habían servido en Hispania Ulterior conocieran de primera mano su situación, habían acudido entre otras a la casa de Paulo, porque años atrás éste había resuelto un caso algo similar: al término de una expedición contra los lusitanos castigó a los habitantes de Hasta, haciendo libres y propietarios de la tierra que laboraban a los moradores de la Torre Lascutana, quienes, sin ser esclavos, estaban al servicio de los hastenses.

Para el muchacho fue una revelación. Nunca le había hablado su padre de esta empresa militar. Bien podía, en una conversación, describir sus tareas como augur, o referir ejemplos de sus antepasados, pero de sí mismo como *imperator*, casi nada, cual si le restase importancia. De los detalles de aquella campaña se había enterado por otra embajada venida de Hispania semanas antes, indígena ésta. Así supo de los temibles lusitanos. No podían mencionarlos sin enfatizar lo de temibles: los temibles esto, los temibles aquello. Durante toda una estación, los temibles habían hecho sus correrías bajando por tierras de la Beturia, asolando poblados mineros hasta llegar a la desembocadura del Betis, para finalmente mojarse los pies en el estrecho como parte de un calculado insulto dirigido a Roma.

Pero ahí estaba Lucio Emilio, hijo de Lucio, *imperator*, para hacerles frente. De la dificultad dio cuenta una primera derrota, y al año siguiente una victoria contundente, que traducida en números contaba por decenas de miles las bajas de los lusitanos y había ganado para Roma la lealtad de doscientas cincuenta ciudades que ahora le enviaban saludos. ¿Les honraría alguna vez con su visita a esos *oppida*, el que llamaban clemente, magnánimo, generoso y justo?

Paulo devolvía los saludos y con memoria prolija preguntaba por viejos conocidos, tantos que parecía que hacía listas de magistrados y reforzaba la impresión que traían estos hispanos: no podían haber escogido mejor patrono que viera por sus reclamos. Hartos estaban de ser víctimas de despojos, expolios y extorsiones a manos de magistrados arbitrarios; a varios pretores acusaban en concreto de múltiples desmanes tanto en la Hispania Citerior como en la Ulterior. Recibidas las denuncias en su momento por el Senado se procedió a nombrar a los comisarios que conducirían la investigación, y se invitó asimismo a los emisarios a que escogieran sus patronos, dos por la Citerior, dos por la Ulterior. El muchacho estuvo presente en la Curia el día que se leyó el decreto respectivo. Entonces fueron llamados Paulo, Catón, Sulpicio Galo y Escipión el hijo de Cneo, todos consulares y antiguos pretores de Hispania. A ellos habían escogido como sostenedores de sus reclamos.

Antes de estas visitas, prosperaba en el muchacho una idea muy pálida acerca de los hispanos y las luchas de los Escipiones en la península. Algunos romanos se habían distinguido en esas guerras. Su padre había ganado el favor de los indígenas; el Africano había fundado Itálica y tomado Cartago Nova; los Escipíadas, Cneo y Publio, habían muerto allí; Catón les había batido en la Citerior. De su suelo se decía que albergaba grandes riquezas, y de sus habitantes tierra adentro, que eran los más feroces. Pero, ¿quiénes eran en realidad? Lo que vio en las entrevistas fue un grupo de hombres con atavíos de estola, pues la toga les estaba negada, que tenían maneras educadas, hablaban un griego aceptable, sin faltar alguno que podía leer en latín; que ansiosos se mostraban por adoptar las costumbres y elogiar las obras de los romanos, pero se endurecían al hacer sus reclamos, a tal punto que difícilmente se hubieran ido con las manos vacías. Según había escuchado además, la ciudad de Roma les había parecido horrible.

En cuanto a su conversación variadas impresiones le quedaron al muchacho: los temibles lusitanos debían de ser hijos de Gerión porque de tan membrudos valían por tres; su padre era el buen romano; los acusados, en cambio, eran malos romanos; Roma era Roma a pesar de todo, y la Curia era

Roma.

De la Curia, no podía decir el muchacho otra cosa sino que se aburría cuando llevado por su padre asistía a las sesiones y contemplaba a los senadores desde su asiento en la galería de acceso, la que daba hacia la calle donde se alzaba la tarima de los *rostra*, piedra de toque de los oradores de postín cuando largaban sus discursos al pueblo. Desde allí les veía, sentados por hileras, en sus sillas curules, en aquel recinto de techos altos y líneas severas que resonaba con sus voces enfrascadas ya en sesudas consultas, ya en asuntos triviales; hombres maduros que conversaban animadamente, adoraban escucharse a sí mismos, reían de buena gana y sacudían su pretexta, pisando fuerte con sus botas encarnadas. Frente a éstos, y a ojos del muchacho, su padre destacaba por su natural elegancia.

No le cabía duda, sin embargo, al igual que a los miembros de aquella embajada, hispanos de la Ulterior, que los senadores representaban a Roma. Aquella Roma impidió que los acusados fueran procesados, imponiéndoles en su lugar un exilio temporal; ordenó al nuevo pretor ocuparse de las levas, y compensó a los hispanos prohibiendo a los magistrados fijarle impuestos al trigo, controlar el precio de venta de las cosechas, o nombrar en las ciudades encargados de cobrar los tributos. Justicia de Roma, justicia del Senado, política le llamaban.

El muchacho mostró interés, curiosidad más bien por la solución que se dio asimismo al problema planteado por la otra embajada, la de los "hombres nuevos": el pretor Lucio Canuleyo inscribiría sus nombres en una lista; de la condición servil de sus madres pasarían a la de libertos; sobre su petición de querer vivir en una ciudad, el Senado había resuelto que fuesen conducidos a una de origen púnico llamada Carteia; que ésta pasara a ser colonia libertina de derecho latino; que a los actuales moradores se les permitiera seguir allí, y que tanto a unos como a otros se les adjudicaran tierras. Así lo disponía el pueblo y el Senado de Roma.

Al otro día Emiliano visitó a Ennio. Éste había pasado

una buena noche y una mañana aceptable, pero el médico seguía exhortándole a reducir sus actividades. Ambos se encaminaron al jardín de la casa de ladrillos, diminuta, limpia, desprovista de lujos y atiborrada de escritos, ubicada en las proximidades del templo de Minerva en el Aventino, donde Ennio y otros poetas tenían su lugar de reunión.

El muchacho le ayudó a sentarse en una banca, y sin decir palabra le extendió un papiro para que lo leyera. El poeta lo rechazó con un gesto desfallecido pero inequívoco.

—Ya no necesitas que corrija tus escritos —dijo, después de un rato esforzándose por recuperar el aliento. Sonrió. Su rostro se veía demacrado y denotaba cansancio. Su mirada en cambio continuaba siendo animosa. Tu griego es bueno. Lo que te hace falta es hacer un viaje a la Hélade: recorrer sus ciudades, hablar con los hombres, conocer sus pensamientos.

—Un viaje —repitió Emiliano como alguien para quien tal consejo sería imposible de seguir.

—¿No te gusta la idea?

El muchacho asintió y dijo en voz baja como si le hubieran descubierto un secreto:

—Me gusta, sí.

—Entonces, ¿por qué no dices más?

Se encogió de hombros. —¿Para qué? —musitó y sonrió con timidez.

—Debes hablar. No puedes ser así, tan callado.

Emiliano meneó la cabeza. —Yo prefiero escuchar, se aprende más.

—Y, ¿qué tanto has aprendido? —preguntó Ennio, pero el muchacho no pareció escucharle sino que atendiendo a reclamos más internos declaró:

—Además, ¿cómo podría hablar? Hay días en que me pregunto quién soy, o quién debo ser.

El poeta puso una mano sobre el hombro de Emiliano. —¿Acaso no te preguntas también quién quieres ser?

El muchacho bajó la mirada. Ennio, viéndose incapaz de sacarlo de su mutismo dijo entonces con fingido vencimiento:

—Bien, has ganado. Léeme ese escrito —no hubo tiempo para ello, sin embargo. —¡Espera, Emiliano! Mira quien ha venido también a visitarme.

Para el muchacho verla avanzar desde el atrio fue estremecerse y ponerse en pie sin que atinase a decir nada coherente en respuesta, aunque ella en principio no pareció reparar en él: su atención estaba toda puesta en Ennio. Sus movimientos eran de tal gracia y donaire que parecía como si la luz hubiese inundado el espacio. Era una alegre presencia que venía a envolverlo sin que él pudiese oponerle la menor resistencia.

—Mi querido Ennio, espero no interrumpir algo importante, te envié recado con un esclavo para avisarte que venía —repuso ella con una voz, la más agradable y articulada que Emiliano hubiese escuchado. Nunca la había oído hablar en griego, ¿cómo sería? Un susto tremendo recorrió su cuerpo y sus cabellos se erizaron, como el día aquél, el de la infortunada suasoria— ¡Oh, Emiliano, tú por aquí! —él se quedó varado donde estaba, escuchando su risa discreta, contemplándola sin todavía poder decir una frase entera. Como si todo aquello fuera poco, Cornelia la menor era hermosa.

La chica, que consideraba a Emiliano un crío, siendo ella mayor en dos años y en edad de próximas nupcias, le tomó de las manos con naturalidad y lo besó en la mejilla. Al mirarla de cerca, el muchacho apreció mejor su nívea piel y el cabello sedoso de color castaño con reflejos dorados, sujeto con horquillas de bronce. Un cinturón púrpura ceñía su estola y resaltaba su figura aunque menuda, esbelta; sus manos y pies eran delicados por pequeños, y toda ella era como la medida áurea de una estatua de Escopas. Tenía los ojos de un azul que se le hacía que eran como el de las aguas vistas desde la punta del Cabo Miseno, a juego con el resto de sus facciones núbiles. Su mirada sobre todo era la de su padre: amable y profundamente inteligente. Decir que su belleza era estatuaria como la de una diosa no le hacía justicia. "Así sería la princesa Nausicaa", pensó el muchacho.

—Mi querido primo, o debo decir sobrino, ¿por qué no vienes más seguido a la casa? Publio a menudo pregunta por ti.

—Sí.

—Sí, ¿qué?

Emiliano sintió el rostro caliente. Tenía razón, en dos

años apenas habían intercambiado algunas palabras y ello porque solo muy de vez en cuando iba a visitar a los Escipiones, siempre acompañado por su padre, nunca por propia iniciativa. Creyó adivinarle el pensamiento viéndose a sí mismo como un idiota. Luchó con la argolla que tenía en la garganta y como pudo logró decir en tono monocorde:

—Yo voy... mañana.

Para más sufrir, ella pareció mirarle como si se tratase de un bárbaro que destrozaba el latín. Volteó de súbito a mirar a Ennio y se sentó a su lado.

—Se me ha ocurrido algo. Siéntate, Emiliano. ¿Me ayudaréis?

El viejo sonrió y el muchacho la vio embobado a modo de un sí. Cornelia había compuesto el tema de una controversia, y Ennio le había añadido algunas observaciones, pero la chica no tenía con quien practicarla. Ahora que Emiliano estaba aquí, podían intentarlo.

El muchacho salió de su arrobamiento y sacudió su cabeza.

—No puedo.

—¿No puedes o no quieres? —preguntó a su vez Cornelia— ¡Oh, Emiliano! No me digas que eres de aquellos que siguen las necedades del viejo Catón. Sé que eres muy asiduo de su casa. No puedo creerlo de ti, Emiliano —añadió, y puso cara de desolación.

—No, no es eso, es que no puedo. Yo no soy bueno para eso —protestó con voz apocada.

—Pues no te creo. Admítelo, sigues al viejo Catón —simuló un rostro de enfado, para luego volver afable el semblante y dirigirse a Ennio—. Excúsame carísimo, qué desastre, yo discutiendo en casa ajena.

El poeta, divertido, sin decir palabra, hizo un gesto de condescendencia, lo que dio fuerzas a la chica para continuar el argumento. Parecía estar muy bien informada para su edad, sabía bastante de los escarceos del viejo censor en torno a una nueva ley que limitaría la herencia de las mujeres.

—Tú debes de saber algo y estarás de acuerdo —remató desafiante.

El muchacho no respondió nada y se limitó a encogerse estúpidamente de hombros. No quería burlarse de la inteligencia de Cornelia mintiéndole, pero tampoco quería traicionar la confianza depositada en él por Marco Porcio. —¿Cómo te has enterado? —le espetó él.

Vivía ella en una casa donde todo se sabía, había crecido escuchando más discusiones de política que cualquier miembro del Senado. Hizo un mohín de desdén. —El censor será muy diligente como lo fue en los debates de la ley Oppia. En su momento fracasó en ponerle límites a los gustos de las mujeres, y en esta ocasión, si es que llega a convencer a algunos tampoco prevalecerá —declaró sin vacilaciones.

—¿Cómo puedes estar tan segura? —preguntó Emiliano.

Cornelia sonrió condescendiente. —Porque es de lo más obvio. Aunque Catón consiguiese los votos y lograse que la ley fuese promulgada, no lo lograría.

—¿Cómo? Las leyes deben ser cumplidas. ¿Quién osaría violarlas?

—Nadie, si se considera romano, pero bastaría que el padre nombre a la hija o a la esposa como heredera en los cinco años que transcurrieran entre uno y otro censo. Están además los legados: si legas una parte de tu herencia haces a la mujer heredera.

—¿Cómo sabes todo eso? —preguntó él admirado.

—Oh, son cosas que se me han ocurrido —respondió ella con cierta modestia—. Cuando leo acerca de una propuesta de ley, de inmediato puedo avizorar cuáles serán sus implicaciones. No se lo irás a decir al viejo Catón.

Emiliano abrió la boca para decir algo.

—Que lo descubra por sí mismo, si es que puede —añadió ella rápidamente—. ¿Me ayudarás con esta *declamatio*?

Ennio intervino. —Se trata de que repliques, preguntes y repreguntes como lo has hecho hace un rato —Cornelia agregó—. Sí, vamos, Emiliano, ya verás cómo nos vamos a divertir, ¿sí?

—Bueno —contestó el muchacho azorado.

—El caso es muy sencillo —explicó el poeta pausadamente— tal como lo escribió Cornelia. Una mujer es acusada junto con su madre de haber asesinado a su marido, que ha aparecido muerto en su lecho. El motivo, vengar la muerte no aclarada del hermano de ella, magistrado de la ciudad. La madre es exculpada, pero la mujer es obligada a partir para el exilio. Su marido era extranjero y le ha dejado en herencia las propiedades que tenía en la ciudad. El matrimonio no tuvo hijos. Las reglas son: primero, una mujer en el exilio no tiene derecho a reclamar herencia; segundo, los testamentos de los peregrinos se rigen por el derecho de su ciudad de origen.

—¿Quién defiende? —preguntó Emiliano— Quisiera leer el texto.

—Tú defiendes —repuso Cornelia— así veremos qué color le pones al caso.

—Antes —terció Ennio— es necesario hacer algunas observaciones al caso, tal y como ha sido presentado. Mencionar a la madre es un elemento de distracción; nada le añade ni le quita al caso, de modo que podemos prescindir de él.

Cornelia asintió. —Hubiese querido añadir a mi caso que es un enigma la muerte de ese extranjero, que había que aclarar antes si fue asesinado, o si él mismo tuvo algo que ver con la muerte de su cuñado, pero le hubiera dado visos de fábula.

—Ciertamente —contestó el poeta.

Emiliano leyó de nuevo el texto, omitiendo la mención a la madre y reflexionó por unos instantes. —Estoy listo —dijo al fin—, pero no sé si podré darle voz a la viuda. ¿Será necesario?

—La controversia lo dirá —afirmó Ennio—. No te preocupes, será como quieras, esto lo hacemos por puro deleite.

—El que te damos a ti, carísimo, con mis ocurrencias —dijo riendo Cornelia.

—¿Estás lista?

—Siempre. Comencemos —dijo Cornelia para luego hacer una pausa, incorporarse y declarar entonces con voz de autoridad, casi viril—. Esta mujer no puede hablar ante el tribunal para reclamar su herencia, pues ha sido condenada al exilio.

Emiliano se levantó y se colocó frente a Cornelia, pero fue más tarde en hablar. —Niego la *praescriptio*.

—¿Sobre qué base?

—El testamento fue hecho atendiendo al derecho de otra

ciudad, origen del extranjero muerto.

—Rechazo el argumento. Los bienes del occiso se hallan dentro de los límites de esta urbe, sin herederos que puedan reclamar pertenecen a la ciudad.

—No, pertenecen a un *peregrinus* que los ganó porque tenía derecho de comercio de acuerdo a las leyes de esta ciudad.

—Aun así, su mujer no tiene capacidad para heredar mientras se halle en el exilio.

—Solicito entonces que el exilio impuesto a la mujer sea revocado.

—¿Sobre qué base?

—Mi cliente quiere explicar sus acciones.

—Procede.

Emiliano hizo una pausa. Era extraño lo que sentía, había sido sincero en creerse incapaz de debatir, pero Cornelia le había arrebatado. En el toma y dame, la chica le había arrastrado a la controversia, le había sacado las palabras, le servía ahora de espejo. Gracias había que dar también a Afer y Lelio, hasta hacía poco fieles camaradas de lectura de las comedias plautinas. A pesar de los desmañados vaivenes de una voz que apenas se asomaba a la virilidad, siempre sin apartar los ojos de ella, respiró hondo, parpadeó. ¿Quién soy? Una mujer acusada. ¿A quién hablo? A unos magistrados. Disfrazó sin vacilar miembros y gestos con lo que supuso serían maneras femeninas: juntar las manos y casi no mover los labios para darle voz a una mujer que venía del exilio.

—¡Miserable de mí! Vuestras conjeturas son las que me han condenado. Sabed que para mí tanta venganza merece la muerte de mi esposo como la de mi hermano, pero agravio también recibió la ciudad con la muerte de un magistrado. Habéis relacionado ambas muertes y me creéis culpable de una por vengar la del otro. ¡Por Pólux! Si así fuese, ya que no puedo revertir vuestras sospechas, por qué no consideráis que he salido en defensa de la ciudad —Emiliano habló a continuación con voz normal y concluyó—. Es un asunto de justicia. La *pietas* está en juego, por la sangre, por las nupcias y por la ciudad. No podemos revertir su culpabilidad así fuese basada en conjeturas, pero tampoco podemos despojar esa misma culpabilidad de la defensa que se ha hecho de las sagradas instituciones de la ciudad.

Cornelia reflexionó antes de responder. —Negamos la acción. El derecho de gentes asiste al extranjero. ¿Qué dirían en su ciudad de origen al saber que no condenamos a los asesinos de este hombre?

—Dirían que se ha cometido doble injusticia: la primera con la muerte del extranjero y la segunda con su viuda, porque esta urbe no respeta el derecho de gentes ni la validez de los testamentos hechos en otras ciudades.

Cornelia sonrió. —Qué bien, Emiliano. ¿Has visto que sí podías hablar?

Ennio intervino para alabar el *animus* que el muchacho le había puesto al personaje de la mujer, y luego pasó a hacer varias observaciones sobre la controversia y cómo podía mejorarse con otro color quizás. La próxima vez cuando cambiaran de rol...

Emiliano no le escuchaba, solo miraba a Cornelia como si de pronto hubiera descubierto algo...

Para los tres viajeros, orientarse fue muy sencillo una vez desembarcados. Antiguo asentamiento de origen púnico, era Nora una pequeña ciudad ubicada hacia el poniente en la costa sur de Cerdeña, sobre el promontorio de una lengua de tierra que mar adentro se hacía bífida: una punta miraba hacia el sur y la otra hacia el levante de cara a un islote. El promontorio se alzaba en el istmo, y en la ensenada se situaban las tres calas: una al sur, dos al norte, este y oeste, pero solo en la última encontraban las embarcaciones resguardo de los vientos, recios y comunes en el verano. Las tres calas, como es de suponer, constituían el puerto —siempre tan activo como en tiempos fenicios, origen, escala o destino de las rutas hacia África, Iberia e Italia—, sitio obligado de carga para los envíos de trigo a la vecina y poderosa península, por algo era considerada la tierra sarda granero seguro de Roma junto con su hermana Sicilia.

Mediaba una avenida para los carros entre el puerto y las antiguas murallas de la ciudad. Cruzar las puertas fue preguntar:

—Marco, ¿qué has decidido? ¿Hemos de permanecer aquí o debo contratar quien nos lleve hasta Antas?

El ciego se apoyó en su cayado, prestó oídos al bullicio que le rodeaba y dijo:

—Antes será prudente que indaguemos en Nora. Si Artemidoro de Cos está en Antas, alguien tiene que haberle visto pasar por aquí. Es un asclepíada y muy difícilmente habrá obviado la visita al templo de Esculapio.

—Entonces, ¿qué estamos esperando? Vayamos ahora mismo. Puede que mi padre esté allí aún, en el *Asclepeion* —exclamó ansiosa la chica.

Marco meneó la cabeza. —Tú no irás, Diotima —añadió entonces, dirigiéndose al escriba—. Zósimo, busca a un chico que me conduzca hasta el santuario.

—Pero, ¿por qué? No lo comprendo —repuso ella a su vez—. ¿Qué te propones?

—Un ciego en busca de su sanador resultará creíble y no levantará sospechas. Tú, en cambio, correrías peligros innecesarios si quien no debe se entera de que la hija de Artemidoro de Cos está por aquí.

—¡Por Pólux, Marco! Deja que sea yo quien te acompañe, te lo suplico.

El factor volvió a negarse. Si había aceptado traerla consigo había sido con la condición de que aceptase las decisiones tomadas. Que comprendiera que todo se hacía por su bien y el de su padre.

La chica suspiró y lo pensó un poco antes de conceder:

—¿Qué haremos nosotros entretanto?

Ambos irían a recorrer el foro y el mercado, respondió él señalando de manera precisa, guiado quizás por los sonidos. Diotima continuaba mirando atentamente sus ojos. —Allí indagaréis con discreción, quizás hallemos alguna información de utilidad. Nos encontraremos en una hora al pie de la colina que conduce al santuario.

—Dime, Marco —preguntó la chica—, ¿habías estado antes en Nora?

—Sí, dos veces, varias jornadas en la última, siempre de paso, es poco lo que conozco del territorio sardo, ¿por qué lo preguntas?

—Porque veo que conoces la ciudad.

El factor nada tuvo que decir al respecto. Más tarde, el liberto y la chica le observaron mientras ascendía trabajosamente con ayuda de un muchacho la ancha escalinata que servía de acceso al santuario.

—Bien —dijo Zósimo—, será mejor que nos acerquemos ahora mismo al mercado, ya le oíste, apenas disponemos de una hora.

Diotima suspiró. Quizás su padre estaba allí. Si por ella fuera, ya que no podía acompañarle, se hubiese quedado al pie de la colina, esperando noticias. Contempló entonces por primera vez al escriba: apartando la animada controversia sobre las máquinas, no le conocía más allá de ser el asistente de Marco Favonio. Era un hombre de ropas bien arregladas que se hallaba a disgusto en medio del excesivo calor de la isla, y a pesar de todo, en ese instante hacía esfuerzos evidentes, costumbre de servidor, por cumplir la tarea que le había sido encomendada.

—Querida Diotima, ¿querrás decirme cómo es tu padre? Así podré reconocerlo si lo veo —palabras de mucho sentido, pronunciadas por un hombre que por su expresión, a las claras tenía los pies en Nora y la cabeza en otra parte.

La mujer no se ahorró detalle: varón maduro, casi calvo, alto, delgado, ojos azules de mirada curiosa, las cejas finas, en la quijada el dibujo de una barba plateada, los labios plegados en una línea que dependiendo de las circunstancias iba de la compasión al escepticismo, el cuello largo, los hombros estrechos, el caminar lento pero seguro, manos suaves de dedos largos, y casi lo olvidaba: una verruga sobre la ceja izquierda.

—Sé que no hallaremos a mi padre ni en el mercado ni en el foro, si en algún lado podría estar es en el *Asclepeion*, pero supongo que con la excusa de buscar el ungüento de Filones será posible hacer el recorrido sin levantar sospechas.

—Si el ungüento no puede curar a Marco, para qué comprarlo.

Diotima miraba de nuevo a Marco Favonio, casi por cubrir el trayecto de las escalinatas. —Dime, en el tiempo que le conoces, ¿algún médico ha reconocido sus ojos?

Zósimo lo pensó por un instante y meneó la cabeza. —No, nunca, ni en Carteia, ni en Gades, ni en ningún otro sitio, que yo sepa, pues siempre le acompaño en sus viajes.

—Rara conducta para quien busca con ahínco su sanación.

Zósimo hizo un ademán para que emprendieran camino, sonrió débilmente, no, no lo creía, según lo que sabía lo que tenían sus ojos no podía resolverlo ningún médico.

—Y, ¿qué se supone que tiene?

Eso sí que no lo sabía, pero se lo había dicho Vibio Paquio, su patrón, dueño de la factoría donde trabajaban, y el mejor amigo de Marco Favonio, pues se conocían de toda la vida. El accidente había sido de tal naturaleza y de tal gravedad, que el daño provocado era cosa que solo los dioses podían reparar. Así mismo se lo había dicho.

—¿Cuáles fueron las palabras exactas que usó el *dominus*?

—¡Oh, dioses! Eso fue hace tanto, tres años. ¿Para qué quieres saberlo?

Si había estudiado algo de medicina podría ayudar, pero no quería preguntárselo a Marco. —Que no piense que puedo hacer algo por él cuando quizás no haya remedio.

El escriba asintió. —Vibio dijo... —hizo una pausa tratando de recordar— que las imágenes pueden llegar a sus ojos pero éstos les niegan la entrada, o es él quien les niega la entrada. No sé, no tiene sentido pero eso es lo que habrían dicho los médicos en ese entonces.

—Sé lo que tiene —musitó Diotima—, explica muchas cosas —sin embargo, había algo que no comprendía—. ¿Por qué comprar los ungüentos si no son de utilidad?

—Eso es cosa de Marco. En ocasiones parece que no le importa nada su situación, otras veces parece que necesita hacer algo, entonces me envía a comprarlos.

La chica permaneció en silencio.

—Busca un remedio —añadió el liberto.

—Pero no lo hay.

—¿No lo hay, en verdad?

Diotima hizo un gesto indefinido. —No es algo fácil de responder, hay que confiar en los dioses. Si tuviera más tiempo, bien pudiera pasar una noche en el templo de Asclepio y tendría una respuesta.

—Ocurre que se le hace difícil dormir por estos días.

Diotima suspiró, eso sí que era un problema.

Llegados al foro, y luego al mercado, lo recorrieron, y como había supuesto Diotima nada consiguieron, excepto una barrita de ungüento para los ojos, según ella casi tan buena como el de Filones. Regresaban ya a encontrarse con Marco, cuando el escriba miró casualmente hacia el puerto y profirió una exclamación:

—¡Por Hércules! —entornó entonces los ojos, quiso adelantarse para estar seguro.

Diotima hizo lo propio estirando el cuello. —¿Viste a mi padre?

—No, no, es otra persona, no lo conoces —dijo Zósimo con un tono evasivo—. Mira, Marco ya viene, ve con él, no tardo.

Cuando el escriba se reunió con ellos, acabada su repentina escapada hacia el puerto, ya la chica había conversado con el factor, pero éste pocos detalles le dio de su gestión en el santuario. Se mostraba eso sí evasivo.

—Marco, ¿sabes a quién acabo de ver? —el escriba también lucía agitado, como si hubiera sido testigo de una novedad tan inaudita como imposible de guardar para sí, pero el factor no estaba para revelaciones, y ordenó cortante como no lo había hecho en bastante tiempo.

—Calla, Zósimo. Es necesario que de inmediato nos pongamos en camino hacia Antas, conque ve ahora mismo a contratar un transporte.

—Pero...

—Nada. Ni una palabra más. Ve.

Diotima se adelantó hasta él. ¿Es que había dado con el paradero de su padre?

Pero él no quería hablar, todo se fue en evasivas que dejaron en suspenso tanto al escriba como a la hija de Artemidoro. Lo que había escuchado en el *Asclepeion* le concernía a él, solo a él.

El cambio paulatino en las condiciones climáticas fue marcando la distancia que les separaba de Antas, situada hacia el norte, por la costa levantina del territorio insular.

Conforme avanzaban, el calor sofocante de Nora fue cediendo paso a un clima más fresco. Diotima intentó en vano romper el silencio del factor, pero él nada más pensaba en la conversación que había tenido en el santuario.

"¿Existe otro templo dedicado a Esculapio en la isla?", había preguntado. No, no lo había, pero si buscaba al médico en algún santuario famoso podía ir allí mismo, al de Tanit. También estaba el de Iolao o el de Hércules, en Olbia, o el del cazador.

—¿El cazador? —preguntó Marco Favonio al asclepíada que había venido a atenderle. Hablaba en voz baja, porque aún a esa hora había peregrinos que dormían. Detrás de ellos se alzaba la estatua de piedra del durmiente con la serpiente enroscada. En el sueño buscaban una cura para sus dolencias.

—Sí, el cazador. Sid Addir Baby, llamado también Sardo, hijo de Melkart y Tanit, conocido asimismo como Herakles Melkart —recitó el sacerdote pero, en vez de continuar su búsqueda por qué no se quedaba en el santuario. Dormiría una noche, soltarían las serpientes y el sueño revelaría la cura.

El factor declinó la sugestión. No, el sueño ya lo había tenido. Su médico era Artemidoro de Cos. En cambio, quería conocer más acerca de Sid Addir Baby, ¿por qué le llamaban el cazador?

Cuando arribaron a la ciudad de Antas al día siguiente, ya era tarde, y buscaron alojamiento. Descansaron pues, y aguardaron pacientes: Marco Favonio pasó la noche en vela. El cazador, ¿sería éste, oh dioses inmortales, sería éste la respuesta a su búsqueda? El oráculo de Astarté en Gades había sido diáfano, el día que hallara al cazador, ese día recobraría la vista. Tenía que ser éste, oh, dioses inmortales. Con tal pensamiento, se prometió hacerse de una rica ofrenda, y acudir muy temprano al templo del dios Sardo.

Capítulo IV

¿Por qué Emiliano va tanto a casa de Escipión? El padre observaba; el muchacho respondía: "Voy a practicar declamación", y ciertamente en cosa de meses, él y Cornelia habían agotado el repertorio conocido de ejercicios para luego pasar a otros de invención conjunta, que llevaban títulos como *Hijo en fuga, La otra dueña, Herencia de soldado, La madrastra y el héroe, Mujer usurpadora, Buen hijo, mal defensor, Heredero emancipado, El derecho de volver, Una madre, un asedio, un secreto;* galería truculenta —a caballo entre fábula y ejemplo— de herencias en litigio, hijos perdidos, reivindicaciones de héroes y demás sufridos; engaños, traiciones, mucho fraude y unos pocos honestos. A dos manos, como miníades, habían tejido tales episodios, o como hijas de Aracne, cada quien por su lado. Las mujeres de Cornelia —madre, esposa, hija, hermana, esclava, liberta— eran unas cultas e inteligentes que bregaban de ordinario con leyes injustas; los hombres de Emiliano solían ser héroes desheredados que retornaban a la patria para defender, cuando no al padre al hermano favorecido. En cuanto a los casos, los de él eran variantes de un triángulo dibujado sobre una tableta de arcilla: dos partes y una autoridad; los de ella parecían imitaciones de arquitectura ornamental plasmadas en un fresco para engañar al ojo; enrevesamiento de detalles y figuras inútiles que un día hizo comentar a Emiliano, recordando el primer debate en casa de

131

Ennio: aquella historia del muerto hallado en su lecho tenía tantas cosas que solo le faltaba haber incluido a un ciego.

—¿Cómo es eso? —preguntó Cornelia.

—En toda fábula, que es lo que resultan tus casos, siempre aparece un ciego.

—Que lo sabe todo —acotó ella.

—Sí, pero en lugar del ciego, valdría también un mudo que no sepa escribir.

Ambos rieron.

—Pues, ya que les llamas fábulas, habrás notado que procuro incluir una cárcel o un pirata que secuestra.

—Faltaría un loco en lugar de un mendigo, y una guerra que haga descansar al pirata —rió él—. Mis casos, en cambio, son aburridos.

—Aburridos nunca, de una lógica elegante —dijo Cornelia de una manera que una vez más trastornó a Emiliano, pero no porque le obligara a preguntarse ¿era la elegancia lógica o era la lógica la que era elegante?, sino por la fascinación que le producía conversar con ella y que se manifestaba con más fuerza en el debate. Ella, con el talante natural de quien ha nacido para las prácticas del foro: impecable ilación de ideas, razonamientos sutiles y rapidez al replicar, a más de sus caracterizaciones; cómo olvidar la de un padre fallecido, cómico trasunto de Catón, quizás, a quien siempre que podía colocaba en la mira de sus puyas; él, por su parte, se sobrepujaba en el análisis y la división de categorías, más apegado al espíritu de la controversia, para luego mimetizarse como su "cliente" de turno: mendigo amargado, esclava asustada, cruel pirata o alegre divorciada. Más allá, sin embargo, de aquellas técnicas de histrión y de una fórmula retórica —¿Quién soy?—, el muchacho llegó a una convicción: en la proximidad de Cornelia se convertía en alguien, lejos no era nadie en particular. Había descubierto que amaba a Cornelia, que la amaba y no podía ni quería dejar de pensar en ella. Amor, una emoción que hasta ahora había conocido de oídas. Amor.

¿Por qué Emiliano se preocupa tanto por su aspecto? Toma un baño siempre que va a casa de los Escipiones; viste una túnica limpia, lava sus dientes con esmero, peina sus hermosos rizos y se hace ungir de pies a cabeza. Paulo observaba. En el *tablinum*, la conducta de ambos jóvenes estaba libre de todo mal pensamiento, pero el esfuerzo de él por sofocar sus emociones le hacía lucir a menudo torpe y desmañado frente al parloteo intelectual de ella, más pendiente de las incidencias del foro que de los sobresaltos en el corazón de Emiliano. La pasión de Cornelia estaba puesta en el desarrollo de la controversia: identificar el asunto; hacer copia de razones y comenzar el alegato con las más contundentes; mirar si la cuestión era un hecho, en cuyo caso habría que decidirse entre negar o defender; si la cuestión, en cambio, era de ley, considerar si el argumento descansaría en la letra o en la intención del legislador. En tales disquisiciones que propendían al soliloquio, ella de pronto se detenía y le preguntaba a él, que se le había quedado mirando, mudo, ajeno a las técnicas de la controversia: "¿Qué te pasa?" "Nada", respondía con la voz ahogada y una agitación en la entrepierna. "Ah, si ella lo supiera", suspiraba el muchacho a solas en su cubículo, desbordándose en cuitas hasta llegar a la masturbación. La duda, ¿compartiría ella este sentimiento? era un perenne sufrir en el que se complacía en la medida en que le daba pie para pensar en Cornelia. En alguna controversia lo dejaba colar en el personaje de turno, arrancando entonces expresiones de admiración que recibía como una oleada de hervor en su sangre. Más tarde, en su lecho, reía y lloraba. Era feliz. El nombre de su caso era: *Efebo enamorado*.

En el lapso entre visitas que se medía en varios días, el muchacho se consolaba con fragmentos de Cornelia convertidos en memoria: una sonrisa; una palabra cariñosa, el roce casual de su piel; la fragancia de sus cabellos; el sabor incluso de la hidromiel con que le obsequiaba para aplacar su sed; pedazos de papiro manoseados por ella, un estilo que le había pedido. En tabletas de cera escribía su nombre una y otra vez, para después de contemplarlo y solazarse, proceder enseguida a desvanecerlo con gran pena, porque a nadie quería hacer partícipe. De saberse temía a la burla, temía a la censura, temía a los rumores, y temía, sobre todo, un rechazo, uno solo. Por fortuna, Lelio estaba demasiado ocupado completando su formación militar; a Afer tampoco se le veía mucho por esos días: acababan de concederle la libertad, y trabajaba ahora como asistente del senador Terencio. Se traicionaba a sí mismo, sin embargo, cuando citaba con demasiada frecuencia no solo las opiniones de su padre adoptivo, Publio Cornelio, quien, de vez en cuando, asistía y hasta arbitraba sus prácticas, sino también y de manera preferente las de Cornelia, con respecto a casi cualquier tema que se tocara en el triclinio. Paulo observaba y no hacía preguntas. De pronto el muchacho desesperaba por irse a casa de los Escipiones. ¿Cuándo le permitirían vestir la toga viril? ¿Tendría que pasar aún otro año? En sus juegos secretos, se imaginaba compartiendo algo más que un rato con Cornelia, se contemplaba unido a ella, viviendo con ella, bajo el mismo techo, en el mismo lecho. Pensaba que ellos juntos, en el *tablinum*, ya eran pareja. Reforzaba sus ensoñaciones alineando las obvias y muy convenientes ventajas emanadas de la posible unión de dos familias patricias, pero no le bastaban para acallar su incertidumbre. Mientras no se lo dijera, mientras no le declarara su amor, cómo saber. La duda le recomía. Cada semana era una oportunidad perdida, después de reunir fuerzas para decírselo, acechar el momento adecuado, dejarlo pasar y acabar con una frustración aligerada del miedo con que había iniciado la visita, todo lo cual mermaba la concentración debida a la controversia. Cornelia preguntaba entonces: "¿Qué te pasa?", pero él nada decía.

Entre las dudas, la frustración, la urgencia física y la soledad de su cubículo, se decidió a escribir un poema. Ya había compuesto algunos. Eran, o intentaban serlo, imitaciones de Calímaco que ni siquiera ante sus amigos habría osado leer. No era él un verdadero poeta como Ennio, pero la ocasión le obligaba a rechazar las palabras prestadas de un poema ya hecho. De modo que pasó varios días esmerado en componer y tachar sus hexámetros. Comenzaba saludándola como mujer sabia y docta que no vacilaba en ponerse un disfraz masculino, ello en obsequio de las controversias que habían compartido como adversarios. A continuación añadía que le daba voz a los que no podían hablar, y que infundiéndole tales alientos había él podido recuperar su voz. Exponía luego las ventajas del silencio, que no debían desdeñarse a pesar de todo, pues se revelaba elocuente para declarar algunas cosas. Así la había estado amando, sin palabras, aunque ella no correspondiera, y concluía: "Contigo sé quién soy". Sin ser requerimiento, buscaba obtener de ella una respuesta tan inmediata como felizmente afín.

Con todo, aunque satisfecho una vez lo hubo terminado, no corrió a leérselo hasta asegurarse de haber alcanzado la pronunciación y los matices que buscaba. En suma, hasta no haberse asegurado que todo sería *optimus*. Por fin, llevó el poema a la cita pero claudicó en el último momento. A la salida se reconoció cobarde y procedió en los días subsiguientes a hacer el acopio del valor necesario para declamar sus versos, pero cada nueva semana se fue sumando a su miseria. Llegó a pensar en dejárselo para que ella misma lo leyera, y claudicó de igual manera.

Concibió entonces la idea de visitar a Cornelia un día no señalado para sus encuentros, así no tendría a la mano la excusa de la falta de tiempo. De modo que una vez decidida su salida, habiendo pedido permiso a su padre, sin enviar recado a Cornelia, puesto que no podía prever, conociéndose como se conocía, si en efecto llegaría hasta allá, marchó, sin embargo, de forma muy decidida. Mientras se encaminaba sentía que le abandonaban las fuerzas. Tomó entonces una resolución: si no era capaz de leerla se la dejaría, pero al instante siguiente desechó esa idea y volvió a su ímpetu inicial. Llegó pues, en estado de agitación, las manos heladas. Anunció su visita y fue conducido al *tablinum*.

—¡Oh, Emiliano! ¡Qué oportuna ha sido tu visita! No te esperaba.

—Yo... pensé que hoy teníamos la práctica —mintió torpemente—, creo que me he confundido.

Cornelia sonrió. El muchacho miraba a su acompañante, un hombre de unos cincuenta años, ancho de espaldas, de cabellos grises, escasos en las sienes, mirada severa. —No importa, Emiliano, ven que quiero presentarte... aunque ya debes de conocerlo, ¿no es así?

Emiliano hizo una inclinación de cabeza, y se adelantó a saludar con la mano al prócer personaje. —Salud, Tiberio Sempronio Graco. Soy Publio Cornelio Escipión Emiliano, hijo de... Publio.

El hombre dibujó una fina sonrisa en sus labios. —Salud, Publio Cornelio. ¿Cómo está Lucio Emilio?

—Los dioses favorecen su casa.

—Dile que iré mañana a visitarle.

—Gustosamente le daré el mensaje.

Cornelia tomó cariñosamente del brazo a Tiberio y puso la otra mano en el hombro del muchacho. —Eres parte de la familia, Emiliano, por ello ha querido la Fortuna que seas el primero en saberlo: en los próximos *idus* celebro mis esponsales con Tiberio.

A fuerza de educado de los labios del muchacho salió otra cortesía, mientras un temblor recorría su cuerpo y llegaba a la boca del estómago. Varias veces había escuchado decir a su padre, el augur, que Cornelia era una chica casadera, ¿por qué había traído a colación ese comentario? ¿Será que se había dado cuenta? Sin haber declamado sus hexámetros se sintió en el colmo del ridículo.

—¿Has traído un nuevo caso? Déjame verlo —preguntó ella con ojos brillantes.

—No, no tiene nada que ver... —protestó débilmente, los oídos le zumbaban.

—Emiliano es un excelente compañero de declamaciones y un hábil urdidor de controversias —comentó Cornelia mientras desenrollaba el papiro—. Oh, un poema, ¿es tuyo?

El censor Graco le clavó los ojos inquisitivos.

El chico salió de su letargo y negó con vehemencia. —¡No! Es... de Calímaco, creo. La verdad es que lo ha traducido Afer, Terencio Afer —explicó, dirigiéndose a Graco—. Yo lo estaba examinando.

—¿Examinando? —repitió Cornelia.

—Examinando sí, porque... yo no soy poeta —se encogió de hombros—. La poesía es cosa de pequeños griegos.

—Emiliano y yo practicamos el griego en cada ocasión. Él lo habla muy bien.

El censor asintió. —Sigue entonces los pasos del Africano.

—Es un muy digno nieto —comentó ella con cariño, volvió sus ojos al poema—. Veamos qué escribió Calímaco —dijo y comenzó a leerlo en voz alta.

Al concluir, la chica levantó la vista hacia un Emiliano, que sudando y ruborizado hasta las cejas había sufrido el suplicio de escuchar sus pobres hexámetros frente a un rival formidable. Tiberio Graco comentó indiferente:

—Muy peculiar ese Calímaco. Hasta donde sé, los griegos no suelen alabar a las mujeres.

Cornelia continuó mirando al muchacho con una expresión indescifrable. —Éste sí —enrolló delicadamente el papiro y se lo devolvió con un gesto tierno, luego le besó en la mejilla—. Felicito a quien lo ha traducido. Es un texto exquisito.

Al empuñar de nuevo el papiro, el muchacho, orgulloso por naturaleza, con una actitud prestante, la voz clara, sin vacilaciones, repuso con sequedad:

—Y yo os felicito de nuevo por vuestro enlace, ahora me despido. Debo seguir a casa del senador Terencio.

Sin ofrecer explicaciones de peso, suspendidas por tácito acuerdo las prácticas declamatorias, en los siguientes días el muchacho se encerró en su casa. Asistía junto con su padre a las reuniones en el atrio con expresión adusta, tomando apuntes inútiles, con lo que no hizo sino ganar aprecio entre las visitas, que le encomiaban por su celo y disposición. En tanto no recibía lecciones, el resto de la jornada la pasaba traduciendo áridos textos de astronomía. No tiró el poema pero lo firmó con el nombre de Calímaco, por si acaso su padre lo hallase. Hizo luego muda renuncia a la poesía, pero cada vez que recitaba aquel voto en la intimidad de su cubículo, lloraba.

Su humor se hizo sombrío. Indiferente acompañó a su padre a hacerle una visita a Catón, y escuchar como éste se ufanaba de haber logrado que finalmente se aprobara la ley Voconia que limitaba el derecho de las mujeres a heredar. Sin nombrarla, se sorprendió pensando que con o sin ley el viejo Graco no le dejaría nada a *ella*. En un instante se sintió reivindicado, al siguiente se sintió peor. Muchas otras cosas le recordaban malamente a Cornelia.

Paulo observaba. Buscando un remedio para la falta de apetito y la actitud melancólica de su hijo, dispuso una suspensión temporal de sus estudios; se hizo acompañar por él en sus visitas a la Curia y a la Basílica; arregló además un régimen de intensos ejercicios en la palestra. Prohibió, en cambio, que saliera a cazar, una vez que tuvo noticias de que su actitud descuidada en esas jornadas ponía en peligro tanto a él como al resto de la partida. Finalmente, con la llegada del verano el augur decidió llevarle junto con sus hermanos menores, Lucio y Cneo, a Fondi, ciudad en las tierras bajas del Lacio meridional colindante con la Campania, donde los *Aemilii* tenían intereses de antaño, y su nombre valía por la tésera de bronce con forma de pescadito que abría la hospitalidad de los lugareños. Desde Fondi hicieron recorridos por las poblaciones cercanas, Formia, Gaeta, Terracina. En esta última interesaba a Paulo dar a conocer a sus hijos ciertas relaciones que venían de antiguo. En primer lugar, su primo, Marco Emilio Lépido, otrora censor, que poseía en sus alrededores unos muy cuidados viñedos. En la ciudad vivían además los *Paquii, Favonii, Sabidii,* familia de plebeyos comerciantes con quienes en el pasado había cerrado algunos negocios.

A diferencia de sus hermanos, Lucio y Cneo, par de mocitos que con doce y diez años respectivamente, habían venido muy bien dispuestos con natural vigor y curiosidad para los juegos, paseos y hallazgos que iba prodigando el viaje por la comarca latina, Emiliano, en principio, mostró muy poco interés por los amables paisajes de colores primarios: peñascales que miraban al mar, bahías de media luna, praderas floridas y valles bien cultivados. A pesar de haber sorteado el compromiso y posterior casamiento de Cornelia, pretextando una enfermedad inexistente, nada le parecía suficiente para apartar de su mente a los Escipiones, con los que ahora menos que nunca deseaba emparentar. En esa actitud se mantuvo hasta que, un día sin nubes, cuando hacían el recorrido por el puerto que Lépido había hecho construir en Terracina, una idea le vino a la mente: compondría una suasoria —*El hijo adoptivo que quiere quedarse con su padre natural*—. Esta ocurrencia le consoló de tal manera que entonces, por primera vez desde que habían llegado a Terracina, admiró el cielo, el mar y la ciudad que estaba a sus espaldas. Volvió también a su padre, a sus hermanos y a su familia.

Al retornar a Roma, discurrió durante varios días la manera de escribir aquella suasoria y a poco de terminarla, falleció Ennio. En las exequias, se encontró con Cornelia y su esposo, el censor Graco. Se saludaron brevemente. O más bien fue él quien al verla encinta, se reafirmó en su nueva intención y evadió cualquier otro intercambio de palabras. A fines de año, Cornelia dio a luz una niña; de acuerdo con la costumbre se le impuso el nombre del padre: Sempronia.

Antes de ponerse a hilar, aun a sabiendas que era inútil pensar en una llegada inminente de su esposo, Eunomia se asomó a la ventana. Miró en dirección al embarcadero hasta que, tocándose el vientre, buscó una silla. Cerró entonces los ojos al malestar, pero no pudo acallar sus cuitas. Harían más de dos años desde que había conocido a Zósimo, allá en Tingentera: ella regentaba una *tabernae* dedicada a la venta de telas; él estaba de paso en la ciudad, rumbo a Carteia para recibir la factoría recién comprada por Vibio Paquio. Entró en la tienda para solicitar aclaraciones sobre una dirección confusa, y allí estaba ella, tras el mostrador, entonando una canción griega.

> *Requiriendo*
> *se hace el pretendiente*
> *otro hay, que lo es*
> *el primero, sin decir*
> *ni saber, falta no le hace*
> *a ella*
> *es su esperanza*
> *su fantasía*

Volvió varias veces, siempre de paso, en principio llevado por algún pretexto, ya después trayendo un obsequio, más tarde quedándose a comer. Le escribía además cuando no le era posible venir tan seguido.

Un día, finalmente, le propuso que se viniera a vivir con él y ella aceptó; a pesar de todos, de Angionis. Y de Balbo.

> *te he dicho sí*
> *¿será suficiente para decidir?*
> *porque, no habiendo*
> *otra opción*
> *comenzar ya quisiera*

tú te vas contento
he dicho sí
quiera yo olvidar

Sintiéndose mejor, comenzó a hilar, no tanto para adelantar la labor como para distraer sus inquietudes.

Nadie más distinto a Zósimo que el irascible avistador. Con él compartía un secreto, una vida muy anterior de la que nunca hablaban porque, exceptuando los momentos de peligro, el escape sobre todo, poco era lo que ella misma podía recordar. Sospechaba en cambio que Angionis tenía muy presente aquellas escenas en sus pensamientos de retaliación.

¿Se había percatado alguna vez Angionis de lo que ella había sentido por él? Antes lo había sabido Balbo. Angionis ignoraba quién era realmente Balbo. Ella sí que lo sabía. Cierto que ambos se habían criado juntos, como hermanos, pero él no era para ella, eso le decía Balbo. Le propuso enviarla a otro sitio, ponerla al frente de uno de sus negocios, lejos eso sí de Angionis, quien por entonces recorría los puertos como capitán de una nave que transportaba mercaderías.

Corre la tarde hacia el ocaso
a quién buscará
miradas al mar, sobre las rocas
ojos de esponja, alguien
acaso espera
tierra, cielo
porque no te conozco te busco
porque te espero te pienso

Ahora amaba a Zósimo. Iba a tener un hijo de él. Tenían una vida. Se amaban, entonces. Ella se lo había demostrado. Poco le había hablado de sí misma, nada de Balbo, menos de Angionis, pero eso a él no parecía importarle. Él la amaba, sin duda. Eunomia continuó su labor.

Para Angionis en cambio solo tenía preguntas: ¿había venido porque le molestaba que ella viviera entre itálicos según su decir? o... Eunomia sacudió su cabeza.

piensa en uno
sin dejar al otro
a quien más ama

140

con ése calla.

Por evadir los rumores, el augur Paulo había marchado a pasar unos días en las lindes de la Campania, pero de muy poco le sirvió. En Roma no se hablaba de otro negocio. Ya de vuelta en casa, Quinto Fabio vino a visitarle. Conversaron de variados asuntos pero al llegar al punto, Paulo echó la cabeza hacia atrás. Él no les hacía caso.

—Pero, padre, ellos dicen...

—Dicen, dicen... no estoy interesado. Pertenezco al colegio de los augures y eso me basta.

—Dicen que tú eres el único —insistió Quinto.

—No repitas esa tontería, hombres capaces y más jóvenes que yo no faltan en la ciudad.

En la curia menudeaban los comentarios. Paulo no podía negarse. En tres años de campaña, tres cónsules, Craso, Marcino, Filippo, uno tras otro, habían sido incapaces de derrotar a un indigno sucesor de Alejandro. Acababa de vencer al pretor Publio Licinio, tomándole centenares de prisioneros. Forzó la retirada de Aulo Hostilio. De la flota capturó veinte naves, hundiendo el resto. El tal Perseo, rey de Macedonia. Qué vergüenza. No podía continuar tamaña humillación. Los aliados observaban y había fidelidades que no eran seguras.

Paulo no quería escuchar nada al respecto. De modo que redujo sus idas al foro, pero con ello solo logró que su nombre circulara de boca en boca, de casa en casa, de la curia al tribunal, de allí al Velabro, del Velabro al Palatino, y a los barrios de Suburra y Carina. Paulo. Paulo. Lucio Emilio Paulo. Así, de rumores y comentarios se pasó al clamor. Una comitiva de amigos y parientes fue a visitarle: habían venido a pedirle que se presentara como candidato a cónsul. Las elecciones se aproximaban y con cada día se hacía claro que era necesario que un hombre de experiencia se hiciera cargo de las cosas. El augur quiso atajarles con gestos de fastidio y el argumento de su edad, ¿es que no se daban cuenta? Pasaba de los sesenta. "Buscad a otro", dijo terminante, pero ellos no se rindieron tan fácilmente. De modo que arreciaron en su asedio, alternando a los integrantes de tales comitivas, pero sin resultado alguno.

Dio entonces el pueblo llano en ir hasta la puerta de su casa con bullas y reclamos, suplicándole que se presentara a la elección, y él, afable, salió a despacharles la primera vez con palabras modestas. En los días que siguieron optó por quedarse en casa y retirarse al fondo del jardín para no escucharles, pero sabía que era inútil continuar resistiendo conque finalmente accedió, más por restablecer la paz de su casa que por creer en su elección. Llegado el día de los comicios, al amanecer, vistió la túnica cándida, e hizo que sus dos hijos mayores, Quinto Fabio y Publio Cornelio le acompañaran, encabezando la manifestación de seguidores.

Emiliano había renunciado a pasar la mañana con Lucio, Cneo y la pequeña Tercia, cuidando a un perrito de ésta que no estaba nada bien desde hacía días. Ahora que había optado secretamente por quedarse en la casa de su padre y ser un Paulo, la exaltación le embargaba. Desde hacía semanas alentaba él la esperanza de que su padre fuese elegido. Asimismo se lo había dicho, y el augur se había reído. "No sabes lo que dices, no sabes lo que es eso". Un gran honor, respondió el hijo. "Es mucho más", repuso él.

Pleno de electores, el Campo de Marte era una tormenta de voces dividida en clases y centurias. La multitud les rodeaba, les abrazaba, palmoteaba, les tendía la mano, aplaudía. Coreaban a su padre, el augur, le vitoreaban como triunfador, rugían de satisfacción; la multitud era como una inmensa bocanada de buenas voluntades. Amaban a su padre, pensó Emiliano. El muchacho sonrió entonces emocionado, buscó con la mirada a su hermano. Él también aplaudía y coreaba. Cuando su padre ascendió ataviado con la túnica cándida al estrado de tablas que se había levantado para la elección, la aclamación subió de volumen. Habiendo sido hecha la toma de los auspicios, el cónsul Cneo Servilio pasó a dar lectura al senadoconsulto por medio del cual, vistas las consideraciones se procedía a convocar los comicios de manera anticipada, a fin de elegir a los nuevos cónsules. De inmediato, en cada centuria, los ciudadanos procedieron a emitir su voto. Contados los sufragios por los escrutadores, el nombre de Lucio Emilio Paulo alcanzó la mayoría después de ser consultadas las tres primeras clases. Otro tanto sucedió con quien sería su colega en el consulado, Cayo Licinio, hijo de

Cayo.

Emiliano contemplaba fascinado el proceso de la elección. Admiró la conducta de los ciudadanos; el orden y la solemnidad con que se emitían los votos y se anunciaban los resultados; la aceptación de la voluntad popular; la humildad de los magistrados cuando llegó el momento de agradecer al pueblo. Paulo cedió a su colega Licinio el honor de dirigirse en primer lugar a la congregación. A su turno el augur fue breve, directo, contundente: le habían forzado a presentarse porque querían un general no un cónsul, de modo que gracias no tenía que dar. Él no había tenido que organizar juegos, ni pagar banquetes, ni hacer regalos para ganar el favor de la multitud, no había reclutado amigos y relacionados, ni cultivado la voluntad popular. Tampoco había necesitado mostrarse, regalarse y ofrecerse en el foro ni sus alrededores, mucho menos había cumplido el precepto de suplicar como dictaba la tradición. Si creían que había alguien más capaz, todavía estaban a tiempo de cambiar su elección y dispuesto estaba a renunciar. Calló, aguardando que alguien se pronunciara, pero el silencio era total. Añadió entonces, si confiaban en él, que nadie pretendiera desde ya comandar a su comandante porque resultaría una expedición más ridícula que la anterior. Hizo una pausa para observar sus reacciones, y aceptó por fin el nombramiento según la costumbre; entonces estallaron las ovaciones y el muchacho aplaudió hasta el cansancio: ése era su padre.

Ciertamente querían un general, de modo que se obviaron los sorteos y de una vez se le adjudicó el comando de la Macedonia. Paulo se abocó a sus nuevos deberes, incluso antes de tomar los auspicios que indicasen el parecer de los dioses. Así, solicitó al Senado el envío de comisarios a Macedonia que levantaran informes sobre el estado de las legiones y la flota, al igual que los dispositivos del rey Perseo. Necesitaba conocer qué pasos habían franqueado los romanos, dónde acampaban, cuál era el nivel de aprovisionamiento, cuáles las rutas óptimas de abastecimiento. Importaba mucho saber también qué aliados eran seguros. Diligente el augur pasaba horas y horas en el *tablinum* discutiendo con los senadores cada detalle de las campañas anteriores a fin de conocer a sus adversarios. No por ello soltó el manejo de su casa y el cuidado de sus hijos pequeños, pero a Emiliano no le dijo una palabra sobre su situación. Se acercaban las fiestas de Liberalia, y con ellas las ceremonias de cambio de toga, pero el muchacho desconocía su destino luego de dar el paso de la pretexta a la viril. ¿Adónde iría? ¿Qué haría?

El augur no tardó en revelarle qué decisiones se habían tomado en torno a su persona.

—He hablado con Publio Cornelio. Ya pronto deberías irte a vivir a casa de los Escipiones.

Emiliano hizo un ademán para decirle a su vez: "yo prefiero quedarme aquí, soy tu hijo", pero Paulo continuó hablando sin pausa.

—Tu padre adoptivo está de acuerdo en que podemos dejarlo para después. Es decir, para cuando retornemos de la campaña. He decidido que vengas conmigo.

Emiliano se agitó satisfecho en su asiento.

—¿En verdad, padre? ¿Iré?

—Calma, aún debes prepararte.

—Estoy listo, padre.

—Lo sé, tienes el adiestramiento, pero todavía hay muchas cosas que debes aprender. He arreglado que vayas con Quinto Fabio a las prácticas en el Campo de Marte antes de que se congreguen las legiones, aunque sé que no las necesitas, puesto que hace rato que pasaste el entrenamiento básico de un soldado; él te dará instrucción y verá qué te hace falta.

Cierto que en lugar de salir de cacería el muchacho había sido entrenado en los últimos meses por su propio padre, así que bastante que sabía sobre dar estocadas, lanzar jabalinas al poste; avanzar y retirarse sin abrir la guardia; aprender a usar el escudo con un trenzado de sauce y las espadas de madera, el doble de pesadas; practicar la marcha militar a paso normal, y en carrera para cargar con rapidez; dar los saltos para salvar obstáculos.

—Estoy listo, padre —reiteró.

—Tu ánimo está listo pero no es suficiente.

Arreglos igualmente concertados hicieron Paulo y

Escipión con respecto a la puesta de toga del muchacho. El día designado, Emiliano, en compañía de su padre, madre y hermanos de sangre, bajó del Palatino hasta la casa ubicada frente a la estatua de Vertumno, la deidad de los cambios estacionales, donde el dueño de casa y padre adoptivo, Publio Cornelio, hijo de Publio, el Africano, aguardaba con su parentela y demás invitados. En el atrio, ante el templete larario con las figuras pictóricas del Genio, los dioses protectores y la gran serpiente, próximo al nicho dividido en estantes con las imágenes de los antepasados —*Barbatus, Calvus, Africanus* y tantos otros de nombre Publio, Cneo, Lucio— el último de la estirpe, Publio Cornelio Escipión invitó al joven de dieciséis años cumplidos a que se adelantase, lo que éste obedeció con paso solemne y rostro grave. Levantó el *paterfamilias* ambas manos y pronunciando las palabras acostumbradas pidió protección y asistencia para el nuevo *vir* que se incorporaba a la sociedad de los hombres. Respondió a su vez el muchacho, quitándose del cuello la *bulla* de oro que había llevado desde su nacimiento, para luego depositarla en el altar junto con sus juguetes favoritos —una peonza de boj y la figurilla de Postumio, el gladiador—, y pronunciar entonces su nombre en alta voz, jurando ser digno y virtuoso sucesor de la *gens*, de la familia y de sus antepasados. Dicho esto, su padre adoptivo le hizo entrega de su nueva túnica y le invitó a pasar al cubículo, donde cambió la túnica infantil, orlada de púrpura, por la blanca, y salió para ser recibido con aplausos por los circunstantes, besado y abrazado por todos sus padres y hermanos.

Un cortejo ahora más numeroso le acompañó al foro para inscribir su nombre en el *tabularium*, donde declaró sin vacilaciones ante el tribuno: "Mi nombre es Publio, hijo de Publio, nieto de Publio, bisnieto de Publio, de la tribu Cornelia, Escipión Emiliano". Cuando del tabulario enfiló el grupo hacia el Capitolio para dar gracias a los dioses, el muchacho pensaba que ya habría tiempo de hablar con su padre, el augur, para deshacer la adopción. Hoy se dejaba llevar por la euforia de verse convertido en hombre, ingenuo, ciudadano romano. De pronto recordó que Cornelia le había felicitado. Fue una sensación agradable, nada más. Eso le extrañó, pero al punto lo olvidó, porque todavía le aguardaba un banquete en casa de Publio Cornelio. En la noche, cansado de tantas emociones, cayó rendido en su cama, en la casa de su padre, el augur.

Después de Liberalia, los días y los acontecimientos se sucedieron con rapidez. A Paulo sus deberes le absorbían por completo, ahora que, pasada la *inauguratio* había tomado posesión de su cargo de cónsul, y los comisarios habían retornado con sus informes. La situación era delicada: el ejército había salvado pasos con grave riesgo de pérdidas. Los dos campos eran vecinos y solo el río Elpeus los separaba. Perseo evitaba sistemáticamente el combate. Más graves eran los problemas de abastecimiento: al comienzo del invierno apenas habían dispuesto de seis días de víveres. Apio Claudio, en desventaja frente al ejército de Perseo que rondaba los treinta mil hombres, necesitaba refuerzos urgentes. Por lo que hacía a la flota, las enfermedades habían diezmado a sus tripulaciones. A los hombres no se les había pagado y carecían de vestimenta. En cuanto a los aliados, Eumenes de Pérgamo se había ido con su flota, dizque llevado por la fuerza de los vientos. En opinión de los comisarios, la fidelidad de este rey era dudosa en consecuencia, pero la de su hermano Atalo no tenía fisuras. El Senado decretó al final de una larga sesión que los cónsules y el pueblo elegirían un número igual de tribunos para las nueve legiones; que no se nombraría este año sino a los que ya habían ejercido el cargo. Que el cónsul Paulo escogería según su criterio entre todos los tribunos militares los que debían comandar las dos legiones de Macedonia, y que tomaría posesión de su comando después de las Ferias Latinas. El pretor Cneo Octavio se haría cargo del comando de la flota. El cónsul Licinio, colega de Paulo, se haría cargo de las levas.

En su nueva situación, Emiliano fue a cumplir una visita que tenía pendiente.

—¿Me venderás a Onésimo? —preguntó a Catón— He cambiado mi toga.

El viejo rió sin gracia. —Te lo vendo, sí.

Procedieron a convenir el precio, con un regateo que no

fue más allá de dos generosas ofertas dada la impericia del joven comprador, pero que dejó a ambos satisfechos: a Emiliano con el orgullo de haber cerrado su primer contrato como hombre capaz, y a Catón con la certeza de haber sacado una apreciable ganancia.

Al recibir de Emiliano varias monedas como arras y prueba del contrato, Catón preguntó:

—¿Qué harás con Onésimo?

—Me lo llevaré a Macedonia —dijo.

—No vayas a darle la libertad.

—¿Por qué?

—Es un tunante, siempre te lo he dicho.

El muchacho nada repuso. Desde que recordaba había dado por cierto que le daría la libertad a Onésimo una vez lo comprase, pero la realidad era otra: el dinero de la compra era de Publio Cornelio, y él mismo, carente de peculio, estaba sujeto a la autoridad de su padre adoptivo. De modo que habría que esperar.

—Hablemos de otro asunto —prosiguió el censor—. He sabido que irás a Macedonia.

—Iré —respondió orgulloso enderezándose en su asiento.

—Al igual que Marco.

—Y Quinto Fabio. Estaremos todos, excepto Lelio —dijo Emiliano con un gesto de contrariedad—. Fue destinado a la Iliria.

El censor se quedó mirándole.

—Ya verás cómo es eso.

—Me lo imagino.

—No, nadie puede imaginarlo, hay que verlo. ¿Quieres un consejo? Cuídate de los griegos.

Emiliano pensó: esclavos, mujeres, griegos, habrá alguien de quien no se cuide Catón.

—Son un pueblo rebelde y sin valor. Es lo que siempre le digo a Marco Porcio —añadió el viejo con la vehemencia que dedicaba a sus aversiones favoritas—. El día que le demos entrada franca a sus obras y sobre todo a sus médicos, ese mismo día empezará nuestra corrupción. No les creas nada. La verdad es que nos tienen por unos sucios oscos, o lo que es lo mismo por unos bárbaros.

147

Emiliano calló y pensó, "por qué habrían de despreciarnos. Somos gente educada, yo hablo griego perfectamente. Yo amo Grecia. Ellos son como nosotros y nosotros somos como ellos. Nos entendemos muy bien". En suma, que no le dio muchas vueltas a la advertencia del viejo. La expectativa de una campaña que desde ya lucía definitiva multiplicó los rumores y lo mismo sucedió con los prodigios: relámpagos y truenos durante varios días antes de las Ferias Latinas; una encina destruida por un rayo en la cumbre del monte Velia, poco después del mediodía; piedras que cayeron del cielo, según afirmaron testigos en el territorio de Veio. Más impresionante fue para Emiliano contemplar las consecuencias de una riña en una taberna —"El oso con yelmo"— situada en la vía de Jano, a raíz de la cual el dueño había resultado gravemente herido. El muchacho vio cuando lo sacaban. Alguien le había hundido la hoja de una daga en el estómago. No podía apartar los ojos de aquello, ¿por qué su padre no le había dejado que matara en el bosque? ¿Cómo sería dar o recibir una de ésas? Eso sí que era algo para pensar.

Mayor prodigio le aguardaba por la noche en su cubículo. El augur Paulo le había dejado dispuestas en un rincón las armas que llevaría en la campaña: jabalina, yelmo, loriga, gladio y un escudo.

—Todo nuevo, lo he mandado a hacer para ti.

El muchacho estaba maravillado. Admiraba, contemplaba, examinaba y revolvía las piezas con una sonrisa de satisfacción. Su padre se adelantó y tomando cada arma por separado fue mostrándoselas. La jabalina de estilo griego para el arma de caballería, la loriga con un sencillo dibujo de Marte, el yelmo de bronce y el escudo, igualmente griego, fuerte, compacto y efectivo, tanto en el ataque como en la defensa. Ya había practicado con armas análogas, pero éstas serían las suyas, al igual que la montura que el cónsul ya había ordenado preparar. Partirían en tres días, luego de las Fiestas Latinas. El chico se despidió de su padre y todavía pasó un buen rato ponderando el equipo; luego, guardó cuidadosamente el escudo en su funda de cuero, y se dispuso a dormir.

Pero el sueño no llegó de inmediato. Sin quererlo le vino a la mente la imagen de Cornelia. Serenamente permitió que se asentara bajo sus párpados, pero al cabo suspiró. Aquello no tenía caso. Se forzó a pensar en otra cosa. Ahora era un Escipión. Un Escipión. Tenía que hablar con su padre, el cónsul. Se revolvió en su lecho buscando una posición más cómoda. Contempló una vez más sus armas colocadas en el rincón. Costumbre pitagórica, consejo de Catón, repasó entonces sus actos, palabras e impresiones del día; de éstas últimas en particular, las correspondientes a la riña en "El Oso con yelmo". ¿Sería capaz de usar esas armas? Por más que se auscultaba no podía dar una respuesta. El sueño le fue ganando mientras pensaba en el oso...

Era un animal cuyo rastro seguía en el bosque, pero al que nunca conseguía dar alcance. Entonces se veía a sí mismo y era Orión. La Osa renunciaba a bañarse en el Océano y huía del cazador. De pronto echaba en falta su cinturón de plata. Lo hallaba a un costado puesto en forma oblicua. Se inclinaba para recogerlo y al levantarlo veía frente a él un hombre pronunciando el siguiente exordio: *"Oh, Emiliano, muchas preguntas te haces de continuo. Albergas a un tiempo dudas y multitud de anhelos. No sabes qué esperar. En vano buscas por doquier respuestas que a la verdad siempre se han hallado dentro de ti. Mírame, tú bien me conoces, no tengo por qué darte mi nombre. Soy el beotarca cuyas dos hijas viven para siempre. Hasta ahora otros han decidido por ti, pero cuando a ti mismo te toque hacerlo, sé clemente con las faltas de los demás. Pon toda tu alma en cultivar ésta y otras virtudes y alcanzarás la sabiduría".*

El muchacho hubiera seguido admirando a aquel grande hombre, pero una música que provenía de la Vía Láctea reclamó su atención.

—¿Quién eres? —le preguntó a la siguiente figura.

—Soy hombre de diálogo y de concordia. Si andas en busca de la virtud, yo te digo que la más importante es la justicia.

—¿Por qué?

—Porque ella es un premio en sí misma. Te preguntas cuál es tu lugar en el mundo. El hombre honesto que da a cada uno lo suyo, vive de acuerdo a la Naturaleza y el mundo entero es su lugar.

—¿Acaso eres un filósofo ático?

—No, yo soy solo un copista que pone palabras a ideas que son de otros. Oh, Emiliano, yo te conozco, bien te conozco. Si aquél tuvo el principado de la Hélade, tú lo tendrás de Roma.

—¿Por proezas militares?

—En parte. Siempre que la ley impere en la urbe y el ciudadano probo sea elocuente, las armas cederán ante la toga.

Miró entonces hacia las Pléyades, ocupadas en componer unos hexámetros y le parecieron tan bellas que quiso alcanzarlas, él, Orión:

Con el dedo en los labios, una, Alcione
delante se plantó, los ojos negros
al silencio llamando, como espejo
de bronce los dos, él, en ellos viose.
Entonces virgen dedicada a dioses
pasaba noches en múltiples sueños.
El pecho altivo, no le cabe dueño
por la égida llevar en sus visiones,
cantos entre volcanes escribía.
Con el reflejo vuelve una pregunta:
Oh, Emiliano, ¿es que acaso de la vida
no sabes qué esperar? Viene la ayuda
de donde no se sospecha. Desliza
un pliego entre su manos. Siempre muda.
"Esperanza", leyó, y sopló una brisa.

Una voz le reclamó entonces en la dirección opuesta a la Osa. Era el pasaje de una epístola: *"Cuando el camino es largo y estrecho, como de Antártico a Calisto, no bastan los anhelos, no basta el oro para mover los ánimos. Hace falta también mostrar fortaleza. Dígolo por experiencia. El hombre que es fiel a sí mismo tendrá valor para soportar los trabajos de la guerra y los trabajos del hambre".*

Luego, bajó la vista y a lo lejos vio en tierra a otra chica, parada frente al mar, bajo las estrellas, y sintió una gran tristeza. Al fondo, la luna se distinguía con un brillo cerúleo. En una historia sencilla de palabras francas se decía de ella que era la chica de la inútil fuga, intentando regresar a casa había hallado, en costa ajena, una muerte misteriosa. Sintió piedad por ella, quiso preguntarle alguna cosa pero no pudo. Miró de nuevo aquellos astros y personajes labrados con arte en un escudo de nobles metales y colores delicados, entonces, despertó.

Esta vez no pudo o no quiso contarle el sueño a su padre. Él estaba muy ocupado alistando todo lo necesario para la partida. El día señalado, al término de las Fiestas Latinas, el cónsul se encaró de nuevo ante la asamblea. Su oración fue breve. Si los dioses se habían mostrado favorables a su elección, le ayudarían en la guerra. Tal era su convicción. El Senado había tomado sin dilación las medidas solicitadas por el cónsul; su colega Licinio quedaba en la urbe para completar los aprestos. Marchaba pues, sin pérdida, pero antes, oh, quirites, les exhortaba a no prestar oídos a los rumores sobre la campaña. "No habléis de ella, que ya bastantes temas de conversación hay en Roma. Aguardad mis noticias".

Emiliano admiró la estampa de su padre, ataviado con la *paludamenta* de los generales, marchando a lo largo de la Vía Sacra, desde el Capitolio hasta el barrio de Carina. Se veía soberbio. Y él formando parte de la comitiva del cónsul. Esto sí que era estar en un sueño. Recordó a Ennio: "Algunos sueños son verdaderos, pero no necesariamente todos".

Vedado a las mujeres el acceso al templo de Antas, tampoco era posible esta vez que Diotima acompañase a Marco Favonio en su visita. Aceptó en cambio el factor que Zósimo fuese junto con él. Aunque a diferencia del día anterior no se le veía ansioso, sí había sido enfático en la necesidad de llevar una rica ofrenda. Decía que de esta forma pasando como peregrinos no levantarían sospechas. Muy a su pesar la chica vio sentido en este razonamiento, y prometió, ya que no le quedaba otra opción, permanecer en el alojamiento, en tanto aguardaba la vuelta de los dos hombres.

Orgullo de Antas había sido desde siempre el templo de Sid. Erigido en su momento por la gente púnica en el lugar más prominente de la ciudad, albergaba en su interior el betilo, la roca sagrada. Delante de las dos entradas laterales que daban el acceso al recinto se hallaban las dos piscinas de purificación, en tanto que, a un costado de la entrada principal que daba hacia el noroeste verdeaba el bosque sagrado de los olivos. Tal era el templo de Sid, armado con su venablo, desnudo, sobre la cabeza la tiara emplumada; de pie, a veces imberbe, en otras barbado; junto al león ya cazado ya dominado: el Sid, ora cazador ora navegante como en aquellas figurillas que acababan de serles ofrecidas en el mercado donde a más de lanza y caduceo en mano, lucía un ancla a sus pies, el Sid, el hijo de Melkart, siempre el más poderoso.

Una vez adentro, Marco Favonio hizo sus abluciones, entregó su ofrenda, musitó su petición en la misma *koiné* básica y eficaz con la que se había hecho entender en el santuario de Asclepio y aguardó. Había venido para hacer algunas preguntas en nombre de una búsqueda ajena, pero realmente quería escuchar las palabras que pusieran término a la suya. Apretaba fuertemente su cayado y las preguntas se las hacía a sí mismo. "¿Qué debo esperar? He conocido al cazador, aquí está".

—Sé bienvenido, peregrino. El divino Sid Adir Baby ha aceptado tu ofrenda. Se me ha dicho que quieres hacer una consulta. Escucho —el sacerdote, al igual que el resto de sus cofrades, tenía la cabeza completamente afeitada, vestía una larga túnica de inmaculado lino blanco y andaba descalzo. Su continente era severo pero cortés.

—Mi nombre es Marco Favonio, hijo de Marco. He venido recorriendo el gran mar buscando una cura para mis ojos. Hace un tiempo oí hablar de Artemidoro de Cos, médico griego, y de su fama de sanador y asclepíada. Escuché decir también que está aquí mismo en Antas, huésped en el templo de Sardo, hijo de Melkart.

El sacerdote mantuvo su expresión hierática, tanto, que ni a los que veían le hubiera sido posible descubrir alguna reacción. Para Marco Favonio, en cambio, no fue difícil sacar conclusiones de la voz que le respondió lacónica.

—No conozco a nadie que lleve ese nombre ni tenemos peregrino alguno albergado en el templo en este momento.

Marco hizo otras preguntas referidas a las actividades cultuales del santuario y las ofrendas, con la secreta esperanza de que alguna de estas respuestas pudiese ayudarle con su mal. Preguntaba, dándose tiempo y reuniendo fuerzas para hacer las que realmente le importaban sobre el oráculo, sobre el cazador, pero no pudo. Escuchó paciente las respuestas del sacerdote y no alargó la despedida, nada más tenía que hacer en el interior del templo.

Al salir, le dijo al liberto:

—Nos ha mentido, sabe algo, lo he advertido en sus cambios de voz, al hacerle una y otra pregunta —no advirtió, sin embargo, Marco Favonio, que un servidor del templo había salido detrás de ellos.

—¿Qué te pasa? ¿Te sientes bien? —le preguntó Zósimo. Nunca lo había visto así. La expresión del factor era de profundo desánimo.

—¿Qué le pasa? —preguntó a su vez Diotima.

—No lo sé. Se puso así en el templo. Hay que dejarle —y le refirió a la chica en qué punto habían parado las averiguaciones.

—¿Qué hacemos entonces? —insistió ella.

No tuvo que esperar mucho. Marco les citó en su cubículo. Su rostro seguía siendo sombrío. Habló en voz baja, maquinalmente, creía que en el templo quizás ocultaban algo, pero no deseaba llegar al extremo de introducirse en la sacra edificación. ¿No había dicho Zósimo que desde aquí había una vista magnífica de la fachada principal, que podía verse quién entraba y quién salía? Pues de eso se trataba. Entre el escriba y la chica harían turnos de vigilancia; él sobraba para esa tarea.

—¿Qué buscamos? —preguntó Zósimo.

—Cualquier cosa que os llame la atención.

Indicación escueta pero suficiente para ambos. De modo que Zósimo se colocó en su puesto de observación, y discreto a través de su ventana vigiló las idas y venidas en la entrada del templo, pocas en verdad, en comparación con el movimiento de la calle que discurría bajo sus ojos, suerte de aliviadero del mercado que funcionaba no muy lejos de allí. Nada extraordinario halló Zósimo, sin embargo. Cambió su puesto con Diotima cuando la brisa de la media tarde comenzaba a barrer el bochorno de la jornada, más calurosa que de costumbre. Comió, descansó, y volvió a completar la larga vigilia.

Entonces, en algún momento de la tediosa espera,

cuando ya estaba por oscurecer, la misma figura que había visto en el puerto de Nora se deslizó con rapidez en el templo, por un acceso que hasta ese momento nadie había usado. Casi enseguida volvió a salir junto con otra persona que parecía corresponder a la descripción de Diotima. Entre el asombro y la parálisis el escriba solo atinó a confirmar lo que ya sabía desde Nora: el primer hombre era Angionis.

Sin tiempo para avisar, pues Diotima se había quedado dormida y Marco estaba en el otro cubículo, resolvió salir a la calle y seguirles. No le habían sacado mucha ventaja, iban a pie, con prisa, deslizándose a través del tráfico de personas que se desbordaba de varias cauponas y lupanares. Dos calles más abajo doblaron a la izquierda. Zósimo prudente en no dejarse ver recortó el paso antes de llegar a la bocacalle y se asomó. Era una vía casi desierta. Vio a ambos hombres montar en un carro, lo que le animó los pies, pero cuando estaba por emprender el seguimiento sus piernas se aflojaron y cayó, cuan largo era, sobre la calzada de piedra.

Cuando volvió en sí, todavía estaba tirado en la calle. Se incorporó con dificultad, algo mareado por el golpe en la cabeza, rodeado de paseantes que le veían con curiosidad, pero sin atreverse a echarle una mano, nadie quería líos. Le faltaba el calzado al igual que su capa. De inmediato se llevó la mano al cinto, buscando la bolsa. Al no hallarla, el corazón le dio un vuelco, pero solo fue un instante: recordó que la bolsa había quedado al cuidado de Marco mientras él hacía la guardia junto a la ventana. Haría una ofrenda a Mercurio al llegar a Carteia: su dinero se había salvado, todo estaba bien. Se llevó entonces una mano a la cabeza que le dolía mucho, y como pudo logró retornar a su alojamiento.

—¿Qué te ha ocurrido? ¿Dónde estabas? —le preguntó Diotima al recibirlo.

—Angionis —alcanzó a decir desfalleciendo.

—¿Qué? —preguntó el factor.

—Angionis... vi a Angionis entrar al templo. Salió con un hombre de edad.

—¡Mi padre!

—Montaron en un carro, pero no pude seguirles, alguien me ha golpeado...

Marco Favonio estaba asombrado. Angionis, qué hacía

allí, en Antas, y qué tenía que hacer con el viejo Artemidoro, si es que se trataba de él.

—¡Es mi padre, tiene que ser! Se ha ido otra vez —dijo la chica con agitación—. ¿Viste adónde se fueron?

El liberto meneó la cabeza. Quizás habían salido de la ciudad.

—Entonces habrán ido a Nora —dedujo Diotima.

Zósimo todavía se sentía aturdido. La chica fue a prepararle una bebida y le colocó un emplasto en el lugar de la contusión. Cuando el escriba se sintió algo repuesto, comentó:

—Si embarcan sé cuál es la nave. Cuando estuvimos en el puerto vi una de las naves de Balbo.

—¿Te refieres a Balbo, el *negotiator* de Gades? —quiso confirmar el factor.

—El mismo, que además ocupa una posición prominente en el santuario de Herakles Melkart.

De qué hablaban, preguntaba Diotima, pero ellos nada le respondían. Marco Favonio reflexionaba. Zósimo continuaba. Si Balbo tenía que ver con el templo gaditano, nada extraña sería una relación con el de Sid Addir Baby. Balbo y Angionis son púnicos —Además... el día que llegamos a Nora vi a Angionis en la proximidad de esa nave.

—Ya es tarde —dijo Marco Favonio—, pero mañana temprano iremos a Nora e indagaremos sobre esa nave, te lo prometo, Diotima. Ahora, hay que atender a Zósimo —la conmoción sufrida por el escriba, la aparición de Angionis, la posible pista del padre, el apremio de Diotima, terminaron de sacarlo de su propio marasmo. Sentía que le daba igual pensar o no en sí mismo, que había otras cosas más importantes que atender.

Al día siguiente ya era tarde: la nave de Balbo había zarpado. De Angionis y el supuesto Artemidoro tampoco había rastro.

—Iremos primero a Carteia —fue la decisión de Marco. Allí podría pensar con más cuidado qué debían hacer, ya que daba por seguro, a falta de otra indicación, que la nave iba hacia Gades. Ante la duda nada tenían que perder.

—Yo al menos —comentó feliz el escriba, ya no lo podía callar más—, sí tengo mucho que ganar tanto como perder.

Así se enteró Marco Favonio del negocio con Odacis.

Lelio aprobó con su mirada el trabajo realizado por Diotima, aunque bastante quedase por hacer en el archivo de Escipión Emiliano. Había venido hasta la villa para conocer el avance de las investigaciones, trayendo consigo un legajo de cartas que acababa de entregarle a Emilia. —Éstas son copias que mandé a hacer con un esclavo de confianza —explicó él—. La grafía es más fácil de leer.

La dueña de casa leyó la que tenía delante. *"Mi querido Lelio: Al fin puedo escribirte. El que hasta ahora haya sido imposible se ha debido en parte a la cantidad de cosas que he debido atender ahora que me hallo a las órdenes del cónsul, mi padre, y sobre todo, a que el reconocimiento de esos lugares de los que apenas tenía noticias a través de los libros, me había inundado de tantas ideas y sensaciones opuestas, que por varios días nada acertaba a escribir. Siempre imaginé el Olimpo como un gigante de granito con la cabeza cubierta de mechones canosos, y he aquí que me he encontrado con una alta colina cubierta de hayas y abetos. Ocurre que la fronda hace difícil, estando al pie de la montaña, distinguir la cumbre perpetuamente nevada, morada de los dioses, pero allí estuve, hollando su falda y viéndola con mis propios ojos.*

"Te menciono el Olimpo en primer lugar por la terrible escasez de agua que tuvimos que soportar. Ríos y manantiales estragados se veían por doquier, sin haber comenzado el verano. Bien cierto es que la sed frenó murmuraciones, pero la penuria estaba pintada en los labios de todos. A pesar de ello, no sufrimos pérdida ni de hombres ni de bestias. Gracias sean dadas a mi padre. Fue él quien veló por que el agua, turbia en principio hasta la repugnancia, alcanzara en raciones depuradas bien que mínimas hasta el último hombre. Pero aun mezclada con vinagre, algunos estómagos fueron débiles, y hubieran cundido tales molestias de no ser porque llegado al pie del monte sagrado, mi padre, advirtiendo la exuberancia de sus hayedos, supuso que bajo vegetación tan espléndida debían de correr manantiales subterráneos. La playa estaba próxima, hizo pues cavar hoyos en la arena y he aquí que tenía razón. Lo que mi padre había resuelto con ese ingenio del que tantas pruebas tenemos tú y yo, fue para los hombres decir, mientras acarreaban el agua con frenesí: a Paulo le favorecen los dioses, Paulo tiene la fortuna en la mano. Él, dando gracias a Júpiter

Olímpico, prometió un sacrificio cuando tomara la ciudad sagrada de Dion, que por estos días se halla en manos de Perseo".

Lelio sonrió. —Entonces yo estaba muy lejos de allí. Me habían destinado a la Iliria con el pretor Anicio. Allí la campaña se resolvió entre dos calendas. Luego no teníamos mucho que hacer. Para no aburrirme le escribí a todo el mundo. Una respuesta vino de Macedonia. Era de Emiliano.

"A la verdad, desde que mi padre tomó el mando, sus disposiciones de veterano general se han hecho sentir. La disciplina de la ciencia augural se ha traducido en procurar que las maniobras sean ejecutadas con orden y precisión; en exigir que las consignas sean transmitidas de boca en boca, de tribuno a primípulo, de centurión en centurión; en prohibir que los centinelas porten escudo, cuyo brillo podría ser detectado a la distancia, y no les serviría más que para, apoyados en él, descabezar un sueño. Los cuidados de un padre para con sus hijos los he reconocido en evitar que los hombres se agoten inútilmente, disponiendo que las avanzadillas sean relevadas por la mañana y al mediodía, en lugar de estar bajo el sol, sobre las armas, a caballo, toda la jornada.

"Estamos al cabo de la tercera nundinae desde que embarcamos en Brindisi, y rápida ha sido la marcha. Ver las cosas como una sucesión de imágenes fugaces es no ver nada, créeme querido Lelio, pero así como el Olimpo me ha dejado alguna sensación, de otras más puedo darte cuenta. Al poner los pies en la isla de Corcyra, pensé, por Hércules, es la primera vez que piso la Hélade, he llegado, oh, dioses; después, mirando las altas formaciones pétreas que se asoman a la costa como una blanca pared, me he hecho esta pregunta: ¿la habrá pisado Odiseo? Los agasajos de que hemos sido objeto no se comparan con el original, pero valen para esta mimesis de la Odisea que acaba de empezar. Mi padre, fiel a sus costumbres, sin apartarse de sus graves deberes como cónsul, hace de peregrino. Con él he contemplado la caída de la tarde desde el templo de Artemisa, y he asistido en tierra firme a una visita al santuario délfico, donde el cónsul hizo ofrenda solemne a la divinidad, para que ésta a través de la pitia le comunicase la inminencia de la victoria. Lo que rezaba el oráculo —ganará quien dé lo más preciado de sí—, nos ha hecho creer en la fortuna de nuestra campaña, siendo Perseo un avaro, pero en mi padre he sorprendido en lo sucesivo, cuando se cree a solas, un semblante agobiado, del que no alcanzo su significado.

"Pienso que me dejan alguna sensación aquellas cosas que antes que vivirlas las he leído, así cuando las veo, siento que ya las he visto y no las conozco por primera vez sino que las reconozco. ¿Será que la verdad está en los libros, mi querido Lelio? Así, antes de llegar al Monte Olimpo marchamos por el valle de Tempe, una cañada muy estrecha y emboscada, encerrada por altísimos barrancos tapizados de verde. Para mi padre, el cónsul, y los tribunos, este paso entre Tesalia y el sur de Macedonia es importante por ser la única ruta terrestre de aprovisionamiento con que cuenta el ejército; para mí, en cambio, es la entrada al Monte Olimpo, que en la guerra con los partos —a instancias de los tésalos— atenienses y lacedemonios defendieron antes de decidirse los últimos por otra más angosta, la de las Termópilas, a fin de impedir el paso del ejército de Jerjes. Tal cual lo leí en Herodoto. Lo cierto es que de esas Historias aún pudimos sacar un mayor provecho, como te explicaré a continuación.

"Antes tengo que contarte nuestra llegada al río Elpeus, próximo al Olimpo. En la otra ribera se hallaba acampado el ejército de Perseo. Por fin les veía. Ése era el enemigo que nos había hecho salir de Roma, pensé. El macedonio, cuyas fuerzas cifrábamos en cuarenta mil hombres sin contar los cuatro mil de caballería, había levantado fortificaciones río arriba y río abajo. Formidables muestras de poderío que, sin embargo, eran poco para el celo y ánimo esforzado que existía en el castro, gracias a las exhortaciones y el ejemplo de mi padre. Desde su llegada había dejado claro cuáles eran los deberes del soldado, cuáles los del general. Los primeros debían cuidar su cuerpo, mantener sus armas en buen estado, acopiar bastimento, y poner su confianza tanto en los dioses inmortales como en la sabiduría de su general. Éste a su vez, debía dirigir las operaciones y no permitir en modo alguno que la tropa deliberara o murmurara sobre las decisiones tomadas. El cónsul hacía formar a los hombres en semicírculo y así, en asamblea, en contio, nos hablaba. Su discurso ha sido acogido por los hombres y su autoridad es reconocida. Le han entregado su confianza y trabajan como él se los pidió. A pesar de ello, ha habido *incidentes, pero eso es algo que prefiero no comentar".*

—¿A qué incidentes se refiere? —preguntó Emilia Tercia levantando la vista.

Lelio reflexionó antes de contestar: —Marco me contó algo.

—¿Marco Porcio?

—Sí, en su momento, aunque tuvo sus consecuencias, parecía que el asunto iba a quedar así, como una memoria desagradable de aquella campaña, pero ahora que lo pienso...

—¿Qué es? Dímelo, Lelio.

—El problema fue con Galba.

—¿Servio Galba?

—Así es, si hubiera que hacer una lista de los enemigos de Emiliano, habría que empezar con Galba, fue el primero que se ganó.

El rostro de Tercia se ensombreció. —¿Qué es lo que sabes, Lelio? ¿Qué te contó Marco?

—Emiliano quiso desde el principio participar en las tareas del castro como un soldado más, de modo que cavó, ayudó a levantar el *vallum*, y supongo que armó incluso la tienda del cónsul, pero no obtuvo permiso de su padre para hacer de centinela. Paulo lo necesitaba a su lado como auxiliar. Por otra parte y a cuenta de ello, iba mi amigo de un lado a otro recorriendo el campamento con mensajes y encomiendas del cónsul. En una de esas se enteró que a Marco Porcio le había tocado en suerte hacer una ronda. Cuando uno es designado para esa tarea debe llevar al menos dos acompañantes a modo de testigos. Pues bien, Emiliano fue delante de su padre y esta vez le convenció.

—A Marco Porcio le tocó hacer una de esas vigilias, la segunda o la tercera, no sé. Llevaba de testigos a Emiliano y a otro compañero de la caballería. Como ronda, su tarea consistía en hacer el recorrido por las estaciones de guardia para verificar que los centinelas estuviesen alertas y en sus puestos. Comenzaron su ruta en la primera compañía de los *triarii*, al toque de corneta. Llevaban, como es de suponer, una relación escrita de los puestos de guardia y el número de hombres asignados.

—El recorrido transcurría sin novedades. En cada puesto el rondín recababa una pequeña tableta de madera como prueba de que la estación habría sido visitada y que los centinelas estaban cumpliendo con su guardia. Pero cuando llegaron delante de la tienda del cuestor, estación a la que estaban asignados tres hombres, Marco Porcio y sus amigos se consiguieron con una extraña situación: uno de los centinelas había tomado la tableta de madera para escribir en el reverso su testamento, el nombre de su heredero, supongo. Marco Porcio sostuvo una breve discusión con el soldado y el resto de la guardia, pero al final decidió recibir la tableta y poner por testigos de lo ocurrido a sus compañeros.

—Al amanecer, en la hora prima del siguiente día, Marco Porcio, como es su deber, lleva las tabletas delante del tribuno a cargo, que resulta ser Servio Sulpicio Galba. Pues bien, unos días antes, cuando se estaba montando el campamento a orillas del río *Elpeus*, este tribuno, según lo que me relató Marco, había recibido una fuerte amonestación, si bien en privado, de Paulo, por no haber realizado las inspecciones debidas en el *vallum*. Supongo que Galba no lo pudo tolerar. No solo se tenía en mucho por pertenecer a una familia distinguida, pesaba también en su orgullo el hecho de que su abuelo Publio Sulpicio había dirigido las dos anteriores guerras contra Macedonia, y que en ambas había vencido a Filipo, el padre de Perseo. Puede que Galba, advirtiendo la presencia de Emiliano, viera allí una oportunidad de compensar el detrimento que creía haber recibido.

—¿Qué hizo? —preguntó Emilia Tercia.

—Rechazó la tableta por presentar daño en el reverso, la cosa no se estaba reintegrando en las mismas condiciones en que fue entregada a la guardia; según él se trataba de daño a bien público con injuria, por tanto el agraviado era el ejército, pueblo romano en armas. Llamaron entonces a los centinelas, y aunque el responsable reconoció su acción, según la norma la responsabilidad recaía sobre el rondín, al haber aceptado la tableta.

—¿Por qué? No lo comprendo, si el centinela había dañado la tableta, por qué Marco Porcio iba a ser culpable.

—Mi querida Emilia, es muy sencillo. Si el centinela hubiese estado dormido, y Marco hubiese tomado la tableta, se hacía solidario de la falta. Si el centinela hubiese abandonado su puesto por un momento, y Marco hubiese aceptado la tableta, se hacía solidario de la falta. De la misma forma, al llevarse la tableta que, según Galba, había sido dañada, Marco había asumido la irregularidad como suya.

—Entonces...

—Marco opuso que aceptó la cosa porque el guardia había testado sobre la tabla aunque no se observaran todas las formalidades. Que al interrogar al centinela sobre su acción, encontró que su voluntad era cierta y que la había expresado seriamente. Que al recibir la tableta se habían comprometido a ser testigos, él, Marco y sus acompañantes, cuando a la mañana siguiente el hombre hiciera testamento formal *per aes et libram*. Por tanto, no había injuria, porque testar es un acto de derecho.

—Visto que no podían ponerse de acuerdo, y que Galba insistía en llamar a consejo para enjuiciar a Marco Porcio, llevaron el asunto ante el cónsul.

—¿Y?

—Paulo resolvió de forma diligente. Galba no podía convocar el consejo, solo estaba calificado para hacerlo si se cumplía al menos una de dos condiciones: que la tableta no hubiese sido devuelta, o que el rondín no hubiese podido demostrar que había pasado por la estación de guardia. Tu padre asimismo impuso sanciones: un día de ración de cebada o el pago equivalente para el rondín y los tres guardias por el daño a la tableta, y un día adicional a los tres centinelas por haber descuidado su tarea de vigilancia, aunque nadie abandonó el puesto ni se quedó dormido. Ordenó también el cónsul que ese mismo día, antes de la caída del sol, todo el que tuviera necesidad de testar lo hiciera con las formalidades acostumbradas, y que en lo sucesivo aquellos testamentos que se hicieran sin observar las formalidades serían válidos solo si eran hechos en la inminencia de la muerte. En fin, sus decisiones fueron justas pero ello hizo aumentar el descontento de Galba hacia su jefe. Chasqueado, se dedicó a murmurar por todo el campamento que Paulo había intervenido para que no se perjudicase a su hijo menor. Falso, porque Emiliano nada más había sido un testigo. Pero esas calumnias le molestaron mucho, me consta.

El rostro de Emilia se había revestido de gravedad mientras escuchaba el relato de Lelio.

—¿Fue por eso lo que ocurrió después con Galba?

El consular asintió. —Yo lo creo así.

La mujer suspiró y continuó leyendo.

"Otras cosas puedo decirte de mi padre. Mi situación es extraña. Estoy muy cerca de él, compartimos la misma tienda, pero no le obedezco porque sea mi padre, sino por lo que es en este momento, un imperator. Su disciplina la conozco de sobra pero no me arropa solo a mí, o a Quinto Fabio, está sobre todo el ejército. Pienso entonces que por ser quien soy, y por estar tan cerca de él, soy por alguna razón, o por alguna clase de suerte, el primero entre muchos y por tal debo dar el ejemplo. Siento ese peso. No se me escapa que mucho debo también al linaje, a la sangre, y que para los demás no soy un soldado más sino el hijo de Paulo. Hay ocasiones en que eso resulta molesto, pero por otro lado siento el orgullo de constatar en cada jornada que sus virtudes y cualidades, que he conocido desde mi puericia, y he llegado a ver como algo tan natural como la luz del sol o el agua de lluvia, resulten una maravilla para los demás.

"No siempre estamos de acuerdo, sin embargo. A pesar de las exhortaciones del imperator, hace días hubo bastantes murmuraciones y quejas entre los hombres. Ardían por pasar el río, atacar a Perseo que estaba en la otra orilla y acabar con esto, luego que una embajada de los rodios visitó el campamento para aconsejar al cónsul entrar en negociaciones de paz con el rey de Macedonia. Los tribunos solicitaron a mi padre que expulsara a esos falsos sin responderles, pero el cónsul, con maneras corteses, declaró a los rodios que tendrían una respuesta antes de las próximas calendas.

"Aunque nos hubiésemos resuelto a hacerlo, no era nada fácil cruzar el Elpeus, a pesar de que el nivel de sus aguas por estos días era más bien bajo. A las fortificaciones y máquinas arrojadizas se sumaban, oponiéndose a nuestros intentos, las riberas escarpadas, el lecho cubierto de agudos peñascos y los abismos que formaban remolinos en su centro. Mi padre, que había hecho inútilmente varios recorridos en busca de un vado, llamó a consejo, pero nada se sacó en claro de las sugerencias de los tribunos: unos proponían atacar de frente, otros insistían en buscar un paso más abajo y caerle por detrás a Perseo.

"Una vez que los despidió, mi padre nos llamó a Quinto Fabio y a mí. Quinto le preguntó: 'Padre, ¿qué piensas hacer?'.

Él sonrió e hizo llamar a dos nativos de la región que nos habían servido como guías, Coenus y Menophilos. Les hizo varias preguntas, oyó sus apreciaciones y luego los despidió.

"Mi padre nos dijo: 'en la guerra hay que pensar como un cazador. Perseo es nuestra presa. Es de admirar su poder y preparación, que a la vista tenemos. Tiene, sin embargo, dos defectos: la cicatería y el temor a combatir. El segundo es el más peligroso para nosotros. Por su costumbre de evadirse ante la más leve amenaza, ha metido a los cónsules que me precedieron en pasos difíciles de sortear, alejándoles de sus líneas de abastecimiento'. Preguntó entonces a Quinto, qué se hace cuando la presa es escurridiza. 'La acecho', contestó. Y si eso no resulta, me preguntó a mí. 'La ojeo', respondí. Eso era lo que íbamos a hacer. Íbamos a ojear a nuestra presa, se movería, abandonaría sus posiciones fortificadas en el río y le llevaríamos a terrenos más favorables para nosotros.

"Mi padre, el cónsul, decidió que Escipión Nasica y Quinto Fabio, a la cabeza de cinco mil escogidos, tres mil itálicos, y buen número de aliados, marcharían en dirección a la costa, para hacerle creer a Perseo que se embarcaban para devastar el interior de Macedonia y así amenazar su retaguardia. En lugar de ello, habiendo acampado en Heraclea frente al mar, aguardaron la caída del sol y marcharon toda la noche en dirección opuesta. Aquí vuelvo a lo que te escribí sobre Herodoto y el provecho que podemos sacar de los libros. Quien lo haya leído sabrá que en la misma guerra con los partos, y por consejo del rey de Macedonia, los griegos renunciaron a guardar el valle de Tempe, pues había otro pasaje, el que finalmente aprovechó el ejército de Jerjes para entrar en la Tesalia, el de los parrebos. Por este camino, que rodea al Olimpo, condujeron Coenus y Menophilos las fuerzas de Nasica y Quinto Fabio, para caerle por detrás a Perseo. Mi padre, entretanto, realizó algunos amagos de querer pasar el río a modo de distracción, aunque sufrió algunas bajas por obra de los proyectiles que con harta destreza nos dispararon desde los puestos fortificados.

"El objetivo en el plazo de tres días ha sido conseguido. Ahora te escribo desde nuestro nuevo campamento. Poco tiempo hemos tenido para montarlo y todavía no está terminado, llegamos al mediodía. Frente a nosotros está Perseo, quien luego de una escaramuza en el pasaje de los parrebos, salió fugitivo

163

hasta este campo muy cercano a la ciudad de Pydna. Haberle ahuyentado ha inflamado a los hombres que han clamado por entrar en combate. El cónsul, prudente, ha declinado. Los hombres venían de una marcha forzada. Esa decisión de mi padre, sin embargo, no les ha gustado; Nasica es el más descontento, ha protestado en público, en la reunión del consejo, alegando que el macedonio podía escapar nuevamente al amparo de la noche para ir a encerrarse detrás de los muros de alguna de sus ciudades y fortalezas, que aquélla sería pues, otra oportunidad perdida. Razón me parecía que no le faltaba y casi todos, tribunos y aliados, compartían este pensamiento. Invocó de momento mi padre en respuesta la sabiduría que da la edad y las muchas campañas, para discernir cuándo hace falta combatir y cuándo hace falta abstenerse. Luego yo, cuando estuvimos a solas se lo he vuelto a preguntar. 'Piensa como un cazador', me ha dicho, 'y lo comprenderás. Apartamos a la presa de su territorio, ahora huye en desorden y vacila qué camino tomar. Ahora se siente acosada, la hemos ojeado una vez y volveremos a hacerlo si es necesario, por eso duda, porque nos reconoce astutos pero también nos sabe inferiores en número. Ahora deben de estar deliberando qué hacer, el momento se acerca. Es posible que lo que va a suceder esta misma noche haga cundir aún más el desconcierto entre sus hoplitas'.

"El suceso al que se refiere mi padre es un eclipse de luna que acaecerá dentro de unas horas. Galo, tribuno de la segunda legión, estudioso de los temas siderales, explicará a los hombres el significado de este fenómeno, de tal manera que no lo vean como un mal presagio. Yo estoy bien enterado de estas consideraciones, pues el año pasado traduje, bien que defectuosamente, algunos textos de astronomía.

"Mi querido Lelio, debo ahora despedirme. No sé cuándo podré volver a escribirte pero será pronto. Como ha dicho mi padre, el momento se acerca. Consérvate bueno".

La noche siguiente después del eclipse, el momento al que Paulo se había referido pertenecía a la jornada. En la tienda del cónsul, Quinto Fabio, desde el escritorio, leía su comentario de encargo.

—Habiéndose reincorporado las fuerzas de Nasica, marchó el ejército desde la mañana para desembocar hacia el mediodía en un terreno muy llano y estrecho, ubicado más allá del valle del Tempe, viniendo desde el sur. Muy cerca, yendo hacia el norte, hay una ciudad, de nombre Pydna, santuario heraclida. El campo limita hacia el este con la playa que se ve muy próxima, y por el oeste con una serie de colinas, la mayor de las cuales, es por su elevación, el monte Olocro.

—Tenía Perseo por retaguardia la ciudad de Pydna. Disponía así de provisión segura, mas pronto hubo de girar su frente, pues Paulo entró por el oeste, cosa que no había previsto. Dispuso el cónsul a su vez levantar el castro al pie del Olocro. En medio de los ejércitos corrían dos arroyuelos.

Leía pues Quinto Fabio sus borrones, encomendada la tarea de ser él, junto a dos compañeros, el portador de las noticias de la victoria ante el pueblo y el Senado de Roma. Paulo le escuchaba con atención, pero a ratos tornaba a mirar a su otro hijo. Prevalido de su posición, el continente sereno, caminando a lo largo de una línea recta, invisible, en medio de los dos, atendía a ambos, sin descuidar a ninguno, pero el que más le preocupaba era el menor. Éste, que tomaba un baño a esa hora, había echado la cabeza hacia atrás; con los párpados cerrados maceraba paisajes caóticos mientras remojaba su cuerpo: la yugular, azul, degüello de Luna, a la segur ofrecía, la cabeza expuesta, un ojo ciclópeo sangriento. En la penumbra, unos con bocas de bronce de la vaquilla mamaban; otros, mugidos y gritos, los que iban a ser vueltos pedazos, sombras de hombres. Humo, vapores, hedor, once tañidos como Vacas del Sol, sangre sobre sangre, invocación a la luz. Entre murmurios, blancos terrores de cuartos, muslos, grasa, tendones, hasta la tercera hora, una después de veinte, la leche cortada derramábase sobre la mola y ascendía, promesa de hecatombe heraclida, eclipse perseida.

Incólume avanzaba el relato.

—El cónsul colocó a la primera y segunda legión en el centro; los aliados latinos e itálicos a la derecha, griegos a la izquierda; cuatro mil hombres de caballería en las alas, con veintidós elefantes reforzando el ala derecha. Los macedonios colocaron la falange al centro, leucáspidas y calcáspidas. A la izquierda de la falange, la Guardia, tropa selecta, en número cercano a tres mil. Peltastas de armamento ligero, junto a tracios, peonios y mercenarios cretenses guardando los dos flancos. La caballería se presentaba muy desigual en las dos alas, más numerosa en la derecha, por la presencia del llamado escuadrón sagrado y el comando de Perseo. Treinta y ocho mil hombres bajo el mando de Paulo, contra unos cuarenta y cuatro mil en el lado griego.

Al tratar de recordar, sus pensamientos eran confusos. Hundió su cabeza en la tina, pero aquella seguía retumbando: "Hecatombe, hecatombe, veintidós elefantes sonaron sus trompas llamando al combate; en estandartes e insignias, lobo, jabalí, minotauro, embestían y aullaban con miembros y voces humanas. Golpe de cascos en tierra, relinchos, mil caballos aguardaban inquietos. Hecatombe, hecatombe".

Con el empuje de quien está convencido de la bondad de su texto, Quinto Fabio prosiguió sin pausa:

—Realizados los sacrificios en las primeras horas del día, dispuso el cónsul, no queriendo combatir con el sol en el rostro, aguardar hasta la tarde. A la hora nona, dos cohortes, marrucinos y pelignos, junto a dos escuadrones de caballería samnita, comandados por el tribuno Marco Sergio Salvio, hacían aguada en el Leuco, uno de los arroyuelos, el cual por ser verano, apenas llegaba a las rodillas. Guardaban el campo otras tres cohortes más dos escuadrones de caballería bajo el mando del tribuno Cayo Cluvio. De súbito, un caballo salió a escape y llegó a la otra banda, donde fue tomado por los tracios. De las filas de los pelignos salieron tres hombres en pos del animal, y en breve mataron a un tracio y se hicieron de nuevo con el caballo. Un millar de tracios reaccionaron pasando el río.

Al sacar la cabeza, por primera vez escuchó Emiliano a su hermano. Él no había visto nada de eso. Él había escuchado las voces. Estaba sentado donde mismo estaba ahora Quinto, escribiendo. Las voces eran una gritería lejana que más decían por su estridencia que por su contenido, incomprensible. Su padre estaba allí mismo, como ahora, dictándole, y se detuvo a medio camino de una frase. Se miraron, y él sin pedir permiso ni soltar el cálamo fue a asomarse. "¡Ha empezado!", exclamó. A sus espaldas, otras voces en tropel saliendo de sus tiendas hacían lo propio. A su vera, el padre con una calma que le pareció inadecuada en aquella barahúnda, llamó a un tribuno. Él, nuevamente sin pedir permiso, ingresó a la tienda del cónsul para buscar sus armas y su yelmo. Así equipado, sin saber qué hacer, miró la pequeña refriega del río que ya daba por batalla. Volteó a los lados y halló aún más extraño que su padre se encontrase desprovisto de armadura. Hablaba ahora con varios tribunos. Aunque percibía con claridad sus palabras, no podía penetrar el sentido de sus instrucciones. Nada comprendía de lo que veía. En el río, a lo lejos, había hombres que caían, pero era muy difícil distinguir si volvían a levantarse. Oía muchos gritos y carreras, pero ninguna orden le incluía a él. Miró de nuevo a su padre. Ahora señalaba más allá del río. Entornó los ojos hacia aquella dirección pero se topó con el vuelo de una gaviota. Ésta sobrevoló las naves de la flota fondeada en la costa, al mando del pretor Octavio. Lucían como cáscaras de nueces vacías y ajenas al combate. En ese momento, al ver a su padre ya no estaba tan seguro de que la cosa, la batalla que tanto habían esperado, hubiese comenzado y se sintió irritado, porque ¿cómo podría su padre mostrarse tan tranquilo?

Quinto Fabio levantó la vista y encontró una mirada de aprobación en los ojos de Paulo.

—En tanto las dos cohortes de Salvio contenían a los tracios, Perseo desplegó con rapidez sus fuerzas en orden de batalla. El cónsul había salido de su tienda. La falange entonces arrolló a las dos cohortes y los primeros muertos cayeron a unos doscientos cincuenta pasos del castro. Para contrarrestar el avance del flanco izquierdo griego, Paulo lanzó los veintidós elefantes y la mayor parte de la caballería aliada.

El muchacho hizo un cuenco con sus manos y se echó agua en el rostro. Luego las contempló así, unidas. Le habían invitado a participar en un episodio de caza mayor, pero en lugar de una posible presa lo que se había mostrado ante sus ojos era una masa compacta erizada de puntas, cabezas y patas. ¡Un monstruo!

—Detente ahí, Quinto —dijo Paulo afable—. Hace falta que añadas, para conocimiento del Senado y el pueblo, que a la vista de la falange el cónsul se alarmó, pero que se esforzó por disimular su inquietud. Que además, para que se entienda

167

por qué arrollaron a pelignos y marrucinos, les recuerdes que tanto leucáspidas como calcáspidas venían armados con *sarissa*, y que esa formidable lanza mide dos pértigas. Que hasta la cuarta hilera la lleva cada falangita en horizontal, y el resto la yergue en ángulo, y que al marchar así por terreno llano la falange es de vista y de hecho un vallar impenetrable.

El hijo mayor del cónsul apuntó los nuevos comentarios y superando esta objeción leyó así:

—Ante el empuje de la falange, en un último esfuerzo, el tribuno Salvio arrojó el estandarte hacia el enemigo, por lo que se entabló una postrera y feroz lucha entre la falange y los pelignos para lograr su recuperación. En su ayuda vinieron las dos legiones pero hubieron de replegarse en orden.

Emiliano continuó su reflexión. La primera visión se volvió más precisa al recorrer todo el frente. A su pesar admiró el brillo de los escudos, los de plata de los leucáspidas, los de bronce de los calcáspidas, el color vivo de las túnicas de la Guardia, el relumbre de las corazas de los jinetes. Batalla, no. Cacería, no. Representación a cargo de una raza de actores sin rostro que no necesitaban las máscaras oscuras para amplificar sus voces. Aquel monstruo colérico venía pronunciando con diversos timbres y por agrupaciones de coreutas, una contumelia. Sus gritos eran espíritus hostiles que se habían adueñado del aire, bajo la forma de una andanada de lanzas escarlatas que le turbaron, hirieron y ruborizaron a un tiempo. Que obscenidades e imprecaciones fuesen dichas en la lengua que se le había enseñado a tener por sublime y superior acrecía aquella injuria. Así quedó él, creyéndose vergonzosamente único en su terror y confusión, ante un avance incontestable, pues entre romanos era de los pocos, poquísimos, que podía comprender el significado de tales palabras biliosas.

—A medida que la falange se aproximaba al Monte Olocro, el terreno irregular comenzó a dificultar la marcha, de tal forma que la continuidad del frente se perdió...

—Di que el cónsul había estado observándoles con atención, y al advertir las brechas vio en ello una oportunidad.

—Lo sé —respondió Quinto Fabio—, así mismo lo he escrito, y que luego dividió sus legiones por cohortes para que atacaran esos espacios.

—Debes aclarar que sus magníficas lanzas resultaron inútiles al atacarles por los costados y por la retaguardia, una vez se ampliaron las brechas. ¿Tienes algo más?

—Aún no termino, pero he llegado a escribir lo siguiente: Paulo encabezó el ataque de la segunda legión contra los calcáspidas, separándolos de peltastas y mercenarios. Lo propio hizo el tribuno Lucio Albino al mando de la primera legión contra los leucáspidas. La caballería dio cuenta de los mercenarios.

—Vuelve a escribir la última parte —dictaminó Paulo, fiel a su costumbre de perfección—. Puedes dejarlo para mañana, ya es tarde, es mejor que vayas a descansar.

Quinto Fabio se relajó. —Aún no sabemos qué pasó con Perseo. Algunos dicen que fue herido, otros que sencillamente huyó en el momento en que se retiró el Escuadrón Sagrado, muy al principio de la batalla.

Paulo asintió. —Más tarde escribiré a Catón. Llevarás también esa carta. Es preciso que el padre conozca las hazañas de su hijo. Marco Porcio hizo más de lo que se esperaba de él. Le diré que los dioses le han favorecido con tal hijo.

El hijo mayor sonrió. —Eso, padre, no tienes que decírmelo. Otros detalles podré añadir yo cuando visite al viejo Catón. En medio de la refriega con los mercenarios, nosotros, sus compañeros, pronto quedamos enterados de la pérdida de su espada. Haciéndonos cargo, nos exhortamos unos a otros a cargar contra los enemigos; entonces fue cuando Marco con espada ajena hizo verdaderos estragos. Felizmente, acabado el combate, halló su gladio y evitó la deshonra de regresar a casa sin sus armas.

—Todo eso lo he sabido por otros, y tú mismo te encargarás de suplir con tu testimonio personal lo que le falta a mi carta, pero ahora ve a descansar, Quinto, hijo mío —dijo. Inclinándose sobre él le besó la cabeza y confortó sus hombros—. Mañana te levantarás temprano, escribirás el relato de la batalla, y saldrás después de los sacrificios sin pérdida de tiempo, rumbo a Roma, porque es preciso que el pueblo conozca tan fausto suceso.

Emiliano había volteado con ligereza al escuchar este último diálogo entre su padre y su hermano. De la misma forma había oído en su momento de los labios del cónsul, la orden precisa que desbarató a la falange. Para el muchacho el mayor portento de la batalla había sido que una razón, ella sola, hubiera podido más que los gritos de un tumulto.

—Y tú, ¿ya te sientes mejor?

El muchacho asintió, dejó escapar un murmullo, y fijó su mirada en el fondo de la bañera. El cónsul acercó un taburete y recogió una esponja.

—¿Me vas a contar lo que ocurrió? —insistió Paulo con suavidad.

—Ya tú lo sabes —respondió hosco.

Porque, para más vergüenza, desde que había retornado al castro los comentarios habían volado de cohorte en cohorte. Se obligó, sin embargo, a levantar la cabeza y miró fugazmente a su padre. Su semblante mostraba el agotamiento de una tarde demasiado larga, pero su expresión era de beatitud; al hablar, sin embargo, podían sorprenderse en él los restos de varias horas de ansiedad.

—Te estuvimos buscando, todos lo hicimos. Allá afuera, la luz menguaba y los hombres encendieron antorchas, y te buscaron en el campo. Te llamaban: Escipión, Escipión, pero tú no aparecías.

El muchacho jugó con el agua. Era curioso, le habían buscado entre los muertos, y aun así le habían llamado.

—Porque pensábamos que yacías herido —prosiguió el cónsul como si le adivinara el pensamiento —. Cuando me estaban colocando la coraza y el yelmo, te dije, no te separes de mí, mantente a mi lado, ¿qué pasó? —ahora en su voz había un tono más duro, el muchacho abrió la boca para responder pero Paulo continuó, estrujando la esponja entre sus manos— La caballería enemiga se retiró casi sin pérdidas. Al cargar rompimos la línea de la falange, el cuerpo de la Guardia fue destruido. Entre los hoplitas hubo quienes, despavoridos, corrieron hasta la playa y se metieron en el mar, pero las naves de Cneo Octavio los ahogaron —dijo lo último con desagrado, y por unos momentos quedó en silencio. El muchacho se atrevió a mirarle con el rabillo del ojo: de nuevo el agobio que le había conocido en las últimas semanas se instaló en su rostro. —¿Cuándo te separaste de mí? —le preguntó de súbito.

—No lo sé... hubo una confusión cuando se rompió la

línea, maniobré con el caballo porque en el choque me iba cayendo. El caballo pisó algo, un cuerpo, no sé, algo, entonces ya no te vi, luego estaba yo en otro grupo, el de los itálicos, y hubo unos que dijeron que podíamos darle alcance, a la caballería fugitiva, y salieron en persecución en dirección al bosque, y yo me fui con ellos, eso fue lo que pasó.

—Y, ¿después?

—No tengo ganas de hablar.

—Me dijeron que se internaron en el bosque, en pos de la caballería rezagada. En algún momento se apartaron del camino buscando un atajo, se perdieron y cuando intentaron devolverse se encontraron con aquellos jinetes.

El muchacho farfulló y se agitó en la bañera. —Sí, bueno, sí... pero no quiero hablar de eso... estoy cansado, no quiero.

El padre asintió, tomó la esponja, la enjugó y comenzó a pasarla por el cuello y la espalda de su hijo. Notó que los músculos del muchacho estaban tensos.

—Mañana va a partir Quinto Fabio para Roma. Será él quien lleve las noticias —dijo, y enseguida notó que el cuerpo de Emiliano se relajaba. "No necesito que me diga nada, se lo he visto en los ojos".

—Ah, bien, ¿irá solo? —contestó el hijo con rastros de aprensión en su voz. "No te lo puedo decir, padre, no puedo... A uno solo fue que le vi los ojos, no sé por qué".

—No, irán con él dos compañeros. "En lugar de lamentar su hosquedad, debo agradecer a los dioses que mis dos hijos hayan vuelto del campo. Ya hablará cuando hayan pasado unos días".

—Se sorprenderán de recibir tan pronto las faustas noticias. "Nadie habló. Gritó cada quien para refrenar su caballo, luego nada. Y yo, el que creía saber más de la koiné, nada dije, nada me salía. Nada. Se me olvidó todo lo que había aprendido".

—Conviene que lo sepan cuanto antes en Roma para que envíen a los comisarios. "Y conviene que le deje tranquilo, la primera vez no es fácil y es algo que nunca se olvida". —Bien, termina tú. Llamaré a Onésimo para que te ayude —dijo el cónsul, y salió a tomar el aire fresco de la noche. Se hizo traer una silla, pidió a los centinelas no ser molestado y tomó asiento delante de su tienda. Desde allí podían percibirse los trozos de una conversación que a ratos se hacía inaudible.

—...le hundió el *pugio* así, por aquí, y la espada por acá, y el cretense cayó.

—Eran cretenses.

—Catorce mercenarios, y ellos cinco.

—Espera, cómo pudo hundirle el *pugio* por allí, sin exponerse.

—No lo sé, pero los que le vieron dicen que es muy rápido para saltar.

—A mí me dijeron otra cosa... y que entonces cubriéndose con la montura lanzó la jabalina.

Siguieron voces algunas de incredulidad, otras de burla, a cual más animada, luego en confidencia:

—Ah, pero es que fueron tres los que...

—Él solo lo hizo. Uno tras otro, sin pausa.

—¿Cuál fue el primero?

—El de la jabalina.

Más tarde, cuando volvió a la tienda, ya su hijo se encontraba sentado a la mesa, la misma que usaban a modo de escritorio. Había sido despejada, y dispuesta para una sencilla colación, pero Emiliano declinó comer al ver a Paulo.

—No tengo hambre.

El cónsul asintió. —De acuerdo, está bien si no tienes apetito, pero te he hecho preparar un bebedizo para que puedas conciliar el sueño, a eso no te vas a negar.

Emiliano tomó la copa que contenía el brebaje caliente donde privaba el sabor del vino, y lo bebió despacio.

—Bébelo todo —dijo Paulo, observándole. El baño le había sentado bien, no solo porque le había despojado del sudor, la sangre y el polvo, sino porque también le había devuelto al muchacho su aire dulce e inocente, pero su mirada, sin embargo, había cambiado, perdida en un tumulto interior. Emiliano a su vez, no podía mirarse en un espejo, pero muchas más cosas veía dentro de sí. Imágenes de choque sobre todo, a más de ideas que se aparecían como un vaivén de olas.

—Mañana dispondré todo para hacer una ofrenda. Será una hecatombe. "Pronto hará efecto el bebedizo; ya empieza a parpadear y bostezar".

172

—Como lo prometiste en la mañana —dijo, acodándose en la mesa. "¿Para qué sirve la *koiné*? A mí no me sirvió".

—Sí, hay que conseguir los animales. Enviaré hombres a Pydna para que los compren.

—Ah —dijo, y se levantó torpemente buscando el lecho, su padre le ayudó a encaminarse. "Para nada sirve la *koiné*, sino para que te insulten, y no todo está en los libros". —Nunca hablaron de la sangre —pensó en voz alta.

—¿Qué?

—Cuando Diomedes y Ulises regresaron del campo enemigo, no llevaban sangre por ningún lado. Ni una gota.

El cónsul ayudó a su hijo a quitarse la túnica.

—Los libros no lo dicen todo —dijo medio dormido—. Hecatombe, hecatombe —murmuró.

Paulo le arropó y apagó una lucerna.

"Los libros no lo dicen todo, en verdad. ¿Debo entonces confiar en mis ojos y oídos? Veo muchas cosas y no sé lo que veo. Oigo otro tanto y no sé lo que oigo. Los hechos van atropellando las horas como una cuadriga desbocada, y nada está quieto por estos días. En un momento y en un lugar, Perseo es un rey macedonio, en otro es un perro, como el otro, nuestro querido Perseo, moloso gris de dos años muerto el día que eligieron a mi padre, un día augur, al siguiente, cónsul, mañana rey acaso, al menos en el pedestal, cuando acaba de pedir que si ha de haber estatua sobre un plinto real sea la del conquistador. Mal presagio para Perseo el no colocar la suya a tiempo y haber dejado el pedestal vacío cerca del templo de Apolo. De presagios sabe mi padre, pero Perseo, ¿habrá sabido alguna vez ser rey? Vino al castro a rendirse, a pedir clemencia, pero nuestro Perseo mostró más dignidad al momento de morir. Eso de abandonar el campo nada más empezar la batalla; haber rechazado el servicio de los galos por ahorrarse unas monedas; traicionar a sus aliados; robar a los cretenses mismos, maestros del engaño; matar en fin, con su propia daga a los sirvientes, para después violar la sacralidad de Samotracia llevando la impronta de unos asesinatos. ¿Quién es el perro entonces? Que un pirata cretense le hubiese

abandonado en la playa, frustrando una última fuga, fue recibir un poco de lo que él mismo había estado prodigando desde su posición de poder. Luego, desde que le vi avanzar por la puerta pretoria del castro, vestido con ropas de duelo, cabizbajo, la mirada contrita, para, llegado frente a mi padre, el cónsul —que por cortesía había salido de su tienda a recibirle—, y ponerse de hinojos aquél que había sido rey, aquél, que había sido soberbio, me he estado preguntando una y otra vez: ¿por éste habían muerto tantos?, ¿por éste habían matado?, ¿por éste he matado? En la Fuente Castalia me he frotado bien los brazos pero la sangre no se va. ¿Adónde van las preguntas sin respuestas? Como el agua que se agita en el manantial se revuelven hacia mí y me ahogan. Si la pitia me dijera algo, si el oráculo fuera para mí, pero es mi padre quien ha de hacer la consulta. Avanzo por la cuesta délfica, y ¿qué me dice el santuario? 'Conócete a ti mismo'. Como si fuera tan fácil... si al menos Apolo me dijera quién soy."

La tarea más importante de Paulo da comienzo después de encomendar a Quinto Fabio, Lucio Léntulo y Lucio Metelo que lleven a Roma las noticias de la victoria. Hay que terminar de pacificar el reino, obteniendo seguridad de las ciudades —unas ha mandado a respetar, otras ha dejado libradas al pillaje de Cneo Octavio en su avance—, luego recibir a las embajadas, escuchar a los aliados, impartir justicia en el castro, ordenar el levantamiento de cuarteles de invierno. En tanto, recibe cartas, elabora las relaciones de la campaña, hace de anfitrión, y procura comodidades para Perseo y su desafortunada familia. Va finalizando el verano y quizás sea el momento de tomar un descanso, haciendo un recorrido por las ciudades.

"Soy Paulo, el augur. Aquí en Delfos soy el cónsul, soy el vencedor, soy un general, soy romano. También soy un padre.

"Soy el cónsul, otro día dejaré de serlo; soy el hombre que derrotó a Perseo para luego tenderle una mano; soy el vencedor de una batalla pero de otras he sido perdedor; soy un general, no pocos se resienten por mi mando; soy un romano, los griegos no me soportan. Que soy Paulo, el augur, es lo único que nadie contradice. Padre, en cambio, me llama uno que no me comprende.

"Ni yo a él. En Delfos, al salir del santuario le vi

174

enderezar sus pasos hacia el Tesoro de Tebas. Trabado por las peticiones de los délficos, las consultas de la comitiva y las decisiones tomadas sobre la marcha, tardé en alcanzarle. '¿Qué haces acá?' 'No sé', me dijo. Estaba sentado en la escalinata que daba acceso al diminuto templo, erigido por Epaminondas. '¿Sabías eso?', le pregunté. No respondió. 'Lo de Epaminondas, ¿lo sabías?' Se encogió de hombros. 'No, no sé. Solo sé que no sé nada', me respondió. Me miró con cara de fastidio, pero yo sé que sabía, que sabía eso y muchas cosas más porque era mucho lo que había leído, pero ahora que tenía las maravillas ante su vista era como si no las quisiera ver. Oh, dioses, cómo comprenderlo. Ennio me confió que un recorrido ático era una idea muy bien acogida y nutrida por mi hijo. Ahora le traigo conmigo y, no sé.

"Paciencia. Libadia promete ser mejor que Delfos."

El cónsul Paulo y su hijo menor, el joven Escipión Emiliano, recorren a solas la Vía Sacra. Quiere el padre leer y meditar junto a su hijo cada uno de los siete aforismos que componen la escala que lleva al ombligo del mundo, empezando por *"conócete a ti mismo"*. Una vez en el vestíbulo del templo, luego de sentenciar que el conquistado debe hacer lugar al conquistador, ordena levantar su propia estatua sobre una pieza de mármol que había divisado nada más entrar. A la princesa Atenea, hermana de Eumenes, rey de Pérgamo, le ha parecido muy acertado. La princesa ha venido a traer una ofrenda, y por ventura ha coincidido con el grupo romano.

"'Aprovecha el tiempo', me dijo, todavía oigo sus palabras. 'Oh, Atenea, no lo pierdas de vista, háblale y déjalo bien dispuesto hacia todos nosotros, no solo hacia nuestro hermano Atalo. El cónsul debe quedar convencido de que yo también soy su aliado, que mi marcha fue de circunstancias, que soy leal, que soy amigo. Háblale, tú sabes hacerlo. Me han informado que estará en Delfos en unos días. Ve allá, lleva una ofrenda, pide consejo a la pitia, luego solicita verle. Él no se negará, me han dicho que es razonable y bien dispuesto. En mala hora di oídos a ciertas insinuaciones, pero tú, hermana mía, serás capaz de despejar cualquier encono que los romanos alberguen hacia mí, luego que, con arte sutil desentrañes cuáles son las intenciones del Senado de Roma con respecto a Pérgamo. Atenea, te lo pido'.

"Me lo pide, o me lo manda, por algo es el rey, y yo, Atenea, su hermana, obligada por la sangre le obedezco. En verdad, ha sido necesario ir más allá de un encuentro casual en Delfos y, entre insinuar y aceptar, procurar un lugar en este corto séquito que recorre las ciudades. El romano cónsul es un hombre educado y respetuoso de los regios emblemas. Bien me habían hablado de él y no exageraban. Lo que parecía un encargo difícil se ha convertido, a la vista del Euripo, en una deliciosa compañía. Encuentro, sin embargo, que en medio de la conversación, la mirada de Paulo se distrae buscando a su hijo menor. Qué mozo más entrañable. Cuando me dirijo a él se ruboriza, pero al hablar su acento es dulce como el de los nativos de Rodas. Me ha dicho que su preceptor era de allí. Es callado, la distancia que cree deber a mi viudez y a mis años, que no son tantos, es la que al parecer le sella los labios."

En Libadia, el cónsul Paulo, siempre piadoso, visita primero el templo de Júpiter Trophomios, en tanto su hijo se asoma a la abertura del antro, por el que descienden los que van a consultar el oráculo. De Libadia sale el grupo que incluye a la princesa Atenea, rumbo a Calcis, pasando por Hercynna.

"¿Pensará mi padre igual que yo? ¿Verá las cosas como yo? No, él dirá que Aulide es Aulide. Para mí en cambio es el sitio de donde zarpó la flota de los aqueos. Para él, Atenea es la hermana del rey Eumenes, para mí es un trasunto de la divinidad: Atenea, hija de Zeus, por eso encuentro difícil hablar con ella o estar en su presencia. Su conversación es erudita y desenvuelta, pero no es como Cornelia, es mucho más, quizás porque ha vivido más. Con mi padre se entiende a las claras. Conmigo, a duras penas. Es que mi asombro ante lo que me rodea es tal que prefiero estar a solas, sin compartirlo con nadie. No es que no crea lo que está en los libros, es que lo que veo es más de lo que puedo comprender, luego si los libros pueden ser comprendidos serán menos que la realidad. Y sin embargo, esto que imagino delante de mí, la partida de la flota aquea desde esta bahía de Aulide, se despliega a las anchas dentro de mí, aunque provenga de una lectura, de lo que alguien escribió, que quizás vio, escuchó, sintió, aunque al parecer nada es como uno lo piensa ni como lo ve. Eso me agobia. Hago preguntas y busco respuestas cuya medida no se puede

abarcar. De verdad que ahora creo que no sé nada.

"Ellos en cambio sí que se entienden. En Calcis estuvieron conversando largo rato. Hice bien quedándome a contemplar el Euripo desde la orilla, y no irme junto con ellos hasta la mitad del puente; allí me hubiese convertido en el oyente hastiado de un diálogo protocolar. Luego terminaron de cruzar el puente y se fueron a visitar la isla de Eubea. Qué fastidio tener que seguirles los pasos. ¿Con quién compartir estas impresiones de Aulide? Si al menos Lelio estuviese aquí; escribir no me atrae y las palabras escritas nunca serán suficientes. Todavía no converso con un nativo."

En Oropos, Paulo le escribe a su otro hijo, Quinto Fabio. Espera que se reúna con ellos antes de que el grupo arribe a Atenas. Es necesario, sin embargo, que retornando de Roma con tan bellas noticias, pase castigando aquellas ciudades que durante la campaña no les han sido afectas. Cneo Octavio ha comenzado a hacerlo con algunas, pero la tarea es ingente y urge acabarla. En su carta, el cónsul no olvida mencionar que en Aulide ha hecho una ofrenda en el templo de Diana, y en Oropos ha apartado tiempo para visitar el santuario de Anfiarao.

"Al fin conseguí hablar con el muchacho. Aunque ésta apenas la haya podido entornar, hay nombres que abren puertas. Homero. Así le he atraído. Odiseo, así le he ganado. Ilíada, así fui informada sobre sus gustos e inclinaciones. Odisea, así le saqué de su continente, entre tímido y melancólico. Conversamos animada y largamente sobre poesía. Lamentó no haber podido leer otra cosa que no fueran fragmentos en griego y algunas traducciones al latín. No pudo conmoverme más su expresión cuando le prometí mandarle a hacer una copia de las obras homéricas, una vez retornase a Pérgamo."

Al fluir, el agua entrechoca con las piedras del lecho, burbujea y canta, con un bullicio que a ratos se sobrepone a la voz humana. Bajando por el camino que corre junto al arroyo, Emiliano escucha a Atenea.

"La princesa sabe tantísimas cosas. Me ha dicho que la biblioteca de Pérgamo es magnífica, que el sitio donde se eleva la ciudad tiene una vista imponente, que los reyes de Pérgamo aventajan a los de Rodas y Alejandría en su persecución de la

sabiduría, y por ello los más grandes sabios han sido huéspedes de honor de la ciudad, y que mi padre, mi hermano y yo, seremos recibidos de acuerdo a nuestra alta dignidad si alguna vez honramos a la ciudad con una visita. Como Odiseo en la corte de los feacios. ¡Quieran los dioses que sea pronto!"

"Si ahora mismo viniesen a la ciudad, mi hermano Eumenes tendría oportunidad de hablar directamente con Paulo, y constataría que al menos este romano no tiene nada en su contra; antes bien cree conveniente mantener las relaciones con Pérgamo tal como estaban: una alianza sin fisuras. Esperemos que el Senado opine lo mismo. El cónsul aguarda de un día para otro el arribo de la comisión y no pienso marcharme sin conocer su parecer. Curioso que el joven Escipión me haya preguntado qué es un pergamino, al parecer los romanos nada saben de nuestros adelantos."

"Es verdad que no sé nada, pero si la sabiduría no es un libro, ¿lo será una ciudad o una persona? Juzgo que no, pero ¿dónde encontrarla? Y si me topase con ella, ¿de qué me serviría? Me dicen que está en Pérgamo, pero ¿es lo mismo saber que sabiduría?"

En Atenas, el grupo casi no descansa visitando todos los sitios importantes de la ciudad del paladio. La Acrópolis, en primer lugar, con una vista maravillosa desde el interior del Partenón, donde el cónsul hace una ofrenda en honor de Atenea. Son tres semanas de paseos a los templos, pinacotecas, simposios, tertulias en la *stoa*, invitaciones al Odeón, compras, regalos y visitas.

"Hipodamo a Isócrates,

"Amigo, acá llegaron los romanos, es decir, el cónsul y su séquito; les acompaña además la princesa Atenea de Pérgamo. Los ojos son testigos más de fiar que los oídos, y a estos viajeros les he visto deambular por Atenas admirando sus bellezas; no podría ser de otra forma, porque la belleza que entra por los sentidos es la que cuenta, y dónde más podría encontrarse a gusto si no es en nuestra amada polis. Además, la belleza atrae belleza. Nunca lo he dudado y ahora menos, luego de la visión que hace dos días tuve en los baños. Tiene el cuerpo de un joven púgil, unos rizos, una piel y unos ojos verdes... solo pensar en él, solo evocarlo, es demasiado. Te digo que he visto a Hermes, y todo lo demás es vanidad.

"El caso es que es hijo del cónsul romano. Desde aquel día he tramado varias formas de acercarme hasta él, pero su padre actúa como un rey, sus órdenes son acatadas sin dilación, y férreo cerca a su hijo con ojo vigilante. No entiende en su atraso nuestros modos de amar, porque lo cierto es que lo amo. A mi Hermes le he sorprendido hablando un griego un tanto provinciano, pero su belleza y apostura disculpa todo, hasta la zafiedad de su linaje.

"Se me ha ocurrido hacerle llegar un obsequio. De momento no diviso obstáculos para alcanzar este fin. No faltarán esclavos que me allanen el camino. Aconséjame, pero recuerda que yo lo vi primero. Su belleza quema."

De Atenas pasan a Corinto. De nuevo se halla el cónsul atareado con los asuntos de la *polis*, incluyendo las peticiones de los ciudadanos de otras localidades. Escribe de nuevo a Quinto Fabio, conminándole de nuevo para que una vez concluya la expedición de castigo, venga a su lado lo más pronto posible, en dos semanas debe estar en Epidauro. Entre otras cosas, hay un asunto de familia que quiere discutir con él.

"Debo proteger a Emiliano. No permitiré que sea tocado por costumbres decadentes, por muy bien dispuesto que me encuentre hacia la Hélade. No, no lo permitiré así haya de hacer algo drástico. Ya bastante me han dicho que de nada sirve oponerse a ellos y sus usos, que si no es uno es otro, que es su manera de ser, que lo hacen todos. Por eso están como están. Allá ellos, yo defiendo a mi hijo. Emiliano... oh, dioses, cubridlo, vive en sus cavilaciones y aún no se ha dado cuenta de estas perversiones. Él por sí solo me preocupa. Le doy licencia para que visite Mantinea, y no sé si habré hecho bien, pues se ha desvanecido al recorrer el campo... Por fortuna no iba a caballo. Quienes le acompañaban me han dicho que estaban recordando en ese momento la última hazaña de Epaminondas, y pasaban por el sitio donde, según la tradición, cayó el héroe atravesado por los dardos. Debió haber sido el sol de mediodía. Siempre le digo que se cuide pero no me hace caso."

Emiliano le escribe a Afer desde Megalópolis, pero nada cuenta de Mantinea y sí en cambio se expresa con entusiasmo de Epidauro. ¡Qué soberbios teatros tienen estos griegos! En honor a su padre los habitantes de la polis han representado varias obras de Aristófanes. Ha tenido el privilegio de asistir a los ensayos, pero más le habría gustado pararse en el proscenio, declamar y probar como histrión, sí, como histrión, esa famosa acústica que tanto se pregona de Epidauro, pero no se ha atrevido. Ha temido desatar las iras de su padre.

De Megalópolis no cuenta mucho. Apenas han llegado. Repite lo que decía todo el mundo: que sus muros son admirables. De tanto visitar ciudades griegas el sitio le parece familiar sin conocerlo. El teatro en primer lugar, que rivaliza con el de Epidauro. Es lo único que ha visitado por su cuenta, llevado por el afán de conocer los ocultos mecanismos de su escenario móvil. Entretanto, su padre ha sido honrado con una invitación para hablar ante el *Thersilion*. No hay que aguardar hasta ese momento para saber cómo resultará; siempre que habla deja a todo el mundo a sus pies.

Casi olvida mencionarlo, alguien le ha hecho un obsequio.

"Hipodamo a Isócrates,

"Llegando a Olimpia para adelantarme al cónsul, supe lo que le pasó a uno de mis rivales. Paulo hizo que lo sacaran de Megalópolis, y amenazó con ponerlo en prisión si volvía a verlo merodeando al séquito o se enteraba de que le hacía llegar otro regalo a su hijo. Advirtió a los esclavos que marcaría con fuego a todo aquél sobre el que pesara la más leve sospecha de estarse prestando para unas relaciones, según él, corrompidas. ¡Qué hombre más primitivo! Ya buscaré otros caminos. Esto ha resultado un desafío."

Nada en exceso, suele repetir Paulo a sus hijos, pero al llegar a la ciudad, él mismo ha roto esa norma. Recorre emocionado todos sus monumentos como si estuviera en casa. Reflexiona sin pausa en torno a las obras de Fidias y Mirón, con tal criterio que deja admirados a los condescendientes anfitriones. Ante el templo de Zeus Olímpico, admira el frontón con los doce trabajos de Hércules y los exvotos dejados en honor de la divinidad. Delante de la imagen de Jove esculpida por Fidias hace preparar un sacrificio magnífico. Estar allí ha sobrepasado todas sus expectativas, y su *pietas* ha sobrecogido de tal manera a los asistentes, que más de uno ha creído en un momento que iría a desvanecerse de la emoción.

A Lelio,

"Te preguntarás qué pienso de los griegos a estas alturas del viaje. Te respondo que no lo sé, aún. Me parece que han sido corteses con nosotros por obligación y pródigos en la lisonja con afectación. Diré más, y dirás que son elucubraciones mías, pero he sentido como si en el fondo se estuviesen burlando de nosotros. No quiero darte detalles, y tampoco me he atrevido a compartir esta inquietud con mi padre. Creo que la culpa la tiene Catón; me metió sus ideas y ahora no puedo alejarlas de mi mente: que para ellos somos poco más que bárbaros. A pesar de todo, la hemos pasado bien y esta parte del viaje ha concluido, mañana nos embarcaremos para Anfípolis.

"La princesa Atenea se ha despedido ayer. Me ha regalado un extraño y hermoso pliego para escribir en él, por ambas caras, y lo mejor es que puedes rasparlo y lavarlo para volver a utilizarlo. Es una piel de cordero raspada y curtida a la que llaman pergamino. Parece que el rey Eumenes, hermano de la princesa, está detrás de esta invención; cuando nos volvamos a ver en Roma te la voy a mostrar, por ahora no me atrevo a escribir en ella. Como es de suponer, mi padre ha recibido una cantidad mucho mayor de folios, que ya ha destinado para la correspondencia oficial.

"Antes de eso hubo un banquete en Scillonte, cerca de Olimpia, en un predio que, según afirman los lugareños, perteneció a Jenofonte. Dicen que la cacería es magnífica en esta zona porque así lo procuró siempre su antiguo propietario, y es una lástima que no podamos constatarlo ni Quinto Fabio, ni mi padre ni yo, aunque hayamos disfrutado de este symposion, que es tradición en el predio desde que el escritor de la Ciropedia, dedicó el lugar a la diosa Artemisa. Cada año hay pues, un banquete en su honor, y por tal motivo se abren las puertas a hombres y mujeres por igual, sin importar su rango. Tal parece que los dioses son más fraternos que los hombres, y los sabios entre estos últimos son los que más se parecen a los primeros. Consérvate bueno."

En cuanto llegó a Anfípolis, Paulo convocó a Sulpicio Galo —al mando de las tropas en ausencia del cónsul—, y le espetó una reprimenda que no dejaba resquicio a las excusas.

¿Cómo era posible, oh, dioses, que hubiese permitido al prisionero deambular libremente por los alrededores de la ciudad, sin otra escolta que sus propios servidores, y con el consiguiente peligro de fuga? Peor aún le parecía a Paulo la lenidad de Sulpicio al permitir que los hombres de la legión despojaran de sus tejas a las casas de la ciudad, para así poder techar sin mayor gasto ni esfuerzo sus propios cuarteles de invierno. Con la diligencia que le caracterizaba, el augur relevó a Sulpicio, obligó al macedonio a permanecer dentro de los límites de Anfípolis, y ordenó resarcir a los agraviados en su techumbre.

Habiendo hecho a un lado la distensión mostrada en su recorrido por el Ática y la Beocia, el continente de Paulo ganó todavía más severidad al recibir las últimas correspondencias procedentes de Roma. Al leer y meditar su contenido, tomó una decisión y llamó a su segundo hijo.

—Nos vamos a Pella.

La primera vez que los romanos sentaron sus reales frente a la capital del reino en los días posteriores a la batalla, siempre en persecución del macedonio, el sitio apenas duró unos días: al no hallarse el rey en palacio poco sentido tenía gastar tiempo, hombres y materiales en la ingrata tarea que suponía cruzar el pantanal formado por los lagos que, como baluarte natural, entornaban la urbe construida en la loma. La ciudadela, en particular, emergía de la ciénaga más próxima como un coloso dormido sobre el dique, que tanto mantenía a raya la humedad como servía de sostén a las murallas. Un único y estrecho puente, bien defendido, comunicaba el complejo real con la polis.

El palacio a su vez hacía de bisagra entre la acrópolis y la ciudad. Junto a él se extendía la llanura por la que discurría el río Axio. Atravesando la única y amplia abertura de las paredes exteriores se ganaba acceso al gran patio porticado sobre el que se alzaban los lienzos murarios. El piso del patio estaba revestido de alfombras de guijarros coloreados, que ofrecían representaciones de las grandes gestas alejandrinas en el arte de la cinegética.

Por el camino que le llevaba a Pella, ya tenía por sabido el muchacho que se quedaría allí, en el palacio real, con el peculiar encargo de vaciar la biblioteca de Perseo, catalogar los

182

rollos, y embalarlos para su traslado a Roma. Paulo, aunque opuesto en principio a la idea de tomar para sí alguna cosa del botín de guerra, había concedido permiso a sus dos hijos mayores para que tomaran posesión de los libros. Con tan poderoso reclamo, el muchacho no se paró a averiguar el por qué su padre quería alejarlo de Anfípolis. En realidad, ni siquiera pasó por su cabeza aquella pregunta: tanto fue su deleite al conocer que el cónsul le daba también licencia para ir de cacería al coto real cuantas veces quisiera.

Paulo permaneció en Pella dos jornadas, recorriendo con Emiliano los nuevos dominios, recibiendo informes de los servidores palatinos, instruyéndoles a su vez, y dejando a Nicias y Onésimo al servicio de Emiliano, junto con una escolta de legionarios escogidos, todos veteranos de las campañas macedónicas, al mando del robusto centurión Flavio Calpurnio, hombre de labios delgados y mirada de lechuza. Entre los legionarios se encontraban Amulio Pontidio —alto y hierático como una vara de fresno—; un todavía joven Lucio Venuleyo —ruidoso y burlón, cuyos brazos cubiertos de cicatrices hablaban más que su boca—; Decio Metilio *Minimus* —el más pequeño y delgado de los *equites*—; y Apio Trebonio —hombre de campo, sencillo y afable—, fortuitos compañeros de Emiliano en la persecución que siguió a la batalla de Pydna, y en las próximas jornadas los miembros de su círculo más cercano, siendo que su camaradería había nacido en el peligro pero bien podía y merecía prosperar en el ocio. Amaneciendo la tercera jornada, el cónsul se despidió, y el muchacho quedó solo, por primera vez dueño de su vida y de un palacio.

Pero era un palacio sin rey, sin cortesanos, y sin audiencias, donde el hormigueo de la menguada servidumbre que se había entregado a la tarea de vaciarlo de su rico menaje, brindaba el último esplendor de aquellos afamados antigónidas que, como una lluvia de estrellas, habían tachonado el siglo precedente de empresas y conquistas, de las cuales no pocas de las piezas que iban siendo embaladas en la paja fresca eran testigos, productos de despojos a antiguos enemigos y vasallos, y que ahora, como saldo de la ley de Némesis, el palacio iba poniendo en las manos de los nuevos conquistadores.

A medida que se vaciaban las estancias, el trajín iba

apagando los fulgores de antaño, y solo quedaba el rescoldo en las paredes monumentales con su colorido oriental. En ellas, que le devolvían el eco de su respiración y de sus pasos, halló Emiliano la medida de su actual circunstancia. Frente al ruido insolente de sus compañeros de armas, la rigidez silenciosa de los servidores y los murmurios de los esclavos, encontró que su nueva posición era tan sutilmente ajena como superior a todos ellos. Sin importar la familiaridad con Flavio y los compañeros —Lucio, Amulio, Apio y Decio—, la condescendencia que mostrase hacia el resto de los hombres, ni su propia disposición a involucrarse en las tareas más pesadas de la mudanza, él era otro para los demás, y sin embargo, él mismo no era él mismo. Comprendió rápidamente que no era a él a quien veían: no temían a Emiliano, no le servían a él, sino a Paulo; y que los condescendientes eran ellos y no él, un muchacho al que conocían muy poco, más allá de ser el hijo del cónsul, el hijo de Paulo.

Intentó compensar la idea de sentirse solitario en medio de aquella multitud de hombres y mujeres con salidas al coto del rey Perseo. En los últimos cuatro años el macedonio no había tenido la disposición, ni la tranquilidad, ni el tiempo para persecuciones venatorias. Entretanto, según afirmaban los servidores, el sitio se había venido enriqueciendo con un bestiario traído de todas las partes del mundo conocido, inverosímil en su enumeración exhaustiva por su exotismo, amplitud y diversidad: osos, leopardos, panteras, jabalíes, ciervos, tigres, antílopes, chacales, gamuzas, corzos, linces, faisanes, además de un león blanco que en realidad, al igual que muchas de las especies que habían nombrado, nadie había visto. Por otra parte, el coto era un paraíso a la medida para el cazador experimentado, ya fuese a pie o montado, con arroyos, barrancos, pasajes de miedo y trochas para la caballería. Día después de la marcha de Paulo, Emiliano había salido junto con los compañeros de su incipiente círculo en persecución de alguna pieza de caza mayor. La jornada le brindó al fin la ocasión de matar a un corzo con un certero golpe de jabalina, después de seguirle a galope y acosarle con los perros, pero la satisfacción que había imaginado en otros tiempos se diluyó al pensar en las muertes que había prodigado en batalla. Por primera vez, sin embargo, salió al encuentro de tales interrogantes sobre la falta de coherencia entre lecturas, obras y expectativas como si fueran entrañables amigas que no veía desde hacía semanas, y a las cuales había estado echando de menos.

Tampoco la biblioteca parecía colmarle, aunque sobre ella hubiese escrito a su madre en el éxtasis de la primera revista. Los libros no lo dicen todo, se repitió a sí mismo, con la autoridad de un peripatético que con los días, al cruzar el enorme patio porticado, yendo de una a otra ala del palacio macedonio, observado por los sirvientes, y escoltado por Nicias, Onésimo y dos soldados que solo servían para añadir embarazo a sus deseos de andar libre por el recinto, había dado en pensar que aquel amplio espacio era como el divisor de dos mundos muy distintos en su finalidad, pero muy parecidos en lo que a forma se refiere. Al orden de los rollos en sus estanterías, se juntaba el orden de los árboles en los jardines reales, en tanto que a ambos se oponía el caos de la selva sumado al caos del saqueo palatino, y él en medio, entre el caos y el orden, sin dejarse atraer totalmente por uno u otro, pues ninguno, más allá de algún hallazgo intelectual o alguna fuerte impresión, le daba las respuestas que buscaba.

Una mañana, recibiendo informes en la biblioteca, le fue anunciada la visita de un extraño que arribaba trayendo, al cabo de mucho tiempo y esfuerzo, un encargo para el antiguo rey. Emiliano ordenó que le hiciesen pasar a su presencia, pero al punto cambió de opinión. Se le ocurrió que siendo desconocidos para él los protocolos que dictaba la tradición de la extinta corte perseida, debía echar mano de otros más familiares: nestóridas, espartiatas, feacios. Pidió entonces a los sirvientes que organizaran una comida para once invitados donde no faltaran la jofaina de plata, las copas de oro, las cráteras, y la carne en abundancia... En cuanto al bello regalo que debía ofrecer a su huésped, razonó que si bien el contenido del palacio era ahora propiedad de Roma, la biblioteca estaba bajo su arbitrio.

Dispuestas así las cosas por el muchacho y contra la opinión del centurión Flavio Calpurnio, hubo que esperar al aguamanos, las libaciones y las primicias, además de una procesión de platos tan abundantes en carnes como en sazones, fragancias y texturas extrañas a los sentidos latinos, antes de conocer cabalmente la identidad del huésped y el contenido de su menuda carga. Su porte era distinguido, y de hecho lo era, según la exposición que de su linaje había hecho, perteneciente a las mejores familias del Ática. Según sus palabras se llamaba Hipodamo. Se dedicaba al comercio de libros y viajaba de continuo por todo el mundo conocido buscando novedades. Afirmaba ser el mejor en su ramo, y que su fama había llegado a oídos del rey Perseo, quien, como ya habrían podido apreciar, poseía una amplia biblioteca aquí en Pella. ¿Había visto la de Pérgamo? Sí, también había tenido el privilegio de conocerla. ¿Más grande que ésta? Mucho más, respondió el viajero de claras pupilas y una sempiterna media sonrisa, femenina, que le recordó al muchacho el aspecto de las estatuas arcaicas de *koúroi* que había visto en Atenas. Declaró además que regresaba de un largo viaje por los reinos de Bactria y Sogdiana, adonde había ido a buscar textos raros para enriquecer la biblioteca del rey. Su ausencia había durado casi cuatro años, invertidos tanto en sortear las dificultades inherentes al trayecto por mar y tierra, como en procurar la traducción y copia de los libros. Hacía dos semanas, al recalar en Creta, se había enterado de lo sucedido con Perseo. Apuró entonces el retorno, pensando en entenderse con los nuevos ocupantes, y tratar con ellos el pago de sus servicios. Traía una relación de gastos muy completa.

La audiencia estaba dividida en torno a la idea de tomar por verdadera la presentación del forastero. En un bando estaba el grupo de los compañeros, de entrada muy pagados de sí mismos con el derecho que les daba su calidad de vencedores, de poder partir el pan en la mesa del rey. Desde el comienzo de la cena habían dedicado a Hipodamo variadas expresiones de animosidad que intentaban disfrazar de un frío escepticismo, sin sentirse capaz ninguno de ellos de poner en evidencia al huésped como hubiera sido su deseo porque ninguno era diestro en las armas del lenguaje: lo que sabían de *koiné* lo habían aprendido en el transcurso de las batallas, y solo servía para intercambiar insultos y visitar las casas de las *pornai*. En el otro bando, estaban los macedonios, viejos y solemnes: Aristómenes, Epiménides, Agatón y Lisímaco, los cuatro encargados de la biblioteca, encabezados por el último, que, en tiempos de la corte perseida, había ejercido en principio sus talentos en el ámbito de la *paideia* para servicio de los pequeños vástagos del rey. Los votos de los cuatro iban a Hipodamo, en tanto que su desprecio, arropado por un despliegue de maneras ampulosas, estaba dirigido íntegramente a los alegres y desenfadados patanes que tenían enfrente.

—Bactria... Sogdiana ¿Es tierra de indos? —preguntó el muchacho, ajeno a la silenciosa contienda, llevado por una curiosidad despojada de toda sospecha y acicateada por el exotismo de los topónimos.

—Noble Escipión, es para mí un honor responder ésta y todas las preguntas que quieras hacer sobre mi viaje. El reino de Bactria y Sogdiana es ruta de paso entre el reino de Partia y la tierra de los indos. Es además destino seguro, pues el rey Eucrátides es magnesio de origen, y por tal razón, los viajeros que vienen de la Hélade son tratados como amigos. Desde su asunción al poder, hace tres años, ha logrado extender sus fronteras por el norte, hasta Sogdiana y Ferghana, y por el sureste ha consolidado los límites en el río Jhelum, que pertenece al Punyab indio. Bien es verdad que esta conquista fue iniciada hace algunos años por el rey Demetrio, a cuyo hermano y sucesor Antímaco, Eucrátides asesinó y despojó del trono. No pudo apropiarse, sin embargo, de todo lo conquistado en la India, pues otro hermano de Demetrio, Apolodoto, retiene hoy por hoy la mayor parte de esos territorios, entre Paropamisadae, Aracosia, Gandhara, y el Punyab. Bactria por sí solo es país muy fértil, siendo los negocios su mayor florecimiento, pues sus habitantes mantienen unas muy fluidas relaciones comerciales tanto con el lejano país de los seres como con el vecino Punyab, ricos ambos en toda clase de mercaderías.

—He oído que las tribus del norte son gente bárbara y belicosa. ¿Representan una amenaza para esos reinos? —quiso saber Flavio Calpurnio, con un fuerte acento osco que arrancó sutiles muecas de desdén a los viejos bibliotecarios. Hipodamo, en cambio, no acusó en su rostro los bárbaros sonidos.

—No, digno Flavio. Al menos mientras estuve en Bactria no tuve noticias directas de sus correrías, aunque la amenaza es cierta, pues es fama que los tocarios y los sacaraucas, que tales son los nombres de estas dos tribus de bárbaros, son grandes jinetes y arqueros, aún mejores que los partos, al decir de quienes les han combatido. Goza de paz la frontera boreal del reino amparada por las guarniciones que el rey Eucrátides ha desplegado a lo largo del río Iaxartes, en Sogdiana. Por lo que hace a la frontera que mira hacia el poniente, las antiguas satrapías bactrianas de Tapuria y Traxiane marcan el comienzo de un desierto que se extiende a los dominios del rey parto Fraates, quien ha desplegado un número de guarniciones suficiente para contener cualquier ataque intempestivo. Eso sí lo he visto con mis propios ojos porque en mi viaje de ida pasé por esas tierras.

—Cuéntanos tu viaje. ¿Fue peligroso?

—Con gusto, noble Escipión. Embarqué en El Pireo en primavera que es el mejor tiempo para cruzar el mar interior; una breve singladura me trajo a Antioquía, en Siria, y desde allí todo fue por tierra: me uní a una caravana de mercaderes que cruzó el desierto antes de internarse en el reino de los partos. Peligros, muy al comienzo. El rey Antíoco de Siria había empeñado buena parte de su ejército en la conquista de Egipto, pero no ocultaba su ojeriza hacia los habitantes de Judea, así que más de una vez la caravana, compuesta en su mayor parte por sirofenicios, tuvo que soportar las exacciones de las tropas seléucidas que no sabían o no querían distinguirlos de la gente de Palestina, a pesar de que hablaban la *koiné* mejor que los soldados, mercenarios gálatas la mayoría. También hubo asaltantes en el camino del desierto, pero de esos supimos librarnos con arte, aunque en alguna oportunidad los mercaderes debieron negociar con ellos una protección.

—¿Confiaron en unos bandidos? No lo creo —exclamó Lucio Venuleyo antes de vaciar su copa.

—No negociaron con desconocidos —replicó Hipodamo—. Al parecer entre mercaderes y salteadores existía, por así decirlo, una relación de vieja data.

Lucio largó una risotada. —¡Los perros se conocen entre sí!

Todos, griego, macedonios y romanos, asintieron y rieron de buena gana por la ocurrencia. A partir de ese momento, la atmósfera se distendió e Hipodamo prosiguió, escuchado ahora con genuino interés, el relato de su pasaje hasta llegar a Bactria.

—¿Cómo son las ciudades de ese reino? ¿Cómo se llaman?

—La capital del reino es Alejandría en el Oxus, luego está Bactra, llamada también Zariaspa por el nombre del río que la cruza; Darapsa, y finalmente Eucratidia, todas en Bactria. En Ferghana está la famosa Alejandría Escate. En cuanto a la capital del reino, Alejandría del Oxus es, de todas las ciudades bactrianas, la más hermosa. Al contemplarla, cualquier viajero diría que no ha salido de la Hélade —declaró Hipodamo y a continuación hizo una variopinta descripción de la ciudad que resultó fascinante para todos los asistentes—. Tiene acrópolis, ágora, un teatro donde se representan las últimas obras estrenadas en el Ática, además de un gimnasio presidido por una imponente estatua de Hermes y un templo dedicado a Hércules, patrono de la ciudad. El palacio tiene muy poco que envidiarle al que nos acoge en este momento, me atrevo a decir que es tanto más imponente como lujoso: la entrada está compuesta por una columnata en cuadro de más de cien columnas, que da acceso a un complejo de ricos edificios alrededor del patio interno bordeado por otra columnata. Su interior contiene los más delicados y lujosos artículos venidos de la India y el país de los seres.

—¿Quiénes son esos tales *seres* que tanto nombras? —preguntó Apio Trebonio.

—Son los habitantes de un país que está más allá de los montes Emodio, siendo éstos mucho más altos que el Olimpo. Los seres se caracterizan por ser hábiles y muy finos artesanos en cerámica, textiles y metales. Prueba de lo último es que han dominado el arte de producir cobre blanco.

—¿Cobre blanco? ¿Cómo es eso?

—No sé cómo lo hacen pero tengo monedas acuñadas con ese metal.

—Quisiera verlas —dijo Emiliano.

—Con todo gusto, noble Escipión. Si podéis esperar, os las mostraré mañana —de esta forma con tal declaración, comenzó un desfile de noticias curiosas que daban atractivo al relato de su estadía en Oriente, donde no ahorró detalle alguno, acicateado por las preguntas de una audiencia que llegó con la imaginación al valle del Indo y se asomó al Ganges como si fuesen compañeros, no de Escipión, sino del gran Alejandro. ¿Cómo eran los hombres que vivían en esos extremos? ¿Era cierto que tenían filósofos que andaban desnudos? ¿Los había visto? No solo los había visto sino que además había compartido con ellos y ganado su confianza a tal punto que le habían permitido poner por escrito sus enseñanzas. Había tenido asimismo acceso a sus antiguos escritos y le habían concedido la gracia de traducirlos. ¿Sabía su lengua? Había aprendido solo lo necesario para hablar directamente con esos maestros, aunque en el Punyab aparte de los griegos, había muchos que hablaban la *koiné*.

Emiliano contempló a Hipodamo mientras cautivaba a la audiencia con sus palabras. Al hablar parecía haberse traído pedazos del mundo que había recorrido, de las gentes que había conocido, de las experiencias que había vivido, y estos se habían integrado a su persona de tal manera, que verlo y oírlo era tocar a esas gentes, sentir esas experiencias, aunque esas gentes y esas experiencias continuasen siendo brumosas e inefables para quienes no habían ido hasta allí, una vez que terminara el convite. Y, sin embargo, ahora que había hablado, en torno a él había un halo que lo hacía distinto. A ojos de Emiliano, al menos, aquel hombre no era un griego más, no era un hablador más: era un auténtico viajero, el primero que conocía en persona. El muchacho concluyó que vivencia y discurso se habían ligado en Hipodamo de tal manera que una cosa no era mejor que la otra, porque cada palabra había sido vivida. Ahora tenía la certeza de que los libros no lo decían todo.

Hipodamo demostró al día siguiente que sus atractivos iban más allá de sus palabras y del simposio: era también hombre de palestra. Bastó una mañana en el gimnasio para demostrarlo ante Emiliano y los compañeros. En las carreras, Decio Metilio, el más rápido y menudo de su cohorte, salió en cabeza apenas se dio la largada y retuvo con comodidad la posición por buena parte del recorrido, pero el griego, con zancadas elegantes y veloces, cual si volara, cargó por fuera, dejó atrás al resto de los atletas y antes de llegar a la meta levantó el polvo delante del veloz Decio. En el salto sobrepasó en dos de tres intentos a Amulio Pontidio que se tenía por el mejor saltador del Campo de Marte. En el lanzamiento de disco, las dos primeras rondas las ganó la fuerte diestra de Apio Trebonio, pero en la tercera el disco lanzado por Hipodamo silbó estridente en el aire y alcanzó una distancia que ya no pudo ser igualada. Los itálicos, sin embargo, no finalizaron la jornada sin desquitarse: en el lanzamiento de jabalina, un Lucio Venuleyo, retador y exultante como de costumbre, obtuvo la mejor marca en los tres intentos. Tampoco el pugilismo se le daba mal al griego, cuando accedió a combatir en desventaja con Flavio Calpurnio, quien se preciaba de tener piedras por puños. Ante el romano bailó, sin doblar la rodilla, soportando el castigo de los golpes que venían envueltos en tiras de cuero, y que devolvía rápido de manos, frente a la respiración afanosa de Flavio Calpurnio. Ahogados por los gritos y silbidos de los compañeros, los hombres pujaron y gruñeron por sobre el ruido sordo de la carne machacada hasta que el combate fue declarado tablas. Más tarde, por boca de Onésimo, que había sorprendido una conversación de Lisímaco en la biblioteca, conocerían los romanos que su contendor había sido un olímpico, dos veces ganador de la corona de olivo en las carreras y tres en el lanzamiento de jabalina, lo que encareció aún más el esfuerzo y los logros de los itálicos. Entretanto, al finalizar las competiciones, los hombres, cansados y alegres pasaron a los baños, después de quitarse a conciencia y a punta de estrígilo la fina costra de polvo y aceite de sus cuerpos cubiertos en sudor. Emiliano, que había participado en todos los juegos sin destacarse en ninguno más que por su juvenil entusiasmo, celebraba la jornada, intercambiando chanzas con Lucio Venuleyo. Mientras todos se bañaban, hubo quien, con discreción, no perdió de vista a su Hermes...

Ya no se podían posponer los negocios que habían traído al viajero hasta Pella. Por la tarde, Emiliano preguntó al griego cuánto pedía por aquellos libros, luego de haberlos examinado y descubrir en ellos un contenido que prometía el conocimiento de extrañas filosofías. Se trataba de una cantidad apreciable y como su cancelación no era cosa sobre la pudiera decidir el muchacho, por mucha autoridad de que gozara en el palacio, se imponía dirigir al tratante a la presencia de Paulo. Emiliano volvió a leer en voz alta algunos pasajes y luego levantó la vista.

191

—¿Son éstas las enseñanzas de los gimnosofistas? —preguntó con la genuina curiosidad de quien tiene el hambre de lo novedoso.

—De algunos.

—Háblame de ellos.

—Diría que los hay de dos clases: sarmana y brahmana. Los primeros se hallan al norte del Indo, los segundos al sur. Los sarmana están dispuestos a compartir su sabiduría con cualquier extranjero que quiera aprenderla, mas no es el caso de los brahmana que son más celosos del significado de sus Vedas, que así es como llaman a los textos de su doctrina. En opinión de los brahmana, nadie fuera de ellos puede ser capaz de entenderla. El país del Indo se divide en clases rígidamente separadas, y en esa sociedad los brahmana pertenecen a la cúspide.

—Entonces no hay alguna manera de entrar en sus misterios.

—No, no parece haberla. Solo el que nace brahmana está en el secreto.

—Entonces, tu trato se habrá reducido a los sarmanas.

—Así es —respondió Hipodamo—. Conté con la feliz circunstancia de que hay helenos que se han convertido al *dharma*, la doctrina del Buda, el iluminado, y pertenecen a la comunidad, la *sangha*; por todo esto, son sarmanas de pleno derecho.

—¿En qué dioses creen los sarmanas?

—Para ellos los dioses, como los conocemos, no existen.

—¿En qué creen, entonces?

—En el camino que lleva a la liberación.

—La liberación... ¿de qué?

—Del sufrimiento.

Emiliano repitió las últimas palabras y quiso saber más, pero el viajero eludió la pregunta y hábilmente desvió la conversación hacia otras consideraciones relativas a la biblioteca. Se hallaban en una exedra revestida de mármol desde la que, por un lado, se gozaba de una vista panorámica de la palestra, y por el otro, se tenía acceso a dos salas cuyo techo estaba a más de dos pérticas de altura, comunicadas por portones de enormes jambas y anillas de bronce. Una sala albergaba la biblioteca, la segunda el archivo. Mientras en este último predominaban los armarios y cofres cerrados bajo llave, las paredes de aquélla, a izquierda y derecha, estaban cubiertas por estanterías de cedro, divididas a su vez en casilleros en forma de rombo donde se hallaban los gruesos rollos de la colección real. No había escapado a Hipodamo la intensa actividad que se estaba desarrollando en la biblioteca.

—Noble Escipión. Quizás el cónsul Paulo esté demasiado ocupado como para atender mi reclamo. Si me lo permites, te ofrezco mi ayuda para concluir con éxito el catálogo de libros que estás construyendo.

Los ojos del muchacho brillaron con alegría.

—¿En verdad lo harías? Pensé que tenías prisa por concluir tu negocio y recibir tu pago.

—La tenía por arribar hasta acá, pero teniendo ahora la seguridad de que seré atendido en su momento, bien puedo detenerme aquí.

—Entonces no se hable más. En unos días, espero noticias de mi hermano mayor, Quinto Fabio, quien ya se habrá puesto en camino para reunirse conmigo aquí en el palacio. Tal vez él pueda darte una mejor respuesta.

—Sin desmedro de tu hermano, encuentro que tu palabra me basta.

El muchacho sonrió complacido, aún más cuando el viajero lo invitó a que leyera y revisara a su antojo los libros que había traído.

Así pasaron varias semanas, compartiendo los días entre el gimnasio, la biblioteca y el coto, sitio éste donde Hipodamo demostró ser un conocedor de las artes venatorias. Cuando salían de cacería su jabalina era de ordinario la más certera y no había quien le ganara en el seguimiento de los corzos.

Una de esas jornadas fue especialmente memorable.

Habían decidido que buscarían el rastro de una pieza de caza mayor: un oso, una pantera o el león blanco del que todo el mundo hablaba y nadie había visto en los últimos tiempos. La partida estaba formada por los compañeros, además de Emiliano, Nicias, Onésimo e Hipodamo, junto a los servidores del coto, quienes actuarían como rastreadores por su mejor conocimiento del terreno. Tenían el apoyo de una traílla de cinco enormes perros indios que el mismo Hipodamo había alabado por haber visto en acción a tal clase de animales en el coto del rey Eucrátides. Son capaces de acosar y orillar a un tigre, dijo el griego. A pesar de eso, nada era seguro y la victoria debía apoyarse en la velocidad, la astucia y la prudencia, a partes iguales.

Como era usual, soltaron a los perros, seguidos de cerca por los rastreadores. El primer día de los dos que pensaban pasar en el bosque, les deparó la fortuna de dos gamuzas sorprendidas junto a un curso de agua, muertas por Decio Metilio y Lucio Venuleyo, a quienes correspondió el honor de ofrecerlas a Astarté, señora de los animales y del pantano que les rodeaba. Los hombres y los canes dieron cuenta de la carne, en tanto que los despojos fueron reservados como cebo, colocándolos en las principales trochas que conducían al curso de agua. Al caer la noche, envolviéndose en sus sayos, aguardaron, ocultos en la espesura, con los canes en posición de reposo.

Fueron éstos quienes dieron el alerta de su proximidad cuando estaba a mil pasos de distancia, pero adiestrados como estaban no ladraron; en su lugar, irguieron la cabeza y alzaron las orejas, prestos para salir en persecución. Un sirviente le pasó la mano por el lomo al líder de la manada para tranquilizarlo, mientras los hombres atisbaban en la penumbra de la selva, jaspeada de sombras engañosas. El primero en verlo fue Apio Trebonio, quien con un gesto sacudió el hombro de Emiliano. El muchacho se esforzó y percibió el inconfundible olor a felino deslizándose a lo largo del sendero. Pronto escuchó su respiración cálida y le sorprendió el reflejo fugaz de los ojos anaranjados. No era el león blanco, sino un magnífico tigre, enorme y potente, la piel tatuada con manchas que parecían anunciar combates a muerte. Un tigre, el primero que el muchacho veía en su vida. La sangre corrió con furia por sus venas. Oh, dioses, esa presa sería para él.

El animal olisqueó los restos sangrientos y arrancó un jirón. Comía despacio, con cierta pereza vital que desdecía de su poderosa musculatura y sus enormes garras. El tiempo, que podía medirse por el avance imperceptible de las sombras nocturnas, parecía pertenecerle. Sus sentidos, sin embargo, eran mucho más finos que los que podían desplegar los molosos. El gruñido apagado de uno de los perros hizo que la fiera le diera la espalda al agua y se plantara de frente a la espesura.

Volvió a su tarea una vez se hizo el silencio, pero no por mucho, porque los hombres habían comunicado su intranquilidad a los canes, y estos agitaban las briznas de hierbas preparados para atacar. El tigre tensó los músculos de su cuello y de sus ancas, listo para defenderse de cualquier cosa que se le pusiera enfrente y le disputara la pitanza, mientras los hombres se aferraban a sus venablos. Más que el reflejo de la luna, fue su olfato el que le reveló la presencia de los otros. Rugió brevemente, mostrando sus enormes fauces y se marchó.

Los hombres montaron guardia por turnos durante toda la noche aguardando el retorno del félido, pero fue en vano. Los sirvientes, sin embargo, fueron muy prestos en aclarar que el tigre estaba viejo y carecía tanto de la velocidad como de la fuerza de antaño para cazar su propia comida. Dejarle los despojos era algo habitual en el coto, para mantenerlo con vida. La revelación dejó un mal sabor de boca en Emiliano. Había creído ver un soberbio ejemplar y se había dejado impresionar por una sombra de vida salvaje. No queriendo descartar la posibilidad de que los servidores le estuviesen mintiendo para no tener que enfrentarse a la fiera, ordenó seguir su rastro una vez despuntara el día, pero el daño estaba hecho: no sabía si iba matar una verdadera presa o a acabar con la miseria de un pobre animal.

El día, sin embargo, una vez llegó y se desplegó, les deparó otras sorpresas.

El tigre había recorrido un camino que se internaba en el bosque, colina arriba, donde probablemente se hallaría el asiento de su madriguera. Mientras discutían, mediando la mañana, la conveniencia de explorar otros senderos con los perros para acosarlo, y pasaban revista a los venablos y a las redes que transportaban en sus sacos de cuero, uno de los sirvientes llamó la atención de todos ante el hallazgo de un nuevo rastro.

—Aguardad, un oso anda en las proximidades.

—Un oso... —musitó Apio— Vaya fortuna, ahora tendremos que escoger entre los dos.

—¿Hacia dónde conducen las huellas? —preguntó

Hipodamo.

—En dirección contraria a los pantanos. Por el tamaño de las huellas...

—¿Qué? —quiso saber Lucio Venuleyo.

—Debe medir unos ocho palmos, erguido.

—¿Qué dices, Escipión? ¿Qué prefieres, el oso o el tigre? —preguntó Hipodamo.

Emiliano notó cómo todas las miradas se enfocaban en él, y entendió que la pregunta del griego era un reconocimiento de una preeminencia que alguna vez había pertenecido a Perseo. Sin embargo, esa primacía no estaba aparejada con la experiencia: nunca había tenido la oportunidad de acercarse a un oso, mucho menos a un tigre. ¿Qué haría su padre en esta situación? Meditó en voz alta, para justificar su elección.

—Después de varias horas en ascenso por terrenos abruptos, estaremos muy cansados para responder con rapidez. Siempre será más prudente esperar a que el tigre descienda, teniendo las redes y las trampas dispuestas. El oso es otra cosa, podemos seguirle por un terreno más suave y atraparlo antes de que caiga la noche.

Los hombres alabaron su prudencia, y nadie lamentó la necesidad de dejar al tigre para otro día. Emiliano, a quien hasta ese momento la persecución de un animal lastimoso le había sumido en un estado de melancolía, cobró ánimo y así, se contrajeron a seguir el rastro del oso, que si bien se movía por un terreno menos peligroso, resultó a pesar de los perros indios, más elusivo de lo que habían previsto. El clima era benigno pero la selva ofrecía una atmósfera pesada con los rayos de sol cayendo de forma oblicua. Luego de varias horas de caminata, dieron un descanso a los animales, y continuaron, perseguidos a su vez por el canto ocasional de los pájaros.

Era como si intuyeran que la pesada mole estaba cerca, muy cerca.

El aire se volvió dulzón, y quizás por sugestión, los hombres pensaron en la miel. Esa idea les animó. Emiliano, en cambio, empezaba a dejarse ganar otra vez por los pensamientos funestos. El día estaba perdido. Habían pasado varias horas buscando una bestia invisible, él se había equivocado, y los hombres estaban tan agotados como si la decisión hubiera sido marchar colina arriba. Hicieron alto cuando el rastro se desvaneció de nuevo en aquel laberinto verde.

—Es como si se hubiera vuelto humo.

—Pensar que hemos dejado ir algunas liebres.

—Ni hablar del tigre —dijo Lucio Venuleyo, expresando un novedoso sentimiento que los demás no se habían atrevido a exteriorizar.

—El sol está por ocultarse, tal vez sea tiempo de regresar.

—¿Qué opináis? —preguntó el muchacho sin dirigirse a nadie en particular, más allá de los compañeros. Flavio Calpurnio respondió en nombre de todos, meneando la cabeza.

—Será para otro día...

Uno de los sirvientes les hizo callar con el dedo en los labios, y musitó, señalando hacia un punto en la creciente penumbra.

—Allá está.

Era una sombra negruzca que parecía muy quieta. Con movimientos calmosos merodeaba alrededor de una enramada, probablemente en plan de asaltar una colmena. No parecía haber advertido la presencia de los hombres, tanto tiempo hacía que no había habido cazadores en esa parte del coto.

Comenzó una tan silenciosa como frenética actividad para extraer de los sacos de cuero las redes que probablemente iban a necesitar, y dividirse luego en dos grupos. En el primero, irían Emiliano, Hipodamo, Nicias, Onésimo y uno de los servidores; en el segundo, Flavio Calpurnio, los compañeros y los otros dos servidores. Los primeros irían por el camino que llevaba directamente al oso. Los segundos darían un rodeo con los perros para acosar al animal y empujarlo hacia la emboscada. Llevaría algún rato completar esta maniobra, pues había que hacer un largo recorrido por el bosque para no ser vistos ni oídos por el oso.

Entretanto, el sol iba completando su jornada. Las luces crepusculares caían sobre las enramadas creando una atmósfera de un naranja espectral. Emiliano podía escuchar su propia respiración por encima de los sonidos del bosque, tan callados estaban. Se habían ocultado detrás de unos arbustos, y desde esa cómoda tribuna observaban al oso, a más de treinta pasos de donde se hallaban, abstraído en su tarea de vaciar el panal. Al mirarlo, Emiliano sintió hambre y se le antojó un poco de miel. Pensó en los panales de Catón allá en Túsculo, y se sintió invadido por la nostalgia del hogar y la honda conciencia de hallarse en un mundo ajeno. En medio de tal ensoñación, se preguntó porqué el segundo grupo tardaba tanto. ¿Cuánto tiempo había pasado?

Volteó a preguntarle a Nicias, y observó que el esclavo se ponía tenso y alerta, como si hubiera escuchado algo. El muchacho calló, en los Montes Albanos había aprendido a interpretar la mirada de Nicias, y sabía que la presente solo podía significar que algo temible se acercaba. Apretó el venablo y le interrogó con los ojos. En ese momento, fueron Hipodamo y el servidor quienes se revolvieron hacia la espesura. Emiliano no tuvo que mirarles, el tremor era inconfundible. Estúpido, ¿cómo no se había dado cuenta?

Escucharon el débil sonido de unos ladridos. Los hombres y los canes del segundo grupo se acercaban, pero a medida que avanzaban, la maleza próxima a los emboscados se iba agitando locamente.

Hipodamo, Nicias, Emiliano, Onésimo y el servidor, se levantaron de un salto y adoptaron posiciones en círculo, sin importarles descubrir su presencia al oso. Se hizo el silencio. ¿Qué había pasado? Aquello se había detenido. Emiliano abrió la boca para decir algo, pero Nicias le cortó con un grito de alerta:

—¡Jabalí!

—¿Dónde? ¿Dónde? —preguntó frenético el muchacho. Nada se veía en la espesura de nuevo tranquila, mientras las sombras seguían cayendo. Nicias no respondió, parecía auscultar el bosque como un médico. Entretanto, en la distancia los ladridos subían en intensidad y el oso comenzó a gruñir de forma disuasiva, buscando una ruta de escape. A pesar del peligro inminente, los acosadores no estaban dispuestos a dejarlo ir y continuaron avanzando. Ahora el oso se le venía encima al grupo de Emiliano, pasaría muy cerca de los arbustos, en tanto los perros a su vez estaban a punto de saltar sobre él.

No hubo tiempo, sin embargo, de que el muchacho cumpliera su papel en esa refriega: la súbita embestida le hizo

198

perder el equilibrio y como pudo se arrastró fuera del alcance del jabalí, en tanto su venablo quedaba atrapado bajo el cuerpo del servidor quien, herido malamente se agarraba la pantorrilla izquierda, retorciéndose de dolor. Mientras se incorporaba torpemente, el muchacho tuvo una visión fugaz del oso internándose en el bosque seguido de cerca por la jauría, mientras el primer grupo pasaba por delante de ellos, casi ajeno al percance. Hipodamo y Onésimo le ayudaron a recuperar su arma. Nicias, por su parte, observó que el jabalí se había internado en la espesura en la misma dirección del plantígrado, pero hozaba locamente con aires de querer embestir de nuevo.

—Todavía no hemos perdido al oso —respondió el muchacho desafiante, pues se negaba a la idea de dejar ir otra presa de caza mayor—. Nicias, Onésimo, quédense con este hombre. Volveremos.

Hipodamo y él se internaron en el bosque, guiándose por el ladrido de los perros, aunque no lograban ver al resto de la partida. Avanzaron algo más de veinte pasos cuando Emiliano exclamó:

—¡Allí está!

—¿Dónde?

—¡Allí! ¡Lo he visto!

Hipodamo dudó, el movimiento no parecía corresponder al enorme cuerpo del oso, pero en una fracción de tiempo reaccionó a tiempo antes de que la criatura lo atacara: se aferró a su venablo, afirmó sus pies y le hundió la cuchilla entre los lomos, pero el jabalí lo empujó hacia atrás hasta recostarlo contra un árbol, circunstancia que impidió por momentos el desastre de una caída.

El muchacho, viendo la lucha entablada entre la bestia y el griego, voló a rematarlo por uno de los flancos cuando sintió, por su costado izquierdo, que desde las hierbas recientemente aplastadas por el primero surgía un segundo jabalí. Instintivamente giró, le lanzó el venablo, pero falló. Con terror se echó boca abajo en el suelo, a los pies del árbol, a fin de evitar los colmillos del animal que no tardó en pasarle por encima.

El jabalí se detuvo más adelante y se dispuso a atacar de nuevo. El muchacho estaba solo. Entretanto el griego, incapaz de ayudarle, seguía luchando con su presa. Nicias y Onésimo estaban lejos. El grupo iba todavía tras el rastro del oso. Con una voltereta, el muchacho alcanzó el segundo venablo que estaba a cinco pasos. Se incorporó de un salto y atacó en carrera, sin esperar al jabalí, poseído de la misma furia mezclada con miedo que recientemente había conocido en sí mismo, y que no había querido confesar ante su padre.

"Alguien hizo un amago con el venablo. Y yo respondí. Todos respondimos, pero yo respondí y eso es lo que me importa. Cuando uno responde uno está solo, los compañeros no existen, y los catorce mercenarios cretenses tampoco existen, excepto uno. El mío."

Y se lo clavó en los lomos.

"Aproveché que estaba en el extremo de la línea como a veinte pasos. Me pego de la cruz del caballo, al galope hurto cuerpo y montura hacia la izquierda, para evadir, por muy poco, el tiro que me hace, que ya anticipaba por el lado opuesto, y con la siniestra lanzo el venablo sin detener la carrera porque voy a por él. Mi hierro atraviesa una de las ancas de la bestia. El caballo se encabrita de dolor, dobla las rodillas y el hombre cae. Lo atropellé en el rostro antes de que pudiera incorporarse. Por un instante le vi abanicar su propio pánico con un inútil aspaviento de su espada."

Los ojos del jabalí eran pequeños, los miró con fijeza mientras la criatura gruñía con estridencia, en una suerte de voceo infrahumano que le hablaba a él.

"Escucho una maldición de otro que se acerca. Las patas de mi caballo se han enredado en las del animal caído y yo recibo el golpe de costado cubriéndome con el escudo a modo de petaso, que por primera vez se me hace ridículamente pequeño. Menudo como soy, así como quiebro la cadera, aprovecho las sacudidas de mi caballo para buscar los bajos de mi oponente con el gladio. En la maniobra pierdo las riendas, el peso muerto del cuerpo en agonía me lleva con él, y yo trato inútilmente de agarrarme de las crines. Malo es haber sido desmontado antes de sacarle la hoja del vientre. A punto de ser pisoteado por mi propio caballo, ruedo, trato de incorporarme, escapo a gatas."

El jabalí movía su cabeza hacia arriba y hacia abajo, intentando librarse del hierro, y con cada movimiento salvaje, el muchacho contemplaba primero con duda, luego con miedo creciente que una sacudida más fuerte quebraría la madera o le haría perder el arma. Apretó con todas sus fuerzas el asta, mientras el sudor le corría por los brazos y sus manos lentamente resbalaban. Nada más podía hacer sino resistir, el jabalí le sacudía como un muñeco articulado. Estaba a su merced.

"El miedo me paralizó cuando vi al tercer hombre."

El escalofrío del desastre inminente le hizo jadear. Apretó el astil hasta que sus nudillos se tornaron blancos y lanzó un gruñido formidable mientras ponía todo su peso sobre el animal, hundiendo la punta aún más.

"Saco el pugio dispuesto a todo. Recupero la espada, no sé cómo. Me tiro al suelo para evitar el golpe de venablo, pero el hombre contiene su lanzamiento, como que ya conoce mis artes, que no son tales sino pura fortuna de los dioses y una pizca de sal. Juega conmigo y hace otros amagos, pero no piensa darme oportunidad de que evada el tiro. Así que viene al trote, esperando que yo huya dándole la espalda, pero yo me planto a riesgo de ser atropellado por las patas delanteras del animal, y en el último momento salto a un costado y al pasar la montura, hundo la espada en el muslo del jinete y el pugio en el caballo. Cuando lo remato en el suelo percibo en él un aire de consternación que debe de ser un reflejo de mi propio rostro. Termina el combate y yo no tengo idea de qué estoy haciendo allí, hasta que Lucio Venuleyo se acerca y me dice, con suavidad: 'Amigo, déjalo, ha terminado'. Parece que los compañeros habían matado a otros cuatro y el resto de los mercenarios habían huido. Súbitamente me sentí muy mareado."

Los ojos del jabalí siguieron abiertos luego que la cabeza dejó de moverse en un último espasmo. Lo dejó y fue a buscar tambaleándose la jabalina perdida, ajeno a los llamados de Hipodamo. Cuando regresó hundió el arma en el costado del primer jabalí. Siempre hay que terminar lo que se empieza, le había dicho su padre.

Levantó la vista cuando el oso volvió a pasar de nuevo delante de los dos cazadores, rumbo a la espesura, a la velocidad de una cuadriga en día de carreras, perseguido por los canes. Los hombres se detuvieron estupefactos al verlos al pie de sus respectivas presas. El muchacho —con un brazo en alto, tembloroso, bañado con la sangre de la fiera—, les devolvió una sonrisa ebria, casi estúpida.

A partir de ese día se afianzó la amistad entre el joven romano y el traficante de libros. Hasta ese momento, Emiliano nunca había establecido una relación social que antes que no hubiera sido aprobada por su padre, el cónsul. Rara vez había ido más allá de una conversación de circunstancias en la calle en sus contactos con otras personas, exceptuando su encuentro con Onésimo y Afer siendo apenas un niño. Con respecto a los griegos, antes de Hipodamo —salvando a sus preceptores, o a la princesa Atenea en plan de compañera de viaje—, nunca había trabado conocimiento con alguno de ellos más allá de los libros, o de lo poco que había visto en el recorrido que acababa de hacer en compañía de su padre.

A ojos del muchacho, Hipodamo parecía colmar muchas de las lagunas que iba descubriendo en su conocimiento del mundo, gracias a las largas conversaciones que sostenía con él: sin duda era un hombre ilustrado por lo que hablaba, un hombre de viajes por sus relatos, un hombre de banquetes por su tertulia, un hombre excelente por sus pensamientos. Sabía tantas cosas que junto a él los libros parecían ser innecesarios. Con los días, sin embargo, y gracias a las recomendaciones de lectura del griego, que empezaron por Jenofonte, el muchacho iría cambiando su primera idea: al leer la *Anabasis* y la *Cinegetica*, comentar el contenido y compararlo con sus propias experiencias de batalla y de cacería, comprendió que sin las experiencias, ninguna lectura anterior de aquellas obras habría pasado de ser un cuadro que con mayor o menor acierto transmite sensaciones y emociones ajenas; después de las experiencias que había tenido, aun las más incipientes y fugaces, la lectura adquiría una riqueza que nunca antes había conocido y el contenido del libro se convertía en un espejo de las propias vivencias: el jabalí de Jenofonte cobraba vida porque era un poco el jabalí que había matado; la tensa calma de la tropa griega en territorio hostil podía captarla en profundidad porque guardaba en su piel la tensa calma del ejército de Paulo en tierra macedónica. Debido a estas revelaciones, el muchacho estaba fascinado con el griego. En su mente, había hecho a un lado las admoniciones de Catón para hacerle lugar a los consejos hipodámicos. Olvidó todos los defectos y taras del dibujo catoniano y casi lamentó no haber nacido griego. Si dispusiera de más tiempo podría pulir su acento y sonar como un nativo, pensó. Hipodamo se mostraba muy indulgente con él, y aún más paciente cuando se trataba de enseñarle las costumbres, habiendo accedido a enseñarle algunas nociones de pugilismo, disciplina por la que el muchacho se había interesado.

—Todavía me molesta lo del tigre —declaró el muchacho mientras se disponían a intercambiar unos golpes.

—¿Por qué?

—Mis ojos me engañaron. Creí que era un joven y poderoso animal y resultó que no lo era.

—Noble Escipión, Creíste lo que querías ver. Era tu propia fuerza y tu juventud las que querías poner a prueba, y se las adjudicaste a él.

—Las apariencias engañan.

—Así es. Siempre debes estar en guardia con respecto a lo que te dicen tus ojos. Muchas veces verás cosas que no son.

Hipodamo miró el cuerpo poco modelado del joven y sonrió con placer. Hizo unas fintas intencionadamente lentas que mostraron su propio y bien cincelado pectoral. El muchacho le imitó en ese juego de exploración.

—Y luego el oso. Todo el día siguiendo al oso. Atraparlo era lo que había anticipado. Lo planeamos bien, lo teníamos. Iba a caer en nuestras manos, sin embargo...

—Escapó.

—Sí, escapó. Lo tuvimos tan cerca, pasó dos veces, dos veces, y escapó.

—Piensa que lo tendrás en tus manos, en algún momento. Mañana, en una semana, o en primavera, lo perseguirás, le darás alcance y lo tendrás. Entonces lo tocarás, porque estará rendido a tus pies y será tuyo, solo tuyo...

Al hablar, Hipodamo había bajado su guardia. El muchacho aprovechó el instante para sorprender a su oponente con un directo a la mandíbula aunque el golpe no llevara mucha fuerza por falta de alcance. El griego encajó el ataque y lo devolvió colocando un puño en el hombro izquierdo del joven romano. Siguió una sesión que equiparó el cuerpo bien definido de Hipodamo con el juego de pies ligeros del muchacho, si bien ninguno de los dos púgiles parecía dispuesto a emplearse a fondo, llevados por el solo placer de la confrontación cara a cara. Al concluir el intercambio, Emiliano declaró abiertamente su nueva afición por el deporte de los puños. Hipodamo se limitó a hacer un gesto de aprobación y luego calló como quien se sume en la contemplación de un efebo de bronce.

—El jabalí sí que resultó como salido de la nada —pensó en voz alta el muchacho mientras se pasaba el estrígilo.

—Como el golpe que me diste en la mandíbula —replicó alegre Hipodamo.

—¿Estuve bien, entonces?

—Estuviste bien en eso y en lo del jabalí.

—Bueno, tú ya tenías al primero, pero el segundo... nadie lo esperaba. Tuve miedo.

—Todos tenemos miedo, pero pudiste con él. Bien por ti.

—Bien por mí... —repitió Emiliano, sin parecer convencido. El episodio del jabalí no había sido muy distinto del encuentro con los mercenarios cretenses: el problema no era haber sentido miedo, el problema era la impresión de haber actuado por miedo. El descubrimiento resultaba perturbador.

Los exóticos textos traídos por Hipodamo que había leído por encima, le hablaban de la imperturbabilidad, a más de nobles verdades, un camino del medio, un óctuple sendero, de la nada como felicidad. ¿Qué era la nada? Todo sonaba extraño e intrigante. A través del griego había sabido que algunos seguidores de tales creencias se inmolaban echándose al fuego con expresión imperturbable. De hecho, la imperturbabilidad parecía una virtud muy apreciada entre los acólitos del Tathagata, el perfecto.

—El filósofo Pirrón estudió con ellos durante tres años y enseñó a su regreso una valiosa doctrina —le explicó Hipodamo. Atardecía en la exedra mientras revisaban el catálogo ya concluido.

—¿Cuál es ésa?

—Que no hay otra cosa que la cosa, o la cosa, ni una ni otra. Nada es mejor que nada, de modo que nada importa.

Emiliano frunció el ceño.

—No lo comprendo.

—No hay cosa justa o injusta. Ninguna cosa es más ni menos verdadera que otra. Nada de lo que hay en el mundo importa. Luego, si nada importa, renuncia a hacer un juicio sobre la cosa y nada podrá perturbarte.

El muchacho pensó en ello. El griego llevaba razón. Si no era Emilio ni Escipión, ni una cosa era mejor que la otra, entonces entre esas razones y sinrazones era posible suspender su juicio... tal vez podía vivir con eso.

Iba a decir algo pero advirtió que Hipodamo le miraba ahora de una forma significativa y raramente intensa que no supo cómo interpretar.

Se produjo un silencio entre ambos que solo era roto por el breve espacio que les separaba, sentados en la banca. La respiración del griego era profunda y su boca estaba entreabierta como si se dispusiera a decir algo, pero las palabras no acudían a él. La elocuencia de Hipodamo parecía haberse fundido en su rostro, que hablaba de emociones oscuras y desconocidas para el joven. No supo en qué momento la mano izquierda de Hipodamo se adelantó y le tocó el brazo. Simplemente no lo sintió. Iba a preguntarle qué le pasaba cuando la misma mano se alzó y le tomó de la barbilla. De pronto, sin necesidad de sintagmas lo supo. No había nada que decir.

El muchacho estaba paralizado. Sí, alguna vez lo había escuchado. El *eromenos*. Le había parecido cosa de mitos y no lo había creído. Todavía no creía que esto lo fuera. Era cosa de los antiguos héroes, sí, pero cosas de los tiempos oscuros, al menos eso creía... Tal vez esto no fuese lo que pensaba, pero recordó las risas de los soldados cuando en días pasados estaban embalando unas cráteras y vasijas negras de la colección real. Ciertas posiciones, ciertos gestos, en las figuras pintadas en las cerámicas. Recordó también la extraña actitud de Hipodamo, en los baños. Estaban todos juntos, pero solo le había mirado a él, por un instante, solo por un instante, y era esta misma mirada.

El muchacho siguió sin moverse. Tragó saliva e intentó decir algo pero no pudo.

A la mañana siguiente Hipodamo se había marchado, so pretexto de bajar a la ciudad. Emiliano justificó la salida intempestiva y aplacó las sospechas de Flavio Calpurnio, dispuesto a salir en su busca. No pudo, sin embargo, acallar su propia confusión. Por fortuna, días más tarde llegó Quinto Fabio. El muchacho observó las señales de fatiga en el rostro de su hermano mayor, de ordinario entusiasta. Por más que lo intentó, sin embargo, no logró que le pusiera al tanto de los asuntos políticos. Quinto Fabio no quería hablar de esas cosas, solo quería descansar, lo necesitaba. Emiliano, en cambio, hubiese preferido ponerse al corriente de los negocios por escabroso que fuese su cariz con tal de no pensar más en aquel último avance del griego. Por no poder ocultarlo, mencionó a su hermano mayor el tema de los libros, pero quitándole importancia y dándolo por saldado. Lo cierto era que una nota de Hipodamo se los había dejado a modo de obsequio. Era mejor que así quedase el episodio. Una cosa no era mejor que la otra...

Regresó con Quinto Fabio a Anfípolis, varias semanas después, mediando el verano. Encontraron a su padre atareado en la organización de los festejos, que incluían juegos, banquetes y representaciones teatrales, con los que se obsequiaría a las delegaciones venidas desde todos los estados de Grecia y de Asia para celebrar los acuerdos de paz que se habían alcanzado, incluyendo la liberación de las ciudades, el respeto a las leyes locales y la reducción de los impuestos. El augur mostraba mucho cuidado en los preparativos, como en todo lo que hacía, de modo que por falta de oportunidad y de tiempo, no hizo muchas preguntas sobre la estancia en solitario de su hijo menor en el palacio antigónida. El muchacho, sintiéndose afortunado por no tener que dar detalles, se esforzó en mostrar su mejor rostro. No le costó demasiado, tal era el ambiente de gozo y esplendor que se respiraba en la ciudad, gracias a la liberalidad que había mostrado Paulo en hacer traer a los más afamados actores, atletas y artistas de la Hélade, a fin de imprimir arte y brillantez a los espectáculos, tanto lúdicos como teatrales. Sinceros elogios recibía también el cónsul por el esmero y el buen gusto que había ido mostrando, tanto en la estricta observancia de las sutilezas protocolares, como en la elección personal de los más finos manjares, para cada uno de los banquetes que se fueron ofreciendo a lo largo de las memorables jornadas.

En una de esas suntuosas comidas, hizo su entrada el cónsul, en medio de calurosos saludos a los que correspondió con majestad. Emiliano, haciendo parte del séquito de su padre, abrumado al igual que en todas las jornadas anteriores por el lujo desplegado en la sala, tan opuesto al modo de vida que había conocido en su patria, paseaba inocente su admiración por el recinto, cuando ésta sufrió un tropiezo. Su mente rechazó lo que había visto, y tuvo que hacer un esfuerzo para volver a mirar, si bien de soslayo, hacia la derecha. No había duda, allí estaba él. Hipodamo. Era de los selectos invitados que habían venido llegando desde la media tarde para ser recibidos con todas las consideraciones por los servidores antes de ser conducidos a sus sitiales de honor: no cualquiera comía con el cónsul. Para mayor escándalo del muchacho el griego ahora respondía a otro nombre. Acababa de escucharlo al pasar: Isócrates. Recordó entonces las palabras de Catón: "no les creas nada". El joven romano bajó los ojos y le negó el saludo, avergonzado e irritado por el súbito reconocimiento de haber sido engañado. El traficante de libros no le miraba, pero sin duda le había reconocido mucho antes.

Emiliano ocupó el puesto que le habían asignado entre la treintena de invitados, haciendo el propósito de no darse por enterado de la presencia del griego. El banquete transcurrió con toda normalidad, hasta el momento en que habiendo terminado de comer, los hombres empezaron a beber con más profusión. Con la bebida salieron a relucir los caracteres de los vencidos, entre adulantes y sutiles en su descontento hacia los romanos luego de ver el troceo de Macedonia en cuatro pedazos; el juicio a los etolios, acarnanios y beocios; las expediciones punitivas, la destrucción de Antissa en Lesbos; las ejecuciones de Neón de Tebas y del etolio Andrónico; las restricciones en el comercio y la propiedad. A pesar de verse largamente favorecidos por el cónsul aquéllos que, según el Senado, habían colaborado con el vencedor, estaba muy presente en sus cabezas la amenaza de sufrir las represalias que habían destruido a otros, si en el futuro se apartaban de la nueva línea marcada por Roma. De modo que detrás de sus sonrisas y obsequios, los toques de flauta, los pasos de danza, y sobre todo sus hexámetros, había un aire de superioridad invisible que las armas de los vencedores nunca podrían arrebatarles. Sintiendo que en estos escarceos del intelecto habían encontrado asilo para su dignidad, los griegos aprovecharon la buena disposición de Paulo, y lanzaron un amistoso desafío por boca de quien por una suerte de metamorfosis había pasado de ser el Hipodamo de Pella a convertirse en el Isócrates de Anfípolis. Al escuchar el tema del debate, Emiliano se encogió, tembló y se irritó aún más en su sitial, pues recordó haberle enseñado al griego aquel escrito repleto de astucias, lotófagos, historias, pretendientes, algún sueño y mucho de regreso que cada cierto tiempo había mostrado a Ennio, cada vez más pensado, pero no necesariamente mejorado, a tal punto se había ganado su confianza el viajero. De modo que los áticos se adelantaron para hablar con sobria elegancia de Homero, sin que de parte de los romanos surgiera alguien que más allá de algún argumento prosaico —apenas digno de ser considerado por un joven discípulo de la *stoa*— pudiera superar a los más veteranos entre los inventores de la retórica. Mientras, el muchacho pensaba, el muchacho discurría. ¿Quién podría oponérseles? No Tuberón, no Paulo por ser anfitrión, quizás el joven Catón o quizás Quinto Fabio, dos que ya lo habían intentado sin convencer. Cerró los ojos. Había matado, había cazado y todavía no había hablado, no podía ser. No podía ser que los griegos se siguieran mofando de ellos. Los abrió y cuando ya los comensales casi daban por terminado el intercambio, el muchacho alzó su voz y pronunció las palabras que ya conocía de memoria de tanto meditarlas:

—Odiseo es como yo: quiere regresar a casa, pero no puede. Apenas un dios se lo impide. Uno solo basta, una, y otra, y otra vez. Pero regresará, porque la pregunta desde el principio no es si regresará o no, sino cuándo. Creo que todo vuelve al sitio de donde salió y no hay duda entonces de que regresarás porque el sitio lo llevas contigo, cuando sabes quién eres. Lo saben los dioses mejor que tú, estén en contra de Odiseo o le protejan. Nadie lo pierde de vista y solo es nadie para quien coma carne humana. Entonces sabes quién eres. Odiseo, hijo de Laertes. Ya con eso estás en casa. Basta que la nombres, porque las cosas no existen sino cuando las nombras. Los astutos son los que conocen los nombres de las cosas y al nombrarlas saben el lugar al que pertenecen, pero ni el mismo Odiseo habría sido capaz de nombrar todas las cosas numerables del mundo. Nadie tiene todas las palabras en su tesoro. Ni el hombre más astuto de la tierra. Ese hombre vaga, por largo tiempo, señalando con sus aventuras, como la peonza sobre la arena, volutas que no es capaz de explicar. El hombre astuto no puede, pero los dioses sí: Zeus, Atenea, Poseidón, Hermes. Conocen palabras sin letras, escriben sin tablillas, leen sin libros. Esos son los dioses, después vienen los hombres astutos, los que no lo saben todo pero se esfuerzan, caminan y trazan sus espiras con la punta de su nombre. Si los dioses se lo conceden, algún día podrán también hablar de ellas. Los dioses juegan con Odiseo; existe para ellos pero no para el mundo. Para los hombres es el ignorado, el invisible, el desaparecido; no necesita ser envuelto en una nube divina o disfrazarse para andar sin ser percibido. Para algunos su nombre es Nadie, pero en realidad es alguien que llora cuando se oye nombrar. Yo creo que llora porque pensaba que después de tanto tiempo errando por el mar le habían olvidado, y encontrarse de nuevo en un mundo de hombres que le reconocían como uno de los suyos era el buen presagio del regreso al hogar, y pronunciar su nombre en voz alta era decir el nombre del hogar: Odiseo, hijo de Laertes, rey de Ítaca. Pero también puede ser que llorara porque pensó en los compañeros que habían muerto uno a uno a lo largo de tantos años, y que necesario había sido que quedase solo ante los dioses, odiado o protegido pero solo, para que pudiese regresar al mundo de los hombres; y también es posible que haya pensado con agudeza que solo había vuelto el que siempre supo quién era. Lloró mucho más porque entendió que allí, en el palacio de Alcínoo, en medio de tantos rostros amables, seguía estando solo. Quizás hubiera sido mejor olvidar el regreso desde el principio, no pensar en ello para que dejara de doler, pero para Odiseo eso era imposible, él era el regreso, él era el padre, él era el hogar, no podía olvidarse de sí mismo quien no había sido olvidado por los dioses. Podía olvidarle el mundo y dejarlo solo, y todavía Odiseo se tenía a sí mismo y a los dioses, bastaba eso para que el recuerdo aunque penoso se apegase tanto a él y le impidiera compartir el alimento de los lotófagos. Ninguna otra cosa podía mantenerle vivo y hacerle más astuto y más tenaz que la memoria del hogar, que con cada aventura era más el mismo y menos los hombres que le acompañaban y desaparecían uno a uno. Llorando probaba la fuerza del recuerdo, incluso cuando ya no parecía haber esperanza alguna. Pero su apego a la memoria y la tenacidad que le había comunicado a sus pasos le habían hecho olvidar lo extraño de su proceder que no era el de un hombre, solo un hombre como él pretendía ser y se decía, sino el de un héroe, por eso cuando el aedo cantó sus hazañas que no habían sido para él sino los esfuerzos desesperados de un hombre que quiere volver a su casa, presentándolas como maravillas, y sus penas más íntimas como los coros de una tragedia, lloró entonces, porque el que solo quería ser un hombre, ya no era uno de ellos, sino un héroe.

Emiliano evitaba mirar a los comensales para no perder el hilo de sus ideas, pero por el silencio que le rodeaba, sabía que le escuchaban, y que le escuchaban con atención.

—Pero todo lo anterior hizo que fuera mayor la alegría de Odiseo cuando se vio reflejado más joven y más fuerte en su hijo, Telémaco, y eso le hizo pensar que ya no estaría solo, porque para su hijo él era el padre, para Laertes un hijo, y para Penélope un marido. Estaba en casa.

—Otras cosas pudiera yo decir en favor de Telémaco. Nunca deja de creer que su padre está vivo, y por eso va a buscarle, a saber de él. Me gustaría poder hablar como él, aunque termine en llanto su oración; decir las cosas y decirlas bien, pero soy tímido y me daría vergüenza hablarle a los itacenses como hace el divino Telémaco, que habla por su padre y también por su madre, por Penélope que teje y me recuerda a la mía. Penélope teje no tanto para frenar a sus pretendientes como para noche tras noche comprobar que continúa recordando a Odiseo, y recordarlo tal como era cuando se despidieron, y así desteje durante la noche los progresos de una trama que apenas existe en la mente de los malvados pretendientes. Desteje además para dejar la esperanza intacta, negar a la muerte y aferrarse entonces al recuerdo de Odiseo, así avanza sin moverse al encuentro de un marido que nunca se ha ido de su casa y de su reino, aunque otros saqueen sus bienes. Destejiendo los hilos de la trama, Penélope, sin saberlo, los aparta para ser cortados. Son las vidas de los pretendientes, también en suspenso, pero un nudo permanece intacto, Odiseo no está muerto.

El muchacho miró esta vez brevemente a la audiencia. No vio expresiones de aburrimiento ni de rechazo, por lo que siguió adelante:

—Volviendo a Telémaco, él es quien tiene la oportunidad de ser un hombre y nada más que un hombre, cuando va al ágora acompañado de sus dos canes magníficos; se ruboriza al hablar con el anciano Néstor; hace correctamente sus libaciones emulando a Atenea, y ejecuta cada tarea de la mejor manera o casi, porque está aprendiendo.

—De Penélope aprendió Telémaco a ser paciente, aunque no tan sufrido, pero solo de su padre podía aprender a enfrentar el misterio del combate a muerte, no como un héroe resplandeciente, sino como un hombre, con miedo supongo, pero también con la expectación del hijo que junto con su padre castigará a los pretendientes, cueste lo que cueste. Juntos. No cambiaría eso por nada del mundo.

—Pienso que Telémaco no habría sido capaz de considerarse digno hijo de Odiseo de no haber mediado ante él la influencia bienhechora de Atenea, bajo la figura de Méntor, la más de las veces, que quiso orientar los pasos vacilantes de un muchacho que aunque llorón prometía. Y por eso era necesario que para el arranque de sus juveniles empresas, errando a su vez por los mares, patrón de su nave y de sus hombres, a imitación de ese padre sobre quien iba indagando noticias, la diosa le encendiese en el pecho tanto coraje como el de su progenitor, aunque su falta de experiencia no le alcanzase para ser tan sagaz como Odiseo, según he leído, porque la astucia es lo que le hace falta al coraje para que sea cosa de fortuna, y no de desgracia, como cuando es arrojo de seres atolondrados, que no era el caso de Telémaco, el prudente. Para su labor privilegió Atenea como otras divinidades el uso de apariencias inusitadas, sobre todo la de Méntor, fiel depositario de los bienes de Odiseo, porque en quién había de confiar el joven Telémaco. Pero también como Mentis, el siempre oportuno rey de los tafios, haciendo las correctas libaciones a Poseidón, enemigo declarado de Odiseo; o como el mismo Telémaco, recorriendo la ciudad para embarcar a la tripulación. No solo como varón sino también en una ocasión, como doncella, Iftima, para ir a consolar a Penélope; en otra como la hija de Dimas para ir a visitar a la princesa Nausica; o como simple doncella que lleva a la fuente su cántaro para guiar a Odiseo a las puertas del palacio de Alcínoo, rey de los feacios; y también humilde en figura de joven pastor para darle la bienvenida a Odiseo a su patria, donde de nuevo bajo la apariencia de Méntor, acompaña al ingenioso Odiseo y al divino Telémaco en su lucha con los pretendientes, haciendo patente su predilección por la casa de Odiseo. Muchas veces en secreto, en otras a la vista de los presentes, maravillados al darse cuenta de que una diosa le había hablado. Maravillados aún más de que Atenea tuviese tal predilección y tan constante por Odiseo. Cambia tantas veces de máscara como Odiseo sus versiones del regreso, pero ella es única, y siempre la misma bajo distintos aspectos. Distintos disfraces, distintas máscaras, Atenea es madre de ingenios, porque hay otros que cambian de aspecto pero como Atenea ninguno. Cierto que está Hermes en la figura de un mozo, Imo Leucotea, bajo la forma de una gaviota, y las interminables, aterradoras mudanzas de Proteo. Para el cambio hay que tener imaginación, mudar de aspecto requiere saber tejer y destejer personas más que vestimentas, aprovechar las memorias, modelar otros pasados, recordar futuros imposibles y hacerlos creíbles, hay que ser un mágico para los extraños, y nada más que un hombre para los amigos. Saber volar como gaviota, o saber andar con el cayado. Pastorear vientos y llenar cántaros de sol, hay que crear y para crear hay que saber nombrar con fortuna. Quizás Atenea protegía a quienes entre los mortales, eran capaces de emular sus mismos prodigios. En principio Odiseo, y por añadidura el joven heredero Telémaco. Es verdad que hubiera sido quizás más fácil y seguro aparecer con su propio rostro delante de Odiseo, para que éste le tributase los honores debidos, y aceptase sin vacilaciones sus consejos, pero la dorada sabiduría no necesita presentarse con ropajes magníficos para hacerse escuchar y ser reverenciada por quienes han sido hallados dignos de escucharla. La sabiduría puede escoger con acierto las palabras y personas a través de las cuales comunica sus mensajes.

—Hallaría entonces Atenea que entre los mortales solo Odiseo podía tener tal capacidad de invención. Un día eres esto, otro día eres aquello, personas que van y vienen como en el proscenio. Al lado de sus improvisadas máscaras mejor están las historias que presenta Odiseo a cada rato, como fábulas del foro. Qué tantas eran suyas y qué tantas venían del lagar de Homero. Homero, creo que también me gustaría ser como él y contar historias. Ser el dueño de las palabras, no como los dioses pero sí como el mayor de los poetas, verdadero elegido de Atenea, con el poder para pensar, recordar y darle forma a todos los regresos posibles. Estratagemas, ardides y simulacros. El poder para comprender el silencio y traducirlo en palabras, eso es Homero, la sombra detrás de las astucias de Odiseo.

—Homero ha escogido al héroe del regreso. De Atenea a Homero y de Homero a Odiseo, un eslabón sobre otro para conceder al mundo de los hombres que no quieren ser sino hombres, el dominio sobre las palabras, o la palabra, clave del mundo. No escogió en vano Homero. Odiseo quizás sea tan poeta como él. Al saber cómo nombrar al mundo, y hacerlo con fortuna, es la poesía la que abre el camino, y por ello no es que Proteo conozca la ruta, haya que acudir a Circe, o descender al Hades para consultar a un ciego, es que más astuto que Odiseo, Homero multiplica las consultas para ocultar el verdadero camino. Quien lee por fin sus trazos es aquel de quien la diosa se ríe benévola al escuchar sus falacias. No es el ingenioso Odiseo sino el longividente Homero.

Miró entonces directamente a uno solo de los comensales.

—Y sin embargo, en este juego de artificio puede ser que no sea Atenea quien impide a Odiseo reconocer su querida patria sino el mismo Homero. ¿Quién eres entonces? ¿Adónde te diriges de regreso? ¿Cuál es tu patria, esa que va con tu nombre? Acaso sabes quién eres, o es que multiplicas los espejos. Eres tú Homero quien anda errabundo, ignorado y desaparecido, ¿para quienes? Quien está a la defensiva, oculta su verdadera identidad de los enemigos y salteadores de camino, pero también lo hace quien no tiene patria en este mundo sino en la casa de los dioses. Homero eres uno, y eres todos, eres nadie. Tú eres Nadie. Tu patria es la Poesía porque tú eres la poesía, incluso por encima de los dioses. El dueño de las palabras. Eso eres Homero, o como quiera que te llames.

Capítulo V

Marco Favonio se las arregló para evadir las preguntas de Vibio Paquio, a caballo entre la curiosidad por conocer las andanzas del factor y la necesidad de determinar, para su tranquilidad, si aquél continuaría trabajando para el augur Cayo Lelio. El factor no tuvo mayores problemas en cuanto a satisfacer la segunda con una breve respuesta y dejar en el aire la primera, so pretexto de la prisa. Permanecerían en la factoría el tiempo justo antes de decidir adonde debían dirigirse. Extrañamente nada comentó Marco Favonio acerca de las novedades y percances ocurridos en la factoría durante su ausencia; en su lugar alentó al *dominus* para que volviese a Terracina.

—Te doy las gracias, Marco. Sé que esto lo haces por mí, sé lo que te cuesta. ¿Hay alguna cosa que pueda hacer por ti?

El factor asintió en silencio. —Procura que Diotima tenga un buen alojamiento —dijo, y ya sin pérdida de tiempo fue a ver a Eunomia, aprovechando que Zósimo había ido a visitar a Odacis. Se hallaba en un predicamento, ¿por qué no le habían contado acerca de la sociedad con el alfar?

—¿Qué ha ocurrido? —quiso saber la mujer del escriba a su turno, avivadas las naturales inquietudes con el añadido de aprensión que le había comunicado Marco al hacer la pregunta.

—Creo que no ha hecho bien. Odacis no es de confiar.

—¿Por qué lo dices?

—Es posible que Odacis esté detrás de los accidentes que han ocurrido en la factoría. Debo informar a Vibio Paquio. No sé cómo lo tomará Zósimo una vez que se entere —contestó Marco, bajando la cabeza.

Pero, cómo podía tener esa certeza, preguntaba ella, y le ofreció un asiento, esto era cosa grave que había que discutir con calma.

El relato del factor fue prolijo. Dos percances habían afectado a la factoría en las últimas *nundinae*: en el primero, las ánforas fueron robadas en un asalto al carro que el factor había contratado para el transporte; en el siguiente, las ánforas llegaron tarde y los esclavos de Odacis se ofrecieron a descargarlas, luego en la noche alguien soltó dos perros atados por la cola. Pues bien, el otro día, habiendo ido a hablar con Cilpes en el almacén, recogió del suelo un pedazo de cerámica, restos del segundo lote de ánforas que había sido destruido, y casi sin darse cuenta se lo había guardado.

Luego, en el transcurso de una discusión con Zósimo, éste había vaciado una caja de ostraca en su escritorio, buscando algo donde poder escribir; las ostraca procedían del accidente en el almacén, y él, Marco Favonio, le había ayudado a guardarlas. Más adelante, sin querer había palpado el ánfora que habían utilizado para sustituir las pesas, salida también de la oficina de Odacis. Más adelante, fue un comentario de Zósimo en Ostia —"¡Sellos de Gades he visto aquí mismo en esta taberna, atunes y rosetas!"—, el que le trajo a la mente la diferencia entre una y otra ánfora. Así que recordó la ostraca que llevaba consigo, y pidió muestras de envases en una *caupona* del puerto, en particular de uno que había mostrado daño. Entonces, con los sentidos de un ciego las estudió y las comparó.

—Pienso —declaró el factor— que Odacis venía teniendo problemas con el horno, por eso algunas ánforas habían salido con defectos de cocción. A fin de ocultarlos, provocaba aquellos accidentes luego de vender los envases. Por eso mostraba tanto interés en conseguir el dinero que le permitiese construir un nuevo horno. En todo caso, debió de haber contado con un cómplice en la factoría.

—¿Quién? —preguntó Eunomia.

215

Marco Favonio tenía sus sospechosos y volvería en otro momento sobre ello. Había habido mucho interés en endosarle a Angionis la culpa de todo: las ánforas, las pesas y la rotura de la balanza misma. Sin embargo, de una cosa estaba seguro: Angionis no fue quien desapareció las pesas. —Lo sabes bien: quien desapareció las pesas fuiste tú.

El factor afinó el oído. La respiración de la mujer se había alterado ligeramente y permanecía callada.

—Estate tranquila, Eunomia, que no voy a denunciarte. Lo que conversemos quedará entre los dos, pero hay que dejar algunas cosas en claro.

Los sentidos de un ciego. Hacía tiempo que, por un muy leve acento, casi imperceptible, había deducido el origen africano dc Eunomia, a más que en el pasado debió de haber frecuentado un templo púnico, por la manera como confeccionaba las ofrendas para el santuario carteiense. Aquella mañana, cuando le entregó las que él, Marco Favonio, llevaría al templo de Hércules en Carteia, había otro aroma más delicado en el aire: eran otras tortas que estaba preparando. Ese mismo aroma había quedado en el lienzo que Angionis le había lanzado mientras discutían. Más tarde, cuando los interrogó a solas, ni Granio ni los custodios supieron decir quién se las había dejado.

El factor se apoyó en su cayado, y miró al vacío aguardando. Eunomia soportó el asedio del silencio, pero la pregunta vino finalmente, como un ariete.

—Tuve la certeza desde el primer momento. He callado para no perjudicar a Zósimo. ¿No tienes nada que decir?

La mujer suspiró, comenzó a hablar y ya no se detuvo. Hacía tiempo que había querido descargarse de eso, desde el mismo día incluso. ¿Se acordaba él cuando ella le estaba esperando en la puerta del despacho a su regreso de Carteia? Lo que hizo no fue meditado previamente, respondió a un impulso.

—Me había levantado temprano para preparar tus ofrendas, y me sobró bastante masa. Pensé voy a hacerle algo a Zósimo, pero entonces vi a Isasus que llegaba, como tantas veces, buscando un pedazo de mi pan que tanto le gusta. Procuré que me salieran cuatro: una más para Isasus. Tenía a la mano un poco de mandrágora y se la añadí a la masa de las primeras tres.

—Tú que venías por tus ofrendas e Isasus que salía con su atado. Vosotros, tú y Zósimo, conversabais afuera mirando hacia Carteia y no os disteis cuenta. De la misma forma que Isasus no podía despertar sospechas en la proximidad de mi casa, tampoco podían maliciar que el mozo merodease entre la playa y la balanza. Aprovechó una distracción de Granio y de los dos custodios para dejar el atado junto a la balanza.

—Isasus regresó, comió su ración y esperamos. Luego salimos a ver. Yo traía una cesta. Cuando llegamos, los custodios empezaban a cabecear. Al quedarse dormidos, Isasus se acercó y fue sustrayendo las pesas: las metía en la cesta, una o dos por viaje, lo que pudiera cargar. Luego yo cuidaba de ocultarlas en los alrededores del *vicus*. Nadie se dio cuenta, porque el resto de los hombres estaba muy ocupado con la faena, y aunque Angionis estaba de avistador en el promontorio, la forma del mismo le impedía ver esa parte de la playa.

—Como dije al principio, al rato me arrepentí de lo que había hecho y quise decírtelo, pero no hubo tiempo.

Marco Favonio asintió. —¿Estabas en complicidad con Angionis, o es que le querías perjudicar? Le conoces, ¿no es así?

—¿Qué dices? Yo lo conozco de vista, nada más.

—Entonces, ¿por qué lo hiciste? No mientas, me he dado cuenta que ambos tienen el mismo acento. Es más... diría que vienen del mismo lugar, que nacieron y crecieron en el mismo sitio.

Eunomia suspiró y todavía dudó antes de contestar.

—¡Responde!

—Tienes razón, le conozco, pero no quería perjudicarle, buscaba protegerle.

—¿De quién?

—De sí mismo. Desde que llegó al *vicus* había estado buscando un motivo de pendencia con la factoría. Llegué a creer como muchos que había sido el autor del asalto al carro de las ánforas. Luego vino el asunto de las pesas. Ignoraba cuáles eran sus planes para ese día, entonces pensé que desapareciéndolas, impediría algo más grave.

Marco Favonio casi había descartado al avistador como

el asaltante del carro. Continuó cavilando en voz alta.

—Pero en cuanto a la fractura de la balanza, está claro que Angionis tiene más de un secuaz en esta factoría Ya habrá tiempo de resolver ese asunto... —se dirigió entonces a la mujer—. Ahora mismo lo que me importa es dar con Angionis.

Eunomia se levantó. Ella no quería que Angionis sufriera daño alguno. ¿Por qué lo buscaba?

Era una historia larga, tenía que ver con la chica que había llegado junto con ellos. Buscaban a su padre y todo parecía indicar que el púnico podía estar en conocimiento de su paradero.

—¿Cómo puedes estar tan seguro de que Angionis lo sabe?

Marco sonrió levemente. Como había dicho era una historia larga, nada más podía decir.

La mujer vacilaba.

—No lo sé, Marco.

—Vamos, Eunomia. He compartido contigo lo que sé y estoy dispuesto a callar lo que me has confiado.

Ella daba vueltas por la habitación. —Bien, te ayudaré, Marco —dijo finalmente. Sin embargo, solo revelaría su paradero bajo ciertas condiciones. Una, que no le haría daño a Angionis, no le denunciaría ni haría nada en su contra; dos, que no le diría nada a Zósimo, el liberto no debía enterarse de este trato, y tres, que no intentaría averiguar cuál era la naturaleza de su relación con Angionis. ¿Estaba de acuerdo?

El factor no lo dudó. Estaba de acuerdo en todo.

No bastaba prometer, replicó ella, había que jurar. Tomó entonces un plato de cerámica y lo puso en la mano de Marco Favonio.

—Anda, jura por tus dioses.

El factor se levantó y pronunció las palabras acostumbradas. —Júpiter, Apolo, Diana, sed mis testigos, juro que no dañaré a Angionis, el avistador, ni le denunciaré, ni haré nada que vaya en su perjuicio, juro asimismo que por mi boca no sabrá de este acuerdo Vibio Paquio Zósimo, escriba, y juro que nunca intentaré conocer qué lazos unen al llamado Angionis y Eunomia, mujer de Vibio Paquio Zósimo. Dioses, sed mis testigos. Si no cumplo con el juramento, que mis huesos se rompan en mil pedazos como este plato al quebrarse

—dicho esto, lanzó con fuerza el plato hacia el piso.

—Bien, Eunomia, ya he jurado.

La mujer todavía se tomó su tiempo, como si temiera arrepentirse más adelante del paso que iba a dar.

—Artigi —musitó al fin.

—Las minas.

—Hace unos días recibí un mensaje de él. Permanecerá allí un tiempo. Te daré una seña para que te dejen pasar a Artigi —buscó entonces entre sus pertenencias y sacó una lámina de plomo muy delgada, con forma de piel de toro—. Toma, Marco. Esta tésera te servirá de mucho.

El hombre la tomó, la palpó, leyó su borde con los dedos, la sopesó y la guardó.

—Así como te he pedido, Marco, que no hagas preguntas sobre mi relación con Angionis, asimismo te pido que no le reveles a Angionis quien suministró la información sobre su paradero. Por ello, si te preguntan acerca de la tésera, di que te la dio un amigo de Corduba, eso bastará.

El factor asintió. —Así lo haré.

Finalmente llegó el momento de embarcar con destino a Roma. Repasaron en sentido contrario la singladura que les había llevado a la Hélade, con semblantes animosos ante la expectativa del regreso a la patria.

—¿En qué piensas? —preguntó Quinto Fabio. Se había arrimado a su hermano y ambos escrutaban el poniente como si esperaran divisar tierra de un momento a otro.

—En nada —sonrió el muchacho. "¿Le habrá contado Flavio Calpurnio a Quinto Fabio acerca de Hipodamo... o Isócrates?" Al finalizar el banquete había cruzado unas palabras con el griego.

—Si no era cierto que te llamabas Hipodamo, tampoco lo será que hayas estado en Bactria ¿no es así? —preguntó Emiliano con irritación, no sabía qué parte de la farsa era la que menos soportaba.

—Mi nombre es Isócrates. Tengo un amigo, Hipodamo. Fue él quien me escribió acerca de ti. Te vio cuando estabas en Atenas. Él era quien planeaba venir hasta Pella simulando ser un traficante de libros. Cuando ya lo tenía todo dispuesto, enfermó y yo decidí tomar su lugar. El viaje es verdadero aunque nunca tuvo propósitos comerciales. Admito que no lo hice ahora sino en otro tiempo, cuando era un poco mayor que tú.

—¿Cómo sé yo si lo que dices ahora es la verdad? Tus palabras han sido falsas. Ahora lo sé, los libros no lo dicen todo porque las palabras no son ciertas por sí mismas. Veo que tu Pirrón lleva razón.

—Qué importa que las palabras sean falsas cuando los principios son verdaderos.

—¡Por Hércules! ¡No me vengas con sofismas! ¡Te has burlado de mí! Has venido a mi casa, a la casa que me encargó mi padre y nos has mentido a todos, aparentando ser quien no eres.

—¿No es eso lo que hace Odiseo? Tú mismo lo acabas de decir en esta sala.

—Entonces será que mentir es cosa de griegos.

—No, es cosa de hombres.

Emiliano lo contempló, su expresión se suavizó pero de inmediato se hizo el propósito de endurecerla. En ese instante llegó Onésimo con un tubo de bronce, que entregó al muchacho antes de retirarse discretamente.

—Toma, huésped. No tuve oportunidad de darte tu regalo.

El hombre abrió el tubo y miró la escritura del rollo.

—Es una copia de mi oración sobre Odiseo. Te la doy para que cuando la leas te veas en un espejo —dijo el muchacho en un tono sarcástico.

El griego sonrió.

—Noble Escipión, has sido el mejor anfitrión. Reconozco mi falta y te pido perdón. Aprecio tu discreción y admiro tu magnanimidad al no denunciarme. No lo olvidaré. Escríbeme cuando quieras. Si alguna vuelves de visita a Atenas, recuerda que mi casa es tu casa.

Emiliano asintió con un gesto severo aunque internamente paladeara la miel que había en las palabras del griego. Se le quedó mirando de hito en hito, tenía una gran necesidad de hacer aquella pregunta. —Dime, Isócrates —por primera vez le llamaba por su nombre—. ¿Qué fue lo que te detuvo aquella tarde en la biblioteca?

—¡Oh, Escipión! Eres hermoso a la par que intrépido, recto sin dejar de ser bondadoso, y a pesar de tantas virtudes que te exornan, modesto. Eres maravilloso. A pesar del amor que siento por ti, ocurre que no soy un bárbaro, ni un sucio beocio. Entre nosotros los atenienses hay cosas que no se pueden hacer sin el consentimiento del padre. Te amo, pero el honor de tu casa nunca estuvo en peligro.

El muchacho se ruborizó al escuchar tales cosas por boca de un varón.

—Bien... pero no me vuelvas a tocar la barbilla — balbuceó.

Isócrates rió de buena gana y meneó la cabeza. — ¡Romanos! No tenéis remedio.

Emiliano sintió que lo sacudían por el hombro.

—¿Adónde te fuiste? —preguntó Quinto con una sonrisa.

—Estaba preguntándome cuánto faltará para llegar — luego preguntó, sin dejar de pensar en la conversación con Isócrates—. Dime hermano, ¿qué piensas de los griegos?

—Oh, saben hablar, pero tú lo hiciste mejor. Aquel día sí que los dejaste boquiabiertos, y a nosotros también. Como diría padre, tu discurso fue *optimus* —respondió Quinto irguiendo su cuerpo, en un intento de imitar la singular apostura del cónsul.

El muchacho rió.

—Y tú también habrás estado *optimus* en la Iliria. Todavía no me has dicho qué te tocó hacer por allá.

—Hice mi trabajo, las ciudades recibieron lo que les correspondía por haber faltado a la palabra dada —dijo Quinto. "¿Sabrá cómo fue lo de las ciudades epirotas?" Su padre le había pedido que no dijera nada a Emiliano: él aún no estaba en posición de entender estas cosas.

Lo que sucedió no fue como lo de Iliria. En Epiro hubo engaño de por medio. Eran setenta las ciudades epirotas condenadas al saqueo por el Senado, para así castigar el apoyo que en la campaña habían brindado a Perseo; pillaje que sería tanto más fácil por cuanto se les haría creer que las tropas se retiraban para dejar libres a las ciudades, previo pago de una suma en oro y plata a ser reunida por los notables de cada urbe. Valiéndose de esta especie, contando con las puertas abiertas y unos habitantes incautos, las cohortes enviadas a cada población procederían a saquearlas el mismo día y a la misma hora, la cuarta, una vez fueran puestos a buen recaudo el oro y la plata. Finalizado el saco se destruirían las murallas.

—Padre, en vez de mentirle a esa gente, deberíamos castigarles sin más.

Paulo levantó la cabeza del documento que estaba leyendo y suspiró.

—En casa vivo en el mundo de las ideas, pero en la guerra vivo en el mundo de lo posible. Me repugna mentir, me repugna matar, pero si mintiendo es posible evitar otras muertes, elijo mentir. Si el ataque no se hace al unísono las primeras ciudades tendrían oportunidad de dar aviso a las demás. Podría entonces las últimas montar una resistencia, que a la larga resultaría inútil y encendería el ánimo de retaliación de los sitiadores una vez lograran entrar a saco. En cambio, la vista previa del oro y la plata sacados en orden disminuirá la ansiedad de los legionarios, sabiendo que el grueso del botín está en nuestras manos. Por otra parte, enviando un número de tropas que resulte proporcional a cada ciudad, hacemos más manejable la tarea del tribuno de cara al mantenimiento de la disciplina, evitando que el pillaje se salga de control. En suma, si todo sale bien el derramamiento de sangre será mínimo.

—Comprendo. Estoy contigo, padre.

—Ahora eres tú quien se ha ido, hermano —rió Emiliano, sacudiéndolo.

Quinto sonrió levemente.

—Te diré algo Emiliano. Yo no pienso tanto en los griegos como en nosotros. No somos griegos ni tampoco somos bárbaros como algunos de ellos se empeñan en calificarnos. Somos romanos. Somos los que ponemos las reglas y hacemos las leyes. Que los griegos se comparen con los bárbaros. Nosotros decidiremos con quien nos comparamos. Bien mirado, de aquí en adelante, los romanos somos los *optimates* de esta parte del mundo —después de estas palabras Quinto Fabio miró hacia el horizonte. Le pareció que ahora sí podía divisar la tenue línea de la costa de Brindisi.

El regreso a Roma fue un remontar el Tíber a bordo de

la magnífica nave real, con sus dieciséis filas de remos, enjaezada con lienzos purpurados, ante la curiosidad de las gentes que se agolpaban en las orillas del río, pero fue asimismo un difícil remontar sobre la corriente de murmuraciones de la tropa. Si los hombres del Senado daban la bienvenida al cónsul Paulo y se preparaban para concederle los honores de una entrada triunfal, los soldados escupían sobre tales muestras de gratitud, y llamaban cicatero a su comandante, pues no otro epíteto podía merecer a sus ojos quien, habiéndose apropiado de un fabuloso botín apenas había consentido en repartir una miserable ganancia entre los mílites. Servio Galba, tribuno de la Segunda Legión, encontró muy a su sabor esta mala voluntad y, buscando vengarse de lo sucedido en el castro, con ahínco procuró encenderla con mayores maledicencias, así cundía un descontento que estaba a las puertas del desorden. Días después, siempre por boca del tribuno, teniendo como oyente a la plebe de Roma reunida en asamblea, desde el crepúsculo hasta la noche acusaciones de rigor extremado, avaricia y maltrato cayeron sobre Paulo. Bajo los efectos de aquella seducción, a la mañana siguiente, azuzada asimismo por los clamores de los soldados que habían venido en masa a ocupar en tumulto el espacio delante del Capitolio, la primera de las tribus votó mayoritariamente en contra del triunfo acordado por el Senado. Entonces, casi consumada la añagaza de Servio Galba, un grupo de ilustres valedores del cónsul se abrió paso con la calidad que les daba su condición de Senadores. De ese número era Marco Servilio, a quien el tribuno Tiberio Sempronio concedió la palabra, luego de anular la votación en medio de protestas de toda laya. Su oración fue un apóstrofe a las palabras pérfidas de Galba y sus secuaces; un rechazo al baldón de la ingratitud con que se había obsequiado en el pasado a otros salvadores de Roma: primero Camilo, Escipión Africano el último; un encausto de colores vivos de los hechos y la gloria inmarcesible de Paulo a la que ningún triunfo podía añadir cosa alguna, y sí mucho en cambio a la fama de los centuriones y legionarios que habían contribuido a la victoria. Con estas y otras razones, más la autoridad moral de sus numerosísimas cicatrices de veterano impresionó Servilio a las tribus de tal forma, que vueltos a la cordura y con ella a la votación, el triunfo fue ratificado.

Pero de esas jornadas nada recordaría más el cónsul que las palabras del oráculo de Delfos. Nada podían importarle en cambio las palabras de Galba, ni las de Servilio, ni la pompa de tres días que siguió: el ambiente de fiesta que se impuso en la ciudad con los templos abiertos adornados de coronas, los ciento veinte mil sestercios en que se valuó la contribución al tesoro de Roma, la muestra de mármoles, encaustos y bronces, el inmenso arsenal arrebatado al enemigo, las setecientas cincuenta esportillas de plata conducidas por tres mil hombres. Al son de las magníficas trompetas de guerra, el paso de los ciento veinte bueyes de cuernos dorados, rumbo al sacrificio; las setenta y siete esportillas repletas de oro, el ánfora sagrada guarnecida de piedras preciosas, las soberbias vajillas reales, la visión del carro real con las armas y la diadema; las cuatrocientas coronas de oro de las ciudades vencidas; el desfile de los llorosos cautivos en actitud suplicante ante los ojos compasivos de la multitud, con Perseo y sus pequeños hijos a la cabeza; el oro y la púrpura de sus propios atavíos de general triunfador, la corona de laurel; el recorrido a bordo del carro de la victoria; la escolta de sus dos hijos mayores Quinto Fabio y Escipión Emiliano; la caballería y las legiones entonando alegres canciones patrióticas y solemnes himnos de victoria; los aplausos y aclamaciones del pueblo. Nada de eso importaba porque su carro estaba vacío. Sus dos menores hijos deberían haber estado allí, vistiendo la túnica pretexta, pero no estaban ni estarían. El pequeño Cneo, apenas rebasados los doce años, acababa de morir, y el joven Lucio, de catorce, el mayor de los hijos habidos con Octavia, languidecía en el hogar, ambos víctimas de unas funestas fiebres. "Ganará quien dé lo más preciado de sí".

Desde el umbral, Emiliano se obligó a respirar profundamente. La figura inmóvil de su padre, de espaldas a él, parecía contemplar el jardín peinado por el aura; los colores apagados de las flores; la languidez de las hierbas; la laureada indiferencia. Buscó sin fortuna palabras que justificasen su ingreso al *tablinum*, pero había tanto silencio... ¿Dónde estaba la doméstica multitud de las exequias? ¿Y el vulgo de los días de triunfo? ¿Qué se habían hecho las airosas pisadas encarnadas del enjambre senatorial? ¿Qué decir de los saludos matinales de la clientela? ¿Adónde habían ido a parar los ecuestres? ¿Y los cortejos que habían acompañado los descensos por el clivo entre murmurios de aprobación? Ya no estaban, solo su respiración, honda y pausada le hacía consciente del apremio del tiempo. Pero no se decidía. Trató de recordar alguna situación escrita que se pareciese pero no logró evocar ninguna. Entretanto, su boca se secaba y sus cabellos se erizaban al meditar en lo que había de decir. Se obligó entonces a repetir la fórmula de apertura: *Padre, he venido...* La había ensayado varias veces en los últimos días, pero lo que en principio habría sido una excelente declamación librada a una audiencia de compañeros, carecía del tono de intimidad que quería imprimir a su oración. Reiteró los votos que había hecho a Minerva si ponía en sus labios las áureas palabras y concedía un feliz término a su empresa. Enunció para sí los sacrificios que habría de hacer y todavía le parecieron pocos para asegurarse la protección de la divinidad. Ansioso, rogó en ese instante a Hércules que le infundiera valor, y con ligereza duplicó sus ofrecimientos. Solo entonces puso la punta del pie en la estancia. Su padre permanecía inmóvil. Hubiese querido, antes de entrar, tener siquiera un atisbo de su expresión, pero cómo. Absorbido por su curiosidad, puso el segundo pie adentro. Avanzó y ocupó el asiento reservado a las visitas clientelares, siempre detrás de Paulo, pero el padre no daba señales de haberle escuchado, y su postura continuó siendo estatuaria, lo que hacía su pena más recóndita. ¿Estaría entregado a un llanto silencioso y no querría ser visto por nadie? La idea turbó a Emiliano. Era como si estuviese contemplando un asunto privado. Tal vez se había equivocado y no era este el momento más propicio para largar suasorias que dañaran aquel silencio tan puro y viril de su padre. Se levantó con sigilo de su asiento, y ya buscaba la salida en dos pasos cuando una orden dicha en voz muy baja le detuvo.

—Aguarda.

El joven se aproximó hasta ponerse frente a Lucio Emilio, y por primera vez le miró. Su rostro se veía sereno pero lo subvertía el celaje de un sufrimiento, tanto así que sus ojos, después de la borrasca reflejaban mejor el verdemar. Sus manos dormían sobre los puños del solio. Había algo de singular nobleza en aquella actitud. Por un momento, Emiliano olvidó sus palabras y no supo qué decir.

—Padre, yo...

Paulo suspiró. —Hace varios días que los últimos estorninos se fueron de la ciudad. No me han hablado hoy los augurios sino la naturaleza. Tiempo es que marches a tu casa. Tienes un deber con tus Lares y tus Penates: no los hagas esperar más.

Emiliano fijó los ojos en el suelo, mientras las palabras de su respuesta salían con su voz más tímida: —La *pietas* me liga a esos Lares y Penates, pero el amor mc liga a mi padre, a mi verdadero padre. —Levantó la vista y miró a Paulo a los ojos, quizás el único gesto realmente natural de una frase desgarbada.

Paulo no dijo nada pero su expresión se dulcificó; fue hasta la caja de caudales que le servía de archivo. La abrió y sacó dos tablillas enceradas, una de las cuales entregó a Emiliano, diciendo: —Dásela a Publio Cornelio, y dile que he cumplido con el mandato que me encargó. Dile además que lo he hecho con el mismo celo que un *paterfamilias* pondría en procurar el bienestar de sus hijos.

El joven examinó el escrito: era una relación de gastos con el sello de Paulo.

—Hace años —prosiguió—, Publio Cornelio me dio su mano para que yo fuese mandatario de un único negocio: educarte hasta que llegases a la edad viril. Yo contraté los preceptores y acordé sus honorarios; Publio Cornelio cubrió mis obligaciones. Lo que he hecho ha sido en tu provecho, en el mío y en el de mi mandante: tu ingenio ha ganado disciplina, Publio Cornelio un hijo digno de sucederle y yo, el gozo de una esperanza ajena.

Paulo le entregó la segunda tablilla.

—He aquí el resto de las últimas cuentas que habrás de entregar a tu padre adoptivo. Solo hace falta trasladar tus cosas.

—Padre, escucha.

Paulo hizo caso omiso. —Poco después de los catorce

años llegaste sin retrasos a la pubertad, pero pretextando ante mi conciencia, ya por orgullo ya por debilidad que tu aprendizaje no había concluido, retrasé tu partida hasta la edad límite, y mucho más allá al llevarte conmigo a Macedonia. Ya no debo retenerte, ni siquiera ahora. —Quebrada la voz le dio la espalda a Emiliano y se alejó de él.

Aquel dolor tan furtivo de su padre conmovió de tal forma al muchacho y a tal punto inflamó su ánimo, que si en ese momento las Furias hubieran entrado para llevarse a Paulo, las hubiera vuelto pedazos, pero como solo se trataba de abandonarse a las palabras y convencer a su progenitor amado, habló por fin con voz alta y clara: —Oh, padre, nada de esto es necesario. Agradezco el gesto de Publio Cornelio, pero aún más amo tus desvelos. Para otros es fácil cambiar de padre, porque mudando de estado y de casa, mucho mejoran su situación, pero no para mí, no, nunca para mí, que he conocido al único que podría yo tener, aunque no sé si le merezca. Extraña situación la mía que me hace hijo adoptivo de un hombre blando que apenas conozco, mientras soy criado por otro más cercano a mi naturaleza. Si desde niño hubiese crecido junto a Escipión, otro sería mi parecer, porque la costumbre crea lazos que no son de despreciar, pero un mandato ha querido lo contrario y este es el resultado. Tan estrechamente he estado junto a ti, que no creía posible mayor unión, y sin embargo, lo funesto de estos últimos días lo ha hecho posible. No me atrevo a afirmar que tantas señales sean un mensaje de los dioses, porque no soy intérprete de prodigios, apenas en esto he fallado en seguir tus pasos, pero he pensado largamente como hombre racional, y esto es lo que creo: ya que tu esperanza de ver a mis muy amados hermanos Lucio y Cneo como sucesores de tu nombre ha sido traicionada, presto estoy —tragó en seco—, a ir ante Publio Cornelio y pedirle que me mancipe, y volver luego aquí, a ser parte de tu casa.

Estaba dicho. Se había descargado de un gran peso, pero Paulo no replicaba. Continuaba dando la espalda mientras la brisa soplaba con más fuerza desde el *impluvium*. El joven se estremeció. Era el frío, solo el frío. No estaba inquieto, había hecho lo más difícil, y ahora, aunque pasaran días, sabía que el padre contestaría. Solo tenía que esperar sentado. Aguardó entonces, obligándose a pensar con la paciencia de un cliente y a no sentir el terror de un hijo. La brisa terminó por amainar, no supo cuándo, pero mucho después todavía temblaba. Era Paulo que ya hablaba y desde el extremo opuesto del recinto venía hacia él con paso grave.

—Calamidad, desventura, infortunio, adversidad.... Afirmas, Publio sentirte muy cercano a mi naturaleza. ¿Habrás aprendido algo de mí? Roma llora por Lucio Emilio y le toma en medio de su triunfo por el más desdichado de los hombres porque, ¿quién se siente desventurado por ser padre sino un padre sin hijos? Tan desdichado como Perseo que dejó de ser rey así me juzgas por haber dejado de ser padre, pues la condición de padre consiste en serlo siempre. ¿Me juzgarías en cambio desdichado por no ser ya mandatario? Yo al menos, me siento dichoso de haber sido mandatario de Publio Cornelio siendo que la condición de mandatario no es perpetua. Pero, ¿puede hablarse de perpetuidad cuando todo está sujeto a la mutación? Solo la virtud es firme. Dos veces en este consulado se ha fijado la Fortuna en Lucio Emilio, dos veces le ha distinguido: en una le ha exaltado, en otra le ha abatido. Ecuánime antes y después de ser exaltado, ecuánime al cabo de ser abatido. Se ha dicho que nadie podrá llamarse feliz hasta que muere, y es verdad, pero es deber de cada hombre entender que la vida es compensación. Por sus hijos muertos ha llorado Lucio Emilio, y a pesar de sus hijos muertos acepta Lucio los vaivenes de la Fortuna, naturales y temibles como Bóreas. Dicha y desdicha, tanto se acercan entre sí como cuando declaro que soy tu padre por cognación pero no soy tu padre por agnación.

Paulo estaba de nuevo frente a Emiliano.

—Eres hijo adoptivo de Publio Cornelio. Si para ti o para mí es una calamidad, debes saber que un hado te ha escogido.

Emiliano quiso leer en el rostro de Paulo alguna señal que contrariase sus palabras pero no dio con ninguna. Buscó entonces dentro de sí algún argumento que pudiese oponer entre tantos, meditados y ensayados, pero había perdido la serenidad. Atropellando palabras logró hilvanar una contestación:

—¡Oh, dioses! Muy cierto debe ser eso de que la Fortuna niega la estabilidad a los hombres porque a mí me la ha negado desde que nací. Dices que eres y no eres mi padre, pero no tengo yo acaso un primo por padre, un tío por abuelo, y dos hermanas por primas, de ti soy hijo y sobrino, y hasta de mí mismo soy primo hermano; qué soy al fin y al cabo eso no lo sé, nací y he sido expulsado de mi lugar de origen y nadie me consultó. Nadie me dio a escoger. Ahora púber elijo y proclamo: soy el hijo de Lucio, así me llamaban en el campamento.

Paulo meneó la cabeza. —Eso fue porque venías conmigo, pero todos sabían quién eres en verdad: Escipión.

—¡Pero es que yo no quiero serlo! —protestó el muchacho.

—¿Por qué?

Emiliano titubeaba.

—Dime —insistió Paulo.

—Porque no, porque no quiero.

—¡Por Hércules! Emiliano pareces un niño. Harto bien manejas las palabras pero bien poco sabes de las cosas —exclamó Paulo, poniendo su mano sobre el hombro del muchacho— ¿Acaso no confías en mí que he elegido por ti? Yo escogí lo mejor. Créeme.

Emiliano tomó las tablillas y las miró nuevamente. —Creo, sí —replicó— creo que me vendiste... como un esclavo —susurró.

Casi enseguida lamentó, al ver la expresión de fatiga en el rostro de Paulo haber dicho tal cosa. Éste se retiró de su lado y miró hacia el jardín.

—Todavía no me absuelves de haberte dado en adopción. Crees que lo hice para poder casarme. Ni siquiera ahora me absuelves.

—No puedo absolver si no comprendo, y no comprendo por qué me rechazas otra vez. Incluso ahora que no están Lucio y Cneo. Tú tampoco me has comprendido —añadió con amargura—. Nadie me comprende.

Paulo se volvió hacia él, imperioso. —Emiliano, escucha: aunque tuviera que renunciar a verte te ordeno que cumplas con tu deber como yo he cumplido con el mío. Márchate.

El muchacho se levantó con lasitud y replicó desolado: —No, tú lo has dicho. No eres mi *paterfamilias*, ni quieres serlo. Por tanto, nada puedes ordenarme. Me marcho, sí, pero no a casa de los Escipiones.

—No tienes adonde ir.

—Entonces tal vez vaya adonde solo un fugitivo puede ir —dijo el muchacho y salió sin mirar atrás.

Paulo no intentó detenerlo. En su lugar llamó a Nicias y Onésimo.

—Seguid a mi hijo y avisadme si sale de la ciudad —luego fue hasta su archivo, del que extrajo un papiro en cuyos torpes trazos se leía: *"Soñé que estaba en un bosque y que cinco ciervos pasaban delante de mí. Un cervatillo pisó una charca. Este cervatillo me miró y salió en carrera. Otro vino y se echó a mis pies. El varetón llegó después. Lucía sus pequeñas astas, pero otro macho más crecido baló con maña y le ganó. Entonces vi venir al que parecía rey. Traía el paso lento y una herida de flecha en la cerviz. Las sombras se comieron al bosque y yo desperté".*

Nuevamente los tres se pusieron en camino partiendo del estrecho, esta vez por tierra, hacia el norte, a tierra de túrdulos, pasando por Carmo, Osset y Corduba, para luego de un recorrido por varios *oppida,* llegar a Artigi. Era éste, como casi todos los pueblos mineros, un asentamiento triste y sucio dedicado desde siempre a la extracción de la plata, mucho antes incluso de la llegada de los púnicos.

Diotima no prestó mucha atención al paisaje, que en el avance, de manera paulatina, se fue cubriendo de pequeñas lomas berroqueñas extendidas por una llanura punteada de jaras, encinas, retamas y tomillos. Tampoco admiró las bandadas de alcaravanes que volaban en dirección al ocaso. Tenía tanta prisa por llegar y al mismo tiempo tantas prevenciones, que su mente no estaba para la contemplación de la naturaleza, y mucho menos para la conversación. El intercambio ingenioso con Zózimo y Marco hubiera sido, sin embargo, un alivio para ella, pero los dos hombres estaban tan enfrascados hablando de negocios entre sociedades, alfares y factorías, que era como si se hubiesen olvidado por unos momentos de ella. Quizás era mejor así. La posibilidad cada vez más cercana de encontrarse con su padre la había sumido en el silencio, pero no dejaba de preguntarse a sí misma, ¿qué le diré? No sabía por dónde empezar. Aquel día, el de su llegada a Roma, tampoco creyó tener todas las palabras consigo. Ocurría, sin embargo, que al menos ahora esa otra conversación no tendría lugar: ella tenía que postergar sus planes, Artemidoro la necesitaba. Sacudió su cabeza. Resultaba extraño que su padre hubiera venido a refugiarse a un rincón tan alejado del gran mar. Para Diotima, él no era hombre que se asustara con facilidad, razón de más para no tener en menos la peligrosidad de los perseguidores.

Supieron que habían arribado a Artigi cuando los habitantes salieron a verlos, a ellos, forasteros. Al parecer, alguien se había adelantado avisando de la venida de esta curiosa terna, pero aun presentando la tésera, los anfitriones, túrdulos que laboraban en la mina cercana, no resultaron muy amistosos. Los saludos fueron secos, como tensas las respuestas a las preguntas de los visitantes.

Mientras tanto, Diotima continuaba reflexionando. Más allá de preocuparse por la suerte de su padre, las relaciones con Artemidoro no estaban en su mejor momento. Él la había criado en solitario después de la muerte de su madre en un mal parto, y la chica no tenía reparos en recordar su infancia como un período de complicidad cuando pensaba en un padre al que desde luego siempre había admirado, al punto de seguir sus pasos como médico y estar dispuesta a trabajar junto a él una vez concluyera sus estudios. Pero el tiempo pasado en Alejandría le había hecho cambiar de opinión: su interés por la ciencia de los autómatas la obligaba a fijar su residencia lejos de Roma. Una vez Diotima insinuó esta posibilidad, Artemidoro dejó de acoger con una indiferencia que rayaba en el desdén cualquier mención de lecturas sobre mecánica y neumática que otrora ella hubiese dejado caer en sus cartas, y del consejo paternal pasó a la amenaza, nunca cumplida, de dejar de enviar dinero a fin de lograr un sometimiento que de todos modos ella no iba a otorgar. Con este desacuerdo, las comunicaciones epistolares se fueron volviendo más acerbas hasta interrumpirse cuando ya los estudios de Diotima estaban por finalizar. Estaba claro que los dos venían del mismo molde y ninguno parecía dispuesto a dar su brazo a torcer. La desaparición del médico, sin embargo, había demostrado en los últimos días que a pesar de todo, el afecto filial estaba intacto.

Marco Favonio dialogaba en una *koiné* precaria con quien parecía ser el jefe del poblado, un túrdulo de baja estatura, rostro avellanado y una clara actitud hostil. Las leyes de la hospitalidad obligaban a los nativos a darles alojamiento, pero la sola vista de un itálico les hacía olvidarlas: desconfiaban de él, nada bueno podía venir de Roma. Por otro lado, temían las posibles represalias, conque al final, después de una rápida deliberación, a regañadientes pero obedeciendo a una mejor tradición, convinieron en principio en abrirles las puertas de sus casas, al menos por una noche.

La chica griega se impacientaba. No le interesaba el pueblo, ni sus protocolos de bienvenida ni la comodidad de una pernocta bajo techo. Lo que quería era saber de su padre. Quería saber si él estaba allí, eso era todo.

El factor inquirió al fin por el paradero de Angionis. En esto los túrdulos fueron evasivos. No sabían de quién les estaba hablando. Marco Favonio insistió y explicó. No venían por el púnico, buscaban a un médico griego de nombre Artemidoro de Cos, su hija le requería, dijo, señalando a Diotima. Ella necesitaba reunirse con él, tal era la finalidad del viaje que los tres habían hecho hasta Artigi. Los habitantes se mantuvieron en silencio, el jefe fue rotundo en sus negaciones. Marco Favonio insistió, se trataba de su hija, no mentían, si el médico estaba allí podría ver con sus propios ojos que no mentían. El factor llamó con suavidad a Diotima para que se adelantase.

Ella misma buscó a su padre entre las casas y los habitantes, tomó la palabra, les imploró, era su hija, no mentía. Pero a su padre sí que le había ocultado sus últimos pasos. De pronto tuvo miedo de enfrentarlo y pensó que a pesar de sus elocuentes súplicas, que aquella gente no comprendía bien, ella quizás no esperaba encontrarlo realmente.

En eso apareció Angionis. Hubo una nueva y más enconada discusión. El joven púnico negó la presencia de tal médico. Nada podía hacer con respecto a las leyes de la hospitalidad, pero lo cierto es que no eran bienvenidos, en especial el romano. Marco Favonio replicó paciente, pero las palabras fueron subiendo de tono.

Diotima profirió entonces una exclamación. Artemidoro de Cos, salido de una de las casa, caminaba hasta ellos. Entonces todos callaron.

Recorrer el camino había sido inútil. En un arranque había dado a entender que vendría hasta el bosque, pero conforme la biga se comía los miliarios su arrebato había ido menguando y sus dudas le habían seguido como tercas compañeras de viaje. Entre varias determinaciones absurdas llegó a barruntar el volverse hacia Ostia y embarcar como Telémaco hacia algún sitio en el extremo del mar, pero no tenía un padre a quien buscar, no llevaba ni un denario y, pensó contrito en todos los casos: "A madre no le gustaría".

Salió de la vía y tomó el divertículo que conducía al santuario de Diana Aricina. Refrenó los caballos por respeto a Virbio, y bajó del carruaje murmurando para sí:

—El que fue Hipólito será Virbio, y el que fue Lucio, ¿qué será ahora?

Tomó de las bridas a los caballos y con sigilo los sacó del sendero. Anduvo un trecho hasta dar con un abrigo detrás de los árboles para el vehículo y su tronco, y dijo antes de volver sobre sus pasos:

—Oh, Virbio, tú que por la perfidia de una mujer fuiste triturado y desfigurado por tus briosos caballos, y retornaste de la muerte gracias a los cuidados de una divinidad; a ti que eres protegido de Diana, te suplico, en los límites de este bosque sagrado, que protejas esta biga y estos caballos como alguna vez lo hiciste con lo tuyo.

Cuando hubo pronunciado estas palabras cambió de opinión y se sentó en la base del carro. La actitud cautelosa, la mirada perdida, mano sobre mano, sin decirse cosa alguna, reloj entre nubes, sin agua ni arena, la respiración pausada, la boca ligeramente abierta, como si musitase, marcando el rato vacío con un parpadeo hasta patear el suelo, pararse de un brinco, querer montar de nuevo y con el mismo impulso abandonar las riendas. Vacilante, porque el cielo auguraba lluvia, bajó de la biga y se encaminó hacia el estrecho sendero.

El divertículo estaba desierto. Una brisa suave bajaba a su izquierda por la falda de la colina. Había llovido en la madrugada y todo en él con su gruesa estera de hojas muertas, era parda humedad. En lugar de marchar con el paso venatorio de costumbre se internaba con aire distraído por la sinuosidad hasta que, al cabo del último recodo vio desvelarse a menos de mil pasos el costado del templo de Diana pintado de almagre. Aunque colocado sobre alto podio era pequeño y su estructura harto simple: una sola nave, a más de cuatro columnas al frente, parco estilo que se veía compensado por un elevado techo, que se extendía a dos aguas, y las acroteras que remataban airosamente el frontón.

El muchacho amaba a pesar de todo aquella humilde estampa de terracota que a sus ojos, en lugar de levantada por mano de hombre, debía haber surgido de la tierra misma por gracia de la divinidad que la acogía. Se detuvo a contemplar piadoso el edificio esperando quizás una respuesta que no pudo recibir: le pareció que en el recinto una altiva figura había pasado como exhalación de una a otra estancia. Era, sin duda, el sacerdote del culto, el *rex nemorensis*, tan custodio del santuario como de su propia vida, amenazada de continuo por todo esclavo fugitivo que, aspirando a ocupar su cargo, y en cumplimiento de la sangrienta norma de sucesión, viniese a matarle como él alguna vez lo había hecho con su antecesor. Emiliano, prudente, se apartó del sendero y abrió camino por la hojarasca del declive hasta llegar al fondo, muy próximo a la orilla del lago.

El tiempo empeoraba. Emiliano se envolvió en su sayo y comenzó a circunvalar como un astro errante el antiguo volcán, tan hondo que varios trirremes podrían ser hundidos sin que nadie lo notase. Al cabo de varias jornadas de lluvia el agua se desbordaba y lamía los bordes del lago. El muchacho se detuvo, miró atentamente la superficie tenebrosa y pensó en una espada de plomo, torpe e inútil como su elocuencia. Con tres pasos cautelosos salvó la distancia hasta poner la punta de sus pies en el borde del abismo, miró hacia su costado izquierdo el templo y la colina, y ya no pudo contener el llanto de tantos días y por tantas cosas. Cayó de rodillas y asomó su rostro a la superficie. No pudo verse con nitidez: sus lágrimas, aunque menos copiosas que las de la ninfa, hacían temblar el agua. No podía verse tampoco quien no quería mirarse sumido en su agobio. Muy luego pudo con algún esfuerzo parar de llorar sin llegar a serenarse. Limpió su cara con el dorso del brazo y con los ojos enrojecidos e hinchados alzó la cabeza hacia la montaña. Se alisó los cabellos y trató de contener la nueva carga de lágrimas apretando las mandíbulas, pero sintió que se ahogaba. Desesperado se refrescó a manos llenas con el agua helada y la sangre corrió con furia por su rostro. Iba a rociarse más agua cuando por fin, se contempló. Vino a su mente una vaga idea, que el negro fondo reflejaba mejor las imágenes. Ahora podía mirarse. "¿Quién soy?", pensó. "¿Cómo regresar sin saber quién soy?"

—¿Quién debo ser? —musitó con voz mocosa.

Cuando, meciéndose aún el dolor en sus párpados iba a insistir en las abluciones, el espejo le recibió tan sereno que pudo escrutar sus profundidades. Quizás, después de todo no era muy semejante a su padre.

—¿Será posible que no exista alguien de quien yo sea reflejo? ¿Acaso tiene un hombre que morir para conocerse? ¿Acaso debe un hombre descender al Hades y consultar a las deidades infernales para saber de dónde proviene y hacia dónde debe ir? —se preguntaba sollozando de nuevo— Tiene que haber una manera más simple. Podría emular a quien me engendró, pero ¿eso me servirá de algo? Escogido, no; fruto descartado así me siento. No puedo auscultar las virtudes de mi linaje cuando pronuncio su nombre porque me lo han negado. Soy un extraño, aunque otra familia me ha sido dada. Mi reflejo no les pertenece pero tampoco me pertenece a mí. Soy hombre, héroe, hijo, rey, esclavo. Soy sombra de mi mismo, de lo que puedo ser y todavía no es. Soy un histrión. ¿Quién debo ser? —repitió varias veces como una reverberación de si mismo

Entonces, lentamente, levantó la vista. Una extraña voz multiplicada en ecos por la hoya del santuario le respondía. Al otro extremo del lago, al cabo del sendero que bajaba del templo hasta la ribera, le llamaba, espada en mano, el *rex nemorensis*. Por unos instantes, el muchacho olvidó sus cuitas y pasó a contemplar fascinado aquella especie de imponente espectro dispuesto a asesinarle hasta que, al oír de nuevo el reclamo, no lo dudó más y huyó como un cervatillo en busca del monte.

Corrió un buen rato de cara al viento, salvando las irregularidades del terreno pegajoso y dejándose guiar por los ambages del *lucus* hasta que, convencido de que más que haberle perdido la huella, el *rex nemorensis* no le seguía, se paró junto a un avellano para recuperar el aliento, luego cerró los ojos y escuchó con atención para asegurarse. El aire olía a viburno. Arrancó un amento de la garra florida y jugó nerviosamente con él mientras las gotas comenzaban a caer. Lluvia recia que se anunciaba. Soltó la espiga y continuó avanzando bajo la garúa. Dio con una hilera de brezos y cardos, y al cabo de repasarla encontró la boca de la galería donde fue a sentarse justo antes de que el cielo se abriera.

Era uno de los tantos pozos horizontales que, alimentados por el lago, había diseminados por distintas cotas de la montaña. A pesar del otoño lluvioso el nivel del agua no había alcanzado la galería, suficientemente espaciosa como para que un hombre caminase por ella sin doblar la cerviz. De espaldas al fondo de la cavidad, miró caer el chubasco mientras los relámpagos hacían fisuras en el cielo. De pronto se sentía muy cansado. Con el dorso de la mano barrió las hojas de la entrada hasta desnudar el terreno, apartó un ciempiés, y con una ramita escribió el cognomen: SCIPIO. Lo contempló con el mentón apoyado en su diestra. Las letras no le sonrieron. Él tampoco. Arrojó el palo y aceptando que había agua para rato se recostó en la pared y cerró los ojos.

No supo por cuánto tiempo durmió, pero cuando despertó ya había dejado de llover. Bostezó sin moverse entre jirones de blanco. Una niebla se había posado en la montaña y cubría sus ojos como una mortaja. Aunque apenas podía distinguirse, pudo sin embargo, leer de nuevo sus trazos en la tierra, a excepción de dos letras desvanecidas por el goteo caído desde las grietas del vano: SCI O. *Saber*, leyó esta vez el muchacho sin conmoverse. Se sintió vacío. Quizás sea tiempo de regresar, se dijo.

Le tocó caminar a tientas sobre hojas resbalosas, procurando el descenso como única orientación a falta de una mejor visibilidad, pero derrapaba a menudo y aunque el oportuno asirse de un árbol o cuando menos del cordón de una clemátide deshojada le ahorró algunas caídas, sus pasos ciegos le conducían a lo inevitable por imprudentes: la rama de turno de un acebo se partió, el muchacho perdió pie y rodó lo que dura un grito.

Pasó el susto echado sobre un manto de hojas negras, recuperando el aliento, la rama todavía asida con su diestra. De no haberse trabado el palo en un nudo de raíces habría rodado más largo y con mayor peligro.

Se levantó despacio, algo tambaleante, la ropa sucia y rasgada, tratando de adivinar, porque la calina no cedía, cuánto faltaría para llegar al fondo, pero un dedo de hielo le atravesó el hígado. ¡Ahí estaba, delante de él! Asustado, rehízo en parte la subida escabrosa. Volteó y en un paréntesis de niebla le vio: no era un sueño, era el *rex nemorensis* que le había alcanzado. Dos senderos se abrían a ambos lados de la altiva figura. No había escape. "¡El *rex nemorensis*!", repitió angustiado Emiliano. "El *rex nemorensis*, espada en mano", pensó agitado. El muchacho retrocedió un paso, resbaló, no le quedó más que increpar, amenazar con la rama, blandiéndola como un batán a falta de otra defensa. ¿Respondía el espectro? No lo hacía o eran palabras que se llevaba el aire, solo avanzaba, inexorable, salvando los doce pasos de separación a través del cándido velo.

El muchacho aterido, paralizado, cicateado por el pánico todo a una, esperó a pie firme a su adversario, el palo amagando, dispuesto a descargarlo sobre aquella temible humanidad, pero cuando iba dando el primer golpe a muerte, el padre le desarmó con una llave muy simple.

—Oh, Emiliano, hijo mío, cuántas veces más huirás, ¿cuántas más? —le preguntó el augur— Quien huye de los hados huye de sí mismo. Vano esfuerzo del hombre es huir de ambos porque no es el corazón impedimenta que se deje atrás si errante tú mismo te llevas por bagaje.

El muchacho caído se quedó en el suelo con su vergüenza, la cabeza gacha, el estupor pintado en el semblante. "¡Había estado a punto de matar a su padre!"

Paulo de pie le pidió alzar el rostro. —¡Mírame! — insistió, pero el hijo no pudo obedecer sin ladear la cabeza— ¿De dónde esas maneras de bárbaro? —preguntaba— ¿De dónde tanta torpeza? ¿Acaso huiste también de la razón?, porque no de otra forma podrá explicarse este proceder —dijo el augur, señalando el palo con un gesto—. Ahora tú, di algo, o ¿también perdiste la facultad de hablar?

El muchacho ocultó su rostro entre las manos y se justificó con la voz deformada por el llanto. Padre... oh, padre... que le perdonase.... es que le había confundido....

—¿Con el *rex nemorensis*? —alcanzó a descifrar Paulo— Dioses, nunca hubiera creído tal cosa de ti. El padre suspiró y puso clemente su mano sobre la cabeza de Emiliano, pero solo logró que el llanto arreciase. Pasó a reconvenirle con suavidad: nunca lo hubiera creído de él, actuar así, arrastrado por engañosas sensaciones, por simulacros y fantasmas, sin sopesar ni oír a la razón. —Que te sirva de aviso: el varón señalado por su piedad iba a señalarse con el estigma del parricidio, cargando a su crimen la ofensa a las divinidades dc este bosque sagrado.

—No voy a poder —alcanzó a decir el muchacho, meneando la cabeza, después de aceptar un pañuelo, limpiarse la cara y hacer un esfuerzo por calmarse.

—¿Qué cosa no vas a poder?

—Los Escipiones, el Africano, nunca podré ser como él. Ir con ellos, sea, pero no poseo las virtudes del Africano, ni sus talentos, ni su medida. Ignoro cómo podría yo alcanzar tales alturas si es eso lo que quieres de mí. No lo sé. Una sola cosa sé... solo sé que quiero saber, saber, saber.

Paulo miró a su alrededor, el bosque estaba en silencio y la niebla empezaba a disiparse. Afirmó entonces su pie derecho sobre la raíz de un abedul y cubrió su cabeza antes de decir: —Escucha con atención, Emiliano. Escucha. El padre que vela por su hijo, vela por su libertad, no por reducirle a la esclavitud. Alcanzarás tu medida, no porque yo te lo demande sino en la medida en que lo quieras tú. Contempla ahora este bosque que nos rodea, tal es el mundo que te espera: inextricable, incierto, desconocido. Paso es de los que serán, una vez que tú y yo solo seamos sombras, como paso es de los que son y los que fueron. Yo no sé hasta dónde debes llegar, pero un hombre solo conoce y se reconoce cuando da sus propios pasos. Es posible que mientras más te conozcas más solo te sientas en medio del vulgo que persiste en la ignorancia. Te reitero que el sendero es difícil, inextricable, abundarán los pasajes oscuros... guárdate de ellos, procurando por un lado que las pasiones no te extravíen, afirmándote por el otro en las virtudes, ya que ellas serán tu mejor guía, nunca te exhortaré bastante a seguir este consejo. En la mitad de los anales de Roma te verás algún día y algo habrás de hacer, en la mitad. Tantos vinieron tantos vendrán.

Emiliano, sin comprender el sentido de las últimas palabras, quiso preguntar pero el augur le calló con un gesto y prosiguió: —Como bueyes de la misma edad, el mismo peso, el mismo empuje, con los que el labriego compone la buena yunta, y con ella rotura el campo perfectamente, que el equilibrio de ti mismo se refleje en tu quehacer, tanto en la casa como en el foro, he allí el supremo cálculo, más allá de saber decir las fórmulas. Encontrarás harto difícil comprender esto sin haberlo experimentado, pero ya lo irás aprendiendo por el camino.

¿Qué habría querido decir?, se preguntaba el muchacho. ¿Habría oído bien? En la mitad de los anales... algo habría de hacer. ¿Yo? y se quedó pensando.

El augur prosiguió.

—Hay algo que debes entender, Emiliano. Como augur he llegado a pensar que a través de los sacrificios se construyen caminos hacia los dioses. En ese camino que habrás de recorrer no faltarán los sacrificios, pero estos poco tendrán que hacer con los espacios agonales y mucho con tus afectos. Así he ido labrando el mío. Marché al encuentro de los lusitanos, sofoqué a los ilirios, derroté a Perseo, pero pagando cada vez el alto precio de la separación: primero de tu madre, luego de mis hijas, más tarde de Quinto, de Lucio, de Cneo, de tantos, de ti.

Emiliano había renovado su atención y obediente escuchó hasta el final, pero no desistió de su mayor empeño:

—De penas algo sé sin haber comenzado mi propia andadura, pero, ¿de qué me sirve? ¿Quién quiere ir a la casa de los dioses? De buena gana me echaría a las espaldas los trabajos de Hércules, si fuese premio volver a la casa de mi padre —dijo con el ímpetu de siempre.

Lucio Emilio sonrió.

—No es lo acerbo, ni lo cruento de tales golpes lo que te hará llegar más rápido, sino tu capacidad de aceptar. Yo nada pedí, nada busqué, solo cumplí con mi deber. Si a la casa del padre quieres ir, trabaja entonces por la Patria: di lo que tengas que decir, haz lo que tengas que hacer. Si así actúas, si así te conduces, te prometo que volveremos a vernos —luego añadió en voz baja—. Te lo dice tu padre. Entretanto regresemos a la ciudad. Vamos, no podemos quedarnos aquí, es tierra sagrada.

Mientras bajaban la cuesta, el muchacho preguntó:

—¿Cuál es la mitad de los anales de Roma?

El augur no respondió.

—¿Cómo voy a saber? —insistió el muchacho.

El padre se llevó el dedo a los labios en señal de silencio.

—Al menos, ¿podrías decirme cómo me hallaste?

—Tú mismo lo dijiste: "soy un esclavo fugitivo". Fuera de Roma, adónde más podrías ir?

—Pero el *rex nemorensis...*

Lucio Emilio le había llevado una ofrenda. —Supuse que te habías ido con las manos vacías, debía remediar la falta —dijo. Sin revelar nombres, ni dar mayores señas logró que el sacerdote le indicase su rastro—. Fue fácil, conozco a ese buen hombre desde hace mucho, era esclavo de un caballero en la campaña contra los ilirios .

Emiliano asintió escuchándole a medias, la niebla se había ido, pero volvió a pensar en el acertijo, "en la mitad de los anales... tantos vinieron, tantos vendrán...

La aparición de Artemidoro de Cos marcó los eventos que siguieron. Muy a su pesar, Angionis aceptó, a pedido del griego, que Marco y Zósimo pasaran la noche en el poblado, si bien bajo una estricta vigilancia. Diotima, por su parte, tuvo una conversación aparte con su padre y le puso al tanto de lo que pretendían de él. Con todo, era de suponer que el médico tuviera reparos, pues quiso, muy temprano en la mañana tener unas palabras con el factor, camino de la mina.

—Salud, Marco Favonio, mi hija me ha hablado ya de ti —su voz sonó tensa al referirse a Diotima.

—Salud, Artemidoro. La búsqueda ha sido penosa. En Antas estuvimos a punto de darte alcance.

El viejo asintió.

—Pensaba que erais mis perseguidores, ignoraba que Diotima os acompañaba. —dijo. Luego añadió con brusquedad— Bien, ya lo he escuchado de mi hija, pero ahora quiero que me lo digas tu mismo. ¿A qué has venido?

—Escribiste un informe sobre la muerte de Publio Cornelio Escipión Emiliano.

El viejo se detuvo sin contestar. Marco Favonio oyó los breves saludos de quienes transitaban por la vía, intuyó las miradas de reojo dirigidas a él. El factor sentía bajo sus pies la calzada de balasto, el sol que ya se levantaba, sin duda iba a ser un día muy cálido.

—¿Lo escribiste? —insistió Marco.

—Dime, romano, ¿por qué quieres indagar esta especie que tan lejos se halla de tus negocios? Mi hija me ha dicho que estás al frente de unas salazones, raro oficio para alguien interesado en enredos consulares.

—No soy yo, son otros, quienes buscan esa verdad.

—La verdad. ¿Cómo saber que lo que guardo es la verdad?

—Porque lo has visto.

—A veces los ciegos pueden ver mejor.

—Quizás tengas razón: puedo ver tu miedo.

—Entonces ya sabes por qué huyo. No insistas, nada lograrás de mí, conque vete y olvida todo esto, que yo bastantes cosas tengo que resolver para ocuparme también de un muerto.

Marco Favonio golpeó con su cayado en la calzada y se apoyó a dos manos sobre él.

—No puedo abandonar, tu hija me retó.

Percibió la expresión de sorpresa del viejo y una mirada de curiosidad.

—¿Cómo dices?

—Lo que has escuchado, tu hija me ha desafiado. Dijo que yo debía de ser como Tiresias.

El viejo rió con ironía. —Pues no le hagas caso. Todo lo que ella quería ya lo tiene: me ha encontrado y hemos hablado.

—No, Artemidoro, te equivocas. Pensándolo bien, yo estaré ciego, pero eres tú quien debe reclamar el título de Tiresias, porque tienes miedo de decir lo que sabes.

—Ciertamente, y aumentaré esas razones diciendo otras que salieron de la boca del vidente: es lamentable tener sabiduría cuando no aporta provecho para el hombre que sabe. En ocasiones, el saber acarrea la desgracia.

—¿Tan grave es lo que sabes?

—Grave, depende de lo que signifique para ti, lo es sin duda para mí cuando he atraído la atención de los poderosos. Eso no es bueno para un hombre como yo.

"Tampoco lo es para mí", pensó Marco Favonio. Había otras cosas que hubiese querido preguntar acerca de la relación del médico con Angionis, y por ende con un hombre de tanta influencia como Balbo, pero calló.

—Sin embargo, bien podría yo sacar algún provecho después de todo —añadió el griego—. Por eso te llevo a la mina.

—Supongo que Diotima se quedará contigo —dijo el factor mientras se acercaban a la explotación.

—No. Ya hablé de eso con ella. Tiene que irse. Aquí no puede estar.

—¿Adónde irá?

—Llévala contigo, Marco Favonio. Ya lo hemos hablado; ella sabe adónde tiene que ir —dijo el viejo con un tono de fastidio.

El factor no supo qué contestar y se dedicó a escuchar el trajín de la mina a la que habían llegado, tan intenso en sus alrededores como en su interior. Por la boca de la galería principal salían chicos trayendo cascotes de material en carretillas. El contenido esa a su vez pulverizado utilizando grandes mazas sobre morteros de granito. Los pedazos así reducidos eran pasados por molinos especiales accionados por mujeres y ancianos. Ninguna edad parecía exceptuada del trabajo y las condiciones eran precarias. El aire estaba viciado de polvo y sudor. Más delicado era el proceso para separar la ganga argentífera, que después de machacada y tamizada se fundía y separaba del plomo, liberando gases que harían el aire tóxico a no ser por las altas chimeneas. Menos precauciones había con quienes laboraban en el interior de la mina. Se trabajaba día y noche. Las casas para descansar en los relevos —ubicadas junto a los hornos, y construidas de piedra y ramaje—, eran precarios habitáculos donde cuatro o cinco individuos se acomodaban como bien podían. En la proximidad estaban los almacenes. Todo el paraje denunciaba una actividad febril, propia de las operaciones con esclavos. Nadie esperaba que aquellos infelices aguantaran mucho, tal era la dureza de la labor. La mina era un destino final para los menos favorecidos y nunca podía verse sino como un castigo peor que la muerte. A pesar de todo, desde su llegada, Artemidoro se había acercado a ellos para proporcionarles algún alivio, como otrora había hecho con los trabajadores de Ostia. Cuando llegaron al lugar, el médico fue saludado con muestras de amistad, a las que respondía con benevolencia mientras se disponía a entrar a la mina. Para ello se proveyó de un gorro de esparto que sostenía una pequeña lamparilla alimentada con aceite, y tomó a Marco Favonio del brazo.

Al ingresar, el romano notó que la temperatura era muy fría, pero pasados unos minutos comenzó a transpirar. No era difícil para él seguir el curso de la galería que, a pesar de su alta bóveda, era estrecha; tanto que, sin extender los brazos, podía apoyar ambas manos en las paredes húmedas. A pesar de los pozos de ventilación, el aire se iba volviendo pesado a medida que avanzaban por los recodos. En el interior se oían con frecuencia voces de niños y mujeres, muy necesarios para laborar en los espacios más confinados. Marco Favonio no los podía ver, pero escuchaba muy bien su respiración esforzada y su cansancio. En algunos sitios, la galería había sido reforzada con gruesos listones de madera. En un punto en que el camino se bifurcaba, se oía el afanoso martilleo de los operarios y podía sentirse el crepitar de las antorchas empleadas para ablandar la roca antes de forzarlas a pico. Por fin, después de un largo caminar, desembocaron en un lugar donde habían de bajar por una escalera tallada en la roca granítica; no era un trayecto largo pero la pared estaba resbalosa. Marco Favonio tuvo que dejar su cayado arriba y bajar agarrándose bien de las paredes que parecían rezumar agua. Al tocar el suelo estaba sudando a chorros.

—Hemos llegado —dijo Artemidoro, con la respiración ligeramente afanosa.

Marco Favonio escuchaba los sonidos de la mina con más intensidad, pero la cavidad en la que se encontraban, al menos así le pareció al palpar las paredes, era muy angosta, apenas una abertura por la que solo podía pasarse de costado daba cuenta de una posible salida hacia otra galería. Advirtió que el médico apartaba unos cascajos con cuidado y mientras especulaba sobre la razón de tales afanes, Artemidoro puso en sus manos un cilindro de cobre.

—Aquí está. Tómalo, es tuyo.

—Es...

—Sí, es lo que estabas buscando. Que los dioses te ayuden, Marco Favonio, hay puertas que es mejor dejar cerradas. No digas después que no te lo advertí.

El factor guardó silencio mientras sus manos acariciaban el estuche sin atreverse a abrirlo. De repente, parecía como si los sonidos de la mina se hubieran acallado y solo se oyera la respiración de ambos hombres. Iba a decir algo en ese momento, cuando de repente un estruendo sacudió las paredes de la cavidad.

—¿Qué fue eso? —preguntó con una ligera aprensión, aquello no parecía ser normal, y no lo era porque enseguida empezaron oírse gritos provenientes de la galería que se abría al final de la cavidad.

—Aguarda —le ordenó Artemidoro. —Yo iré a ver qué pasó.

Marco Favonio hubiese preferido no quedarse solo. La inquietud empezó a ganar espacio en su ánimo, en la medida en que los gritos de auxilio se hacían más acuciantes y la ausencia del médico se prolongaba. Lo último que había escuchado de él eran sus pasos al internarse en la galería y luego, nada. Debió haberle seguido se decía, cuando en ese momento una voz de niño tratando de hacerse entender en una *koiné* muy limitada le dijo en tono de urgencia:

—¡Romano, ven conmigo! ¡Te llevaré a la salida!.

—¿Quién eres?

La voz le replicó con impaciencia: —¡Vamos! No hay tiempo. Artemidoro ordena que te lleve a la salida.

—¿Qué es lo que está pasando?

Esta vez el niño respondió tomándole por el brazo izquierdo para conducirlo al pie de la escalera. A falta de una explicación, Marco Favonio se volteó para protestar, cuando de pronto se oyó un estruendo mayor. El factor olvidó lo que iba a decir y por unos instantes tuvo la sensación angustiosa de que el techo se les venía encima; instintivamente se encogió.

—¡La mina se derrumba! ¡Sube! —gritó el niño.

El factor ya no opuso resistencia. Ambos empezaron a ascender por la escalera; casi a la mitad un tropel de voces y de pasos los envolvió. Por un momento Marco Favonio se paralizó, pero no había tiempo que perder. Era obvio que el pánico les arrollaría si permanecían en la escalera, por lo que el niño se dio prisa en ascender. Cuando llegaron al rellano, el ciego pidió su cayado y cobró conciencia del tubo de cobre que había estado apretando con su mano derecha, no lo soltaría de eso estaba seguro. ¿Estaría Artemidoro en el grupo que venía detrás? Pero no era momento para preguntas y apuró los pasos por el sinuoso filón.

Una vez afuera, pasó algún tiempo para que comprendiera por las voces de los sobrevivientes que el médico había quedado sepultado con los demás.

Siguiendo a su padre, Emiliano miró la calle escurrida: antes que silenciosa por duelo la hubiese preferido vacía. Entre pequeños charcos y frentes recién lavados por la lluvia hizo un breve reconocimiento: un hombre que bajaba por la otra acera con una carga de ropa; dos figuras al cabo de la vía; una esclava junto a la entrada de un termopolio, y en el aire olor a cera derretida proveniente de un laboratorio.

Continuaron hasta detenerse frente a una fachada que parecía tener por único mérito estar algo más compuesta que el resto de la calle.

—Tu nueva casa —dijo Paulo admirándola—. Hela aquí. Agradable en verdad.

El muchacho permaneció callado.

—¿Nada dices, hijo mío?

—Es una casa —respondió, encogiéndose de hombros.

—Te gustará.

—Más me gustaba la otra —pareció mascullar.

Paulo suspiró y se mesó las canas.

—Padre, no te aflijas —se apresuró a añadir Emiliano—. Es solo que, harto propicio fue siempre para mí poder contemplar la estatua de Virtumno todas las veces que visité la antigua casa; pero demolida la calle entera para hacerle espacio a la basílica Sempronia, no hay nada que hacer. Prometo acostumbrarme a ésta, mi nueva morada y procurar...

—¡Emiliano!

—Sí, padre —dijo el muchacho entre una mueca y el ademán de avanzar. Notando que Paulo no se movía, preguntó: —¿No vienes?

El augur meneó la cabeza.

—No, esta primera vez debes entrar tú solo, conque dame un abrazo y despidámonos aquí.

—No nos ocupamos afuera de las cosas de familia. Si me despido de ti, que sea al abrigo de miradas indiscretas.

—¿Cuáles miradas son esas? —preguntó a su vez Paulo con impaciencia.

Detrás de las ventanas más de uno había seguido a discreción sus gestos menos contenidos que sus murmullos.

—¡Ven a ver! Es Lucio Emilio —exclamó una vecina.

—¿Paulo? —inquirió el marido dejando la lectura de un documento.

—Es él, por cierto. ¿Qué estará haciendo por aquí? Algo más grave que el duelo debe haberle obligado a salir.

—Parece que viene a visitar a Publio Cornelio.

Desde el extremo de la calle opinaban los hombres

—El otro...

—Es el joven Escipión.

—Desde aquí se ve algo sucio.

Hacía rato que al respecto conversaban los operarios en el taller.

—En la mañana, después que saliste hacia el Velabro a llevar las tablillas, vi que los esclavos traían una buena cantidad de arcas y cajas de libros a esa casa. Traté de averiguar entre los domésticos, pero nadie quiso decirme nada.

—¿Qué tiene que ver eso con estos dos?

—No lo sé, pero es la única novedad que ha pasado en todo el día enfrente de la casa, aparte de ésta.

—Pues yo insisto en que el muchacho luce como si se hubiera revolcado en un charco.

—Yo oí un rumor acerca de Galba, tal vez el cónsul viene a hablar con Publio Cornelio acerca de ello.

—No, es otra cosa, y no es por Galba. Tiene que ser el muchacho. Después de todo es un Escipión.

—Pues, pudo cambiarse de ropa antes de venir.

—¿Sabes que creo?

—¿Qué?

—Vienen de fuera de la ciudad.

—Imposible. ¿Por qué habría de salir de Roma Lucio Emilio, de duelo y en un día tan lluvioso? No lo creo.

Paulo puso una mano en el hombro del muchacho y sonrió levemente.

—¿Quiénes nos ven? Dime. Yo no veo a nadie. Cada quien está en sus asuntos, y aunque alguno se fijase en nosotros no debes molestarte: soy un hombre público y tú también lo serás, si no es que ya lo eres. En el triunfo te miraron más a ti que a mí, pero ahora no nos ven te lo digo yo.

Emiliano asintió con un gesto y luego dijo:

—Está bien, pero... pudimos haber ido hasta la casa para que yo me bañase; no quisiera entrar así.

—No te preocupes —respondió Paulo—. Harás como te he dicho, pues ya me encargué de que trasladaran tus cosas hasta acá. Ésta es ahora tu casa, y en ella, sin importar tu aspecto, nadie te hará preguntas. Cuando entres, sin embargo, dirás que saliste de la ciudad a dar un paseo y no hallaste dónde guarecerte.

—¿Y si preguntan por tu manto? Ya sabes cómo es la gente.

Paulo respondió pacientemente.

—Di entonces que fuiste a casa y supiste que todas tus cosas ya habían sido trasladadas hasta acá, y que yo te lo he prestado.

—Temo que a pesar de todo algo columbrarán.

El padre suspiró.

—Es posible tratándose de Roma, pero mañana empiezan las fiestas y lo olvidarán. Si algún necio lo recuerda y osa murmurar alguna cosa, de mi parte haz que le propinen un palo.

Emiliano esbozó una sonrisa.

—¿Y si Publio Cornelio pregunta?

—¡Por los dioses, Emiliano! Queda tranquilo. Nadie va a preguntar, solo somos un padre y un hijo que se despiden. El padre vuelve a su duelo y a sus deberes de augur; el hijo va a su nueva casa y sus deberes de ciudadano. ¿Recordarás todo lo que te he dicho?

—Lo guardo, padre, en mi corazón.

—Muy bien, entonces, cuando entres, llama a los esclavos y haz que te preparen un baño. Tienes autoridad en esa casa y debes ejercerla, que se note en tu voz. Mañana irás a las termas; eso te hará bien.

Varias cabezas se asomaban desde el umbral del termopolio.

—Es Paulo Emilio.

—¿Oíste su discurso del otro día?

—No, tuve que quedarme a copiar un escrito.

—Yo le vi, de haber sido él, no habría resistido tamaño infortunio.

—Muy triste ha sido el hado para él, a pesar de sus triunfos. El que le acompaña, ¿quién es?

—El joven Escipión.

—Por el aspecto que tiene, sin duda necesita más que nosotros beber algo caliente.

—La lluvia debe de haberle pillado.

—Sí, pero ¿dónde?

Luego de darse el abrazo, todavía dijo Emiliano:

—Mañana iré a casa a comer contigo.

—No —respondió Paulo al punto—, quiero estar a solas. Octavia y yo necesitamos estos días. Paciencia. Volveremos a vernos cuando empiece la Agonalia. Entretanto ve, visita a tu madre, y en tu nueva casa acércate más bien a Publio Cornelio; es un buen hombre, merece que le conozcas mejor.

—Así lo haré padre, porque me lo pides.

Desde la ventana, la mujer y su marido continuaban mirando.

—Lucio Emilio no va a entrar —observó el hombre con cara de chasco, perdido el interés en la escena.

—El muchacho en cambio...

—Porque es un Escipión, porque pertenece a la casa del Africano —dijo el hombre retomando la lectura.

—Un Escipión —repitió la mujer maquinalmente sin apartarse del vano.

Paulo llamó a su hijo.

—Casi lo olvido. Quinto Fabio quiere que vayas a comer a su casa pasado mañana. Se ha hecho amigo de uno de los rehenes griegos y cree que tú también debes conocerle —. Un tal Polibio de... Megalópolis.

Emiliano asintió, mordiéndose los labios cruzó el umbral. Su silueta se veló entre las sombras de dos esclavos que acudían a asistirle. Paulo lo observó por un instantes, luego dio la vuelta y rehízo el camino hasta la bocacalle.

Reunidos en el tabulario de su villa, atento Zósimo en la entrada, Emilia Tercia escuchó el relato del factor.

Diotima entretanto, no hacía sino evocar en imágenes apretadas la última conversación que había sostenido con Artemidoro de Cos.

—Padre, yo había venido a Roma a decirte que me marchaba a Lucania a proseguir mis estudios, pero ya no voy a ir. Prefiero quedarme a tu vera el tiempo que haga falta hasta que...

—No , Diotima, no. No quiero que hagas eso.

—¿Por qué? Estás corriendo un gran peligro. Te persiguen personas poderosas. No puedo dejarte solo en esta situación.

—No.

—Pero...

—Prefiero que te vayas. Sigo pensando que es una necedad, una pérdida de tiempo y talento, llamar estudios a ese negocio de los autómatas, pero si eso es lo que quieres tienes mi consentimiento.

Diotima le miró sorprendida y no supo qué contestar.

—¿Por qué Lucania? —preguntó él.

—Porque... tengo amigos allí, en Paestum. Pensaba trabajar allí como médico mientras aprendía, pero.... —iba a añadir algo, pero su padre la hizo callar con un gesto.

—Diotima, escucha. ¡Escucha!

Otra voz la sacó de sus recuerdos.

—Diotima, ¿estás bien?

—Sí, lo estoy —contestó intentando una vez más de salir de su ensimismamiento.

Tercia la miró atentamente. —Querida, te veo muy

atribulada. Comprendo la aflicción que te embarga por la muerte de tu padre. Quiero que sepas que cuentas con mi protección. Por lo pronto, puedes quedarte aquí todo el tiempo que gustes. Y tú, Marco Favonio —añadió a continuación—, dinos ¿a qué conclusión llegaste?

El ciego apretó su cayado antes de responder.

—Tanto el reconocimiento que el médico Artemidoro dejó escrito, como las pocas palabras que pude intercambiar con él poco antes del derrumbe, nos inducen a afirmar que tu hermano pudo haber sido asesinado.

Emilia asintió en señal de aprobación.

—Pero no es tan simple —añadió Marco después de la pausa.

—¿Qué quieres decir?

—Hay en todo esto, algo que pudiéramos llamar, fortuito.

—¿Un accidente? ¿Es eso lo que tratas de decir? Imposible. Dime, Diotima, ¿eres de la misma opinión?

La joven meneó la cabeza. —Es importante que escuches lo que él tiene que decir.

—Noble Emilia —dijo Marco—, es necesario que examinemos cada opción antes de descartarla. ¿Sufría tu hermano de algún dolor en el abdomen? ¿Cólicos, quizás?

La mujer le miró con extrañeza.—Pues, no lo creo. La verdad es que ni la gula ni los malos humores tuvieron cabida en él. Siempre fue muy saludable. Muy frugal en el comer y el beber. Esa clase de aflicción es lo último que hubiera podido sufrir. ¿Por qué lo preguntas?

—Según Artemidoro, unas horas antes de su muerte, Escipión debió de haber bebido una sustancia que tiene efectos muy erráticos, dependiendo de la cantidad. Una pequeñísima porción alivia un cólico, un poco más actúa como narcótico y el sopor llega en instantes, pero una cantidad inmoderada puede producir mucha sed, rubor facial, además de ausencia de sudor, delirio, mareo, y finalmente la muerte, en algunos casos. ¿Alcanzaste a ver el rostro de tu hermano, Emilia?

—Sí, lo vi. En ese instante comprendí porqué Sempronia se había apresurado a hacer cubrir su faz con un lienzo, y porqué se oponía a que se le examinase de cerca, pero fueron vanos sus esfuerzos. Le vi. Nunca olvidaré esa imagen. Casi todo su rostro estaba cerúleo. Verle así, hizo pensar a algunos que había sido estrangulado y a otros que había sido envenenado. ¿Qué fue lo que pasó, Marco? ¿De qué sustancia estás hablando?

—Raíces que igual embellecen la mirada como cortan el hilo de la vida en medio del sueño —respondió el hombre—. De azul suelen colorearse los labios y los párpados de los estrangulados. Artemidoro opinaba que Escipión bebió una gran cantidad, lo que causó que su cara enrojeciera de forma anormal. Al faltarle el aire, la cianosis alcanzó a todo el rostro.

—Entonces sí fue estrangulado —dijo Emilia.

—Su muerte fue en verdad violenta —intervino Diotima—. Según la relación de mi padre había señales de golpes en su cuerpo. Aparecen detalladas en su escrito.

—Lo que nos lleva a concluir —terció Marco Favonio—, que si no se suicidó con el bebedizo; ni tampoco lo consumió como medicamento, su muerte habría sido producto de una falta de pericia al componer el brebaje. Sin embargo, debido a la naturaleza de la sustancia y a lo errático de sus efectos, aún su relación con el asesinato luce incierta —Marco se quedó pensativo por unos instantes, mientras jugaba con el cayado—. No, no era para envenenarle, puesto que hay tóxicos más eficaces... querían dormirle. Era un soldado, un hombre fuerte, sano, a pesar de su edad, sabía luchar, iba a defenderse de cualquier agresión, así que había que dormirle antes de... pero no se durmió del todo y por eso los golpes. Sin embargo, confieso que hay algo que no entiendo. ¿Por qué hacerlo tortuoso? ¿Por qué no darle un veneno?

—Porque un esclavo —contestó Emilia Tercia— probaba todas las bebidas y comidas de mi hermano. Adoptó esa práctica desde la muerte de Graco. Nunca temió a la muerte, pero era cauteloso y la amenaza existía.

—Un sorbo de de esa sustancia no le haría daño al esclavo y nadie sospecharía —observó Diotima.

—Sí —dijo Marco—, podría ser, pero igualmente hay pociones más eficaces para producir el sueño que tampoco habrían causado daño al esclavo. Creo que quien haya colocado la sustancia no tenía pericia. Actuaba solo, quizás.

—Lisias, era el nombre del esclavo, pero le han matado —apuntó Emilia. En su voz había una profunda contrariedad.

El factor no respondió.

—¿Qué podemos hacer ahora? Dime —insistió Emilia Tercia.

El hombre hizo una mueca. —Perseguían a Artemidoro, y es seguro que nos seguirán a nosotros si continuamos. Si mataron al esclavo, no se detendrán con nosotros —Marco hizo una pausa—. Cuando convine, Emilia Tercia, en buscar a Artemidoro, te advertí que yo no era idóneo para conducir una indagación. Sigo creyéndolo. La fortuna nos fue propicia una vez pero no siempre será así. He visto el precipicio, no es de prudentes acercarse más al borde.

Diotima replicó al punto: —Mis afanes, Marco Favonio, solo se mostrarán cautelosos en el camino, nunca en la quietud a la que nos pides volver. ¡Yo digo que continuemos!

—¿De qué sirve el conocimiento cuando solo causa desgracia? Eso me dijo tu padre allá en la mina. Lo siento, Diotima. No.

Emilia Tercia intervino. —Yo no necesitaba confirmar lo que era una certeza para mí. Yo pido justicia, conque a Temis pongo por testigo que no descansaré hasta descubrir a los asesinos de mi hermano. La sangre vertida engendra venganza. La de mi hermano exige reparación. Marco Favonio, eres el hombre que necesitamos para dar con los culpables, aunque parece que ni siquiera una mejor remuneración te hará mudar de resolución.

Marco no respondió.

—Pues, por agradecimiento a la noble Emilia continuaré aunque tenga que hacerlo sola —dijo Diotima en tono de desafío.

El factor sintió las miradas de ambas mujeres clavadas en su rostro; se afirmó en su cayado y suspiró. —Eso no será necesario. Noble Emilia, querida Diotima, habéis ganado. Haber identificado ese tóxico, quizás nos ayude a saber algo más. Si antes de las próximas calendas, no hallamos algún vestigio, ni tan siquiera la huella de un talón, le pondremos término a esta indagación. He allí mis condiciones.

—Acepto —respondió Diotima al punto.

Emilia preguntó entonces: —¿Cuándo empiezan?

—La sombra de tu hermano espera en la eternidad, pero las huellas de su partida no admiten demora. Empezaremos mañana —contestó el ciego— con la primera luz.

Nota de la autora

Para estar al tanto de la continuación de la serie puedes darte de alta en:
https://groups.google.com/d/forum/scipio_aem

Agradecimientos

Quiero expresar mi gratitud a las personas que han hecho posible estas páginas. A Alicia M. Canto (UAM) que siempre accedió a contestar muchas de mis preguntas a pesar de sus múltiples responsabilidades académicas. A Manuel Valero Yañez mejor conocido como *Cayo Polibio Panecio* (Madrid), Alfredo Azuero Hermida (Colombia), Julio Domínguez (Segovia), María Lourdes Alonso (Cádiz), Víctor Espejel González (México), Luis Alberto Undurraga (Chile); sus palabras oportunas me dieron ánimo para continuar, sobre todo cuando este proyecto estuvo a punto de naufragar. A los compañeros del foro de historia Imperio Romano de quienes aprendí muchísimo a lo largo de los años, gracias a sus debates e intervenciones; es imposible nombrarlos a todos pero destaco a Minor Sandí, su fundador; Oscar González Camaño (*Crastino*), del blog *respvblicarestituta*; José Luis Santos, moderador de *Terrae Antiqvae*; Eugenio Soto Márquez (*E. Hadrianus Australis*), David Sánchez Molina (*Davius Sanctex*), Ignacio Nachimowicz, Sergio Mancini, Julio L.P., *Marcus Curiatius Complutensis*, del blog *Commentariola Hispaniae*;

Ferrán Lagarda (arqueoguía.com), Carlos Javier Pacheco, Sátrapa 1, Marco Fuentes González, Hilario Gómez Saafigueroa. Mención aparte merece Antonio Diego Duarte, a quien agradezco haber puesto a disposición del gran público su traducción al castellano de *Ab Urbe Condita* de Tito Livio.

Referencias bibliográficas

<u>Epigrafía y onomástica</u>

Construir la onomástica de una novela histórica puede ser bastante complicado. Hice las primeras tentativas a partir de *"Los nombres romanos en tiempos de la República"*, breve compilación elaborada por el Grupo de Estudios Lingüísticos de la Academia de Ciencias *Luventicus* (2002), que mi amigo Alfredo Azuero Hermida tuvo la gentileza de enviarme desde Colombia. Algunas de estas incipientes combinaciones de *praenomen, nomen y cognomen* sufrieron modificaciones al pasar por el cedazo de un origen y la pertenencia a una clientela. Es el caso de Marco Favonio. En principio, fijé su origen en *Picenum,* y por algún tiempo abonó en favor de esta escogencia la existencia de un homónimo del siglo posterior, perteneciente a la clientela pompeyana, circunstancia que garantizaba, a mi modo de ver, el arraigo del linaje. Más tarde, sin embargo, debido a la necesidad de hacer encajar al personaje en una trama verosímil de contactos y relaciones, hube de cambiar su procedencia al Lacio meridional, donde el nominativo *Favonius* tuvo alguna difusión.

Debido a lo arduo que resultó el tema de la onomástica prerromana, Angionis, al igual que otros habitantes de Carteia —celtas, íberos y lusitanos—, obtuvo su nombre definitivo cuando el borrador iba por la mitad. La aridez de las monografías, con su críptica terminología, por un lado, y las discrepancias entre los investigadores por el otro, contribuyeron en buena medida a la tardanza. Me sacó del atolladero la serie de António Marques de Faria, *"Crónica de Onomástica Paleohispânica"*, publicada por el desaparecido Instituto Português de Arqueologia (IPA), hoy IGESPAR; en el número (9) me topé con Angionis (Revista Portuguesa de

Arqueologia. Volume 8. Número 1. 2005, p.163-175); en el número (4) conseguí al alfarero Ocobilos (Revista Portuguesa de Arqueologia. Volume 5. Número 2. 2002, p. 233-244). Los nominativos de Sisbe y el turdetano Odacis aparecen asimismo en otro trabajo de Marques de Faria, *"Onomástica paleo-hispânica: revisão de algumas leituras e interpretações"* (Revista Portuguesa de Arqueologia. volume 3. número 1. 2000), al igual que el del joven Isasus, y finalmente, el de Cilpes, prefecto de la factoría, cuyo título me pareció el más adecuado para lo que en nuestros días sería un jefe de planta. El nombre del capitán de la almadraba, el lusitano Tangino, aparece en el índice de Hispania Epigraphica 7, (UCM, 2001 p.472), publicación periódica del Archivo Epigráfico de Hispania en cuyo portal digital tuve acceso al artículo de Isabel Velázquez, *"Breve historia de la escritura: soportes, materiales, técnicas"*, de mucha utilidad para describir el oficio del liberto Zósimo.

Vibio Paquio. En principio iba a llamarse Aulo Paquio Rufo. Tuve, sin embargo, la fortuna de leer *"Los Vibii Pac(c)iaeci de la Bética: una familia de hispanienses mal conocida"*, monografía de Juan Sebastián Hernández Fernández (Faventia 20/2, 1998, pp.163-176). Algunos miembros de esta familia tuvieron mucho que ver con la ciudad de Carteia desde el siglo II a. C. El nombre de la mujer de Vibio, Sabidia, aparece listado en *"El valor de la onomástica en el estudio de los nominativos plurales temáticos en -eis como nominativos de influencia osca*"* (Faventia 17/1, 1995 pp.49-65) escrito por Adela Barreda Pascual.

El detalle de las téseras de hospitalidad en Fondi y las relaciones de la *gens Aemilia* con Terracina procede de Mireille Cébeillac-Gervasoni, *"Les rapports entre les élites du Latium et de la Campanie et Rome (II s. aV. J.-C. - I s. aP. J.-C.): l'apport d'une enquête prosopographique"*.

Personajes

Un trabajo de Hanna Roisman, *"Teiresias, the seer of Oedipus the King: Sophocles' and Seneca's versions"* (Leeds International Classical Studies 2.5, 2003) me hizo "ver" la actitud frente a la verdad del Tiresias de Séneca, que se refleja tanto en la construcción del personaje de Marco Favonio, como en las respectivas conversaciones que el factor sostiene con Diotima y Artemidoro de Cos.

La lectura de Plutarco fue fundamental para presentar un personaje tan complejo como Marco Porcio Catón. La primera entrevista de Emiliano y Prisco está entre los pasajes que más disfruté escribir. Catón era, quizás, un hombre mucho más accesible de lo que se piensa. *De Senectute* de Cicerón y *De Agricultura* de Catón fueron de ayuda para recrear un fin de semana en *Tusculum*, con el censor haciendo de anfitrión.

Para construir la fuerte personalidad de Cornelia conté con los interesantes aportes de: Rena van Den Bergh, *"The Role of Education in the Social and Legal Position of Women in Roman Society"* (Revue Internationale des droits de l'Antiquité XLVII , 2000. pp. 351-364); Roger Vigneron y Jean-François Gerkens, *"The Emancipation of Women in Ancient Rome"* (Revue Internationale des droits de l'Antiquité, 3ème série, XLVII, 2000. pp.107-121); Carmen Lázaro Guillamón, *"Mujer, comercio y empresa en algunas fuentes jurídicas, literarias y epigráficas"* (Revue Internationale des droits de l'Antiquité L, 2003. pp.155-193).

El sueño de Escipión Emiliano que siguió a la entrega de las armas se inspiró en el tema de la *ekphrasis* mencionada por Jacques Poucet en *"L'Énéide et la tradition prévirgilienne"* (Folia Electronica Classica - Numéro 4 - juin-décembre 2002), además de Robert Hannah *"The constellations on Achilles' Shield (Iliad 18. 485-489)"* (Electronic Antiquity Vol.II, 4 Dec.1994).

Una primera lectura apresurada de (*Liv.* 45) en la traducción al francés de la Bibliotheca Classica Selecta, convirtió a Ateneo, hermano del rey Eumenes, en la princesa Atenea. Advertí el error cuando el personaje había hecho todo el recorrido por la Hélade, acompañando al cónsul. Ahora la presento como una licencia literaria, imprevista pero eficaz.

El ambiente alrededor del regreso de Paulo es el producto de Livio (45, 35-41), y un estudio de Barbara Christian (Universidad de Neuchâtel). *"L'affection pour les enfants dans les épithaphes de la Bretagne Romaine"*,

En la discusión entre Paulo y Emiliano que siguió al

triunfo, el hijo compara su falta de independencia con la de un esclavo, un tópico que aparece en *Decl. Min. 257 Nuptiae inter inimicorum filios* de Quintiliano. La respuesta del augur es la paráfrasis de un pasaje de Blas Pascal en *Pensées* (268), refiriéndose precisamente a Lucio Emilio Paulo y el rey Perseo.

El pasaje del Lago Nemi se enriqueció con la lectura de varios textos: *"La marche initiatique d'Énée dans les enfers"* de Paul-Augustin Deproost (Folia Electronica Classica - Numéro 1 - janvier-juin 2001); *"L'Énéide de Virgile: voyage initiatique?"* de Marie Aliénor van den Bosch (Folia Electronica Classica - Numéro 4 - juin-décembre 2002); *"Le collège pontifical à Rome (3e s. a.C.-4e s. p.C.)"* de Françoise Van Haeperen (Folia Electronica Classica - Numéro 5 - janvier-juin 2003); *"El espacio representado como símbolo del espacio literario en el libro 6 de la Eneida"* de María Luisa La Fico Guzzo (Faventia 25/2, 2003 99-108). El tema de la identidad y el autoconocimiento es tratado por Roisman en el ya mencionado *"Teiresias, the seer of Oedipus the King: Sophocles' and Seneca's versions"*.

"Excluido de una familia, de una sociedad organizada, Rómulo debe sumergirse, por así decirlo, en el caos" para poder fundar Roma. Esta cita de B. Liou-Gille, inserta en el texto de Alain Meurant, *"Le parcours initiatique de Romulus et Rémus, enfants albains et premiers Romains"* (Folia Electronica Classica – Numéro 6 - juillet-décembre 2003) inspiró la última imagen de Emiliano cruzando el umbral. La atmósfera de la ciudad en medio del duelo de Paulo, salió de Susan Treggiari *"Home and Forum: Cicero between "Public" and "Private""* (Transactions of the American Philological Association 128 (1998) 1–23).

Economía

En esta novela el tema de los negocios fue ganando vuelo hasta volverse, por decir lo menos, interesante. Las publicaciones en línea del CEIPAC (Centro para el Estudio de la Interdependencia Provincial en la Antigüedad Clásica – Universidad de Barcelona), tienen el mérito de este cambio. Destaco dos textos. Las ambiciones de los libertos son exploradas en *"Promoción Social en el Mundo Romano a través del comercio"* de José Remesal R. (Universitat de Barcelona), estudio que si bien se centra en la producción de aceite en época altoimperial aporta datos valiosos para construir la mentalidad de Zósimo. En la misma vertiente, y perteneciente al mismo fondo bibliográfico, se halla *"Mercatores y Negotiatores: ¿Simples comerciantes?"* de Gloria García Brosa (Universitat de Barcelona), análisis detallado de las fuentes antiguas sobre el estatus de los emprendedores en el período tardorrepublicano.

Sobre el circuito comercial conocido como el Círculo del Estrecho, y el tema de los capitales y negocios trasladados desde Cartago a Hispania, consulté: Ana María Vázquez Hoys, *"El templo de Heracles Melkart en Gades y su papel económico"* (Estudis d'Historia Economica, Economia y Societat en la Prehistoria i món antic, Palma de Mallorca 1993, 1, pp. 91-112); José María Blázquez Martínez, *"El Herakleion gaditano y sus ingresos"* (Biblioteca Virtual Miguel de Cervantes, Alicante, Alicante, 2005); *"El Herakleion gaditano, un templo semita en Occidente"* (BVMC, 2006); José María Blázquez Martínez y M.ª Paz García-Gelabert, *"Los cartagineses en Turdetania y Oretania"* (BVMC, Alicante, 2005).

En cuanto al préstamo hecho a Vibio Paquio, existen varias hipótesis sobre la tasa de interés. Recomiendo el artículo *"Fenus unciarium"* de Anna Pikulska (Université de Lodz) publicado en Revue Internationale des droits de l'Antiquité (XLIX - 2002).

Por lo que hace a las actividades económicas, primero fue un viñedo en la Campania, luego una pesquería en Tarracina, finalmente una factoría en el sur de Hispania. La razón de tales mudanzas a la hora de decidirme por un negocio: poca información en la red, que en cambio la había abundante sobre la costa que va de Carteia a Onuba. Dudé mucho en cuanto a Hispania, los lectores potenciales son exigentes y conocen muy bien el devenir de la Ulterior, de modo que tenía que ser muy cuidadosa a la hora de escribir sobre el sitio. Afortunadamente, conté con fuentes que resultaron inapreciables. Para la reconstrucción literaria de una factoría de salazones, dos trabajos en portugués: el primero, *"Vestígios de uma unidade de transformação do pescado descobertos na Rua dos Fanqueiros, em Lisboa"* de A.

M. Dias Diogo y Laura Trindade, (Revista Portuguesa de Arqueologia. Volume 3. Número 1. 2000); el segundo, *"A indústria romana de transformação e conserva de peixe, em Olisipo: Núcleo Arquelógico da Rua Dos Correeiros"* de Jacinta Bugalhão, publicado en Trabalhos de Arqueologia 15 (IPA, 2001). Para los detalles sobre el procesamiento de la pesca, otro par de textos: *"Reconocer la cultura pesquera de la antigüedad: Peces, aparejos, pescadores y conservas marinas en la historia antigua de Andalucía"* (PH: Boletín del Instituto Andaluz del Patrimonio Histórico, Año n° 11, N° 44, 2003, 43-53), de Enrique García Vargas y Ángel Muñoz Vicente; y *"Consideraciones sobre la pesca romana en Hispania"* (Artifex : ingeniería romana en España : Museo Arqueológico Nacional, Madrid, marzo-julio de 2002, 331-352), de Joaquín Fernández Pérez (UCM).

Para fijar el tamaño de la producción en la factoría — trescientas ánforas—, me apoyé en mis fuentes, las cuales indicaban que las piletas de salazón medían entre uno y veintisiete metros cúbicos. Imaginé una operación pequeña: ocho depósitos de mil litros cada uno. Si tomamos el *amphora* como medida de capacidad —unos 26,26 lts—, la producción de una pileta equivaldría a unos 38 envases diarios. En mi factoría, la producción diaria equivale a una pileta. La factoría trabaja toda la semana, y la octava pileta trabaja como reserva, pues periódicamente había que inspeccionar el revestimiento de cada tanque, a fin de prevenir o eliminar alguna filtración.

Pesquerías. La pesca en el estrecho Gibraltar era también un tema desconocido para mí. Tuve la suerte de de contar con varios trabajos en la red, que literalmente *pesqué* a través del buscador y resultaron de suma utilidad. Sobre aparejos empleados en la pesca, artes de pesca y almadraba: el ya mencionado, *"Consideraciones sobre la pesca romana en Hispania"* de Joaquín Fernández Pérez; y en segundo lugar, *"La pesca con artes de almadraba en el Estrecho de Gibraltar. La pesca con almadraba de Vista o Tiro en Tarifa"* de Manuel Quero Oliván (Aljaranda, Revista de Estudios Tarifeños. Año XI. Núm. 42. Septiembre 2001. Servicio de Publicaciones del Excmo. Ayuntamiento de Tarifa). Finalmente, otro artículo inestimable: *La pesca del atún en la antigüedad* de Enrique Gozalbes Cravioto (Aljaranda, Año IX. Núm. 34. Septiembre

1999). Sobre las especies que abundan en el estrecho y las temporadas de pesca, recomiendo el texto citado anteriormente: *"Peces, aparejos, pescadores y conservas marinas en la historia antigua de Andalucía"* de Enrique García Vargas y Ángel Muñoz Vicente.

Alfares. La descripción del alfar de Odacis, le debe mucho al texto *"Hornos Púnicos de Torre Alta (San Fernando)"*, transcripción de un reportaje de Ondaluz, enviado por su autora, Carolina Caramés Posada, a *Terrae Antiqvae*, entonces lista de correos, el 13 de agosto de 2005. Clases, pastas, marcas: el mundo de las ánforas es un campo de estudio muy complejo. Gracias a la biblioteca en red del CEIPAC de donde bajé algunas de sus monografías, pude entrar en contacto con los aspectos más relevantes del tema. Destaco en primer lugar, Lázaro Lagóstena, *"Explotación del salazón en la Bahía de Cádiz en la Antigüedad: Aportación al conocimiento de su evolución a través de la producción de las ánforas Mañá C."* (Florentia iliberritana: Revista de estudios de antigüedad clásica, N° 7, 1996, 141-169). Otros dos títulos, vinculados al aceite bético en época altoimperial, es decir, muy posterior al período que aquí se trata, pero que me permitieron aproximarme a la críptica nomenclatura de las marcas de ánforas, fueron: *"The Archaeology of Early Roman Baetica"*, edited by Simon Keay (Portsmouth, Rhode Island, 1998); *"Amphora Epigraphy: Proposals for the study of stamps contents"* de Piero Berni Millet (Archeologia e Calcolatori, 7, 1996, 751-770). Del CSIC, el texto ya reseñado de Vázquez-Hoys, *"El Templo de Heracles Melkart en Gades y su papel económico"*, me ayudó a poner en contexto la importancia de las ánforas Mañá C.

Minas. Honestamente, no estoy satisfecha con la parte dedicada a la mina ubicada en *Artigi*, y queda pendiente mejorarla a futuro, a pesar de haber contado con los trabajos de José María Blázquez disponibles todos en la Biblioteca Virtual Miguel de Cervantes: *"Explotaciones mineras en Hispania durante la República y el Alto Imperio romano: problemas económicos, sociales y técnicos"* (1969); *"Noticia sobre las excavaciones arqueológicas en la mina republicana de La Loba (Fuenteobejuna, Córdoba) (1982-1983)"*; *"La Loba. Mina y almacenes de finales de la República romana (120 - 80 a. C.)*

en *Fuenteovejuna (Córdoba)"* (1988); *"Administración de las minas en época romana. Su evolución"* (1989).

Viajes y ciudades

Carteia. En principio había dos posibilidades para ubicar la factoría de salazones: *Onuba* (Huelva) y *Gades* (Cádiz). La primera era una población pequeña, alejada de los centros de poder, con una actividad económica en proceso de crecimiento. *Gades* era el otro extremo, una ciudad compleja y de primera importancia. Gracias a una nota de prensa descubrí al grupo de investigación del Departamento de Prehistoria y Arqueología de la Universidad Autónoma de Madrid que, desde 1994, realiza el *"Estudio histórico-arqueológico de la ciudad de Carteia (San Roque, Cádiz) 1994-1999"*, con la participación de los doctores Lourdes Roldán, Manuel Bendala Galán, Juan Blánquez Pérez y Sergio Martínez Lillo. Al leer este libro no solo me convencí de que la ciudad encajaba muy bien en mi rompecabezas, también aprendí a amar esta colonia de derecho latino.

Ostia. Recrear una pequeña parte de la ciudad portuaria tal como pudo haber lucido en el siglo II a. C., no fue fácil. La mayor parte de los vestigios que han llegado a nuestros días corresponden a la etapa imperial. Una fuente obligada y muy completa es el portal Ostia Antica, que ofrece numerosos planos, fotografías, textos y una extensa colección de *graffitis*. Fragmentos de clásicos incluidos igualmente en el sitio fueron muy esclarecedores para entender el estilo de vida de la época: Estrabón (*Geog* III, 2, 6), Procopio (*De Bello Gothico*, V, XXVI), Plinio el Joven (*Epistulae*, 2, 17, 5), Minucius Felix, Julius Obsequens. Otras referencias útiles para la ambientación de la calle y la *caupona*, fueron los libros: Furio Durando, *"Italia Antigua. Cuna de la civilización mediterránea"*, en particular el artículo de Sofia Pescarin: *"El Puerto de la Antigua Roma: Ostia"*. (Ed. Folio. Barcelona, 2008). Ana María Liberati & Fabio Bourbon, *"Roma Antigua. El esplendor de una civilización"*. (Ed. Folio. Barcelona, 2007).

Gades. Para las vistas de la ciudad conté con el texto de Raquel Rodríguez Muñoz, *"El uso cúltico del agua en el mundo fenicio y púnico. El caso de Astarté en Cádiz"*, (Herakleion, 1,

2008, 21-40), dedicado entre otras cosas a la geoarqueología de la bahía y la ubicación de los santuarios.

Sardes. Para el conocimiento de Cerdeña y su patrimonio antiguo fueron de suma utilidad las páginas de la *Missione Archeologica di Nora* y de portalsardegna.it, además del libro de Furio Durando, *"Italia Antigua. Legado artístico y cultural de la civilización romana"* (Ediciones Folio, Barcelona, 2008).

Roma. Orientarme para bajar desde el Palatino, y luego perderme de forma creíble, fue tan difícil para mí como para un niño de siete años que nunca ha salido solo de su casa. Gracias a *Lacus Curtius* alias Bill Thayer, por haber incluido en su portal un imprescindible: *"A Topographical Dictionary of Ancient Rome"* de Samuel Ball Platner (revisado por Thomas Ashby, 1929). *Lacus Curtius* es un infatigable curador de la Antigüedad, ejemplo de buenhacer y desinterés en la red. ¡Qué los dioses lo colmen de fortaleza para no desmayar en su labor! Algunas dudas, sin embargo, fueron resueltas por el mapa de Giuseppe Lugli (Roma antica, 1946, Tav. VII, entre les p. 400 et 401) incluido en la p.28 del siguiente trabajo: *Quand l'archéologie, se basant sur la tradition littéraire, fabrique de la «fausse histoire»: le cas des origines de Rome,* de Jacques Poucet (Bulletin de l'Institut Historique Belge de Rome, t. LXXVII, 2007 [2010], p. 27-82).

Recorrí la Via Appia, en particular la ruta del Valle Caffarella, de la mano del sitio oficial del *Parco Regionale dell'Appia Antica* con sus descripciones de flora, fauna y paisajes. Tuve también la oportunidad de conocer en profundidad los *Colli Albani* gracias al sitio del *Parco dei Castelli Romani.* Para describir los dominios del *Rex Nemorensis*, vale decir, el lago Nemi y el santuario de Diana Aricina, fueron de gran ayuda los artículos que forman parte del *Sito Ufficiale del Maestri Infioratori di Genzano di Roma,* a cargo de Rossano Buttaroni. De esta página destaco el texto *"Opere idrauliche del V secolo a.C. I pozzi del lago di Nemi"*, escrito por Carlo Pavia.

Tusculum. La bibliografía generada por los equipos de investigación de la Escuela Española de Historia y Arqueología en Roma (EEAHR-CSIC) resultó invaluable a la hora de recrear la ciudad de Tusculum. En particular destaco los textos del recordado Xavier Dupré, así como también los de J. Núnez, *"El culto a Hércules en la ciudad de Tusculum"* (Actas del congreso *Tusculum. Tusculanae Disputationes.* Grottaferrata, 27 maggio - 3 giugno 2000); X. Dupré, X. Aquilué, J. Nuñez, P. Mateos, J. A. Santos, *"Excavaciones arqueológicas en la antigua ciudad de Tusculum"* (Revista de Arqueología, 207, 1998. Madrid. pp. 12-21). J. Nuñez, X. Dupré, *"Un nuevo testimonio de la decuma Herculis procedente de Tusculum"* (Chiron, 30, Munich, ps. 333-352); X. Dupré, *"Il progetto Tusculum. Scavi e ricerche spagnole nel Lazio"* (Actas del congreso *Tusculum. Tusculanae Disputationes.* Grottaferrata, 2000); X. Dupré, *"Il foro repubblicano di Tusculum alla luce dei recenti scavi"* (Actas del congreso Lazio e Sabina. Roma, 28-30 gennaio 2002).

Grecia. Muy difícil relatar un viaje por la Hélade que no suene como un tour de verano. El detallado recorrido de José Pascual González (Dpto. de Historia Antigua, UAM), *"Nóstos. Apuntes para un viaje a Grecia"* (Segovia, SG.78/2001), me sirvió como punto de partida para un cruce de reflexiones y tensiones entre los participantes griegos y romanos del paseo organizado por el cónsul Paulo, con un tema adicional: los libros no lo dicen todo.

La casa de Balbo, el prominente *negotiator* de Gades, es el resultado de una amalgama de lecturas. En primer lugar el libro citado de Furio Durando, *Italia Antigua. Legado artístico y cultural de la civilización romana,* con su inventario de villas en Capua, Pompeya, Herculano, Paestum, Mozia, Solunto, Nora. Otras fuentes: Alberto C. Carpiceci, *"Pompeya hace 2000 años"* (Bonechi Edizioni, Firenze, 1985), y el excelente artículo *"Nacimiento y muerte de los fenicios"*, publicado en Saber Ver (Núm. 10, May-Jun 1993, México).

Los jardines que se describen en las respectivas casas de Paulo, Emilia Tercia y Catón le deben mucho a un texto inestimable escrito por Paul-Augustin Deproost, *"In horto ad ortum. Jardin et naissance dans les Confessions de saint Augustin"* (Folia Electronica Classica - Numèro 6 - juillet-dècembre 2003).

Derecho

Los temas sobre Derecho Romano los disfruté

enormemente. Tuve a la mano varios textos en papel: Eugene Petit. *"Tratado elemental de Derecho Romano"*. (Ed. Albatros. Buenos Aires, 1980); Chibly Abouhamad Hobaica. *"Anotaciones y comentarios de Derecho Romano"*. (Ed. Jurídica Venezolana. Caracas, 1983); Agustín Hurtado Olivero. *"Lecciones de Derecho Romano"*. (Caracas, 1986); Enciclopedia Jurídica Omeba. (Ed. Bibliográfica Argentina. Buenos Aires, 1969).

Para algunos detalles relativos a la *Lex Voconia* y la misoginia de Marco Porcio, así como también la *Lex Oppia*, el contexto histórico y sus consecuencias económicas y sociales me remito a Tito Livio, *Ab Urbe Condita* (34, 2, 11); Carmen Lázaro Guillamón, *"Mujer, comercio y empresa en algunas fuentes jurídicas, literarias y epigráficas"* (Revue Internationale des droits de l'Antiquité L 2003 pp. 155-193); Amparo Montañana Casaní, *"La veuve et la succession hereditaire dans le droit classique"* (Revue Internationale des droits de l'Antiquité, XLII 2000 pp. 415-448).

Retórica

Apartando los negocios, hay otras cosas que también son importantes en esta novela. La retórica es una. En nuestros días la palabra hablada comparte honores con los mensajes visuales. Nuestra cultura se ha vuelto marcadamente visual: captamos mejor las cosas siempre que podamos verlas. En la antigüedad, en cambio, la palabra hablada era casi la única herramienta para hacer llegar el mensaje a un público. Por tal razón, en la formación de un ciudadano romano que aspirara a una carrera pública, el aprendizaje de la retórica ocupaba un papel de primer orden y debía comenzar lo más temprano posible. En ese sentido, la obra fundamental a consultar es *Instituciones Oratorias* de Marco Fabio Quintiliano, en particular los dos primeros libros. Sobre los desvelos del padre de Escipión Emiliano para darles a sus hijos una buena educación, obligado es leer *Vida de Emilio Paulo* de Plutarco. Un texto que gira en torno a los métodos de enseñanza-aprendizaje y su rol en la integración social de los jóvenes aristócratas, es el de W. Martin Bloomer, *"Schooling in Persona: Imagination and Subordination in Roman Education"* (Classical Antiquity, Vol 16, No.1, April 1997 pp.57-78.

University of California Press), donde se menciona un tópico de la *hermeneumata*: la conversación entre el esclavo y el niño que se fuga. Coincidencia interesante, pues la fuga la tuve en mente desde el principio. El excelente portal de Gideon Burton (Brigham Young Univ.) *"Silva Rethoricae*: The Forest of Rhetoric"* es asimismo una fuente obligada sobre la práctica de la *hermeneumata*.

Las razones que pongo en boca de Paulo, en relación con la muerte de los dos Escipiones, son las mismas que tuve para seleccionar este episodio como tema de la primera suasoria de Emiliano, a la par de Cannas en drama, desastre e impacto para la causa de Roma. Aunque Livio ofrece un relato prolijo (*Liv*, 35, 32-36), otra cosa es la exacta ubicación de los choques, asunto muy discutido por los espccialistas. Texto fundamental es una cita de Plinio (*NH*, III, 9) en el que afirma que los restos de Cneo Cornelio Escipión descansan en Ilorci, *"donde el Baetis gira hacia el Oeste"*, palabras que para mí, con escasos conocimientos del Guadalquivir pero con algo de sentido común, apuntaban a un área próxima al nacimiento del río. Pero la mía era una apreciación, y existían hipótesis, hasta seis según supe después, que colocaban a Ilorci en otros lugares, muy alejados entre sí. Sin esta precisión, sería muy difícil hacer que el augur Paulo trazara un croquis verosímil en la tableta, mucho menos elaborar una suasoria creíble, de modo que, muy a mi pesar sopesé en determinado momento descartar el episodio. Por fortuna, nuevas búsquedas me llevaron a Celtiberia, foro de grata recordación para los aficionados a la historia antigua. El hilo de una conversación dedicada en principio a la batalla de Baecula, pronto derivó a otro tema: la muerte de los Escipíadas, y me puso en la pista de un estudio, *"Ilorci, Scipionis rogus (Plinio, NH, III, 9), y algunos problemas de la Segunda Guerra Púnica en la Bética"* (Rivista Storica dell'Antichità 29, 1999, pp. 127-167), del que su autora Alicia M. Canto hizo una exposición si bien a modo de resumen, de mucha riqueza argumental, para sostener ante el resto de los foristas, que el sitio de Ilorci estaría localizado al sur de Segura de la Sierra y Hornos de Segura. Novísima hipótesis que descartaba las seis anteriores, y novísima aportación al colocar la ya mencionada zona de Segura de la Sierra como la más apropiada para sostener por tiempo indefinido la estrategia de mutua contención que hasta ese momento habían observado los ejércitos de Roma y Cartago. Fuente principal de este pasaje de la novela, fue pues, este monográfico, incluyendo el mapa con la definición *"Saltus Tadertinus"*, para la Sierra de Segura (del río Tader=Segura), que la autora inventó para acompañar a la respectiva, conocida en la Antigüedad, de la Sierra de Cazorla (*Saltus Tugiensis*, de Tugia=Toya),

La interrogante *¿quién soy?*, se me ocurrió al meditar sobre el predicamento de Emiliano en torno a su identidad, a su doble pertenencia tanto a la casa de Paulo como a la de los Escipiones. Es un tema que vamos a ver muy seguido por aquí. No sé si alguna vez averigüe quién es él en realidad, eso lo veremos. *¿A quién hablo?*, guarda relación con el *decorum*, una norma básica de la retórica, que apunta a tener en cuenta el tipo de audiencia a la que se dirige la oración. Si se piensa un poco, el orador que responde satisfactoriamente a las dos preguntas, muy probablemente largará un discurso eficaz, pero en el caso de Emiliano no se trata solo de una fórmula puntual sino de un asunto recurrente y existencial.

El menosprecio hacia actores y comedias que privaba en la época republicana obliga a los tres amigos a esta lectura semiclandestina de Plauto; ver *"Sobre la condición jurídica de los actores en el derecho romano"* de Elena Quintana Orive (Revue Internationale des droits de l'Antiquité 3° Série Tome L, 2003).

El estudio de Henri Clouard sobre Terencio, publicado en el portal remacle.org, me ayudó a evocar, no solo la personalidad de Afer, sino también la relación de los tres adolescentes basada principalmente en su afición al teatro.

Pienso que en el desarrollo de Emiliano como orador, mucho tuvo que ver el teatro, incluyendo algunas técnicas actorales, aunque éstas últimas solo hasta cierto punto. Para las semejanzas y diferencias entre el orador y el histrión fue de mucha ayuda la monografía: *"Quintiliano e il Teatro"* de Giuseppe Aricò (publicado en *Hispania terris omnibus felicior. Premesse ed esiti di un processo di integrazione.* Atti del convegno internazionale, Cividale del Friuli, 27-29 settembre 2001, a cura di G. Urso, Pisa, Edizioni ETS, 2002).

Sobre cómo debe hablar un *imperator* a sus soldados,

me sirvió de guía un pequeño artículo: *"Lorsque le chef s'adresse à ses hommes: un exemple de représentation du pouvoir romain"* de Jean Michel David (Arachnion n.2 , 1995).

La controversia, que es la parte más fascinante del aprendizaje de la retórica, pues toma elementos del histrionismo, exige un dinamismo que se debate entre lo intuitivo y lo racional; la lógica manda pero la habilidad del orador está en adaptarse a los ritmos de su adversario para oponer los argumentos necesario, de lo que resulta cuando menos un toma y dame, y en su mejores momentos una composición a dos voces. Para lograr una y otra cosa, tratándose de Cornelia y Emiliano, me apoyé también en W. Martin Bloomer, y asimismo en Elaine Fantham, *"Quintilian and the uses and methods of declamation"* (publicado en *Hispania terris omnibus felicior.* Premesse ed esiti di un processo di integrazione. Pisa, Edizioni ETS, 2002).

La caracterización de Emiliano, metiéndose en la piel de su cliente, se apoyó en M. Teresa Quintillà Zanuy, *"Los sexolectos o la caracterización del discurso femenino en el ámbito grecolatino"* (Faventia 27/1, 2005. pp.45-62). Por encima de todos, nada de esto hubiera sido posible sin Quintiliano (Libro VII, Cap. I .2).

Caza

La anécdota del nido se basó en información obtenida de los amigos de enCiezadigital, un simpático texto de José María Rodríguez Santos sobre el pájaro moscón.

Difícil escribir sobre cacería cuando no se sabe nada sobre el tema, pero tal vez la ventaja ha estado en no hacerlo con ideas preconcebidas cuando se trata de los antiguos. El texto de C. M. C. Green *"Did the Romans Hunt?"* (Classical Antiquity. Vol.15 No.2 October 1996. pp.222-260), es primordial para comprender la mentalidad de la época en torno a esta actividad; el autor incluyó numerosas referencias y análisis en torno a Paulo Emilio y sus hijos, la iniciación de estos últimos en el *ars venatorius*, y la conocida afición de Emiliano a la cacería. Realmente este trabajo fue axial en la construcción de la novela. Como personaje, Escipión Emiliano pasó de ser el destructor de Cartago y Numancia, a adquirir una dimensión humana basada en la relación con el padre, primero en las partidas de caza, luego en las actividades políticas, más tarde en la campaña militar. Entre el atrio y la curia, en el foro y en el castro, la relación de Emiliano y Paulo, compleja y en permanente evolución, nace aquí gracias al texto de Green.

Javier del Hoyo, "*Cvrsv certari. Acerca de la afición cinegética de Q. Tvllivs Maximvs (CIL II 2660)*" (Faventia 24/1, 2002 pp. 69-98) aportó detalles sobre las armas obligadas de un cazador y las piezas más codiciadas. Paul-Augustin Deproost, "*In horto ad ortum. Jardins et naissance dans les Confessions de saint Augustin*" (Folia Electronica Classica. Numéro 6 juillet-décembre 2003) ofrece un texto bellísimo sobre *"la naturaleza en diálogo con la razón humana"* que no tiene desperdicio a pesar de su extensión. Describir los *Colli Albani* sin haberlos visitado fue posible gracias a la excelente página oficial del *Parco Regionale* del mismo nombre. Los detalles menudos sobre cómo moverse en el bosque, intenté trasladarlos al siglo II a. C., no sé si con alguna credibilidad, desde el relato de Tom Brown, *"Una huella en el bosque"* (1978). La idea de que las excursiones al bosque favorecen el desarrollo y la educación del retórico, es un cruce entre el ejercicio de la memoria practicado por los pitagóricos a través de la concentración, los consejos de Quintiliano (*Inst.* X. 3, 5, XI. 2,1-3), y alguna que otra observación de Cicerón en *De Oratoribus. (Cic. de Orat.* II, III).

Para el pasaje dedicado al coto de caza del rey Perseo conté con *"Le paradis de Xénophon à Scillonte: le parc naturel, hier et aujourd'hui"* de Louis L'Allier (Université Laurentienne), además del texto de Jenofonte, *"Cinegética"* traducido al francés por Eugène Talbot, y publicado en el portal remacle.org.

Ingeniería y medicina antigua

Si se quiere tener una idea de la fascinación que ha ejercido el pitagórico Arquitas de Tarento a lo largo de los siglos, recomiendo leer a Marie-Laure Freyburger-Galland, *"Archytas de Tarente: Un mécanicien homme d'État"* (Folia Electronica Classica - Numéro 6 - juillet-décembre 2003). Las referencias a la ingeniería hidráulica en el diálogo sostenido entre Marco y Diotima se las debo a *"Libratio Aquarium: El arte romano de suministrar las aguas: Aquaria, Agua, territorio y paisajes en Aragón"* (Publicado en el Catálogo de la Exposi de Isaac Moreno Gallo. Zaragoza, 2007), un texto que introduce al neófito en el mundo de los acueductos sin sacrificar explicaciones técnicas.

Los adelantos de la Antigüedad no se limitan a la mecánica: las referencias al equipo médico-quirúrgico de Diotima pueden verse en Ma. Carmen Santapau, *"Instrumental médico-quirúrgico de Segóbriga (Saelices, Cuenca). Hallazgos de las campañas de excavación 1999-2002"*. (Bolskan, 20. 2003 pp.287-295); los unguentos para la vista son descritos por Capasso L, M.D. y Mariani Costantini R, M.D. en *"Ophthalmology in Ancient Rome"* (InterNet J Ophthalmol 2: 1-8; 1997), y con más detalle por Rodolfo del Castillo, *"Tres oculistas de la España Romana"* (Boletín de la RAH, tomo XXIII pp.458-460. 1897).

Religión

Acercarme a un aspecto del ambiente religioso de Roma, como es la toma de los auspicios fue el producto de la lectura de un extenso artículo sobre el augurato incluido en William Smith, D.C.L., LL.D.: *A Dictionary of Greek and Roman Antiquities*, John Murray, London, 1875 (pp.174-179), publicado en el portal Lacus Curtius.

El ambiente de pánico que vivió la ciudad de Roma luego del desastre de Cannas, pude recrearlo a partir de ideas que colecté del relato de Polibio (*Historias,* III, 107-118) en torno a la batalla. Sobre el terrible sacrificio de griegos y galos que vino a continuación, ver el artículo de Françoise Van Haeperen, *"Sacrifices humains et mises à mort rituelles à Rome: quelques observations",* (Folia Electronica Classica - Numéro 8 - juillet-décembre 2004).

En el contexto sardo, el web de *Circolo culturale archeologico Aristeo* me brindó la oportunidad de familiarizarme con las más relevantes deidades púnicas. En cuanto a los detalles del edificio cultual de Antas fue muy ilustrativa la lectura de las monografías ya citadas de José

María Blázquez Martínez: *"El Herakleion gaditano, un templo semita en Occidente"*; *"El Herakleion gaditano y sus ingresos".*

Las ofrendas a Astarté descritas por Zósimo, aparecen reseñadas por Raquel Rodríguez Muñoz en *"El uso cúltico del agua en el mundo fenicio y púnico. El caso de Astarté en Cádiz"* (Herakleion, 1, 2008, pp. 21-40).

Introducir el tema del grecobudismo tuvo que ver con la lectura de dos trabajos del tibetólogo Georgios T. Halkias: *"When the Greeks converted the Buddha: Asimmetrical transfers of knowledge in Indo-Greek cultures."* (publicado en Religions and Trade. Peter Wick and Volker Rabens Brill, 2014 Leiden); *"The Self-immolation of Kalanos and other Luminous Encounters Among Greeks and Indian Buddhists in the Hellenistic World"* (JOCBS. 2015 (8): 163–186).

Política y Arte Militar

El caso de los habitantes de Carteia ventilado en la Curia romana aparece mencionado en (*Liv* 43, 2).

Para el contexto histórico que facilitó la elección de Paulo, se hizo obligada la lectura de (*Liv* 44,1-15) y el Emilio Paulo de Plutarco.

De Polibio (Hist, 6) salió la disposición de los centinelas nocturnos en el *castrum*, al igual que los protocolos a observar por el rondín.

Para la reconstrucción de la victoria romana de Pydna conté en primer lugar con los libros 44-45 de Tito Livio. En red tuve disponible *"The third Macedonian war and the battle of Pydna (168 BC)"* de John Foss (2001). Hilary Gowen, por su parte, escribió e incluyó en su página HannibalBarca, dedicada al ilustre cartaginés, otra versión del choque basada en los trabajos de Luke Ashworth y Rob Stewart. Sin embargo, el mayor crédito lo merece Antonio Diego Duarte cuya descripción de la batalla incluida en su texto "El Ejército Romano" aclaró el panorama de un combate tan decisivo.

Acerca de la autora

Milagros Rosas Tirado posee un diplomado en Estudios Bíblicos y es una aficionada a la Historia Antigua. Durante ocho años se desempeñó como moderadora del foro de historia *Imperio Romano*, de cuyo boletín informativo también fue editora. Esta es su primera novela ambientada en la Antigüedad Clásica.